牟氏庄园

衣向东 著

中国言实出版社

图书在版编目(CIP)数据

牟氏庄园 / 衣向东著 . -- 北京：中国言实出版社，
2022.11

ISBN 978-7-5171-4282-9

Ⅰ . ①牟… Ⅱ . ①衣… Ⅲ . ①长篇小说 – 中国 – 当代
Ⅳ . ①I247.5

中国版本图书馆 CIP 数据核字（2022）第 193961 号

牟氏庄园

责任编辑：李　颖
责任校对：史会美

出版发行：中国言实出版社
　　　　　地　　址：北京市朝阳区北苑路180号加利大厦5号楼105室
　　　　　邮　　编：100101
　　　　　编辑部：北京市海淀区花园路6号院B座6层
　　　　　邮　　编：100088
　　　　　电　　话：010-64924853（总编室）　010-64924716（发行部）
　　　　　网　　址：www.zgyscbs.cn　电子邮箱：zgyscbs@263.net

经　　销：新华书店
印　　刷：北京温林源印刷有限公司
版　　次：2022年12月第1版　　2022年12月第1次印刷
规　　格：710毫米×1000毫米　1/16　21印张
字　　数：290千字

定　　价：79.00元
书　　号：ISBN 978-7-5171-4282-9

前言　献给家乡的礼物

感谢中国言实出版社再版长篇小说《牟氏庄园》，这部作品出版近二十年，一直被不同年龄的读者所喜爱。

牟氏庄园是中国规模最大、保存最完整的封建地主庄园，历经二百多年，其建筑群仍威严肃穆，气势恢宏，被称为"民间小故宫"。创作这样一部有历史原型的厚重作品，既要尊重历史，又不能拘泥于历史。对于地主家族，我们既不能像过去那样一味地贬斥，又不能凭空粉饰，我们应该还历史本来的面目。

牟氏庄园为什么成为国家级重点文物保护单位？因为它是封建地主阶级的活化石，是我们后人了解地主阶级发展史和农耕文化的一个窗口。抹掉了"地主"的标签，这座庄园就是一堆没有生命的房子。

牟氏庄园位于中国苹果之都、中国旅游之城、中国文学之乡——山东栖霞，它深藏胶东腹地，那里是霞光栖息的地方，自古民风淳朴，宁静安详，不盛产故事和传闻，也从来没发生重大自然灾害，时光在镰刀犁铧声中淡淡流逝着。

童年时，我听到的故事大多跟牟氏家族有关。这些故事存放在我心中三十多年，沉淀发酵成可以随手拈来的美味佳肴。其时，恰逢我获得"鲁迅文学奖"，文学创作日臻成熟，很想为家乡写点什么，于是我写了这样一个大家族在时代变革中的命运悲欢，写了我家乡的风土人情和一群人的情感纠葛。读完这部长篇小说，你心中一定会留下一个情感丰沛的地主少奶奶的形象，她可敬、可叹、可悲的一生，会让你从中悟到我们活着，究竟需要什么。

当年，我没想到这部作品出版后成就了我的文学之路，让我在文坛站稳脚跟。时光如梭，一晃我离开家乡四十多年，前些年的一个晚上，我做了一个奇怪的梦，梦见自己在云彩之上飞往天国，云彩之下是缓缓滑过的祖国山河大川。突然间，一片熟悉的山水映入眼帘，啊！这是我的家乡栖霞！我挣扎着，想要降落在生养我的土地上，然而无论我怎么挣扎，白云依旧慢悠悠地飘浮着，家乡的山水在我的视线中节节后退，越来越远了。我哭泣着喊叫，一直把自己从梦中喊醒了。

梦是虚无的，但眼泪却是真实的，我擦了一把，泪水还温热着。虚惊一场之后，我庆幸自己还活着，当时做出一个决定，退休后回家乡养老。

有了这个想法后，我便回到家乡栖霞寻找自己的"庄园"，却一直没找到理想之地。今年偶然发现在牟氏庄园北边的长春湖畔，刚建成了一个别致的小区"玖盛悦府"，小区简直就是一个大花园，里面的房子像千姿百态的树木一样，仅仅是花园里的点缀。小区建在半山坡上，视野开阔，安详幽静，有一种"采菊东篱下"的风雅，于是我毫不犹豫地在"玖盛悦府"订了一套合院。这里的房子不仅仅是用来居住的，更重要的是可以安放我这颗漂泊的心。

洗尽铅华回归故里，就让我手捧中国言实出版社再版的《牟氏庄园》作为礼物献给可爱的家乡。那个曾经爱做梦的少年回来了，回到了他的"庄园"玖盛悦府，在那里种花修竹，吟唱诗句，继续为家乡抒写优美的文字。

2022 年 8 月 5 日写于正衣堂

目　录

CONTENTS

第一章

一

其实这个时候，黄昏已经锁住了牟氏庄园，庄园内的老老少少却没有丝毫觉察，他们只看到了阴沉沉的天空，还有细雨中翻飞的燕子。

从凌晨三四点钟的光景，天空就飘着雨了，时紧时松，细细地滋润着万物。墙根和树下的一些地方，泥土吃足了雨水，发出了滋滋的喘息声，还不间断地吐出气泡。空气中飘浮着土腥气。蚯蚓们亢奋起来了，在湿润的泥土里上下游动。那些不知名字的虫类们，隐在湿漉漉的草丛中，把昏暗的白天当作了夜晚，肆无忌惮地歌唱着。雨雾一拨又一拨地漫过屋顶，漫过日新堂屋前的百岁紫薇树，迷蒙了昏暗的天色。屋前屋后的杨柳树，正是风情万种的时节，又得了充足的水分和朦胧的雾气，绰约得简直成了仙女。

大半个下午之后，整个牟氏庄园的屋子里就亮起了油灯。

时光毫无眉目地滑行，滑行……

在日新堂少爷楼的恍惚灯影里，被牟家称为少奶奶的姜振帼，久久地立在土炕前，死劲拽住男人牟金的一只手，想拽住他在人世间的最后一点点旅程。过去她感觉黑暗的那一边很遥远，没想到此刻竟是这么近，她伸手就可以摸到黑暗那边的男人哟。现在，男人的身体，就是架在黑暗和她之间的桥了。

她目光注视下的男人，一点点地坠入了黑暗。

黄昏就在这个时候悄悄着陆了。

1920年的这个黄昏，日新堂少奶奶姜振帼二十七岁，正值芬芳年华，而滋润她的男人牟金却消散在黄昏的雨雾里。

日新堂少爷楼堂屋的大门，在寂静中发出沉闷的"吱嘎"声，面对凄迷的雨雾敞开了。姜振帼的丫鬟翠翠从堂屋里疯疯癫癫地奔出来，踩着雨水，含着满眼的泪，奔跑在牟氏庄园内，去通报几个老爷。

牟氏庄园院内套院，廊外有廊，丫鬟翠翠怀着恐惧，用缠裹了的两只小脚，急速地敲打着厚重的青砖和石板。这丫鬟十六岁，四年前就来到日新堂当差，虽然挨了少奶奶和少爷的不少打骂，但也渐渐地把日新堂的屋顶当作了自己全部的天空。她在这片天空下生活，还没有想过离开这片天空会是一种什么情形。她毕竟第一次经受眼看着人死去的感觉，死去的这个人又是她的少爷主子，现在她最强烈的感觉，就是天塌了，地陷了。

翠翠最先奔月新堂的二爷牟宗升去了。

二爷牟宗升堂屋的门紧闭着，他正坐在李太太卧室内的椅子上，举着长杆烟袋，一口接一口地吸着烟，烟雾模糊了他的面容，还有他的心思。二爷抽烟的时候，也总是喜欢摆出个老爷的架势。这架势看起来有点儿累人，他倒是习惯了。

炕上的妻子李太太猜透了男人的心思，就给他点破了，说你甭费心思琢磨了，日新堂的少爷牟金，肯定躲不过阎王爷的这一网了，都昏迷三天了，恐怕已经在阎王爷那里报到了。李太太是一个很会察言观色的女人，也很会逢场作戏，在太太们当中是不太受欢迎的。实际上，这个人的肚子里，没有多少草料，她那点儿能耐，都挂在嘴皮子上。

听了李太太的话，牟宗升摇摇头，说看牟金的气色，还不至于这么快走的。

李太太就说："他死了又能咋的？也不见得让你当家。"

牟宗升像被什么东西蜇了皮肉，抖了一下身子，把嘴里的烟袋拔出来，对着身边的痰盂磕掉了烟灰，狠剜了李太太一眼，怨她的话很不合自己的胃口。

他不再搭理她了，重新装上了一锅烟丝，吸着，沉默地去想自己的心思。

牟宗升是当今牟氏家族官位最显赫的老爷，1905年曾为清末正三品的兵部侍郎。按清末朝廷的规矩，用钱捐来的官，最大上限只能是三品。但因为他捐的黄金白银实在太多，于是又给牟宗升外加两级，享受一品待遇。

虽然捐来的官没实权，但毕竟受过皇封，有正式的任命文书，又是当地大财主，栖霞衙门的历届知府大人到任，一定要首先登门拜见牟宗升，遇见了他的轿子，也是要让路的。

清朝覆灭，民国建立，牟宗升的兵部侍郎当不成了，但被委任为栖霞县的商会会长，依旧是本县仅次于县长的二号人物。

他也确实把自己当成了一个人物，走路的时候，宽厚结实的身板总是挺得很直，摆出官人的派头。只要是出门，哪怕两里的路，也要动用轿子。轿子可不是乱坐的，就是你家里有钱，没有那个官位，也不能享受这个待遇，就像黄马褂只能穿在皇亲国戚身上一样，是有级别的。他那顶一品轿子，比县太爷的可是阔气多了，在大街上一晃，很挣面子的。再后来，轿子不流行了，他就骑上了高头大马，依然趾高气扬地走在大街上。

但在家族内部，牟宗升却与其他老爷没什么两样，排行老二，人称二爷。让他心里一直不舒服的是，在家族内部，他还要受制于家族掌门人，就是快要咽气的侄子牟金。

现在的牟氏庄园内，有四大家，各有堂号，第一家日新堂，第二家月新堂，第三家东来福，第四家南来福。日新堂是他们的老堂号，始建于清朝雍正年间。牟氏家族繁衍到民国初期，已有百余年的历史了。在百余年中，很多家族成员落魄成了自耕农，或是贫苦人，而作为牟氏家族源头的日新堂，却一直如潮水般向前涌动，并且又派生出了这三个堂号。

照古人的话说，一个家族兴旺三代，大致就要败落了，但牟氏家族到了第九代，虽然不是鼎盛时期了，却还兴旺着。依照他们眼下的家业，就是不再聚敛财富，牟氏庄园也还需要五六十年的光阴，才能把剩余的家产消耗尽。

百余年前，他们的老祖宗牟国珑，也就是日新堂第一代堂主，已经考虑到了子孙后代的兴旺大计，为他们留下了祖训。

第一，家族历代的掌门人，都由长子长孙继承。也就是说，日新堂的长子长孙，是家族千古不变的掌门人。其他由日新堂派生出来的小家庭内部，同样是长子长孙担任法定当家人。第二，家族成员不准纳妾，不准嫖娼，不准抽大烟……违反祖训的人，一律清除出家族。

依照祖训，在历代的家产分割中，掌门人始终额外享受一千亩土地和部分房屋，用来祭祖。从日新堂第一代庄园主开始，牟氏家族小家庭中三代以上的祖宗神灵牌位，都由日新堂的掌门人供奉在祭祀大堂内。大多数祖宗牌位的后人们，都四处飘散得不知去向了，但日新堂兴旺不败，他们灵位前的香火，也就缭绕不断。

那些派生出来的小家庭，兄弟们分割财产的时候，当家人也额外享受一二百亩土地不等。优厚的待遇和严格的祖训给了家族龙头旺盛的生命力。

然而作为家族掌门的日新堂，人丁却不旺盛，到了第五代堂主牟墨林的时候，才突然有了转机，太太给他一口气生了四个儿子，又赶上牟墨林的家业蓬勃发展，多年持续暴富，进入鼎盛时期，于是就开始扩建庄园，新建了月新堂、东来福和南来福，四个儿子每人独居一座宅院。

牟氏庄园到了第七代，也就是牟宗升这一代，日新堂竟无子女，就从排行老二的月新堂过继一子延续香火，仍旧采用长子继承制，于是牟宗升的哥哥牟宗臣就成为家族掌门人。命运就是这样安排的，牟宗升在排行老二的月新堂，还是家族的老二，只能当二爷。

几年前牟宗臣死了，唯一的儿子牟金，就成为牟氏家族的第八代掌门人。

庭院深深的牟氏庄园，占地面积两万多平方米，房屋五百多间，管辖一百五十一个佃户村，五千五百多间房屋，六万多亩土地和十二万亩山岚，是中华民国最大的土地拥有者。

现在家族的四大家，就成了三对亲兄弟的组合了。日新堂的牟宗臣和月新堂的牟宗升两大家是一对亲兄弟。东来福的牟宗贵和牟宗昊是一对亲兄弟，老大牟宗贵早逝，当时他的独子牟银年幼，东来福暂时由牟银的叔叔牟宗昊当家。南来福的牟宗腾和牟宗天也是一对亲兄弟，当家人是老大牟宗腾，兄弟两个都已经成家，并有了一双儿女，但至今还没有分家。

六个老爷中，老大和老三去世早，如今在庄园走动的，只有四位老爷了。

亲兄弟分立门户，也就只剩下个名分，亲不到哪里去了，相互的竞争是惨烈的，倘若你家破人亡，子孙照例会变成亲兄弟那一脉的佃户。少奶奶姜振帼的丫鬟翠翠，祖上曾经是牟氏家族的一员，因为破了家业，变成了日新堂的佃户。

日新堂几代单传，家产只聚不散，而其他门户每代至少生育两三个儿子，在历次的分家中，财产便越分越少。好在牟宗臣过继到了日新堂，月新堂的全部家产，就由牟宗升一人继承了，相比其他几个堂弟，他算是最富裕的了。

只是牟宗升这人的胃口太大了，天生贪婪，眼睛一直盯住哥哥牟宗臣的家产，希望有一天那些土地、房屋和佃户统统属于自己名下。表面上，他给京城运送了大量的黄金白银，捐得了一纸空文的兵部侍郎，很荣耀了，其实心里一直没有得到满足，只因日新堂的家产实在太多了，几乎占四大家财产总和的一半。

眼下，本来就是独子的牟金，又留下一个独苗，家产依然不可能分流，这怎能不让牟宗升惦念着呢？

牟金生病的这半年多，牟宗升的心就上下乱窜，把持不住了。他觉得，牟金一死，家族的掌门人应该是他。牟金的儿子牟衍堃才七岁，七岁的孩子能干什么？！理所当然应由他来做掌门人。他做了掌门人，以后他的长子就是掌门人了，那么日新堂专用来祭祀的一千亩土地就应该划到他长子的名下了，那么……有几次，他心里甚至略带了央求地说，牟金侄儿，你就别逞能了，熬着活受罪，你就快死了吧。

当头发湿漉漉的丫鬟翠翠，双膝跪在他面前的时候，他上下折腾的心，使着劲儿要从嗓子眼窜出来。

他用力咬紧了牙，用舌根封堵住嗓子眼儿里蹦跳的那颗心。

翠翠哭着说："二爷，我家大少爷不行了……"

牟宗升这个四十七岁的大老爷们，竟然忍不住内心的激动，站起来说："真的死了吗？"

说过之后，他觉得有些不妥，就忙换了关切而略带威严的口气说："知道了，告诉你家少奶奶，我这就过去。"

翠翠刚出屋，牟宗升就凑近了李太太面前，挥舞了一下长杆烟袋，说："真的死了！"

李太太说："死了，不正遂了你的心，还磨蹭啥，不快过去？"

"不慌，你先过去，等到那几家的爷们儿都去了，你让小六回来告诉我。"

"要等到别人都到齐了再去？应该早去才对，你是他的亲叔叔。"

"哼，过不了多久，我让那小妖精伺候你！"

李太太剜了牟宗升一眼，知道他说的小妖精是少奶奶姜振幅，说："你是想让她伺候你吧？"说着已经下了炕，吩咐丫鬟小六跟随自己，急急地去了日新堂。

李太太走后，牟宗升也就真的在想，牟金吹灯拔蜡了，姜振幅这样漂亮的女人，从此就要闲置起来了，真是很浪费。

想到这，牟宗升的心里还是隐隐地升起莫名的烦躁，身上的一些毛孔竟然开始膨胀起来。面对姜振帼这种女人，男人的身体深处很容易发出一些喊叫，或者说是欢唱。

曾有传说，牟宗升的哥哥，也就是姜振帼的公爹牟宗臣，也曾再三从她身上偷眼。太太鲁氏察觉后，对自家的老爷不敢训斥辱骂，于是就在姜振帼身上发泄愤怒。姜振帼刚过门那些日子，因为夜里跟牟金没完没了地快乐，早晨常常起得晚，误了去鲁太太房间请安，鲁太太就借题发挥地说："那东西能当饭吃吗？也不怕撑着你！"又说："我们是什么人家？你们可别弄出动静来，要是你们辱了祖宗，我就撞死在你们身上！"

坐在一边的牟宗臣就皱皱眉头，知道太太说这些话是要塞进他耳朵的，他就不敢去看儿媳的眼睛，干咳几声，把眼睛移到别处。而姜振帼呢，总是红着脸垂了头，眼里噙着泪水，把当儿媳应受的委屈憋在心里，一声不吭。公爹看了，就更伤心。有几次，姜振帼给他端来洗脚水的时候，他一边搓揉着脚丫子，一边想安慰她几句，却担心鲁太太听到了，在整个庄园吵闹开，丢了他这个老爷的脸面。就这样，他每天看着姜振帼在自己身前身后走动，却不能触摸甚至不能多看几眼，自然感到委屈和压抑，性情终日忧郁寡欢，熬过三四个年头后害了病，不停地咳嗽，瘦成了一把骨头，慢慢地合上了眼睛，不再受眼前那一团深不见底的温柔煎熬了。

牟宗臣的死究竟与姜振帼有多大关系，其实是一个谜，只有他本人知道。

眼下的牟宗升，对姜振帼也只是偶然想想，并不朝深处走。

另一个人就不同了，想她想得很苦，恨不得把她连骨头嚼碎了，咽进肚子里。这个人是她的四叔，东来福临时的当家人牟宗昊。有一天他去她屋里，趁四下没人，竟去捏了她白皙的手，结果吃了一口唾沫，还有一笤帚狠打。

翠翠去的第二家就是东来福。牟宗昊的年岁比二爷牟宗升小三岁，在整个家族排行老四，人称四爷。他瘦瘦的一副身子板儿，脸总是阴沉着，不多话，一副很严厉的样子，喜欢戴一副小眼镜。他是牟家几个老爷中唯一读过书的人，曾在济南府的政法学校专攻法律，也是栖霞境内第一法学专家。看起来文文弱弱，其实他比二爷牟宗升还坏得多。二爷那点坏，都写在脸上，一看就是个骄横霸道的人；他却是藏在心里，骨子里坏，喜欢玩弄计谋，喜欢看别人在他的计谋中挣扎。许多事情他并不出面，而是让二爷去冲锋陷阵，他只是幕后操纵，这就是读书人的坏。穷人们对法律既陌生又惧怕，常常把他那副阴暗的脸当成了法律，或者什么刑具，远远地就要躲着他走路。

牟宗昊虽然精明，他的太太陈氏却没一点儿心眼，属于傻大黑粗的一类，经常坏了他的事。他就骂太太是猪脑子，只知道吃饭睡觉拉屎放屁，别的就没了。

得到翠翠来报，牟宗昊脸上没有什么表情变化，心里却一阵亢奋，那样子好像姜振帼变成了路边没人采摘的桃子，他随时都可以咬上一口了。

牟宗昊住在东来福的老爷楼内，让嫂子赵太太和侄子牟银住在少爷楼内，这很不合常理。他的哥哥牟宗贵早逝后，留下了侄子牟银。勤俭耐劳的太太赵氏拉扯着牟银，孩子在牟宗昊的淫威笼罩下长大了，母子忍受了牟宗昊许多欺凌。去年，刚刚二十一岁的牟银就娶了掖县栾大地主的女儿栾燕为妻，虽单独支撑门户，却仍没有摆脱叔叔的牵制，土地和钱财都由牟宗昊掌管。按照祖训，牟银结婚后，牟宗昊应该把当家的权力交给已经成人的牟银，但他却迟迟不提此事。

赵太太在牟银结婚后，就什么都不问了，深居简出，烧香拜佛，以求清心寡欲地了却残余的黑白时光。

由于牟银的命运与牟金很相似，同病相怜，于是牟银看到翠翠跪地哭泣的时候，他的泪水也就流出来了，哽咽着说了一句："牟金哥哥哎——"

栾燕上前拽了他一把，说要哭到了那里再哭，这儿哭得不是地方，赶紧过去帮嫂子打理事情，到了这份儿上了，怕是看热闹瞅光景的人多。

栾燕的话，可谓入木三分，这时节庄园内的老爷，确实多是看热闹的。

牟银听了栾燕的话，就一边抹着眼泪，一边跑出了屋子。

老爷楼的牟宗昊，却在翠翠走后，急不可耐地把太太陈氏朝土炕上推。因为陈太太很胖，又不明白他为什么突然性欲高涨，也就不愿配合，让他手推肩扛折腾了很长时间，才成交了。牟宗昊搓揉着陈太太肥胖的身子时，脑子里全是姜振幅的影子，他甚至感受到守寡了的少奶奶，因为多日不亲近男人，那身子竟格外有了磁力，几乎要将他的身子整个吸了进去，他就痛快地叫喊起来。

陈太太自然也不明白他为什么叫喊得像挨了刀子的猪。

南来福的五爷牟宗腾比较痛快，翠翠跪在他面前还没起身，他已经奔出了堂屋，高声吆喝自己的王太太和十四岁的儿子牟财：“快快，去日新堂。”

走了几步，又回身对翠翠说：“老六那里我去告诉他，你快转回去伺候你家少奶奶吧。”

牟宗腾这个人总是大大咧咧，他有自己的毛病，却从来不掩藏。他喜欢女人，喜欢京剧，喜欢张罗事情，也喜欢让别人感激他，常常给下人几个小钱，然后美滋滋地听下人对他说一些奉承话。太太王氏就说他缺肝少肺，心里从来不搁事。

其实王太太也属于心里不搁事的人，似乎活得很明白，从来不多管五爷的事情，由着他去折腾，南来福内的大小事情，她自己去料理，并不依靠五爷。忙不过来的事情，也就丢开了。实际上，她才算是南来福的当家人。她自己就说过：“有多少本事，挣多少银子，我们就这能耐，也别抽筋剔骨地去强求了。”

老六牟宗天是牟宗腾的弟弟，白白净净，性情温和，有些女人面相。老六的太太刘氏，小巧玲珑，倒是一个挺有心机的女人，已经几次催促六爷，早一些跟五爷分家。王太太那边也看出来了，就跟五爷商量，说六弟媳有能耐，就让她单独撑门面，我们也少操了那份心。牟宗腾随了王太太，打算今年麦收后，就跟牟宗天各立门户，免得让弟媳刘太太总是当回事儿搁在心里。

南来福的一对兄弟一起去了日新堂，后面跟着王太太和刘太太，还有两家的少爷牟财和牟宝。

日新堂的少爷楼内已经很混乱了，牟金的尸体从炕上抬到堂屋正中，那里架起了灵柩，哭声响成一片。声音最大的是牟金的母亲鲁太太，她撕心裂肺地哭喊："儿哟，我的命咋这么苦呀——"

她的命的确不能算好，老爷几年前撒手而去的时候，她也这么哭过，但那时候她心里还有儿子压仓，母以子贵，她头顶的那片天，依然是灿烂的。没想到儿子刚进了三十岁，就撇下了两个年幼的子女还有少奶奶姜振帼，随父亲去了。

父子两人都是被肺结核病带走的。

女人们的哭声唱腔般抑扬顿挫，而那唱词似乎是早已准备好了的。

姜振帼却没哭，她似乎忘了哭泣，呆呆地看着身子还温热的男人。

外面依旧飘着细雨，地上起了水泡泡。一时间，似乎眼前的一切跟她都没有关系，她的眼睛盯住了水面上漂浮的水泡泡，破了一个，又破了一个……她很有耐心地一个个数着。

日新堂的账房先生、马夫、老妈子、伙夫、油坊磨坊以及耕田的长工，三四十个下人，在六十岁的大管家易同林的带领下，站在少爷楼前的雨地里一动不动，等待主人吩咐事情。按照常规，首先要打发下人赶往牟氏庄园以外的亲戚家报丧，最远的地方就是姜振帼的娘家黄县，骑了快马也要走小半夜，需要及早出发。

丫鬟翠翠回来了，也站在门口等候着。姜振帼的目光才从外面的水泡泡上移开，来看眼前的每一张脸。牟宗升和牟宗昊迟迟没来，千头万绪的事情等着人来定夺，而鲁太太坐在灵柩前的太师椅上已经哭得昏天黑地，满脸是鼻涕和泪水，鼻子和眼睛都分不出轮廓了。姜振帼跪在那里想，婆婆是不能依靠了，婆婆就是不哭得像狗屎一样，也是指望不上的——她肠子没几道弯弯呀。姜振帼对鲁太太看得最透彻，刚嫁过来的时候，夜里就曾对牟金说，你娘就喜欢吃醋，喜欢猜疑，那心眼儿狭窄得穿不过一针。这比喻很贴切。

这一刻，姜振帼已经把日新堂所有的担子搁在自己肩上了。眼下乱糟糟的局面，让她心里焦急，火气攻心，就有些头晕目眩。她想起自我疗救的好办法，就偷偷地掀起了自己的旗袍，用尖尖的、长长的小拇指甲，狠狠地在粉嫩的大腿上划了一下，立即就有蚯蚓状的血红，洇出了白细光滑的皮肤。

她麻木的神经又恢复了清醒。

站在他身后的牟银，把她腿上的那条印痕收进眼中，心里知道少奶奶正坚挺着，跟命运较着劲儿。

大管家易同林把翠翠拉到一边，问翠翠，老爷们都通报了吗？翠翠点头，她的眼泡肿成了两个小灯笼，这情景让人感到死去的不是少爷，而是她的爹了。

易管家又问，老爷们都在家？翠翠揉揉两个眼泡，正要回答，就看到牟宗昊匆忙走来了，后面跟着胖太太陈氏，她的腰带还松松垮垮的没扎紧，两个屁股蛋子左一扭右一扭的，人刚进门，就张开了大嘴号啕起来了。

牟宗昊和陈太太进屋子，李太太就从一只宽大的丝绸衣袖下面露出了被泪水浸泡的脸，朝站在墙角的丫鬟小六努了努嘴。小六心领神会，转身出了屋子，回月新堂向老爷牟宗升通报去了。

姜振帼瞅见李太太的神态，再看小六跑向门外一抖一抖的身影，什么都明白了。

二叔呀二叔，你还是我们的亲叔叔哩，没想到这个节骨眼上，你开始显摆了，晾晒我们孤儿寡母。

这样想着，姜振帼的泪水就源源不断地流下来，脸上的胭脂很快被冲刷出两道沟沟。

她的哭泣是无声的。

二

姜振帼虽然哭着，也没耽误心里想事，总在提醒自己：挺住呀，以后谁都靠不上了，靠你自己吧少奶奶。

牟金活着的时候，牟宗升就经常摆出他的叔叔资格，还有商会会长的派头，在佣人面前对牟金耍威风，显示自己在这个家族的位置。姜振帼想，现在到了遏制一下他气焰的时候了，如果让他的气焰烧起来，她后面的日子就会火烧火燎的。

她心里想起了一句骂人的话：我让你猴子翘屁股，露出个红脸腚。

她从丈夫牟金灵柩前站起来，一双泪眼投向了自己的大管家易同林，泪光中透出哀怨的眼神。

她只是对易同林微微地点了点头，一句话不说，易同林就明白了。他看到少奶奶一双泪眼，自己也就忍不住泪流满面了。

他很少看到少奶奶如此悲切。

这老东西在日新堂伺候了老主人牟宗臣快二十年，如今又把少爷伺候归西了，对东家的每一个眼神都读得烂熟。

易同林抹了一把泪水，知道少奶奶已经不耐烦了，她的眼神暗示他，按照规矩行使大管家的权力。

他把翠翠召唤到身边，叮嘱翠翠，要寸步不离地伺候在少奶奶身边，其他的事情就不用翠翠管了。他担心少奶奶万一脑子有片刻糊涂，去做了贞节烈妇，日新堂可就是树倒猢狲散了。

翠翠旁边，站着十二岁的大牛，是专门给少奶奶跑腿的，大家都叫他"腿子"。现在少奶奶不会有太多的吩咐，易同林就说："腿子，你跟在我后面，随时听我的使唤。"

叮嘱完翠翠和腿子，易同林才对身边姓潘的马夫小声说："潘马夫，去，骑马去黄县，天亮前把少奶奶娘家人接来。"

潘马夫刚要转身，却被易同林一把拧住了大腿，潘马夫疼得站立不动。易同林哑着嗓子说："天亮前接不来人，我砸断你的狗腿！"

潘马夫从大管家身边走开，后面的人就站上来，是少爷楼内的老妈子。易同林对她说："你去张罗白布和黑布，需要多少丈，你要比我清楚。还有，把小少爷和小姑奶奶伺候好。"

老妈子点头去了，再上来的是厨房的佣人，易同林让他们快去厨房准备面食供品……最后上来的是看门的老头树根，年龄在六十开外，却很硬朗。除看守门户之外，他还负责给东家挑水担柴。东家有三个伙房，每天需要十几担柴草和二十多桶水，没有一个好身板是撑不下来的。

不等易同林说话，树根就请示说："镇上的许多佃户，听说大少爷没了，都等候在街门外，要进来哭丧，你看……"

"先不要开门，我要问少奶奶。"

易同林干瘦的身子，像一个影子似的闪进了屋内，垂在姜振帼右侧，说完了事，请她发话。姜振帼看了看外面黑黑的夜晚，还有灯光里斜飞的雨雾，本想说明天一早再开街门，但转念一想，现在让佃户进来哭丧，也算给她助阵了，如今孤儿寡母的她，多么需要这种气势呀！

牟氏庄园位于栖霞县城北边的古镇都，跟县城之间有两里的路，是一个三百余户人家的镇子。村民都是牟家的佃户，其中一半的佃户属于日新堂的门下，倘若每户来一二人，也有二三百口子哩。这些佃户，大多姓牟，追溯五六代以上，祖上同属牟氏家族，家道败落后就沦为佃户。现在日新堂的祭祀厅内还供奉着他们的祖宗呢。对他们这些佃户，牟家有特殊的优待，可以优先租用最好的土地，大灾之年可以适当减免租子。

这些优厚待遇，也不仅仅因为他们姓牟，更重要的是他们居住在牟氏庄园四周，是邻居，兔子不吃窝边草，跟这些邻居搞好关系，他们就成为牟家的一道屏障，可以对付别的佃户，对付过路的乞丐，还有小股的盗贼。

别的佃户，把古镇都的佃户叫作大本营。不用说，大本营算是牟家的嫡系佃户了。

姜振帼的嘴唇微微启开，凑近了易同林耳边说话，他就闻到了略带

13

一丝苦涩的香气，从少奶奶微启的香唇中呼出，拖着几个软弱的字："打开穿堂门。"

易同林听了少奶奶的话，一惊，担心自己没有听清，就又追问一句："打开穿堂门？"

姜振帼点点头，又吩咐他说，给我把每一道穿堂门都高挂了白灯笼，屋里屋外凡是红色的东西，全部用黑白两色布匹遮盖；大伙房通宵熬粥，供前来哭丧的佃户夜宵；选出一些佃户男女帮工，准备好明天亲朋吊丧酒宴；多派几个杂工日夜巡视宅院……易同林领了少奶奶的话，退出了屋子。

顷刻之间，雨雾中的日新堂院落内人影浮动，四处响起了那些下人宽厚的脚板拍打积水的"扑哧"声。

日新堂宅院里到处张挂起了白色灯笼。

雨停了，却仍有雾样的水汽，一团一簇地漫进院落。在灯笼光的映照下，院里云雾缭绕宛如佛界仙境，平添了一种神秘而又阴森森的氛围。

看门的老头儿树根，打开了少爷楼前的穿堂门。

穿堂门不是可以随意打开的。

庄园内四大家的宅院，建构基本相似，都是六排房子，由南至北纵向深入。最南边的第一排有八间房子，居住着看门人、农田里的长工和一些勤杂工；第二排五间大堂屋，用作账房、账房先生和普通客人的住处，以及普通会客厅；第三排是五间大厅，东面一间为书房，兼作贵客留宿的卧室，西边一间是祭祀厅，中间的三间是会客厅，厅房正中挂着各家堂号的大匾；第四排是上下两层的大楼，共有十个房间，是老爷楼，居住着老爷和太太，还有没成家的子女，以及伺候老爷太太的老妈子和丫鬟；第五排是上下两层的小楼，也是十间，居住着已婚的少爷一家和丫鬟下人；第六排跟第一排相似，是八间群房，用作杂物库。每两排房屋之间，东西两头用厢房连接，厢房既成了围墙，又作为他们的临时粮仓、油坊、豆腐坊之用，于是六排房子就又构成了六个四合院。

四大家的四个宅院，又是东西并列着的，之间相隔一条甬道，四合院相对的甬道处留有便门，这样，四个宅院的二十四个四合院就连成一片，横竖形成了一张棋盘格局，里面楼阁耸峙，甬道幽长，院落四合，乌门朱窗，长廊衔接凉亭，屏墙连着廊檐。

按照当地的建筑规矩，街门和房门不能对开，而庄园的每一排房屋正中的那一间客厅，都留有前后门，从南向北，一条直直的通道穿堂而过。平时，每排房子正中的客厅，后门是关闭的，需要走东西两边的甬道，才能到达另一排屋子。只有在重大节日，或是贵客临门时，才会打开穿堂门，每一道门前张灯结彩，彰显牟家的富有和吉祥。

作为丧事，本应该禁闭了穿堂门才对，少奶奶却让打开穿堂门，大管家易同林感到吃惊是可以理解的。

在月新堂等待的牟宗升，听了丫鬟小六的通报，得知几家的爷们儿都到齐了，这才迈着四方步，朝日新堂的少爷楼走来。他精心地把身子收拾了一下，穿了他那件小立领的肥袖马褂，黑底白花，上面绣着金黄色的蝙蝠图案，既适合眼前的氛围，又体现了他的高贵。

他这排场，像是参加县衙门的宴请一样。

从甬道进了少爷楼的四合院，牟宗升一眼就看到了打开的穿堂门，突然站住了，样子很生气，把脸一横，问谁让打开了穿堂门。树根说是少奶奶发了话。牟宗升说："你给我关上，当心我剁了你的爪子！"

树根犹豫着不知该怎么做，大管家易同林忙走到前面，说："二爷你别动肝火，要关上，我也得去问问少奶奶。"

易同林的话没说完，牟宗升的巴掌就抽过去，很响亮，大管家退了两步。

"不懂规矩的奴才！"

牟宗升说着走进了少爷楼的堂屋，板着脸站到了几个爷们儿前面。他的太太李氏很配合他的表演，停止了哭泣，冲着他喊："都等着你来打理事情，你磨蹭啥呢？"

李太太的意思很明显，就是让他来当家主事。

牟宗升看了看几个爷们儿，然后拉出一副主事的架势，要给众人吩附营生。少奶奶姜振帼已经听到了他在门外训斥易同林的话，于是就抢在他前面说话了："二叔，穿堂门是我让打开的，镇上的佃户要来给他们的少爷吊孝。"

"别人不懂，你该懂吧？咱们牟家的穿堂门不是随便打开的。"

少奶奶当然懂得，但是少奶奶却说："祖训上没有穿堂门的规矩吧？"

"祖训上没有也不行，这事我说了算！"

二爷的口气没有商量的余地。看来，已经不是穿堂门到底要不要开的事情了，而是今后谁在这个家族中说了算的问题。姜振帼的心收缩了一下，盯住了牟宗升的眼睛说："难道二叔过来不是帮我们孤儿寡母的，要的是说了算？"

"帮忙，怎么帮？大家都乱哄哄的，没有个人说了算能行吗？四个叔叔当中，我是老大，我不说话，等谁说话呀？"

姜振帼眼睛冷冷地向上一挑，把她内心掩藏的刁钻和硬气都挑了出来，挂在眉梢两端，说道："日新堂的事，应该我说了算。"

牟宗升有些沉不住气了，扬起宽大的衣袖甩了一下说："穿堂门开不开，不单单是日新堂的事，你让那些佃户穷鬼从高贵的穿堂门进来，成何体统？你坏了咱们家族的规矩，我就不能答应了。"

姜振帼装出不懂的样子，追问："这么说，家族的事，现在你说了算？"

牟宗升不能再回答了，他没想到平日里看着楚楚动人又很少说话的少奶奶，香唇一开，话锋竟然这样犀利。情急之下，他看了看身边站着的四爷牟宗昊。

四爷这会儿的目光一直落在少奶奶身上，舔着、摩挲着，琢磨着怎么样能够征服了这女人。他看出了牟宗升的目光是在向他求援，很好，他正需要别人的重视。

牟宗昊擦了擦眼角，那儿其实并没有泪水。他说："家族的事，总要有个人说了算，你家牟衍堃才七岁，撑不起咱家族的大梁，如今论年龄你二叔最大，论社会交往他是商会会长，理当他说了算。"

牟宗昊说话的时候，嘴角露出不易觉察的淫笑，他是有意地显示自己说话的分量。姜振帼已经把他的心看了个透彻。

她身子剧烈地一颤，突然感到，眼下自己在庄园内已经成了最孤单的人，危机四伏，随时都有被他人一口吞噬的危险。外面的潮气很重了，风中带有了一丝凉意，她下意识地缩了缩身子。

被灯光投在墙上的那些身影，这时候混乱地晃动，演起了皮影戏。窃窃的私语声在姜振帼耳边乱糟糟地响着，她的耳朵一个劲儿地嗡鸣，什么都听不真切了。

性情直爽的五爷牟宗腾有些烦躁了，说："都别嚷嚷了，先发丧，谁说了算的事，过些日子咱们再商定。"

这句话，给姜振帼解了围。她点点头，说好吧，既然先发丧，那么就是我们日新堂自家的事了。

她转身对门外的易同林，也是对屋内所有的人宣布："打开穿堂门。"

易同林对前面站着的树根等杂工高声吆喝："打开穿堂门——"

易同林的老嗓子，很有底气，有点像皇帝面前的总管，高声吆喝"宣某某进见"一样洪亮肃严。

一道又一道穿堂门打开了。最后一道是临街的大门，半尺厚，九尺半高，门上有老祖宗留下的一副对联，"耕读世业，勤俭持家"。门前有台阶十层，寓意步步登高，十全十美。大门槛更是气派，六尺多长，三尺高矮，早晨卸下，天黑装上，由看门人把守，就是八尺汉子要迈过门槛，也要扯着裤裆高跷着腿，两手扶住门槛，拉出一副公狗撒尿的架势。

树根费力地卸下大门槛后，等候在门外的佃户就像潮水一样涌进来。但是，他们面对敞开的穿堂门，也愣住了。从穿堂门一眼望去，就看到了少爷楼的堂屋内，聚集了许多老爷和太太们。穿堂门两边，许多地方都披上了黑布和白布，肃穆庄重。

那些在门外还哭哭啼啼的佃户女人们，此时却不哭了，有些无所适从的样子。树根在一边催促，说，走呀你们。佃户们终于醒过来，醒过来就更不敢从穿堂门走了，绕到了两边的甬道上，朝少爷楼走去。

人群走动的时候，哭叫声又动起来了。

他们哭叫，我的少爷呀——

他们哭叫，我的东家少主子呀——

他们哭叫，老天爷哎——

…………

佃户们跪满了少爷楼前的四合院，有二百多人。院子里的积水还没有渗漏干净，许多人的膝盖埋在水里。他们的悲痛，是从心底发出的。

日新堂的佣人已经来不及缝制孝帽了，就给每个哭丧的穷人撕扯了一块白洋布缠在头上。这块孝布是可以带走的。白洋布半尺宽，两尺长，差不多能给孩子做一条短裤子了。一家来两三个人的，拼起来就可以做一件短袖褂子了。女人们一边哭着，一边就琢磨这块白洋布的用处了，然后，琢磨东家少奶奶的好处，那哭声也就格外响亮而悲切。

大灶房那边，不多时就熬好了小米粥，把整个大铁锅抬到了院子内。哭累了的佃户下人们，走过去喝一大碗小米粥，最后一口米粥还没有完全咽下去，就又忙着去哭。

有几个佃户女人，还哭晕了过去。

姜振帼换了一身白旗袍，头上缠着洁白的丝绸，丝绸从后面滑落下来，宛若瀑布。

牟宗升烦躁地甩手走了。

去了就去了，姜振帼已经不指望他来帮助自己了。

过了一会儿，夜色更厚重了，几位太太丢下了一些眼泪，也各自回去了。夜里守灵的事儿，留给了大寡妇和小寡妇。

剩下的三个老爷和少爷牟银，凑在一起商议明天的事情。明天重要的事情，是迎接前来吊唁的亲戚，还有本县一些有脸面的人士。他们商定好后，跟姜振帼打了招呼，也散去了。

屋里静下来，墙皮上只剩下姜振帼和鲁太太的影子。粗大的白蜡烛光，时不时发出毕毕剥剥的响声，那橘色的火焰随着毕毕剥剥的声响抖动起来。婆婆和儿媳投在墙上的影子，也便一惊一乍地抖动着。

少奶奶感觉整个屋子都抖动了。

牟银的太太栾燕回去不长时间，又返回来了，对姜振帼说："大嫂，牟银让我来陪你，怕你……怕你害怕。"

姜振帼看了看栾燕，心里暖了一下。她瞥了一眼已经僵硬了的男人，委屈就从眼睛、鼻子、喉咙里升腾起来。她张开嘴大哭了。

她的哭声是喷出来的，嗓子眼被哭声拥挤得快要爆炸了。

门口的翠翠有些害怕，害怕少奶奶把灵柩里的少爷哭醒了。

少奶奶的嗓子很快哑了，哭不出声音了。她的嗓子太细腻，经不起折腾。佃户们的嗓子好，粗糙，哭了一个时辰了，还嘹亮着。

她嗓子虽然哑了，身子却轻松了许多，可能是哭出了很多眼泪。

眼泪是身体中最有分量的东西。

"嫚子，去把衍塋和衍淑带过来。"她习惯了这样叫丫鬟。

七岁的牟衍塋和五岁的牟衍淑，现在被老妈子伺候在老爷楼鲁太太的卧室内。她想，让儿子和女儿今夜给他们的爹哭几声，明天来了亲朋，就不让他们在一边跪陪了。儿子现在最金贵，让儿子明儿陪着来吊丧的人跪一整天，若是把他折腾出毛病来，她可是把老底儿都赔了。

鲁太太睁开眼睛说，孩子睡了，你叫他们来干啥？要来，天亮了再来。

姜振帼说："白天人来人往的，孩子在这儿太受罪。"

鲁太太吃惊地说："再受罪也要来哭丧呀，这是规矩，客人来了看不到儿女哭丧，像什么话？"

婆婆的毛病，姜振帼太清楚了，虚荣，宁可让两个孩子受罪，也要做给别人看，其实谁会注意到两个孩子呢？注意到了又能怎么样？这些话她都放在心里，她现在不想跟婆婆解释这些，她们想的不是一个方向。

老妈子和翠翠，各用一条毯子，把牟衍塋和牟衍淑裹进来，两个孩子都披麻戴孝，却还睡着。孩子睡觉沉稳，拽着胳膊晃荡了几下，依旧酣睡。姜振帼就索性把他们丢在灵柩前的毡垫上，对着两个屁股抽了几巴掌。

睡梦中的孩子稀里糊涂地放声大哭了，哭了三两声，又稀里糊涂地睡去，眼睛始终没睁开。

她给老妈子和翠翠打了个手势，让她们把孩子送回原处。

外面佃户的哭声还在，却不是从心里冒出来的了，这样哭下去，天亮的时候，恐怕就变成歌唱了。

她的心思，其实已不在丧事上了，死的人已经不会动了，哭得翻江倒海也是哭不回来的。她在想如何应对庄园内的几位老爷，保住日新堂掌门人的位置，还在想眼下的春播春种，不能因为丧事耽搁了。这些事情，她要抓紧跟婆婆商量，栾燕在眼前，不方便。她就对栾燕说："妹妹你回去吧，我这里没事了。"

栾燕看出姜振帼有事情，也就不坚持了，安慰了她几句宽心话，叹息着去了。

栾燕一走，姜振帼就对鲁太太说："太太，你看到月新堂我二叔那架势了吗？很明显是冲着掌门人位置来的，咱得留个心眼才行。"

鲁太太说："他想在庄园内说了算，也不是一两天的事了。祖宗有规矩，他想也是白想，理会他干啥。"

姜振帼摇摇头，说道："不对，太太你想，这一次不同过去，牟衍堃才七岁，他们要在这上面找个理由的。"

鲁太太想了想，也有一些疑惑，说道："衍堃还不懂事，谁能想到我儿子去得这么早，你说咱们该咋办呀……"

说着，鲁太太又哭起来。

"我们先主事，衍堃长到了十八岁，就可以交给他了。"

"我们？你是说我和你？"鲁太太吃惊地看着姜振帼，"牟家自古可没有女人做掌门人的，都是长子长孙主事，那几家的老爷会同意吗？"

其实姜振帼说的"我们"，是指她自己。她担心鲁太太起疑心，只能把鲁太太推到前面。她叮嘱鲁太太，在这个大事情上，一定不能软弱让步，要跟牟宗升争夺到底。日新堂有牟衍堃在，没有断子绝孙，不需要过继别人，可由鲁太太暂时代替牟衍堃主事。她说："祖训上没有说女人不可以暂时代理主事呀？"

鲁太太为难地说："这要他们提出来才好，我怎么能厚着脸皮去争这个呢？"

"太太肯定不能出面去争了，但我可以，我是衍堃的娘，我有责任代替自己的儿子操劳吧？我若能争得来，还不是和太太主事一样？什么事情我都要请你拿主意的。"

鲁太太不知道姜振帼心里的真实想法，于是就说："若是能争得来，一定要争了。"

接下来，姜振帼又说了第二件事情，说她准备过两天，就把男人牟金的尸体入棺，移到堂丘里，丧事就此打住，不想耗过七天的日子。

堂丘就是三进门西厢房的一间屋子，专门用来停放棺木的。鲁太太一惊，说："两天后就从堂屋移到堂丘？一日夫妻百日恩，你就不能为他守灵七天？"

姜振帼瞥了一眼灵柩，说："我能守他一辈子，只是眼下春播时节，日子经不起折腾了。"

鲁太太脸色愠怒，说："春播用你下地吗？让大把头安排就行了。"

姜振帼说："以往可以交给大把头，如今不行了，大把头会不会像过去那样尽心？咱们得自己打算料理才行。"

鲁太太眼睛一瞪说："你这是让别人家耻笑我们啊？人刚咽了气，就搁在一边了？你没心思守，我来守，这才不到一天，你就没心思守他了！"

鲁太太的话刺伤了姜振帼，她说："太太你想说什么就说什么，我是吃了秤砣了。"

"你敢！我倒要看看你吃的是什么秤砣！"

姜振帼不想这个关口跟鲁太太争吵，于是就站起来，走到门外。佃户们见她走出来，哭声陡然升高了，一浪高过一浪。

"都别哭了，起来起来。"

她说完，还有零落的几声哭在坚持着，显示自己对主子的忠心。她就提高了声音，严厉地说："都起来，滚回去，明儿一早就下地，眼下雨水充足，赶紧播种谷子，误了时节，地租可是一两都不能少。"

大管家易同林拂袖擦了泪水，定神去看白灯笼下站立的少奶奶，一身素装，那双三寸金莲，踩在门前的青石上，像两个小玉米棒棒，饱满结实。大管家心里暗暗叹服少奶奶的干练和大事临头的冷静。

他知道少奶奶的心情，于是就喊，说都回家吧，少奶奶发话了，你们回去播好春种。跪着的佃户这才起身，由于跪的时间太长了，站起来不太适应，一个个佝偻了腰，身子打晃。

佃户走净了，姜振帼对易同林说，你也去睡吧。易同林嘴里应了一声"是，少奶奶"，身子却站在那里没动，眼睛瞅着堂屋的灵柩，泪水涟涟。姜振帼明白了他的心思，就说："进来吧，想给你的少主子磕头是吧？想进来就进来，缩着个鳖头干啥？"

易同林磕磕绊绊地扑到灵柩前，三个响头磕得惊心动魄。然后，哑哑地哭了，说少爷啊少爷，你走得太早了，让我这条老狗陪你去吧。

一边的鲁太太说话了，说管家你站起来，你是日新堂的老仆人了，这个节骨眼上，别坏了身子。我们老的老，少的少，就靠你打理家事了。当年老爷和少爷待你都不薄，养了你二十年，也养肥你这老狗了，还缺少什么？

易同林忙给鲁太太和少奶奶磕头，说老狗知足了，老狗的命就交给奶奶了。

这老狗的命，对日新堂的孤儿寡母，是很有用处的。

三

姜振帼跪在灵柩前，一夜没闭眼睛，把很多事情都想明白了。身后伺候她的丫鬟翠翠却经不住漫长的夜晚，困得打了瞌睡。她见了，拔下头上的一支银簪去扎翠翠的大腿，嘴里骂，你这个该死的奴才。

翠翠惊叫了一声，醒过来，急忙看灵柩上的大少爷，以为是被少爷的鬼魂咬了一口。

这一夜，是姜振帼一生中最寂静的夜晚。她觉得奇怪，眼前放了一个死人，就把所有本该属于夜晚的声音都吃净了？猫叫，狗叫，布谷鸟叫，还有虫叫的声音，突然间都消失了。她的思维在这片寂静中格外清晰敏捷，把将来很多事情都梳理了一遍，就连她将来的死亡都想到了。

对一个人来说，这种夜晚多有几个也不是坏事。

她想，日新堂不能垮，日新堂还要掌握家族的主事权，眼下她要想办法为儿子牟衍堃保管着掌门人的位置。

这个夜晚，牟家大院的许多个窗户都亮着烛光。

月新堂的二爷牟宗升回家后，越想越气愤，就把伺候他洗脚的丫鬟小六打了一巴掌。小六不知道为什么被打了一巴掌，也不去想，老爷太太打她，是不需要什么理由的，想打就打吧。

挨了打，也是不能哭的，小六这点儿没做好，忍不住泪水，让那无声的泪水流了满脸。她已经十七岁了。七八岁那年，父母逃荒路过牟氏庄园，差点饿死在街头。二爷牟宗升遇见了，给了他们一家吃了顿饱饭，看着小六长得机灵，就给了小六父母一些碎银，把小六买下做了丫鬟。如今自己的父母流浪到哪里，小六并不知道，说不准已经死在路上了。

看到小六流泪了，牟宗升似乎很不理解，说："你委屈吗？嗯？你有什么委屈？要哭滚出去哭，我家里不发丧！"

又说："明儿我卖了你，看你再哭！"

小六跪在地上，不敢哭了，眼里盛满惊恐。她一边搓着二爷的脚，一边说："二爷不要卖我，不要卖我，我要伺候二爷一辈子哩，二爷……"

二爷低头看了一眼小六。跪在那里的小六，穿了一件丝绸褂子，是二爷的大姑娘扔掉的旧衣裳，太宽大了，胸前的领口耷拉下来，露出一对快要成熟了的小乳房。

只是，二爷眼下没有雅兴欣赏小六的胸，他心里想的还是姜振帼。虽然打了小六一巴掌，却不解恨，巴掌毕竟不是打在姜振帼的脸上呀。

小六已经端走了洗脚水，他仍坐在那里，呆想了半天，突然狠狠地说："我让你给我来洗脚丫子！"

小六怯怯地跑过去说："老爷，我刚给你洗了脚……"

牟宗升瞪了小六一眼，说："你滚一边去，谁让你给我洗脚了？"

小六真不懂他的心思，被他的话搞蒙了，傻傻地站在那里。

李太太心里明白，就说："单单让她洗脚？便宜了她吧？我看要让她陪你睡觉。"

要是在往常，牟宗升不会计较李太太这句话——女人喜欢吃醋，让她吃好了。可今晚不行，今晚二爷心里憋闷，她就吃不成醋了。二爷就站起来，不吭不哈地走到了她身边，扬起巴掌，抽在她的脸上。

"除去这事，你还能想什么？蠢货！"

挨了巴掌的李太太不敢多言，忙捂着脸闪进了自己的卧室。

各家老爷和太太的卧室都是分开的。老爷喜欢你伺候，就会去你卧室；老爷不喜欢，你就在那里干熬着吧，一个月两个月，甚至一年两年是极正常的事。今晚，二爷是不会有这个雅兴调理她的身体了。她进了卧室，就把伺候她的老妈子赶出去，自己闩上了门。

堂屋里只剩下了牟宗升和丫鬟小六。牟宗升坐在那里抽烟，一声不吭。小六就站在一边，给二爷捶背，二爷不睡觉，她是不能睡的。月新堂的老爷楼内住着丫鬟小六和三个老妈子。小六专门伺候牟宗升，一个姓李的老妈子专门伺候李太太。这个李妈子是李太太嫁过来的时候，从娘家带来的，伺候李太太特别尽心。另一个老妈子专门伺候大少爷牟昌和二少爷牟盛，大少爷十岁，二少爷才五岁，两个少爷都由老妈子单独照料在一个房间。还有一个老妈子，住在楼上，伺候牟宗升的三个姑娘，大姑娘二十五，二姑娘二十，三姑娘十五岁。牟家的姑娘们，都藏在深闺内，很少出门，就连整天在院里走进走出的大管家，也很少能见到姑娘们。佣人们都不知道她们的名字，事实上她们也不需要名字，老爷和太太，总是叫她们大女子二女子的，下人们叫她们姑奶奶。

大姑娘和二姑娘都已经到了出嫁年龄，做父母的却一直没有给她们选定婆家。能够与月新堂门当户对的人家实在不多，牟宗升又不肯降低自己的身价，把女儿许给一些小地主家的少爷，于是女儿的婚事一年年拖下来。女儿们自己虽然焦急，却又说不出口，自己的命运全交给了父母主宰。

因为少爷们还小，月新堂后面的那栋少爷楼就暂时闲置着。

每天晚上睡觉前，牟宗升都要走过去看看大少爷和二少爷，今夜他却没有去。照顾两个少爷的老妈子，小心地把二少爷抱出来，送给牟宗升过目。二少爷已经睡着了，牟宗升看到了儿子，脸色就好起来，凑近儿子的脸蛋儿亲了亲，对老妈子说："让少爷去睡吧，当心夜里受了凉。"

老妈子抱走了二少爷，牟宗升又把长杆烟袋插到嘴里吸了几口。想到了两个宝贝儿子，他心里就动了动，月新堂的将来就要靠他们支撑下去了，能否像日新堂那样长盛不衰，也要看两个小东西了。他想，如果这次能把掌门人的位置夺过来，月新堂就是家族繁衍发展的龙头，他的大少爷牟昌将成为家族最有权力的人。

该动手了。

他让门外的腿子去一进门的群房叫来了大把头。

他问大把头："我们跟日新堂地界相邻的地方哪里最模糊？"

大把头说："什么事？"

牟宗升踢了把头一脚："我问你话，你就答。"

庄园各家的土地，大都给了佃户耕种，但每家也在距离庄园最近的地方留出了一百多亩好田，还有十亩的菜园，作为自耕田，常年雇佣长工住在庄园内，耕种管理这些自耕田。产下的粮食也就堆放在庄园内的粮仓里，供自己食用。

"东泊的滩地，几十亩的地界挨着。"

"好，你带两个人，看看哪几块地界的石头能挪一下，向外挪两尺。"

大把头明白了二爷的意思，向外挪两尺，至少可以多占日新堂两三亩地。地界是用埋在土里的石碑做标志的，双方都有约定。

大把头小心地说："二爷，今夜不好挪。"

二爷的眼睛已经瞪起来，要发火，要骂"你们这群猪"，大把头就急忙凑近二爷，说："二爷你想，今天刚下了雨，挪了界石，留下的痕迹太明显。"

牟宗升的眼珠子又缩回了眼眶，说道："我就是要让她知道！"

大把头去了。大把头走出屋子的时候说："这事就交给我了，二爷，我会弄好的。"

牟宗升粗粗地喘了口气，走进卧室。其实他并不是为了多占日新堂的几亩土地，月新堂的土地虽然比日新堂少了许多，但也不缺少这么三两亩；他是要投石问路，挤压一下刚刚死去男人的少奶奶，看她如何反应。

丫鬟小六已经给他安排好睡觉的物品，正要出屋，他却叫住了小六说："给我捶捶背。"

小六就跪在炕沿边，给二爷捶着大腿。这时候的二爷，想到了她胸前的乳房，有了空闲可以摸摸了，于是就把手伸进去。小六惊恐地看着他，两只小拳头不敢歇下来，一边捶着，一边让他悠闲地捏着。

"长成了呀。"牟宗升说。那口气就像看着自己田里的玉米棒子或是一个葫芦瓜一样，很自然地抚摸着说："快长成了。"

"二爷，太太、太太那边……"小六说。

小六是要提醒二爷，别让李太太看到了。这当然吓唬不住二爷，别说李太太这么晚不会进来，就是看到了，又能把二爷怎么样？对于二爷来说，自己地里的庄稼，什么时候想收割都行。二爷不慌不忙地解开了小六的上衣，仔细看着，似乎在想该不该收割这片庄稼。到后来，他还是扯掉了小六的裤子。

被脱光了的小六，浑身抖着，可两只手还是机械地捶着二爷的大腿。她心里已经明白，今夜自己的身子就要交给二爷了。

二爷跟李太太成亲的时候，还不太懂得男女的事情，新婚夜过得很没有章法。现在二爷知道品味当中的快乐了，他从小六的身上就找到了从来没有的体验，感觉自己的整个身体都在膨胀，膨胀成一个硕大的气球，然后开始飘浮，最后在大气层的压迫下，"砰"的一声爆炸了。

爆炸后的二爷，又回到了地面上，他就觉得自己离不开怀中的小六了，想着应该常常地像气球一样飘浮一阵子，然后在她的体内炸裂。他对小六就温和了许多，给了她一些抚摸。

小六从二爷身子下爬起来，好像想起了重要的事情，说了声："哟，忘了。"二爷不知道她忘了什么，静下来看她，她却转到二爷身后，又给二爷捶背了。

二爷美滋滋地笑了，点上了一锅烟吸着，在小六的两个拳头敲打下，回味自己在小六体内索取的一些滋味。

这个夜晚，小六就在二爷的卧室内度过了。

东来福少爷楼内牟银的卧室，蜡烛也亮了大半个晚上。少太太栾燕回去后，牟银挺吃惊，问她怎么又回来了。栾燕说，大嫂让我回来的。牟银有些恼，说大嫂让你回你就回来了？她是怕你累着，你倒是很实在，真的就回来了。

栾燕软着声音，给牟银解释说："大嫂那边有事跟太太商量，我在那儿碍事。"

这样，牟银就不追究了，只是粗粗地叹了口气，说："大嫂现在难呀。"

"她们肯定是商量以后谁当家的事儿，你看二叔那架势，明着是要主事了。"

"他主事，唉，只顾为他自己了，我看最好还是让大嫂当家。"

栾燕想了想，摇头说："大嫂是女人，能当家？"

"暂时当家，有什么不行的？等到衍塑长大了，再交给衍塑嘛。"

谁来当牟氏家族的掌门人，对几个家庭都很重要；对过早失去父亲的牟银，就更重要了。他被夹在几个长辈爷们当中生活，常常要忍受一些委屈，于是就希望有个公道的当家人为他支撑着。

想到今天牟宗昊的话，牟银就气愤地说："你看咱叔叔，那叫人话吗？"

栾燕上了土炕，凑近了牟银说，那是你亲叔叔，你不知道他一向这么霸道？过些日子，我看咱们也该跟你叔叔分家了，不能总这样让他压着我们。按规矩，你是长孙，东来福应该由你来继承。栾燕说着，把自己的身子送到牟银怀里。牟银就把她的身子扳倒了，放在自己腿上，说，我没法提出来，就连咱们太太都不好张嘴。我看，过些日子如果真是少奶奶当了掌门人，我跟少奶奶提出来，让她来主持公道。

牟银说话的时候，栾燕就把头朝牟银怀里拱，拱得他后面的话无心思说了，到后来就被肢体语言代替了。

…………

疲惫的夜晚终于退去，喳喳的家雀把天色叫亮了。

守了一夜灵的鲁太太，在丫鬟的搀扶下回到老爷楼梳妆去了。姜振帼也离开灵柩走出堂屋，她好像被清新的空气噎住了，站在门前嘴唇张着，却不呼吸。昨天的雨水，把屋顶冲刷干净了，院子的青砖和石板上，留下了积水匆忙离去的痕迹。喳喳叫着的鸟儿，从屋顶俯冲下来，在摆放粥锅的地方，啄食遗留的米粒，轰然而来，又轰然而去。

小灶的佣人已经送来了早餐，依旧是少奶奶喜欢吃的银耳汤和海参汤。少奶奶看了两眼，心里想着一对儿女，问佣人："衍堃和衍淑吃了吗？"

厨房佣人回话，说还没有，老妈子伺候小少爷和小姑奶奶洗漱呢。

佣人退下，姜振帼觉得自己需要吃一点东西了，不是她想吃，是她的肚子需要。她想，过会儿吊孝的客人来了，又要忙活一天，中午饭是不能吃了，就是她想吃都不能，总要在人面前装出悲痛欲绝的样子。她忽然感到，自己因为忙着料理事情，脸上竟然挂不住悲伤了。"这不行的，总要有些悲伤才对。"她努力去想一些悲伤事情，想自己的命如何悲惨，想孤儿寡母被人冷落了……想着想着，她骨子里的那种争强好胜的韧劲儿就冒出来了，把刚有的一点儿悲伤涂掉了。

悲伤还是没有回到脸上。

这时候，易同林跑来通报，本县的几个乡绅已经到了。再后来，她娘家的哥哥和嫂子也乘坐马车赶到了。她的早餐终于没有吃成，忙跪在灵柩前，接待一批又一批的客人。

本县的头面人物都来了。街门外停放了很多轿子，有的是人力轿，有的是马驮轿。大多数的人还是骑着马匹、骡子、毛驴赶来的。街门外的石墙上有许多用来拴马匹的石鼻子，都已经拴满了，客人们只好把马匹拴在门前的槐树上。

过路的乞丐，单看门前的马匹和轿子，就知道这户人家真是气派，许多乞丐都朝门前走来。庄园的门前，从来没断过成群结队的乞丐。

在少奶奶姜振帼的身前身后，前来吊孝的人说了很多话，她都记不得了，就记得两位乡绅太太在她背后小声议论："有了大寡妇，又多了个小寡妇，这日子啥时候熬出头？"

过去，人们在她面前称呼她的婆婆"大寡妇"。她知道从今儿起，人们背地里就会叫她"小寡妇"了。

"我是寡妇了。"她心里说，"唉，我是小寡妇了呀。"

她对一拨又一拨前来吊唁的客人开始憎恨了。她疑心这些人不是来哭丧的，而是来看看新守寡的她是个什么样子，就像她嫁过来的那天，许多人跑来看新娘一样。只是，当新娘时，人们对她的腰身、她的脸蛋儿指指点点的时候，是羡慕她的美丽和幸福，现在人们却是在替一个小寡妇剩余的姿色惋惜。

她心里绽开一丝苦涩。

半上午的时候，罗县长也来了。这是一个矮小的男人，挂着文明棍，身后跟着几个兵丁。县长来了，二爷牟宗升也走到大门外迎接，垂着头却不说话。

二爷脸上的悲伤竟然比姜振帼厚重了几倍。

罗县长不喜欢牟宗升，也就没有多跟他说话。客气了几句后，他进了少爷楼的祭祀堂，说了一些不着边际的话，然后走到姜振帼面前，请她一定节哀。

说完了话，罗县长却没有走开，站在她身边，瞅着她的面孔看。

"唉。"罗县长瞅了半天，突然发出很响亮的一声叹息。

罗县长曾见过姜振帼几次，印象极好。按照罗县长的想法，这女人应该是个县长太太。

第二章

四

　　第一天的闹腾，姜振帼耐着性子支撑下来了。到了第二天，还是乱糟糟的，一拨人来了，又一拨人走了。牟宗升那几个老爷们，似乎把日新堂的丧事变成了一个交际场所，整日在日新堂跟一些前来吊唁的乡绅们喝茶吃酒。

　　她后来看着来吊唁的人问自己："这些人是来干什么的？"

　　到了第三天，她实在不能再忍受下去。先是打发自己娘家的人早点儿回了黄县，然后就命人草草收拾了灵堂里的摆设，要把牟金入棺，移到西厢房的堂丘里，自己再也不愿意跪在那里，把悲伤和悲伤压抑之下的美展示给人看。

　　鲁太太自然不答应，说道："你要想把我儿子装了棺材，就先把我装进去！"

　　姜振帼就说："那好，太太既然还想闹腾下去，你在这儿陪着好了，我可是支撑不住了。"

　　她真的离开了男人的灵柩，把乱糟糟的场面丢给了鲁太太。

　　回到自己的卧室，姜振帼对腿子大牛说："腿子，去，叫大把头来。"

大把头就是自耕田的长工头头，带领长工耕地、播种和收割。日新堂的大把头叫张腊八，三十出头，精通农事，而且身高力大，对主人忠贞不贰，在日新堂也是七八年的奴才了。他与大管家易同林，是日新堂主子的左膀右臂，管家替主子出谋划策，掌管管理大权；大把头替主子卖苦力，是主子镇压长工的棍棒，长工们私下叫他"狗腿子"。

两个人虽然都为主子卖命，都深得主子的赏识，但是大管家要比大把头高了几个档次，更受主子宠爱，所以大把头就不甘心，觉得真正给主子卖力的是他张腊八。两个奴才，也就常常你争我斗，不吭不哈的大管家，每次都要让大把头吃一些苦头。

大把头拖着两腿泥，从田里回来了。大把头回来的时候，大管家已经把家里几十个长工和佣人都召集起来，等待少奶奶训话。

姜振帼问了大把头一些农田里的事情，知道谷子、高粱、大豆和花生，还要五六天才能播种完，地瓜还没开始下种，地里正是用人的时候。她把宅院内原来的分工重新做了调整，让日新堂大院里种菜、榨油、喂马的长工们都到田里帮助春种，院里的事情交给几个女佣人和账房先生。

她对大把头说："管家主内，你主外，有一点儿闪失，要了你们的狗命！"

张腊八看了看管家，说："地里的事情请少奶奶放心，不会出什么大漏洞，最多也就是一粒种子烂在地里了。但家里可要让管家仔细一点儿，乱糟糟的时候，不要让银子烂在什么地方，损失可就大了。"

易同林阴着脸说："是呀，烂掉一粒种子没啥的，就怕心眼儿烂在肚子里。"

两个奴才虽然私下相互挤对，但对自己分管的事情还都是尽职尽责的。日新堂的方方面面并没有因为丧事有过一刻的停顿，所有的环节还在正常运转，似乎什么事情都没有发生。

只有鲁太太还沉浸在悲痛中，不愿离开灵枢，每天在儿子棺木前焚烧一些黄纸，落两滴眼泪。到后来，前来吊唁的人稀落了，大多数时间是鲁太太一个人守在空荡荡的堂屋内；而隔壁屋子里的姜振帼，却在跟那些下人嘀嘀咕咕的。

鲁太太就替儿子委屈了。儿子活着的时候，姜振帼夜夜缠在他身上，人一去就变了脸，草草地把他打发走了，她的心也太硬了。

想到后来，总也想不明白，她就冲进了姜振帼的卧室，耍起了婆婆威风，给了姜振帼一个嘴巴，拧着她的耳朵，一直把她拖到了儿子的灵柩前，让她跪好。身边的佣人们看见了，虽然满心同情少奶奶，却不敢吭声。

姜振帼挨了嘴巴，并没有反抗。她知道这个时候闹不得，就暂时把对鲁太太的恨堆积在心里。她虽然又回到了灵柩前，但也没有踏实地跪在那里，有了事情照例站起来去料理，闲下来的时候就继续她的跪拜仪式。

婆媳两人在一种对峙状态中熬过了七日，终于到了尸体入殓的时候。

牟家对配偶中第一个死去的人不会立即入土的，要等到另一个死了，一起下葬。先死的那个，入棺后放在堂丘内，停放一年，然后抬出屋去，在牟氏庄园后面的田地里，用青砖青瓦搭建一人高的小房子，把棺木存放进去。小房子叫作"浮厝"。

鲁太太的男人牟宗臣，现在就存放在庄园后面自耕田的"浮厝"内。他没等来鲁太太，却把儿子牟金等来了。

死人入棺的时候，要做很好的处理。这种绝活儿有专人来做。

第八日的上午，姜振帼和鲁太太最后看了一眼牟金，两个负责入棺的老头儿就开始给牟金净身。他们先用皂荚水把牟金浑身擦洗一遍。耳朵擦不到，就用一根棉棒，蘸了水插进去旋转。然后，他们再用酒精把尸体搓洗一遍，才使用白绸布条缠裹裸身，缠裹九层才住了手。入棺后，棺木内的四周塞满了木炭和灯芯草，用作吸湿防潮。

工序很复杂，两个老头儿做得一丝不苟。

接下来，他们把棺木盖钉死了。做这些的时候，外人是不能在场的。所以当铁锤砸在棺木钉子上发出沉闷的响声时，外面跪着的太太和站着的老爷们，还有成群的佣人，才知道仪式即将结束，于是放声大哭起来，算是跟棺木里的那个人道别了。

再接下来，两个老头开始油漆棺木，一层又一层地上漆。棺木并不是直接抬进"浮厝"里，而是要移到堂丘里停放一年。这一年中，还要不间断地给棺木油漆。

一切安排停当，姜振帼在棺木前面燃了几炷香，跪拜了几下，站起来看着棺木，心里说，你倒是清闲了，我却要去挣扎，你就在里面等我吧。

白天忙忙碌碌的，有许多事情等待她去定夺，她倒觉得很有精神劲儿；但夜色沉下来，她就觉得空落落的，两手想去抓住一个什么东西，却总也抓不住，于是就习惯了长时间地坐在梳妆台前看镜子里的那张脸。

这夜，丫鬟翠翠给姜振帼安排完就寝的一切，看她在镜子前呆坐，就准备无声息地退出去。她从镜子里看到了要退出去的翠翠，就叫住了她："嫚子，把你的铺盖搬过来，打了地铺睡。"

牟衍塈和牟衍淑都睡在少奶奶身边，翠翠想，少奶奶让自己睡在这儿，大概是为了照料他们的。翠翠不敢怠慢，把自己的铺盖搬到了少奶奶屋里，铺在土炕前的青砖地板上。

虽然整天伺候在少奶奶身边，但翠翠还没有很细致地看到少奶奶脱了衣服的样子。因此少奶奶换睡衣的时候，她的眼神就四处躲藏。在躲来躲去中，难免有几个眼神飞到了少奶奶身上，那片风景就撞击了她的眼球。

少奶奶的身子像百合一样白嫩。

少奶奶换完了睡衣，看到她还愣着，就说："发啥呆呀？还不快脱了衣服，吹灭蜡烛？"

翠翠慌张地脱掉自己的衣服。

姜振帼看了翠翠的身子，同样羡慕着。虽然是一副下贱的身子，却也白净柔软，总会有男人去抚摸、去滋润，而自己的身体却从此少了阳光雨露，失去了欢唱。这样想着，夜间就有一些可怜的梦来找她；到了后半夜，她被自己的哭声惊醒了。那些白天没有流出来的泪水，在静静的深夜，不被她的意志所控制，自由地畅流出来。

翠翠不知道发生了什么事情，忙去点燃了蜡烛，看到少奶奶已经坐起来，抱了双膝，把下巴搁在两个膝盖上，仍在呜呜地哭。她不知道该如何劝慰少奶奶，就怯怯地叫了声："少奶奶——"

少奶奶还是哭，大概是咬着嘴唇，所以哭声就像是风吹衰草，混沌中透出尖厉的高音。

"少奶奶，你没事吧？"翠翠又怯怯地问。

少奶奶只顾哭，不理会翠翠。翠翠沉默地听着少奶奶的哭泣，自己也陪着流了一些泪水。后来，少奶奶身边的两个孩子似乎要醒了，少奶奶打住了悲伤，擦了眼睛，这才对翠翠说："没事的。我问你奴才，你是不是觉得少奶奶命太坏了？"

翠翠摇摇头。

"你看我像不像个小寡妇？"

翠翠还是摇头。翠翠实在不知道小寡妇应该是个什么样子。

"我问你话呀，小奴才，你哑巴了？！"姜振幗有些恼怒了。

翠翠忙跪下，说道："少奶奶，奴才什么都不懂，只知道少奶奶好，知道少奶奶好看，知道少奶奶跟别家的太太不一样，是个能人……"

姜振幗不说话了，起身把蜡烛的芯子挑了挑，烛光霍然明亮了。她痴呆呆地看着跳跃的火苗，到后来眼睛里就塞满了明晃晃的烛光。烛光之外，却是一片黑暗，什么都看不到了。

她感觉眼睛有些疼。她的目光移开烛光，闭上了眼睛。她眼前的黑暗中依然有烛光在跳跃。

她闭着眼睛对翠翠说："你睡吧。"

翠翠又躺下了，而她却一直闭着眼睛坐在那里不动。

等到翠翠再次醒来的时候，蜡台上燃尽的蜡烛旁换上了一根新蜡烛，少奶奶已经换好了衣服，坐在那里定神看书。翠翠觉得自己起床迟了，慌忙起身穿衣，却被少奶奶喝住了，说道："还有两个时辰天亮，你这么早起来打鬼去？睡你的吧。"

但翠翠不肯睡了，穿好了衣服，跪在少奶奶身后，轻轻地给她捶背。少奶奶仍旧垂了头看书。寂静的屋内，响着沉闷的捶背声。

残余的夜色在主仆二人的沉默中悄悄地退去，窗户上透进来的光亮越来越强了。姜振帼吹灭了蜡烛，把两条麻木的腿伸出去，交给翠翠去捶打，自己却在一种极其安宁的神色中慢慢地闭上了眼睛，且作短暂的休息。

外面的大院内已经有了走路的声音，很轻，却格外清晰。现在，她喜欢听着这些脚步声，这些脚步都是围绕她走动，围绕她运转的。

早饭过后，管家易同林到少爷楼的堂屋听从姜振帼的吩咐，请示一些杂事。姜振帼突然提出要到田里看看去。易同林犹豫了片刻，觉得不妥，就说了很多少奶奶不宜下田的理由。说大少爷才去了，你出门恐怕让别人说笑；又说，男耕女织，自古就没有太太和奶奶们下田的，就连那些佃户家的女人也足不出户。

"我就是要去！"姜振帼虽然身为少奶奶，但年岁毕竟不大，使起性子来，说："我就是要出去，脚长在我身上，我说了算，谁想笑就笑去好了，让他们笑掉了大牙。"完全是一副小孩子耍赖的姿态。

"好好，老奴才陪少奶奶去。"老管家易同林没有办法，只好随少奶奶的性子。

姜振帼的三寸金莲小脚，愣是迈出了牟家高大的门槛，下田去了。潘马夫给少奶奶备了一头小毛驴，走在前面牵了绳索，易同林走在毛驴一侧伺候着。日新堂的马棚里有几匹高头大马，管家易同林却觉得纤腰瘦肩的少奶奶骑了高头大马晃晃荡荡，不牢实，倒是骑着小毛驴，安全又舒服，看上去也很协调。

小毛驴出了庄子，走上了一段小路，潘马夫手牵着缰绳，开始倒退着走路，眼睛仔细地看着驴蹄子。小路坑坑洼洼，潘马夫担心驴蹄子有闪失，摔了少奶奶。

驴蹄子还好，一直没闪失，潘马夫的脚却闪失了，踩在一块圆石头上，摔了一跤，仰面倒地。紧跟着走过去的毛驴，差点儿踩了潘马夫的身子。

潘马夫惶恐地躲避驴蹄子的窘迫相把姜振帼逗笑了。山上已经满坡的浓绿了，到处是新翻耕的泥土，空气里飘浮着青草的清新和泥土的香气。姜振帼的心里舒畅了许多。

看到少奶奶露出笑容，易同林也高兴了，对马夫说："潘马夫，少奶奶喜欢看你四脚朝天，你就再来几个四脚朝天给少奶奶看。"

潘马夫立即在路边的草地上翻滚起来。潘马夫是一个十七岁的大男孩，身体正柔韧着，他在草地上卖力翻滚的时候，姜振帼的心痒了一下，就像一根毛毛狗草拂过了脸颊，留下的那种酥痒醉人的感觉。她对自己的这种心情似乎不太满意，就责骂了潘马夫，说："滚起来吧，你这奴才，驴打滚，也不怕断了你的脊梁骨！"

潘马夫见少奶奶不高兴，忙爬起来。

少奶奶动了动身子，要下驴背，易同林就慌忙奔过去，在毛驴肚子下弯了腰，说："少奶奶你慢点儿。"他的两只胳膊支撑着地面，尽量弯曲到跟两个膝盖平行的位置。

少奶奶下了驴背，走到草地上，把潘马夫身子压弯了的一朵山花扶起来。潘马夫似乎明白了自己的过错，也慌张地在草地上寻找，想把那些倒了的花草都扶起来。

其实懂得少奶奶心思的还是管家那条老狗。他不去看少奶奶的脸色，却把目光投向天空，看那几片薄薄的白云，是怎样变幻成了猫呀狗呀的图案。这时候，他还能清晰地感觉到少奶奶的两只脚在他后背上留下的着力点。

那边，大把头张腊八正带着长工和一些临时抽来帮工的佃户栽种倭瓜。地里犁出一道道沟，有佃户把一担担水挑到田里，浇在挖好的沟内，然后把选好的倭瓜种插进去。

负责从山下河里挑水的佃户是一些年轻小子。长长的挑水队伍走在路上，肩头上的扁担忽悠忽悠颤着。因为天气不错，喜欢唱歌的小子就扯着嗓门，唱了几句当地小调：

> 蜡烛红红萤火飞
> 炕上坐的谁家妹
> 两扇门门微微开
> 等待夜风溜进来
> …………

粗鲁的歌声被微风送到了很远的地方。潘马夫听了唱就看一眼少奶奶，朝歌声的来路伸了脖子喊："进你妈的头！"

远远地，田地里的那些男人们瞅见了姜振帼，都站起来，目光向少奶奶投过去。春天的阳光下，少奶奶头上缠着白绸子，一身素装，走在绿草山花中，山坡草地也便灵动起来。

她脚下的小路，多少年来没有女人踩过。

张腊八看清是少奶奶，手里拎着一把锹奔过来。他跑动的姿势很僵硬，像头驴似的一拱一拱地跑到了少奶奶身边，想用手去搀扶少奶奶，又觉得不妥，就把手里的锹柄递给了她，说："少奶奶你慢着，扶住锹柄。"

少奶奶推开锹柄，扭着小脚走到地头，把一只粉嫩的手插进了翻耕过的泥土里。湿润的泥土在春天的阳光下那么温热。她手里攥了一把泥土，似乎悬浮着双脚就落地了。

"这是我的土地，有土地就有一切。"她想着，把泥土捏成了元宝形状，"这是长银子的泥巴巴。"

她把手里的泥土一点点捻着，撒到地里。

少爷牟金活着的时候，她其实是一只关在笼子里的金丝鸟，现在她有理由飞出笼子，飞过树林和河流，享受阳光的抚摸。

在易同林的指引下，她用自己的一双打了裹布的小脚丈量着属于自己的土地和财富。

"少奶奶，你看那片坡地，是咱们的。"她耳边响着易同林的声音。

她的身边不断有挑水的佃户汉子走过，他们都用惊奇的目光看着她。"妈呀，少奶奶竟然出了门，上了山。"佃户虽然惊奇少奶奶下田了，但他们立即就想，"她是少奶奶呀，她可以做自己想做的事。"

顺着一垄一垄的田地走下去，在一座山根的石崖下见到了一池很大的潭水，潭水清澈，可以一眼看到潭底。潭底，有无数的泉眼，汩汩地冒着水浪。潭水溢满了，缓缓地向外流出，就成了一条清澈的河流。河流两边生长了一些不知名的花草，因为水分充足，水草茂盛，花儿艳丽，叶子和花瓣都晶亮剔透。

这条河就叫白洋河。

姜振帼站在潭水边，看到了水里自己的影子晃动着。她被一潭清泉感动了，被自己倒映在水里的影子感动了，慢慢地蹲下身子，两手合起来，捧了泉水抿一口。她的身影就在水里晃动、模糊着。

河边的路不好走，她上了驴背，一路骑下去。易同林给她介绍着河两岸的每一块土地，都属于哪一个佃户村管理，佃户村的庄头叫什么名字，人品咋样，等等。

走着走着，她勒住绳索不动了，指着对岸的一片土地问："那不是我们日新堂的吧？"

"是老王家的。"易同林说，"少奶奶一眼就看出不是我们的。"

老王家是本县一个小地主，这片土地有十多亩，正好在河边，夹在日新堂的土地当中。姜振帼的目光从河上游滑到河下游，自语："河两边要都是我们日新堂的就好了，给他买过来行不行？"

易同林小心地说："老王家的脾气你知道，他不会卖的。"

"多破费一些银子也值得。"

易同林想了想，说："好吧少奶奶，我去老王家打听一下，再给少奶奶回话。"

姜振帼第一次看到这条河流就喜欢上了。她心里想，这条河流就应该整个儿是日新堂的，是我的一条河，我想在这儿干啥就干啥，在河里养鱼，在河里放鸭子，在河里……

她竟然想到了在河里洗澡了呢。"真是一河好水呀……"姜振帼想着，眯缝了眼睛。

哗啦啦的河水边，她的声音中流动着春天的气息。

五

少奶奶的伤悲，被繁忙的春播春种冲淡了，被春天的阳光温暖了。

大片的土地里，高粱、谷子、地瓜的种子，都在拥挤着发芽生长，这个季节是属于它们的，阳光、细雨、和煦的风，都是为它们而生、为它们歌唱的。

每天的晚饭后，姜振帼都要准时坐在少爷楼的大厅里等待易同林和张腊八的汇报，询问地里种子的健康情况。两个奴才是格外尽力了，不到半月的光景，他们明显瘦了。

而两个奴才也从灶房那边觉察到了少奶奶对他们的关怀了。

牟氏大院的六大家都设有三个灶房。小灶专门伺候老爷太太和他们的子女，食谱没有准数，想吃什么，就通知厨娘去做。中灶是五六个账房先生的特殊待遇，每天碗里总能见到肉丝。大灶专供长工、佣人等几十个下人吃饭。平时早餐和晚餐吃小米饼子和咸菜，午餐是小米干饭和大锅烂菜。到了过节，每餐六个菜，有鸡鸭鱼肉，还有自酿的黄酒。

这些日子，大灶房和中灶房一律按照节日的饭菜规格伺候他们了。

厨娘说，这都是少奶奶的意思。厨娘说，每天给地里长工送去的饭菜是少奶奶制定的食谱。腿子大牛送到山里之前，少奶奶还要亲自过目，担心厨房里的佣人偷工减料，委屈了田地里出力的奴才。

奴才们听后心里热乎乎的，更不惜力气地劳作。

这样，虽然日新堂的少主人躺在木棺里，但他们的春播春种却走在其他几家前面，气得二爷牟宗升几次臭骂他的大把头，说他们是一群饭桶。

但他的那群饭桶们，还是趁着一场夜雨，把与日新堂相邻地界的四对界石向外挪动了两尺。尽管雨水很快把他们的脚印冲刷干净，把界石四周翻起的新土冲刷成了旧面孔，但是日新堂的大把头张腊八第二天就看出了问题。

张腊八围绕着地界的石碑转了一圈又一圈，他不敢相信自己的眼睛，眼前的四块石界像是长了腿，一个晚上竟走动了两尺远。张腊八不敢声张，先去大管家易同林那里报告了。

事情有些太出格了，易同林心里也感到疑惑：月新堂那边再张狂，也不会明目张胆地移动界石吧？"你可是看仔细了？界石周围有没有留下痕迹？"他问张腊八。张腊八为了显示自己的能耐，就有些夸张地说："界石旁边什么痕迹也没留下，就像天生长在那里一样，可我能看得出来，我的眼睛天天扎在地里呀。"

易同林想了想，还是不放心，就跟着张腊八去了自耕田，察看了四对界石。他走到一块地瓜地里，弯腰扒出一块地瓜种子，说道："你看把头，我们种的地瓜。"

张腊八说："对面月新堂的地里也是种的地瓜。"

易同林笑了笑，把地瓜装进兜里，不说话，又走进了一块谷子地，依旧弯腰从土里寻找到几粒稻谷种子。

不等他问，张腊八就说："对面的地里，也是种了谷子。"

易同林瞅了一眼大把头，嘲讽地说："你呀大把头，还是种庄稼的好手呢，自己种的什么都不知道。"张腊八莫名其妙地瞪着一双被风雨吹皱了的眼睛，看着易同林，等待易同林说下去，易同林却甩手离开了田边。

回到日新堂，易同林把事情告诉了少奶奶。

姜振帼正在书房内看书，看的是《红楼梦》。这本书是她从娘家带过来的。她的父亲是个商人，附庸风雅，家里有不少藏书。从十岁的时候，她就开始读《红楼梦》，读《水浒传》，还有《三国演义》。最喜欢的《红楼梦》一直是她的枕边书，记不清读了多少遍。她很敬重大观园里的凤辣子，心里曾想，自己若是那王熙凤，一定让大观园里的公子小姐吃些苦头，不至于好端端的大观园，落个白茫茫一片真干净。她嫁到了牟氏庄园后，觉得这儿很像那个大观园，只可惜没有她当家理事的机会。当然，牟金这几年能够支撑起家族的门面，也全靠了她的指点，屋内炕上的出谋献计，外人是不会知道的。牟金这一走，倒给了她实现梦想的机遇。这些日子，《红楼梦》就贴在她手心上了。

她把《红楼梦》搁到了书桌上，有些不太相信地说："月新堂再蛮横，也不会横到这个份儿上吧？你亲自去看了？"

易同林说："看了。"

"一点痕迹都没有，这么说我们要吃哑巴亏了？这可是几亩好地！"

"表面上，他们做得天衣无缝，雨水又把一些痕迹冲走了，可我们地里已经播下的种子还在。"

"种子在？地都没了，你还能去把种子抠出来？"

姜振帼虽然知道自己的叔叔牟宗升嫉妒日新堂的财富，可没有想到能明目张胆地移动界石。"一个大老爷们，欺负一个新寡女人，太阴损了。"她忽地站起来，要去月新堂找叔叔理论。

易同林拦住了她，不慌不忙地说："少奶奶不知道，我们的种子和他们的不一样。去年秋天，奴才听从少爷的吩咐，地瓜种子选留的，都是红瓤的，月新堂那边，有红的也有白的。我们那几块地的谷子，是黏谷，预备蒸黏糕用的。"

姜振帼的眼睛盯住了易同林，看着看着，笑了。

姜振帼说："你这狐狸，哼哼，你这老狐狸啊！"

易同林也笑了，知道少奶奶对自己很满意。

姜振帼站起来，把桌子上的书拿在手里看，一双缠裹了的三寸金莲在屋内的方砖上捣着。目光虽然落在书里，脑子却琢磨别的事了。到后来，她索性合上了书，又坐回原处，说道："这事，先搁一搁，告诉把头，对谁也别声张。"

易同林不明白少奶奶为什么忍住这事了，但他想少奶奶一定有她的道理。

牟宗升等了几天，日新堂这边并没有动静，以为姜振帼还不知道地界被移动了，他就想再找个机会，一定要让她知道才对。牟宗升要看看姜振帼知道了地界被挪动了，她会有什么办法跟他折腾，也算是投石问路了。

这时候，春播也快结束了。牟宗升觉得庄园掌门人一事不能再拖了，就举着长烟袋，开始在几个兄弟家里往返走动，样子似乎很为家族未来的命运操心。

他要为自己担当家族掌门人寻找代言人。他先去了东来福，他觉得最可利用的是东来福的四爷牟宗昊，平时与他一唱一和的，有许多臭味相投的地方。

到了牟宗昊客厅内，牟宗升就开门见山地说："老四，过几天咱们几个爷们儿凑在一起商量一下，不管是你出面还是我出面，咱们牟家总得有个主事的。"话没说完，目光就落在牟宗昊的脸上，观察他脸上所起的变化。

牟宗昊知道牟宗升心里怎么想的，就说："二哥，我不是早说了吗？你是商会会长，在外是头面人物，你来当家，咱们庄园各家都太平。"

牟宗升显出有些无奈的样子说："我也不愿操这个闲心，可咱们牟家不能没有出头露面的，让个小寡妇顶着天，你说咱们牟家男人都死光了？"

牟宗昊点头，说："就是这个理，二哥，为了咱们祖宗留下的这份家业，你就来操这个心吧。"

"牟银是你亲侄儿，你给他递上一句话？"

"那驴养的，才不听我的呢，他跟日新堂一个鼻孔出气，你甭想他那儿能赞成你，去看看老五和老六，他们是怎么想的呀？"

牟宗升吐出了一口烟雾，半拉子脸隐在烟雾里，哼哼了两声。"走着瞧，他可别穿错了裤子。"似乎不解恨，又说："生个孩子没屁眼。"其实不用牟宗昊提醒，他也猜得出牟银那里肯定支持日新堂了。

但他又不甘心放弃，还是去了东来福的少爷楼，不找牟银说话，却找了牟银的母亲赵太太探听口气。赵太太说道："二哥呀我看就你行，不过儿大不由娘了，牟银这小东西越来越不听我的话。我现在也想通了，儿子大了，就让他当家吧，我落个耳根清净，阿弥陀佛，愿佛祖保佑他。"

赵太太说完，双手合十，面向佛像，闭上了眼睛。

牟宗升气得瞥了赵太太一眼，起身就走。半晌，赵太太才睁开眼睛，又"阿弥陀佛"了一声。这一声是送给牟宗升的。

姜振帼的丫鬟翠翠，赶巧去东来福办事，迎面遇到了出门的二爷。看着二爷一脸的阴云，她察觉异样，就回去告诉了姜振帼。"少奶奶，我在东来福看到二爷了。"翠翠说话的时候，口气显得很吃惊。

姜振帼的眉梢挑了挑，思忖片刻，就猜出个八九不离十。她心里权衡，牟银那里是不会支持牟宗升的，五叔和六叔那里也好商量，难的是四叔牟宗昊——四叔为人刁钻，跟牟宗升又是合穿一条裤子。可这一关一定要过，她这个四叔因为是家族里最有文化的人，在几个叔叔当中，说话还是有分量的，是仅次于二叔牟宗升的关键人物。

不过，仔细一想，办法还是有的。"就套他一次，让他哑巴吃黄连吧。"姜振帼很快拿定了主意。

到了晚上，把自己从上到下收拾了一番，穿戴的依旧是孝服，却在孝服外，披上了一件黑色丝巾。看起来随随便便地朝身上一搭，黑白分明的色块，却正好衬托出她白皙的皮肤，那张略带忧伤的面容也就更生动了。

她让一个老妈子抱了一坛子米酒，自己把家里一个日本酒杯包裹起来，揣在怀中。翠翠挑了灯笼在前面指引，她就去了东来福的老爷楼。

那坛子米酒，是日新堂的酿酒坊酿制的。牟氏庄园的几大家都有酿酒坊。虽然各家酿酒都选用当年的新黍米，酿造工艺也没多少区别，却只有日新堂的米酒醇香。奥妙还是有的。日新堂酿酒，选用的是白洋河的水，白洋河距离牟氏庄园有几里路，其他几家用的都是宅院水井里的水。在酿造工艺上，最初的粗活儿是由长工们完成的，到了兑曲、兑引子、发酵等技术活，就由大管家易同林来操作。易同林不仅会管家理财，还会酿酒烧菜，所以深得日新堂老爷少爷和太太们的重用。易同林酿酒的时候，任何人都不能在场，他担心自己的酿酒绝技被别人偷走了。他在黍米里添加了发酵的黄豆，最重要的是把一种叫"万里红"的山果添加在酒里了。这种山果，很少人知道它，大都生长在陡峭的山崖边，果实只有黄豆那么大，却有一种特殊的香气。这种万里红果子晾干后，磨成粉末，可以做香料，日新堂的小灶房内也备有一些。有贵客登门，菜肴里加入一点儿，味道就不一样了。但厨房的佣人们并不知道这种香料是用什么做成的。

日新堂的米酒出了名，经常有县衙门当差的人和本县的一些头面人物跑来品尝新出的米酒，把品尝日新堂的米酒当作荣耀的事情。

平日里，米酒只是供老爷和太太享用，有时也犒劳一下账房先生和很卖力的长工。到了节日，就要多酿造一些，分送给庄园里其他家的老爷太太品尝，并让下人们一起分享日新堂的美酒。

她怀里揣的那个日本酒杯算是一个奇物，是北平来的客人赠送的。酒杯内倒入酒水后，底部立即凸显出一位身穿日本和服的少女，婀娜多姿，呼之欲出。喜欢饮酒的牟宗昊，早就对这个酒杯羡慕在心。牟宗昊对穿戴极不讲究，对饮食以及餐具却很在意，每天必须吃牛羊肉，喝黄米酒和绍兴老酒，使用的是象牙筷子和各种名贵瓷器餐具。

姜振帼走到东来福的老爷楼前站住了，并不急于走进正房的大厅，而是站在那里欣赏起门前的景致来。院子里有许多花草，菊花、月季、迎春、芍药、牡丹、桂花，还有石榴树，花团簇簇，暗香浮动，再有大门两侧的那副对联映衬，标准的大家院落，书香门第。门两侧的对联是：

室无长物唐诗晋字汉文章
庭有余香谢菊郑兰燕桂树

牟氏家族因为祖上读书做官，遭了横祸，后来的子孙就很少认真读书，要求能识字就行了。老爷太太训诫儿孙，多是让他们勤于农耕，精通农事。牟宗昊是个例外，对农事没有兴趣，自己要求出去读书。现在东来福的农事，他都交给他的大把头负责，自己只顾看书、写字和作画。

姜振帼虽然比不上牟宗昊读书多，但在庄园内也算是有文化的人，自己读了不少的闲书。她很欣赏这副对联，在嘴里重复了两遍。

"好联好字，可惜落错了人家。"她心里替这副对联委屈的时候，陈太太肥胖的身子闪出屋子，说侄儿媳妇，站在院子里干啥？这些花草，你又不是没见过，有啥稀罕的？进屋来说话。

姜振帼就随了陈太太进屋，嘴上说自己心里憋闷，出来走走。"还有哪里能去呢？也就到你陈太太这儿来解闷。"

见到姜振帼走进屋子，牟宗昊脸上露出吃惊的神色。他尽管明白她的来意，却没有想到还在戴孝的少奶奶竟亲自登门求他了。

姜振帼让翠翠把一坛子米酒放在餐桌上，揣着的酒杯却不忙拿出来。她走到餐桌前，捏起了一只道光年间的瓷碗，瞅着上面的花纹，有两条青龙盘绕在碗带上，碗内侧有五条鲤鱼，活灵活现，呼之欲出。牟宗昊的目光盯住她的表情，希望她脸上能有一些惊讶，而她却平静地放下了，又拿起了一个茶碗打量着。茶碗的内外各有五十个童子，神态各异，这应该是乾隆年间的瓷器。最后，她的目光移开了餐桌，朝别处随意地看去。

"四叔呀，都说你屋里有很多稀奇用具，咋都藏起来了？"她似乎很失望。

她的话让牟宗昊自卑起来，说："我哪有什么稀奇东西，大侄媳高看你叔叔了，要说稀奇的，还是你们日新堂最多，祖上留下的宝贝都在那里。"

姜振帼撇了撇嘴，说："祖上留下什么宝贝了？我怎么没看到？"

说着，她掏出了揣来的酒杯说："你看这东西，算宝贝吗？你喜欢喝酒，我给你带来了，搁在我那里，说不准哪一天我会把它摔碎了。"她说着，把酒杯在手里捻着转了几圈，满不在乎的样子。

牟宗昊很紧张地看着酒杯，忙伸手把酒杯抢在手里，贪婪地看了看，露出难得的笑容。"当心当心，当心摔坏了。"他的胖太太陈氏，却不在意那只酒杯，很关心一坛子米酒，已经动手打开了坛子盖，闻了闻米酒的香气，说："怪了，你家咋酿的酒？就是有一股子香气。"

姜振帼说："怎么酿的？就那么酿的。"

陈太太已经找了酒杯，看样子要马上品尝米酒了。

姜振帼就对牟宗昊说："四叔一定知道，我不是来闲聊天的，有些事想请你出出主意。"

牟宗昊说："我们到书房说话吧。"

随他进了书房，姜振帼的目光突然亮了一下。牟宗昊的书房，是庄园里最阔气的，两排栗红色的大书柜，里面摆满了藏书。北面墙上，张挂了名人字画，也有他自己的书法条幅。公正地说，他虽为人龌龊，书法却清丽挺拔，秀中有奇，上了层次的。

丫鬟翠翠跟着走进来，却被牟宗昊喝住，说："小嫚子，门外候着，没见你家少奶奶有事商量？"翠翠看到少奶奶丢了眼神给她，就退到了书房外。

牟宗昊上前拉扯了一下姜振帼的胳膊，让她坐下说话。姜振帼看他一眼，说："四叔你轻点好吗？捏疼了我。"又说："四叔，你看到谁家的叔叔可以随便拉扯侄儿媳妇的？"

不管她说什么话，牟宗昊的嘴脸还是不动声色，一本正经地说："我又没吃了你，看你看你，慌的，说吧，什么事情找我呀？"

姜振帼在一张太师椅上坐下，用推心置腹的语气说："四叔呀，你侄儿牟金这一去，我一个女人家，一下子失去了主心骨，有些事情拿不定主意。你知道，月新堂我们亲叔叔那里，一直跟我们有疙瘩，想请他出个主意，又怕他不肯。"

牟宗昊不满地说："甭找他，他牛呼呼地摆架子，有事你跟我说。"

姜振帼就说："我想，让二叔暂时给咱们家族主事，等到衍塑长大了，再让衍塑支撑着，可我又怕、又怕到了那时候，二叔要赖，不认账了，让他儿子牟昌做掌门人……我真不知道该咋办，四叔你给我拿个主意。”

牟宗昊有些焦急地说："让他主事干啥？没这个道理，哪有老二做掌门人的？要把老祖宗的规矩坏了？"

姜振帼说："规矩是规矩，如今到了这地步，我能有什么办法？算啦，我拗不过人家。"

牟宗昊站起来，朝姜振帼走了几步，样子很激动，说这是不行的，老祖宗留下的规矩，长子长孙继承咱牟家大业。姜振帼趁机说，小少爷牟衍堃太小，自己又是个女人，怎么当家？

"谁说女人不能当家？慈禧老佛爷不是一样垂帘听政吗？你就来当个样子看看！"自以为很聪明的牟宗昊，很容易就钻进了姜振帼布下的口袋，他替姜振帼说出了心里的话。

说完这句话，他两手一拍，事情似乎就这样定了。

姜振帼问："我主事，四叔你可帮衬我？你是读书人，肚子里都是墨水，挤出一点来，就能把别人淹死。"她说得很真诚，似乎还有些害怕牟宗昊不帮她。

"我当然要帮你了，你拿不准的事情，听我的就行了。"

牟宗昊背了手，在屋子里走了几步，瘦身板挺直了，一副顶天立地的架势。"你这条狼，终于钻进我的口袋里了。"姜振帼呼出一口气，心里踏实了。

她觉得可以离去了，就站起来，说自己还要回去再想想。牟宗昊急忙站到她前面，两只手搓了搓，说："你这就走呀？再坐一会儿，说说话。"

姜振帼朝他身边走了几步，细了声音说："我戴着孝呢，不是说话的日子，过了这月，四叔去我那里喝茶，我屋子天天空着。"

她说"我屋子天天空着"的时候，故意微微垂了眉眼，声音越来越小，最后似乎变成了一声叹息。弄得牟宗昊心跳了半天，一只手正要朝她伸出的时候，她就喊了："翠翠，你这小奴才，哪里去了？还没玩耍够呀！"一直守候在门口的翠翠，慌张地挑灯笼进了书房。姜振帼就跟牟宗昊打了招呼，告诉他有空可以去日新堂那边喝茶。

堂屋的陈太太已经喝完了一碗米酒，听到这边的姜振帼要走，这才走出来送她，嘴里还咂着米酒的余香说："你家的米酒真好喝，真好喝。"姜振帼就说："太太喜欢喝，就让你家丫鬟红鸢去我那里取，反正咱们有的是粮食，让奴才们多酿造一些就行了。"

姜振帼穿过了甬道，从便门回到了日新堂。

这时候，二爷牟宗升仍坐在南来福的客厅里，跟五爷和六爷商谈掌门人的事情。六爷牟宗天明白牟宗升的来意，就说这个家只有二哥你才能撑起来，大家在一起合计一下，定个规矩就行了。

牟宗天帮着牟宗升说话，也是有原因的。前些日子，牟宗腾曾经跟牟宗天商量分家的事情。牟宗腾是长子，当然要继承南来福的堂号，牟宗天就要再建宅院。他已经跟牟宗升打了招呼，自己建筑宅院的时候，借用月新堂那栋闲置的少爷楼居住，牟宗升也是满口答应了的。牟宗天心里对牟宗升就存着一份感念。

现在，只要牟宗腾再有个准话，牟宗升心里就踏实了。

牟宗升就说："五弟，你要有句话呀。"一向爽快的牟宗腾，这会儿却不如弟弟牟宗天痛快，总是嘻嘻哈哈，不说一句正经话。他说："你们谁当家都行，反正我不能当，我管不住自己。"

其实牟宗腾并不希望牟宗升当家，他对牟宗升蛮横霸道的做法很反感，但又不能说出来，就只能嘻嘻哈哈了。

他说："二哥，你要当了家，有一条规矩咱得改了，这规矩不合理。"

牟宗升忙问什么规矩。

牟宗腾说："不准纳妾，我觉得不合理，咱们周围的那几个小财主，都有小妾，对吧？这规矩再不改，我都老了，给我再嫩的女人，也咬不动了。"

牟宗升笑了笑，想起了自己在丫鬟小六身上得到的快乐，就说："你以为我不想纳妾？我做梦都想，只是我们这些老爷们开了戒，将来下面的少爷们也要效仿的，我们弄一个，他们要占三个，咱们庄园里，三宫六院的可就热闹了。"

牟宗腾说："三宫六院的也养得起，家族兴旺嘛。"

牟宗腾觉得牟宗升不可能答应这一条，就是答应了也很难改了祖宗的规矩，可没想到牟宗升爽快地答应了："行，老五，就听你的。"

事情就算说定了，牟宗升终于满意地离开了南来福。

六

开会了。

家族的会，只有已婚的各家爷儿们才能参加，今天多了一个女人，就是日新堂的少奶奶姜振帼。

和往常一样，开会的地点在日新堂四进门的老爷楼大客厅内。这栋房子，现在只有鲁太太和几个佣人居住着。

牟家的历史太悠久了，说起来复杂。但要说起日新堂的这栋老爷楼，又不得不提一提他们的老祖宗。

简单地说，牟家的老祖宗牟国珑，康熙三十八年，曾任监考官，被陷害"营私舞弊"，落户栖霞。后来冤案虽然昭雪，他却看透了官场险恶，不再复出，作诗立志："清风两袖意萧萧，山径虽荒兴自饶。世上由他竟富贵，山中容我老渔樵。"从此，做了一个乡间田夫，并留有家训，后人须走"甘心淡泊不做官，从事农耕求发展"的兴家之路。一代代牟家人，在这片土地上潜心经营，终于成为中国农村百余年来最杰出的土地主。

牟国珑的画像就一直悬挂在日新堂客厅的正中，成为家族权力的象征，让牟家世代子孙供奉叩拜。因为牟国珑是湖北公安县人，画像的上方有一块蓝底金字的大匾，上面书写四个大字：犹望公安。

老祖宗的画像所在的大客厅，一直是一个神圣庄重的地方，家族决议重大事情，惩罚那些不肖子孙，都在这里进行。

什么事儿，都得让老祖宗看个明白啊。

画像下面，已经燃起了香火。议事前，几家的老爷都跪在祖宗画像前，磕了头，进了香，这才各自坐到自己的位置上。画像正前方，是家族掌门人的位置，今天暂时空着，少奶奶坐在门口的地方。

牟宗升主持会议，对大家说明了今天议事的主题，然后征求几个爷们的意见。他今天的心情很好，目光已经几次落在掌门人的那把太师椅子上。

四爷牟宗昊先说话了，说这事儿很简单，按老祖宗的规矩，应该让长子长孙传承家业，执掌家族门户。只是牟衍堃年幼，还不能主事，必须有一个人先支撑着，等牟衍堃长大，再按照祖宗规矩走。谁先支撑着呢？两个办法，一个就是让少奶奶撑着，当年慈禧老佛爷也是这样做的；还有，就是让二哥出面了，二哥是咱们县的头面人物，资格也是最老的。哪一种办法对咱们老牟家更好？爷儿们都说说吧。

半天没有人说话。

牟宗升心里有些焦急，就对南来福的牟宗腾说："老五，你说说。"他觉得牟宗昊刚才说了一半话，另一半让牟宗腾来补充。

牟宗腾说："我一个人说了也不算，大家来定。"

六爷牟宗天看了看姜振帼，问："侄儿媳妇，你一个女人家行吗？要是不行的话，我看就让你二叔先撑着。"

姜振帼的目光盯住其他人，意思是说，你们看呢？她的目光最后落在了四爷牟宗昊身上，暖融融的。

牟宗昊又说话了，他其实早就想好了办法，却犹豫地说道："大家私下里投票，可好？"接下来，他就把投票的办法说了说，几个人都点了头，觉得这是最公平的办法。

"对，咱们投票。"牟宗升站起来走出客厅，他觉得自己已经把几个兄弟拉到身边了，暗中投票，正好可以让他们放开脸面帮他的忙了。

翠翠拿来了纸条，还有一碗绿豆、一碗黄豆和一个空碗，放在祖宗供台上。大家一个一个地走过去，每人拿一张纸条，同意牟宗升的，就在纸条里包上一粒绿豆；同意姜振帼的，在纸条里包一粒黄豆，投在空碗里。最后，几个人一起打开空碗里的纸条，看看绿豆多还是黄豆多。

牟宗昊的办法看起来挺复杂的，却让大家心里都踏实，不用担心得罪了双方。

纸条都打开了，黄豆吃了绿豆。

这是牟宗升没有想到的结果，最让他不明白的是，他才得了两粒绿豆，其中还有他自己的一粒。他有些蒙了，阴沉着脸看了看大家，感觉每一张脸都突然间陌生了，他真不知道另一粒绿豆是谁投给他的。

牟宗升冷笑了两声，甩手朝外走。"你们都喜欢让一个寡妇来当家，就让她当好了，从今往后我月新堂的事情，由我自己来处理！"

姜振帼最初也有些担心，现在结果出来了，她就沉稳了，不慌不忙地站起来，对几位叔叔说："看来咱们家族要就此散伙了，谁有能耐谁就折腾吧。"她拍了拍衣襟，也要朝门外走。

几个老爷愣了片刻，几乎同时反应过来，忙跑出去追赶牟宗升，拦住了他的去路。牟宗腾异常激动地说："二哥，你要是坏了家规，那么从今儿开始，我们几个兄弟就再也不认你这个哥哥了，你可想好了？"

牟宗天小声说："二哥，别犯傻了，你一家能对付住五家？日新堂的胳膊都比你的大腿粗，你还不被别人吃掉了？再说，好坏我们是自家兄弟，遇到个什么事情，大家有个照应，何必赌气呢？"

操纵了这场戏的牟宗昊也冷着脸说："老二咋这么看重掌门人的位子？有多大的权力呀？你就是做掌门人，也是暂时的，牟衍堃长大了，你还要交给人家，这么较真儿干啥？"

大家心里都明白，牟家如果散了架，以后就会自相残杀，对谁都没有好处，倒不如维持现状，像个驴屎球球，外面光滑好看就行了，有能耐的，各自发展去。

牟宗升叹了一口气，站在那里不动了。牟宗腾拽了他的胳膊，把他拖回屋子，他也就只好接受了眼前的事实，跟着大家一起跪倒在老祖宗画像前，再次烧香磕头。

姜振帼当仁不让地坐在了主事的位置上，说："各位叔叔这么看重我一个女人，我一定遇事多请教叔叔们，暂时撑起这个角儿，为了牟家的富贵，就是把心操烂了，也绝无怨言。不过，家族的事情，最后总要有个人定夺，我不藏私心，该得罪叔叔们的地方，我还要得罪，请叔叔们多包容。"

她停顿了一下，脸色有些不快地说："我们牟家，是一荣俱荣，一损俱损，过去的事情就不提了，以后我们再也不能暗里争斗，做一些坑害自家人的蠢事。"

姜振帼的口气分明是说过去有人坑害了自家人，几位老爷们就有些不高兴了。牟宗天先开了口，说道："衍塈他妈，你话里有话呀，谁坑害谁了？你现在可是主事的了，不能黑影里说话——不亮堂。"

姜振帼犹豫了一下，似乎有什么事情不便说出来。

牟宗升翻了一下眼皮子，憋着气说："你可别是没事找事，过去谁坑害谁了？你说出来！"

似乎不说出来，就不好办了，这正是姜振帼需要的气氛。她说："好吧，看来我不说出来，叔叔们心里总犯嘀咕。"

她把挪动地界的事情讲了。

原来你都知道了，好，知道了又咋样？！牟宗升想着，跳起来指着姜振帼说："你说话可要有个分寸，凭什么说我侵占了你家的地？"

姜振帼看着大家，说今儿几个爷儿们都在，我把话说明白，我不是为几亩地跟二叔过不去。占了就占了，我本来不想说，但这事要是传出去，那些佃户穷鬼们都要笑话咱们。你们想想，我们日新堂当家人刚没了，就有人欺负我们了。庄园外的人欺负我们，也还说得通，可被自己亲叔叔欺负了，不是家丑是什么？以后呀，二叔你就别跟我们孤儿寡母的过不去了。

牟宗昊做出了呵护姜振帼的强烈举动，他站起来看着牟宗升说："二哥，这事你都做得出来？你也不脸红呀！"

牟宗升说："你们让她拿出证据来，今天拿不出证据，我就跟她没完了，走到县衙门都得走了。"

姜振帼就说："二叔呀，你是商会会长，可县衙门也不是给你一个人开的。"

"告诉你，别看你暂时主持家里事，可咱牟家外面的事情，还得靠我二爷，你别跟我太放肆，想诬赖我，没那么容易！"

"好，二叔，你家种的什么地瓜？"

"什么地瓜？就是地瓜吧，还能有什么花花地瓜？"

"我是问种的红瓤还是白瓤。"

"白的红的，什么都有。"

"我们家可是种的红瓤地瓜，你知道吧？红瓤的甜，冬天吃的时候软软的。"

听了姜振帼的话，牟宗升愣住了，他还真没想到这个问题。

姜振帼就又问："你家种的什么谷子？我们家种的是黏谷。"

几个人惊讶地看着牟宗升，等他回答，他却不知道该说什么了，只好说庄稼又不是他亲自播种的，要问，问他家的把头。

四爷牟宗昊和五爷牟宗腾已经看出了事情的端倪，都气得朝牟宗升翻白眼。就连投给了牟宗升一个绿豆的六爷牟宗天，也觉得事情太过分了，不满地说："二哥，我可是给你投了一粒绿豆，很相信你的，这事情要弄个水落石出才好。"

于是，两家的大把头都被找来了，当场对质。

身为法律专家的牟宗昊，很严厉地警告两个大把头，说你们听好了，问什么都不能说谎话，说谎犯法的。月新堂的大把头恐惧地看了看牟宗昊那张瘦脸，然后又去看他的老爷牟宗升。

牟宗升端坐着，一副很生气的样子，对自己的大把头说："奴才，你听好了，今年种的什么地瓜？红瓤还是白瓤的？"

大把头说："都有呀，红的白的都有。"

他又问："谷子呢？"

大把头说："谷子？就是谷子呀！"

这时候，姜振帼问自己的大把头："腊八，我让你把那几块地种黏谷，种了吗？"

张腊八说："是，少奶奶，全是黏谷。"

牟宗升把脸一横，说："你说黏谷就是黏谷了？我还说我地里种的也是黏谷呢。"

几个叔叔们用目光询问姜振帼，看她还有什么答对。牟宗天对姜振帼说："是啊，你地里能种黏谷子，别人地里也可以种。"

一直没说话的晚辈牟银这时候说话了。他说要种黏谷子，一定是整块地里都种，不会是一块地里种两种谷子。要是二叔那块地的谷子都是黏的，啥都不用说了；要是只有一长条条是黏的，那我大嫂的话就是真的了。

牟宗升白了牟银一眼，说种子撒在地里，怎么分清是不是黏谷呢？总不能把庄稼都毁了，一粒一粒种子扒出来检验吧？

把庄稼全毁了，当然不行。不过姜振帼早就想好办法了，说现在谁都别争论了。到了阴历七月收割谷子的时候，如果二叔地里的谷子都是黏的，那我就是诬陷了二叔，该怎么惩罚，我都认了；如果二叔地里单单只有一条条谷子，跟我家地里一样是黏谷，那些地就是侵占我家的，我不敢说对二叔惩罚什么，二叔把那片地和谷子一起退还给我就行了。

牟宗升心里一听，就有些发蒙了。这小寡妇真会算计，现在把庄稼让我给她管理着，到了收割的时候再收回去，省力又省心了。这样想着，嘴上却答应了，说那就到了收割的时候再理论。

他要尽快结束这种尴尬的场面，然后慢慢地去想对策。

各家的爷们儿散去，姜振帼让翠翠关上了老爷楼大厅的门，说她要一个人在里面坐一会儿。她站在老祖宗画像前，换了几炷新香，虔诚地跪下，祈求老祖宗保佑她和儿女平平安安，保佑牟家万世昌盛。她说："祖宗在上，我愿意用生命换得家族的荣耀。"

女人一生只能从一而终，她知道寂寞守寡的路很长很长。一炷新香早就燃烧完了，屋内烟雾缭绕，她还跪在那里，看着老祖宗的画像。

她心里明白，庄园内的几大家是用泥捏在一起的，经受不得风雨。她要做的就是要让泥捏的庄园免遭风雨袭击。

屋里的烟雾越来越厚重了，她感到有些憋闷，这才从祖宗画像前站起来，去打开身后那扇紧闭的大门。

从这之后，她心中有了一道门，却永远也打不开了。

各家的女人对爷们儿今天开会的结果还是很关心的。牟银刚进门，太太栾燕就问推举谁来当家族掌门人。听说是姜振帼，她松了一口气，说只是不知道姜振帼能不能顶起这么大家族的门户来。牟银让她不用操这个闲心，说："大嫂这女人，藏而不露，精明过人，恐怕牟家还没有谁能比她更能耐，今儿我算是见识了。"

于是牟银把刚才在日新堂当场对质的事情告诉了栾燕。

栾燕听了直摇头，骂牟宗升太缺德，说道："看二叔这次怎么收场吧。"

月新堂那边，牟宗升去日新堂议事的时候，李太太就吩咐小灶，中午饭加两个菜，并备好了米酒，等待老爷回来庆贺一下。在李太太看来，牟家的掌门人肯定是自己的老爷了。

她等了半天，牟宗升回来了。从他的脸色上可以看出事情不像她想象的那样简单。他脸上的愤怒很快要撑破脸皮炸开了。

老妈子见了，赶紧躲开。佣人们中只剩下丫鬟小六没法躲藏，她要在老爷身边伺候他。她见老爷坐在太师椅上，掏出长杆烟袋要抽烟，装烟丝的手却有些哆嗦，怎么也装不上，就急忙走过去，把烟丝捏到了烟锅里，点上了火。因为老爷已经占有了她，所以她去为老爷做这事的时候，就包含了一种别样的感情。

牟宗升从小六的动作和眼神里也看到了小六对他的关爱。他把一口浓浓的白烟喷出来，长长地叹了一口气。

小六跪在他的身边，给他捶腿。

他抽着烟，琢磨着地界的事情。很显然，姜振帼不是软柿子，不那么容易对付。他心想："她好像是早有了准备，怎么能专门种红瓤地瓜？怎么单单种了黏谷？"

他的那些奴才们把什么都想到了，什么都做得天衣无缝，就是没想到地里已经播下的种子！

因为心里郁闷，当夜里睡下的时候，他就故意带着愤怒，对丫鬟小六喊道："小六，你这奴才就知道睡觉，给我捶背！"

小六明白了牟宗升的话，就留在老爷屋内给他捶背。等到李太太去屋内睡下后，牟宗升就叹了一口气，把手插进了小六的身子里，要从这儿找到一些补偿。小六很体贴老爷，说道："老爷不要心烦了，别坏了身子。"

牟宗升含糊地说："小奴才，倒是你体贴老爷了。老爷这次要是当了家，就改了祖训，娶你当小妾了，唉！"

小六说："奴才没那么想，奴才能在老爷身边伺候一辈子就知足了，什么名分都不要。奴才的身子本来就是老爷的，老爷想骑就骑，想打就打，只要老爷高兴，奴才就高兴。"

小六的话说得牟宗升快要流泪了，抱住了小六的身子又亲又啃。到后来，就拿出了早已准备好的药丸子，递给了小六。这药丸子是他让自家药房制作的，防止小六的身子怀了胎。小六一看就明白了，并不多问，咽下了药丸子，就钻进了老爷怀里。这小奴才，自从跟老爷做了事，身子也就成了一个无底洞，总觉得填不满了。跟老爷寻欢的时候，她配合得极好。牟宗升越发喜欢小六了，当夜又把她留在自己的屋内。

丫鬟留在老爷屋里捶背，在李太太看来是极合理的事情。

几天后，牟宗升想出了一个下策。他亲自到了日新堂，告诉姜振帼，他已经把地界的事情搞清楚了，原来是大把头暗地里做了手脚，移动了界石。

姜振帼就说："主子不发话，大把头就敢移动界石？他应该知道里面的风险有多大，为啥要这么干？总得有个缘由吧？"

牟宗升说，过去这奴才在地界边挖了一锹土，正好被牟金看到了，给了他一巴掌，这奴才就记恨在心里，看到牟金不在了，要用这办法来解恨。现在，这奴才已经被痛打一顿，赶出了月新堂，并马上派人把地界恢复到原来的位置。姜振帼一边听着牟宗升的谎话，一边想，这件事情不能再追根刨底了，要是把他的脸皮全撕碎，他就会狗急跳墙，那样对谁都不好了。不过，对于那奴才，她觉得要狠狠惩罚一下才解恨。于是，她换了一种口气，说自己也觉得二叔不可能在乎这么几亩土地，估计是那些奴才们做了手脚。奴才们胆子也太大了，这样下去就没了规矩，要狠狠给他们一点儿颜色，赶出去太便宜了他，要封他的门，抽了他的地！

牟家的佃户们大多居住的是牟家的房子，租种的是牟家的土地，封门抽地之后，他们就一无所有，只能流浪在外了。

牟宗升没有别的选择，只能委屈奴才了。他给了大把头一些碎银子，然后将大把头赶出了月新堂，派人去封门抽地，从此月新堂的大把头一家就消失了。

事情平息下来，庄园内的老爷太太们心里已经明白了。他们觉得没有让牟宗升成为掌门人是正确的选择。

牟宗升怎么也没有想到，自己的一件蠢事给姜振帼做了广告，让她在家族中赢得了意想不到的威望。

第三章

七

四爷牟宗昊很快就明白自己被姜振帼耍了。他原以为她的房屋里空着，自己可以随意出入，填补房间里的空白，没想到连日新堂的少爷楼都不能进去了。

牟金的丧事过去一个多月，四爷牟宗昊就忍耐不住了。这天半下午他寻了个理由，溜到了日新堂少爷楼，一副胸有成竹的样子。姜振帼正在屋子里教一双孩子读书识字，看到牟宗昊走进屋，目光直勾勾地看着她，心里就明白了。她面带微笑，招呼说："四叔过来了，你坐吧。"很热情，样子也像等待了很久。

牟宗昊露出一丝满意的笑，坐在了太师椅上。丫鬟翠翠给他倒了茶，他就把翠翠赶出去了，说："我有事情要跟你们少奶奶商量，在外面候着，谁也不准进来。"丫鬟看了看少奶奶，从少奶奶的眼神里得到了允许，就退了出去。

姜振帼喊老妈子："三桂家的，把两个孩子带出去吧。"老妈子的男人叫三桂，死去多年了。但这地方，很少叫女人的名字，女人似乎就是男人的一件什么物品，喊叫起来，总是把男人的名字放在前面，叫王五家的、李四家的。

　　老妈子听到叫她，慌忙跑过来。姜振帼把孩子送到门口，吩咐老妈子照看好孩子。"看着猫儿狗儿的，别抓伤了小少爷的脸。"趁着牟宗昊不注意，她又小声对老妈子交代了几句。老妈子明白了，"喔喔"应着，一手拉扯一个孩子，朝院外走去。

　　姜振帼回到屋子，随手关紧了门，还瞟了牟宗昊一眼。牟宗昊对她的做法很满意，他以为她把两个孩子送出了屋，是要给他腾出空间，心里就说："好呀，你是早就盼我来了吧？"他端着茶杯的手，竟然有些抖动，心里的波浪已经翻滚起来了。

　　姜振帼穿的是一件短袖上衣，白底蓝花。头上松松地挽了个髻。下身穿肥大的裙子。一双软底蓝布鞋的前面，缝缀了一块白布，象征着她还戴着孝。牟宗昊把她上下打量完了，放下茶杯站起来，黏黏糊糊地走到了她身边，称赞她头上的银簪好看，"白银的？是一只蝴蝶吧？"说着就伸出了手，去摸她的头发。

　　她闪开了。

　　她去给牟宗昊续了一杯茶。"坐下，再喝一口茶，刚来就坐不住了？"她的神气，略带了一些责备，像是责备一个小孩子。牟宗昊也就乖乖地坐下，慢腾腾地继续喝茶。

　　过了一些时候，姜振帼听到外面的老妈子高声说话，就舒了一口气。"四叔呀，你来的时候，陈太太知道吧？"她笑着问。

　　牟宗昊明白了姜振帼的意思，他不能让她心里不踏实，于是放下了茶杯，很硬气地说："她知道了怎么样？"他朝姜振帼走去，觉得时候差不多了，该收网了。

　　"你可是我的叔叔，让陈太太撞见了，丢死人了。以后呀，叔叔你就不要一个人到我屋子来了。"

　　"她管我的事？她敢说一个'不'字，我让她当奴才去！"

　　他没想到，这个时候陈太太就在窗外偷听。窗户纸被陈太太用唾液洇破了一个小洞洞，半个眼球贴在小洞洞上，把屋里的光景都看清了。

她是被姜振帼的老妈子叫来的。老妈子说："四爷在少奶奶屋内，怎么也劝不走。少奶奶担心别人说闲话，请陈太太去把四爷请回家。"

陈太太当时觉得事情有些蹊跷，却没多想，跟着老妈子赶过来，没想到严重到这个地步了。

一边的老妈子却像没事似的，哄着两个孩子在院里玩耍。几条大狗跟在小少爷牟衍堃的身后奔跑，老妈子吆喝着狗，说："狗、狗，离远点儿！"

外边训斥狗，屋内的姜振帼也提高了声音，说道："四叔你离我远一点，你再靠近我，我就只有撞死在你面前了。"

牟宗昊不明白姜振帼为什么突然变得凶巴巴的了，正纳闷着，外面就敲门了，声音很大，"开门开门！"是陈太太在愤怒地喊叫。

姜振帼抢上一步，打开了闩着的门，满眼泪水看着陈太太说："太太你来得正好，我就死在你面前了。"

陈太太一下子抱住了姜振帼，说："侄儿媳你别糊涂，这事儿我都听到了，他要我当奴才去，好，我今儿就看他怎么让我当奴才！"

牟宗昊有些蒙了，刚才姜振帼还对他眉来眼去，转眼之间风云突变，变得这么糟。他来不及细想，从屋里快速朝外走，担心傻呵呵的陈太太的大嗓门儿招来很多人，那就走不脱了。刚走到门口，却被陈太太一把抓住。他慌乱中一脚端倒了陈太太，但还是走不掉。陈太太死死抱住了他的腿，而且大声哭起来。

陈太太那身肉朝地下一堆，就像一个碾盘一样坠住了他。

姜振帼忙去掰开了陈太太的手，放走了牟宗昊，然后捂住陈太太的嘴说："陈太太你别出声，让外面的奴才们听到了，还了得？！"姜振帼真的不想把这事情声张开，她只是演给陈太太看。她把陈太太扶起来，掰进了屋里，告诉陈太太说，"家丑不能外扬，事情没有坏到哪里去，最好大家都别声张。你要闹出去，我也没有脸面见人了。你要死，大家死在一起。"

她的话一下子镇住了陈太太。

已经仓皇跑回了家的牟宗昊，坐在书房里喘息了半天，才明白这是姜振幅设的圈套。"我他妈被她戏弄了！"一时满心羞愧，懊悔不迭，责怪自己，自言自语道，"真是愚蠢，轻易地就被一个女人耍了，好你个小寡妇呀，有你好瞧的！"

到底怎么样报复她，暂时还顾不得去想，他要琢磨自己的胖太太这边，有什么办法让她闭上嘴。平日里，太太惧怕他，对他细声细气的，但这种事情，太太真闹起来，也很让他头疼。况且这傻太太，什么事情都可以做出来的。

想了半天，没想出个好办法，气得他把还没画完的一幅画抓起来撕碎。

陈太太回来了，他躲在书房不出去，但过了大半天，也不见陈太太哭闹。他有些纳闷，想向丫鬟红莺打探一下外面的情况，那个死丫鬟却不进书房。

到了晚上，丫鬟才走进来，叫他出去用餐。他像老鼠出洞似的，左右瞅着，小心地走到了餐厅。看到饭菜已经备好了，陈太太正在往杯子里倒米酒，他的心就踏实下来，知道风雨已经过去了。

其实，姜振幅早就把陈太太安稳住了，姜振幅比牟宗昊更害怕事情闹出去。

一切准备妥当，陈太太就要走开了。女人在家庭里的地位很卑微，男女不能共餐，男人用完后，女人才能上餐桌。能够跟老爷一起进餐的，只有十一岁的大少爷牟永和九岁的二少爷牟恒。

今天，牟宗昊却喊住了她，说道："坐下，一起吃吧。"

陈太太明白了老爷的意思，说："谢谢老爷垂爱，老爷你先吃。"说完，就离开了餐厅。

牟宗昊心安理得地吃起来。老爷就是老爷，谁能把我怎么样？他心里想着，大声喊叫丫鬟。丫鬟红莺慌张地跑进来，问老爷有什么吩咐。他气哼哼地说："羊肉炒老了，不能吃，让奴才重新做一个。"其实今晚的羊肉做得挺不错，他就是想耍耍老爷的威风。

丫鬟慌慌地出去了。他嘴里骂一声："这些穷鬼们！"

他又回到老爷的位置上了。

一连几天，四爷牟宗昊不看书，也不作画，每天提着鸟笼子到外面晃悠，一边走，一边琢磨整治姜振帼的计策。一个专攻法律的大老爷们，被女人耍了，不找回个平衡，心里就不会安静。

正苦于没有计策的时候，日新堂的一群大狗跟月新堂的一群狗，在大门外的空坪上撕咬起来了。庄园内，各家都有二十多条狗。狗们看家护院，也供主人消遣。这些狗们上街的时候成群结队，浩浩荡荡。也怪了，狗们似乎很有灵性，日新堂和月新堂的主人彼此不合，两家的狗也不能碰面，只要在大街上遇见了，就有一场恶战。日新堂的狗们，格外勇猛，总是把月新堂的狗咬得四处逃窜。这一次也不例外，它们迅猛地扑进月新堂的狗群内，左右开弓。一会儿工夫，月新堂的狗就朝自己的大门奔去。

在往常，只要对方溃逃，战争就结束了，但今天有点儿奇怪，日新堂的狗一直追到月新堂大门口，去咬对方。月新堂的狗就惨叫着，乱作一团，呼啦啦地朝院子里冲，把佣人们吓得也跟着躲藏。

牟宗升听到了动静，出来一看，觉得受了欺辱，就满腔愤怒，骂道："我打死你们这些狗东西！"他抄起一根木棍追出大门口。可他跑不赢日新堂的狗们，拎着木棍跑到门口的时候，日新堂的狗已经跑到了自己的大门内，然后回过头来，对着他汪汪地叫，意思说：我们回家了，你有本事就来呀？

他真的举着木棍要冲进日新堂的大门。在一边看了半天热闹的牟宗昊，心里突然冒出一个主意，故意大声笑着，说道："二哥你跟一群狗较劲儿，也太失身份了。"

牟宗升站住了，把手里的木棍甩出了很远，嘴里骂道："狗东西，瞎了狗眼，也不看看我是谁！"

听起来是骂狗，其实把牟宗昊也一起骂了。牟宗昊装出没事一样，走到了牟宗升身边，说："二哥，你知道日新堂的狗为啥这么凶？"

牟宗升瞅了牟宗昊一眼，没搭理他，准备走开。

"家业正兴旺着，畜生们也就火爆。要想不让锅里的水烧开，你就要把灶下的柴草抽掉呀！"牟宗昊担心牟宗升走开了，忙把后面的话说完。

话里的意思很明显。牟宗升站住了，眼睛上下翻了翻牟宗昊。

牟宗昊又说："你还是街面上的头面人物呢，心里有气儿撒在狗身上，算什么本事。"

"有话就说，有屁就放，别吭吭叽叽的，我没工夫跟你闲扯。"

"好吧，我就问你一句话，你知道日新堂的日子为什么兴旺？"

"这还不明摆着，多吃多占了。"牟宗升说道，一脸不服气的神色。

"不全是。再大的家业，要败落起来也很快。日新堂的大哥死去后，日子照样红火。他的大少爷牟金又没了，少奶奶持家，日子还是井井有条。难道他们比我们多长了一双手？"

牟宗升若有所思，声音和气了许多，问："你说咋的？"

"他们有一个好管家，那奴才管理家业确实有方。我们家的大管家，三两个也抵不上日新堂一个。"

牟宗昊说完了，扭头就走。牟宗升站在那里愣了半天，终于明白过来。是呀，他妈的，易同林那条老狗，已经扶助日新堂二十年了，都快成精了，要想个办法，把那奴才赶走。

办法实在不多，他想了两天，最后还是决定去找牟宗昊。

牟宗昊在书房画画，看起来心情不错，不停地跟身边的丫鬟红莺说话。红莺虽然十四岁了，却憨实得像个七八岁的孩子一样单纯。她明知道老爷对眼前的画挺得意，问她的时候，她却说看不懂，说只要老爷说好，那一定就是好了。牟宗昊有些失望，就恨陈太太了——红莺是太太挑来的，太太就是缺心少肺的，怎么可能挑选出机灵的嫚子？他想，赶明儿把红莺赶走，亲自挑选一个留在身边。

正想着，外面的老妈子喊道："老爷，月新堂的二爷过来了。"

他知道二爷一定会来的，他在书房已经等了两天了。

二爷走进书房，他仍旧弯腰作画，嘴里说："嗨，二哥，我还有几笔就画完了，你稍等等。"

丫鬟红莺忙着去给二爷倒茶，看到二爷的丫鬟小六也跟过来，就暗中瞟了小六一眼，两个丫鬟会意地笑了笑。

牟宗升走到牟宗昊身边欣赏他作画，一边看一边称赞，但因为他不懂画，马屁拍得不得要领。牟宗昊就不客气地让他闭嘴，说你不懂不要装懂，这么好的画，让你一说，成了一堆狗屎了。牟宗升站在那里不尴不尬的，心里骂：你这个狐狸，故意显摆啥，你这臭画，给我擦屁股，我还怕脏了我的屁眼呢。

四爷画完了最后一笔，这才请牟宗升落座，把两个丫鬟都打发出去了。

红莺和小六有几天没见面了，老爷把她们赶出书房，正好遂了她们的心愿。两个丫鬟就在老爷楼前的花园里坐着说话，偶尔还发出哧地笑。屋里的陈太太看到了，有了痒痒心，也想着说笑，就带着二少爷牟恒走到院子里。两个丫鬟看到太太走过来，忙站起身子。小六乖巧地垂下头，叫一声："四太太。"

陈太太让她们坐下，问小六："六嫂子，你家奶奶做什么呢？"

小六想了想，说："太太在院子里给少爷晒太阳。"

"回去告诉你家奶奶，抽空过来说话。"

小六一边应着，一边又说："四奶奶到那边说话最好了，我家太太天天摆弄二少爷哩。"

陈太太点了点头，说二少爷五岁多了，这时候正好玩，我在家闲着没事，赶明儿过去玩玩。小六笑着说："我家少爷成什么了？供奶奶玩耍了？那可不行。"陈太太撮了手指头，点着小六的脑门说："大胆的奴才，也敢这样对奶奶说话？"

小六忙站起来，说："小六该死，奶奶饶我一次，奶奶实在没什么玩的了，就玩小六好了。"一边的红莺也慌张地站起来，帮着小六说话："太太，小六不是成心的……"

陈太太的面色马上好起来，她本来也不是真的恼怒，只不过要在奴才们面前要一下威风。小六心里当然知道，表面装得很害怕，其实脸上并没有恐惧，甚至还带了些微笑。陈太太叹了一口气，说红莺你这奴才，跟小六在一起，学着一点儿，你看小六有多乖，明儿我告诉你家奶奶，把你卖个好人家。

小六一下子跪在了陈太太面前，请求太太千万别提这事儿，自己宁死不走，就在月新堂照顾老爷和太太一辈子。

小六说着，朝书房那边看了看，好像担心陈太太刚才说的话被二爷听去。陈太太就说："看把你吓的，你家老爷听不到的。"小六心里却在笑，得意地想：我家老爷才不肯卖了我呢。

陈太太对红莺说："只顾说笑，忘了给两位爷倒茶了。"

红莺急忙去了书房，给两位爷倒茶。书房内，二爷牟宗升正在聆听牟宗昊的高见，他不得不佩服喝了墨水的四爷，肚子里的黑点子多。牟宗昊说，眼下姜振帼新寡，大家最关心的就是她能不能守住寂寞。易同林那奴才，整天跟在姜振帼屁股后面转悠，想编排出一点事情来是不难的。有了这种男女勾当的丑事，易同林就别想待在日新堂了。

牟宗升就问："怎么才能知道少奶奶和大管家勾搭成奸？他们要是不勾搭怎么办？"

牟宗昊斜睨了牟宗升一眼说："本来就不可能勾搭，你要制造出桃色事件才行。这个时候，你只要制造出来了，不管是真是假，一定会有人相信。大家这个时候，谁对少奶奶不存着怀疑心？"牟宗升这才明白了，点了点头，说你是要给她下绊子设套子呀。

进去倒茶的丫鬟红莺，听了两位老爷的几句话，当时并不明白里面的意思，后来庄园内流传开少奶奶的桃色新闻，她才明白了两位老爷在书房隐秘的谈话是在算计少奶奶和她的大管家。

从牟宗昊的书房回了月新堂，牟宗升把事情交给了自己的大管家李连田去办。他了解自己的管家，持家的本领不如易同林，要小心眼搞小阴谋却比易同林聪明。

李连田寻找到机会，跟日新堂的一个小账房先生闲聊，很随意地问：

"你家少奶奶对大管家咋样？"小账房先生不知道李连田葫芦里卖的什么药，怀着对少奶奶的感激，说了少奶奶对大管家的许多好处。小账房先生说："我们大管家自己都说，少奶奶能够到我们下人住的地方，晚上陪着我们聊天，真不像个奶奶。"

这话是赞叹少奶奶人缘好，没有少奶奶的架子，跟下人们相处得不错，但后来变成了传言，就不是这个味道了。

自从牟金去世，姜振帼对账房先生们格外关照，对大管家尤其和气，这当然是为了她自己的利益考虑，知道这几个奴才对她很有用处。账房是各家经营管理的中心，掌管着各家的经营运作权，负责安排庄稼的播种收割、收租放租、赶集卖粮、银两的收进和支出，是主子的智囊团。每家的账房内都养着五六个账房先生，他们的头儿正账先生，也叫大管家，是从账房先生一点一点熬出来的，负责筹划安排主子一家的各项经济活动和社交活动，监督管理手下的账房先生，检查他们的账目，定时结算各项收支，呈送给老爷过目，是老爷的经济代言人。老爷赋予他绝对权力。在家庭中，他只听老爷一个人命令，就连家中的太太少爷们，有一些事情都要听从他的安排，是一人之下万人之上的人物，常常被佃户下人们称作"二主子"。

如此重要的地位，账房先生的挑选也就格外严格，必须有可靠的人作为担保，经过考核试用后，才能正式成为账房先生。这些人都精通管理，善于买卖，忠于主子。当然，他们的待遇也是优厚的，一个普通账房先生的年薪，抵得上十个长工。

日新堂有六名账房先生，其中两个是大管家易同林做担保介绍来的。那个叫易春的小账房先生，是易同林的侄子。易同林平日说话不多，下人们既怕他又尊重他。当年老爷活着的时候，对他特别器重。少爷牟金十四五岁那年，私自去他那里支取几两银子，他不答应，说要老爷同意才行。少爷牟金很不满，骂他"狗奴才"。老爷知道后大发脾气，让少爷在地上跪了半天。老爷说："大管家是狗奴才，但不是你们能随便骂的奴才，他为我们牟家把守家业，忠心耿耿，你们不能委屈了他。"老爷还说："大少爷呀，你将来不仅要管理日新堂，还要成为我们家族的掌门人，你应该懂得，没有这样的管家，我们的家业就败了。"

老爷说这些话的时候，大管家就站在老爷身边，一边流着热泪一边说："老爷这么抬举奴才，让奴才不知道怎么报答老爷呀。"

精明的姜振帼当然知道如何使用自己的大管家。

忙完了丧事不久，一天晚上，她自己去了二进门的账房。当时几个账房先生都准备睡觉了，穿着大短裤，坐在通铺的大土炕上，听大管家安排明天的事务。他们看到少奶奶推开门的时候，都张嘴傻愣着，说不出一句话。

姜振帼看了看大管家说："你这奴才，愣着干啥？还不快给奶奶搬个凳子坐？"

易同林这才醒过来，急忙拖过一条长木凳子，说道："奴才该死，少奶奶你坐，就是、就是没想到少奶奶能来账房。"

姜振帼说："哪里我不能去？我自己家里，想去哪里随我的意。"

"账房里脏乎乎的，怕脏了奶奶的身子。"

她的口气严厉起来，说："知道脏就好，以后这儿我会常来，你们也得收拾利索了。"说着，也就坐在了脏乎乎的凳子上。

后来，姜振帼隔三岔五地就要去一趟账房。账先生们把屋内收拾利索了，还专门给少奶奶准备了一把椅子。她来的时候，手里经常拎着一坛子米酒，或者一些水果，让这些账房先生感动不已。有时，她要单独给大管家交代事情，就会说："你们几个奴才外面凉快一会儿，我有话要跟管家说。"

几个账房先生就出了账房，去对面一进门的群房内跟大把头和勤杂工们闲聊去了。

月新堂的大管家李连田了解了这些，就有了编造故事的背景了。

李连田仔细想了想，觉得编造一些桃色新闻还不够，他要充分发挥自己的才干，把易同林彻底搞垮，讨得二爷牟宗升的赏钱。

他想到了日新堂姓孙的账房先生。姓孙的账房先生，前些日子跟李连田闲聊，曾经流露出对易同林的不满，说自己到日新堂七八年了，年薪才二百吊铜钱，而易春因为是易同林的侄子，刚来了不到两年，年薪已经长到一百吊铜钱了。"这么多年，都是我在帮着易同林处理事情，但在主子面前，名声都让他一个人赚去了，我什么也没捞到。"很显然，姓孙的账房先生觉得委屈自己了。

李连田偷偷找到姓孙的账房先生，问他是否愿意去月新堂做账房先生。如果愿意的话，年薪三百吊铜钱。姓孙的账房先生当然高兴了，问他月新堂的二爷能否同意。李连田说："就是二爷看好你理财的本领了，让我来找你商谈。"说着，李连田从腰里掏出五十吊铜钱塞给了姓孙的账房先生，说道："这是二爷给的一壶酒钱。"

姓孙的账房先生满心欢喜，把铜钱揣在怀里，说自己终于可以离开易同林那条老狗了。

李连田趁机说："离开前，整治那老家伙一下。"

姓孙的账房先生想了想，说要想整治易同林难啊，少奶奶对他太信任了，怎么对他下手？李连田提醒他，说易同林的侄子易春可是易同林保举来的。按照规矩，易春出了事情，要追究保人的责任。姓孙的账房先生眨了眨眼，猛然醒悟，说道："对呀，整治易春可是容易多了。"

两个人很快就密谋了一个加害易春的计划。

易春掌管着日新堂院内粮库的钥匙。日新堂院内有四五十佣人和勤杂工，易春每隔三天就要从粮库内取一次粮食送到磨坊。姓孙的账房先生趁易春不注意，偷了易春的仓库钥匙，在一个长工的协助下，从粮库内偷走了三斗麦子。

后来，易春到粮库内取粮食的时候，发现粮食少了，心里很害怕。钥匙只有他一个人把守着，少奶奶知道少了粮食，肯定要把他赶出日新堂。他就一直没敢告诉叔叔易同林。

一切都铺垫好了，李连田把早已编造好的桃色新闻散布出去。很快，庄园内几大家的下人们都传说日新堂的少奶奶跟自己的奴才大管家勾搭成奸，两个人整天厮守在一起，分不开了。又传，大管家凭借着跟少奶奶的关系，越来越无法无天，伙同自己的侄子易春偷盗粮库的麦子，别的账房先生敢怒不敢言。

再后来，一些老爷太太们也知道了，都直摇头，骂少奶奶真是没脸没皮，"竟能跟一个老奴才混在一起，侮辱了牟家的名声，不配做牟家的当家人了，应当请辞"。这当中，月新堂的李太太自然是叫骂最积极的一个了。

一些日新堂的下人们听到了少奶奶的绯闻后，却不敢告诉少奶奶。只有易同林的侄子易春把自己听到的传闻偷偷告诉了叔叔，结果被易同林抽了个大嘴巴，骂道："你听谁胡咧咧的？再敢胡说，我割了你的舌头！"

易同林没把这事当成件事情，他以为只是哪个下人乱嚼了舌头，打了侄子易春后，并没有仔细追问下去。

易春这时候已经感觉到粮库内不翼而飞的麦子是一个陷阱，但却不知道该怎么从陷阱中逃离，只能提心吊胆地等待厄运的到来。

八

天开始热了，东来福花园里的那片藤萝下就成了几个太太纳凉说话的好地方。

这天，南来福的王太太和刘太太带着自己的儿女们和丫鬟结伴来到东来福。陈太太和儿子牟恒正在藤萝下坐着，看到两位太太走来，忙让丫鬟红莺搬来了小凳子。两位太太并不慌忙坐下，就站在那里欣赏已经开放的藤萝花。紫色的小花散发出浓浓的香气，两位太太都把鼻子凑在一片紫花上，嗅着。头顶上有两三只燕子穿梭着，一些不知名的小飞虫在花丛中转来转去的。

刘太太拍去了脸上栖落的一只小飞蛾，对陈太太说："你家四爷呢？"

陈太太说："在书房。"

王太太接过话去，问："整天憋在书房干啥？也真能坐得住。"

陈太太不满地说："画一些乱七八糟的画，想一些乱七八糟的事，你家五爷呢？"说着，已经把一个小板凳塞到了王太太屁股下。

王太太说："在家唱京剧，哼哼呀呀的，我听了难受，就出来了。"

刘太太就说："我们家牟宝也被京剧迷了魂，整天跟在他伯伯身后学唱。"

王太太笑了说："还说呢，那小崽子比他伯伯都痴迷。"

刘太太的大少爷牟宝已经十五岁了，从小受了伯伯牟宗腾的熏染，对京剧迷恋到了不能自拔的地步。他也喜欢放鹰，喜欢养鸟，喜欢拉二胡。为了学拉二胡，经常跑到一个佃户家里去，把平时积攒的碎银子都交给了那佃户。

几个太太想到了一老一少的两个京剧迷，都笑了。

五爷牟宗腾走路的时候都哼着京剧，脚下踩着京剧的节拍，样子很可笑。他的嗓子又不好，经常把京剧唱走了味道。

刘太太故意戏弄王太太，问她夜里跟五爷做那事的时候，五爷是不是也哼着京剧，有板有眼的，一口一个"娘子"呢？王太太看了看身边的几个丫鬟，嗔怪刘太太，说："你在奴才面前也说得出口来。"

刘太太和王太太是还没分家的亲妯娌，又比王太太小，说话也就很随便。

陈太太很想听听王太太和刘太太调侃一些男女之间的笑话，看了看身边的丫鬟们，觉得她们在这儿妨碍了两个太太的正常发挥，就打发自己的丫鬟红莺，带着两位太太的丫鬟，还有少爷牟恒，去月新堂二爷那里，把李太太请过来说话。丫鬟们一听就高兴了，她们可以去找月新堂的丫鬟小六玩耍了，于是就嘻嘻哈哈地跑去了。

丫鬟们一走，太太们就没有丝毫的顾忌了，说笑起来。王太太和刘太太知道陈太太心眼太实，就要合伙笑弄陈太太。王太太说："四爷在外面跟几个老爷诉苦，说他这么瘦，都是被你折腾的，他不想那事情，你却不饶，夜里总缠着他。"陈太太不知是计，生气地反驳道："他真不要脸，我缠着他了？都是他来缠我，由着自己的性子来，大白天在书房里看书，看着看着，不知道犯了什么病，像抽风似的跑到我屋子里，什么话也不说，粗手粗脚就把我摁在地上，有一次把我的胳膊都拧肿了……"

王太太和刘太太忍不住笑起来。

刘太太又说："他不缠你，就去缠外面的女人了。"

陈太太生气地说："哼，一样是吃着锅里看着盆里，吃着老的想着嫩的，吃着荤的惦着素的……"

南来福的两位太太又忍不住笑起来。

远处走来的李太太听到了笑声，老远就喊："有好笑的，先别说了，留着，等我过去。"李太太走到藤萝下，几个太太就抢过了李太太怀里的二少爷牟盛，轮流抱了抱。牟盛的脖子上挂了一个绣包，色彩鲜艳，里面塞了香料。几个太太闻了那香气，又仔细看上面的图案，一针一线极讲究，问李太太这是哪一个女子绣的。李太太说她也不知道，三个女子的刺绣针线都很好，没事就整天待在屋里绣这些东西。几个太太就叹息，说女子们不刺绣，还能做些什么？

刘太太说："你家大女子的象棋走得好，有空儿过去跟她下棋。"

李太太就说刘太太："好像你整天很忙似的，哪一天不是空儿？"

李太太说着把二少爷交给了丫鬟小六："看好了少爷。"陈太太对红鸳说："带着几个少爷和少姑奶奶一边儿玩去，你们在这儿一个个竖着耳朵，也不脸红。"

几个丫鬟抿着嘴笑，带着李太太的二少爷牟盛、王太太十一岁的女儿、刘太太五岁的女儿，还有陈太太九岁的二少爷牟恒到一边的花园里去疯了。

王太太又把刚才陈太太的话模仿给了李太太听，藤萝下的笑声就一浪高过一浪。书房里的四爷牟宗昊听到了笑声，走出来看了看，问几位太太为什么事情高兴到这份儿上了。他这一问，太太们就更忍不住笑了，弄得他莫名其妙地摇摇头，又缩回了书房。

后来，太太们就聊到了日新堂的大寡妇和小寡妇。

刘太太问陈太太："少奶奶跟家里的大管家钻到一个裤裆里去，能是真事？"

不等陈太太回答，李太太就说："还能有假？有人看见了。"

陈太太说："大管家那么老了，那东西她也稀罕？"

李太太说："有那么个东西，总比没有好。"

几位太太又开心地笑了。

那边的丫鬟把二少爷牟盛逗哭了，李太太就扯了嗓子喊："六嫚子，你这奴才，少爷咋哭了？要是磕着碰着了，我剥了你的皮！"李太太喊了一声，又忙着跟几个太太议论小寡妇的绯闻了。

那边的丫鬟小六吓得伸了伸舌头，对几个丫鬟翻了翻白眼说："你们轻一点儿行吧？我们太太可厉害了，要剥了我的皮，没听到吗？"

南来福王太太十五岁的丫鬟春桃说："我家老爷太太还好，老爷忙着唱京剧，太太也心善，就是少爷牟财太坏了。"

小六似乎故意问："你家少爷挺好的，见了我们，还笑嘻嘻的，哪里坏呀？"

春桃说："欺负我这个丫鬟呗，趁我不注意，还摸我的脸……"

红莺就嘻嘻笑，夸赞南来福十四岁的少爷牟财长得很帅，实在招人喜欢。"也不能全怪牟财少爷，你看你，像招惹蜜蜂的桃花，少爷摸了你的脸，就权当让蜜蜂叮了一口嘛。"春桃脸一红，追着红莺打了几下。

春桃止住笑后，问小六："你家太太是不是经常要扒你的皮？"

小六说："也不……"小六说了一半话，打住了。

几个丫鬟又追问老爷对她怎么样，她笑了笑，说："能怎么样？我们当奴才的，人家想怎么样就怎么样呗。再不好，也没地方去。你们总还好，爹妈都在，身子还是自己的……"

说着，小六眼圈红了。几个丫鬟这才想起小六是被买过来的，于是忙安慰她，说先熬着，过几年老爷太太会放你走的。

小六就说："怎么放我走？把我随便卖个人家？我才不走呢。"

几个丫鬟遇到很现实的问题了，谁都不能替小六拿出好主意。这时候，盯着小六仔细看的红莺突然觉得小六有了变化，就惊讶地说："哎，我怎么看着小六姐变了样子？"

丫鬟们都去瞅小六，都说变了样子，又都说不出哪里变了。其实有了阴阳交合的小六，身子明显地长开了，胸脯和臀部都起了变化，就连她身上散发出来的气味都跟先前不一样了。这些，丫鬟们是很难辨别出来的。

后来，丫鬟们就想起了日新堂的翠翠，说日新堂的少奶奶太凶了，翠翠常常挨打。红莺说："那天我听翠翠说，少奶奶用藤棍把她的手都打肿了。"

刘太太的丫鬟水仙突然想起了六爷和刘太太的议论，就问几个丫鬟，说："听说了吗？少奶奶跟大管家……"

春桃看了看那边的太太们，小声说："我家五爷说，是少奶奶勾引了大管家的。"

红莺想起了那天去书房倒茶，四爷跟二爷说的一些话。她虽然憨实，但也知道这些话如果说出去了，她的命恐怕都保不住。于是在丫鬟们议论少奶奶的时候，她却一声不吭。

刘太太的丫鬟水仙说："真稀奇，一个少奶奶能去跟下人……"

红莺想到前些日子，自己的老爷牟宗昊在日新堂闹的乱子，就说："这有什么稀奇的，还有长辈跟晚辈勾搭的呢。"

水仙问是哪一个，红莺知道自己说多了，忙闭住嘴。

小六的耳根有些红了，在一边逗着少爷牟盛，不敢抬头，其实并没有人注意到她。

那边的太太们又传来了笑声，丫鬟们都扭头去看。

结果，大半个上午，丫鬟和太太们都在议论日新堂少奶奶和大管家的话题。

谣言比长了翅膀还飞得快，像漫来的水一样无孔不入，很快就覆盖了庄园。月新堂的二爷牟宗升约了东来福的四爷牟宗昊一起去了日新堂的老爷楼，让鲁太太给个说法。鲁太太自从儿子牟金死后，整天把自己关在老爷楼，外面的风声是听不到的。她对流言有些疑惑，问二爷和四爷："你们从哪里听来的话？"

二爷牟宗升说："你们大管家自己说出去的，说少奶奶每天晚上跑到账房纠缠他，真不像个奶奶样子，不信你可以问问那奴才！"

四爷牟宗昊摇摇头，对牟宗升说道："二哥你这么笨，你现在去问那奴才，他能招供吗？"

牟宗升说："粮库里的麦子倒可以追查，打开粮库点验一下就清楚了，我们的管家李连田可是听你们姓孙的账房先生说的。"

两个老爷离开日新堂老爷楼的时候，建议鲁太太没事的时候去少爷楼那边看看，不能什么事情都不管。说你是日新堂的大奶奶，该当家的地方还要当家。按说这个家就应该你来当，少奶奶太年轻了，恐怕稳不住。这样下去，整个庄园的老爷们都没脸面出门了。

两位老爷走后，鲁太太心里就开始七上八下。她对这两位老爷没有好感，也知道他们来告诉这个消息并非像他们说的那样，是为家族担着心。但她听了两位老爷的话，心里还是很不舒服的，并把过去的一些事情牵扯进来，想到了自己儿子刚死没几天，姜振帼就丢在那里不问了；想到了姜振帼当家后，不像原先说的那样，凡事都来请她拿主意，很多事情不跟她打招呼，就吩咐下人去办了；最近家里的奴才们也似乎不把她放在眼里，都围着少奶奶身边去转了……再这样下去，她这个老太太在家里一点儿位置都没了。

她觉得有必要去少爷楼看看了，要让那些狗奴才知道，日新堂的老太太不是泥捏的牌位！

鲁太太去少爷楼的那个晚上，正好少奶奶不在，问丫鬟翠翠，说少奶奶去了账房。鲁太太跟着就过去了。账房的门虚掩着，鲁太太从门缝朝里看，只见少奶奶和大管家在里面。少奶奶坐在大土炕上，盘着腿，大管家就坐在土炕边。鲁太太觉得少奶奶坐到了下人的土炕上，真是有失体统，丢尽了日新堂的脸面，于是招呼也没打，便返回了老爷楼，琢磨着如何把大管家逐出日新堂，如何剥夺少奶奶当家的权利。

姜振帼从账房回了少爷楼，丫鬟翠翠告诉她说："老太太过来，找到少奶奶了吗？"姜振帼想了想，以为太太是找她商量事情，于是就带着翠翠到老爷楼那边去见太太了。

她去得真不是时候。本来鲁太太不想立即找她，不想跟她发生正面冲撞，准备明天开仓验粮后再跟管家易同林算账。但是她却穿着很薄的短袖上衣，头上绾着的髻也披散下来，走到了鲁太太的眼皮子底下。这种很媚的模样，一下子把鲁太太的眼睛给刺痛了。她走到鲁太太面前，刚说了一句，"太太找我了？"鲁太太上前就给了她一巴掌，把她打懵了。

鲁太太说："你这个贱货，男人刚死了几天，就饿了？我问你，刚才去哪里了？"

姜振帼捂着脸，站在鲁太太面前回答："我去账房了，太太，有什么不对吗？"

"你也有脸说出来，跟下人也能搅和在一起，你是不管萝卜还是白菜，拔到篮子里就是菜了？！"

姜振帼终于听出鲁太太话里的意思了，含着泪说："太太冤枉我了，我是跟大管家商量事情去了。"

"商量事情，用得着你跑到奴才们的炕上？奴才应该去少爷楼跟你禀报才对。"

"那些奴才们没有大事，不会跑到少爷楼里去。我每天多跑几次账房，就是想多知道一些事情。"

鲁太太对姜振帼的辩解很气愤，以为是在跟她顶嘴。过去老爷活着的时候，姜振帼被她臭骂了，从来不敢辩解，总是把头垂着；现在却把头抬得高高的，自己说一句，她就辩解两句，满嘴是理，好像受了多大的冤枉。什么理由呀？奴才们不去跟少奶奶禀报，少奶奶倒成了奴才相，跑到账房的土炕上去了。

鲁太太问姜振帼："你知道庄园里的老爷太太们都说什么？说我们日新堂的枯树要发芽了，哈，枯树发芽！"

"有些话，太太是不能听信的。别人家的老爷太太，恨不得我们死了才好。"姜振帼说话的口气很气愤，她恨那些造谣的人，也恨眼前不明是非的鲁太太。

"你去问问大管家，那条老狗怎么说你的？说你太不像话了，哪里还有个少奶奶的样子！"

"不会的，那奴才没这么大的胆子，他对我们像狗一样忠实。"

"他还忠实？粮库里的麦子快让他偷完了！"

少奶奶听了鲁太太的话，一惊，还是不相信。她说："易同林在日新堂这么多年，手脚向来很干净，怎么可能偷粮食呢？真要偷的话，他掌管着那么多银子，也不需要偷粮食呀。"

"你真不要脸，处处替那老狗说话！"鲁太太说着，抬手又要去打姜振帼，姜振帼闪了一下身子，躲过去了。鲁太太抡胳膊的力量太大，身子一晃就摔倒了。倒在地上的鲁太太放声大哭。女人们哭起来，喜欢东扯葫芦西扯瓢的，喜欢翻腾旧账，把所有的委屈都揉成一团。有些委屈甚至是听来别人家的故事，也算在自己头上，一起哭了，于是越哭越悲伤，越哭越想哭，而且是一边哭一边数落着。鲁太太把老爷在世时的一些陈芝麻烂谷子的事都抖搂出来了，就连姜振帼在床上跟男人牟金做爱的时候喊出来的话都被鲁太太揪出来了。这都是小夫妻之间逗趣的话，不能当真，但鲁太太现在倒腾出来，当作姜振帼守不住身子的证据了。

姜振帼实在听不下去，就朝前挪了几步，弯腰去拉起鲁太太，说："太太你不要说了我求求你，不要说了，你要是恨我，就打我好了。"

鲁太太真的抓过她的头发，一下子把她拽倒了，骑在她身上厮打起来。姜振帼本能地躲闪着。那样子，像两只斗在一起的老母鸡，扑腾成一团了。

到后来，姜振帼就不躲闪了，两只手护住自己的脸，别的地方都丢给了鲁太太，让鲁太太尽快发泄完心中的怨气，早早收场。

丫鬟翠翠一直站在一边，吓得不敢说话。看到少奶奶被老太太揪住头发摁在地上，翠翠慌了神，想把自己的少奶奶拽出来。翠翠扑上去抱住鲁太太的胳膊，请求说："老太太，放开我们少奶奶吧，奴才愿意替少奶奶受罚……"鲁太太没想到丫鬟竟敢抱住了她的胳膊，小奴才真是反了天！她抓住了翠翠的头发，几乎把翠翠拎起来了，骂道："小穷鬼，小奴才，现在看你主子当家了，不把我放在眼里了，你算什么东西，还要替你的主子受罚？你就是一只老鼠，是一条狗，我今儿要让你看看，这个家到底谁说了算！"

翠翠在地上滚着，鲁太太手里拿着一根鸡毛掸子，狠狠地抽打，终于把那根鸡毛掸子打断了。鲁太太就把断了的鸡毛掸子摔在地上，喊道："给我滚出去，滚出日新堂，永远别让我见到你！"

翠翠爬起来，跪在鲁太太面前央求道："老太太打我骂我，我都愿意，求太太不要把奴才赶出去，求太太……"

鲁太太对少奶奶说："你听好了，让她给我滚，还有管家那条老狗，只要我还有一口气，这个家我就说了算！"

少奶奶直起身子，对翠翠喝道："还跪着干啥？起来，滚！"

翠翠始终跪着不起来，嘴里一直央求鲁太太。姜振帼走上前，抓住翠翠的胳膊拽着就走。出了老爷楼，翠翠还惊恐地哭，转过来央求少奶奶不要把她赶出日新堂。姜振帼让她闭嘴，说道："你是不是嫌别人没听到？哭什么哭？再哭把你的嘴封了！"翠翠呜咽着不敢出声了，姜振帼就又轻声说："有你的主子在，你怕什么？赶你走，也得我发话！"

翠翠听了少奶奶后面这句话，虽然知道少奶奶不会立即把她赶走了，可心里还是替少奶奶焦急，少奶奶用什么办法应付老太太呢？

回了少爷楼，一个老妈子在少奶奶卧室里已经把两个孩子哄睡了。看到少奶奶披头散发回来了，老妈子忙站起来，看着她不说话。本来姜振帼走进少爷楼的时候已经有效地控制了自己的情绪，不想让佣人看到一脸的泪水，但是看到两个熟睡的孩子，她突然控制不住自己了，趴在孩子身上呜呜地哭起来，把两个孩子都哭醒了。

孩子们不知道发生了什么事情，看到母亲哭，也就跟着哭。

她把孩子抱起来，一只手搂着一个，哄孩子睡觉，说："我的宝贝儿子，不哭了不哭了，我的心肝女儿，睡吧睡吧……"

这样说着的时候，她的委屈更大了，哭声也就更响亮了。哭到最后，她终于把心里的话哭出来了："我的儿呀——咱们孤儿寡母的，谁都想在我们头上拉屎撒尿呀！你们什么时候长大了，帮娘一把，就是能陪娘说说话也好呀。娘现在是一肚子苦水，跟谁去说呀——"

少爷楼的四合院东厢房住着十几个佣人，听到了少奶奶的哭声，都跑进来了。看到眼前的情景，她们都不敢说话，只是跪在土炕前，陪着少奶奶流泪。

佣人的哭声越来越大了。这样下去，整个日新堂的下人们都会听到哭声，都会跑过来陪同少奶奶哭的。这样不行，这样会把事情搞大的。姜振帼强忍住哭声，对佣人们说："你们都回去吧，没有你们的事了。"

下人们都离去了，姜振帼抱着还在哭泣的小少爷牟衍堃和小姑奶奶牟衍淑，哄了半天，终于把两个孩子哄睡了。

丫鬟翠翠站在土炕前，一动不动地看着少奶奶。她很想帮少奶奶做些事情，可又不知道从哪里下手。

姜振帼对翠翠说："你也上楼睡去吧，我一个人待一会儿。"

翠翠磨蹭着，不想出去。她看着少奶奶一脸的痴呆和哀伤，心里有些怕，担心少奶奶会出什么事情，壮着胆子说："少奶奶，奴才想在这儿陪你……"

"去吧，我就想一个人安静一会儿。"

"你……没事吧？少奶奶……"

"死奴才，我会有什么事情？奶奶死不了，奶奶很多事情还没做完，现如今这个庄园没有你少奶奶就乱了套了，我死不得！"姜振帼理解了丫鬟的心思，嘴里的骂也就那么温情。

翠翠刚走出屋子，却被姜振帼喊住了。姜振帼找出了一些棉花和药水，对翠翠说："过来，老实坐好。"她拽了拽翠翠的胳膊。翠翠怯怯地走过去，坐在梳妆台前的木椅上。

姜振帼用棉球蘸了药水，轻轻地给翠翠脸上的伤口擦拭着。她说："明儿别的丫鬟见了，问你咋弄的，你怎么说？"

翠翠明白少奶奶的意思，少奶奶不想把这种事情张扬出去，就说：

"我就说，照看少姑奶奶，被少姑奶奶用手抓了。"

药水把翠翠的伤口弄疼了，翠翠缩了缩头，叫了一声。姜振帼手里的棉球抹到了伤口以外的地方。她气愤地给了翠翠一巴掌，说道："动啥动？娇气的你，倒把你养成娇小姐了！"

骂着，又给翠翠脖子的地方擦拭药水。翠翠却怕痒，竟然咯咯地笑起来，缩着脖子不让姜振帼动了。姜振帼也就笑了，又骂道："小奴才，以后把你嫁给毛毛虫，看你还怕痒！"

给翠翠处理完伤口，姜振帼就打发翠翠走了，掩上了门。翠翠却没立即走开，而是从门缝里瞅着少奶奶。她看到少奶奶坐在镜子前，看自己的一张脸。翠翠最初想，少奶奶是在检查脸上有没有抓伤的印痕。但是过了一些时光，再从门缝瞅瞅，少奶奶的姿势没动，还愣坐在镜子前。

第二天早晨，鸟儿还没醒来的时候，姜振帼已经起床了，坐在梳妆台前，精心地梳妆打扮，梳理了她长长的秀发，然后绾了个发髻。她看到自己的眼睛浮肿了，眼圈有些紫黑，就取了一小杯米酒，用拇指蘸了，轻轻抹在眼圈上。

她抹得很仔细，似乎要连同昨夜那些屈辱和痛苦的印痕都一起抹掉。

佣人们起床了。她们都惦记着少奶奶，跑到少奶奶卧室前去偷看，看到少奶奶已经一身鲜亮了，她们就放心地去做各自的营生。

翠翠收拾少奶奶的屋子，把少奶奶夜里用的尿罐冲刷了。负责两个孩子的老妈子也在房间里给孩子穿衣漱口。这时候，厨房的佣人走到少奶奶面前，轻声问："少奶奶早晨想吃点儿什么？"

姜振帼说："你看着办吧，问问孩子们想吃什么，我是什么胃口都没有。"

佣人犹豫着，要说什么话，终于没有说出来，叹息着出去了。

跑腿的奴才大牛已经在门前等候着少奶奶的吩咐。姜振帼走出卧室，坐在了堂屋的太师椅子上，对大牛说："把管家叫来。"

大管家易同林早晨起来，已经有下人告诉他昨夜少爷楼发生的事。易同林想起侄子易春告诉他的话，这才觉得事情有些复杂了。他原以为是几个下人嘴碎，胡乱说的话，现在鲁太太那边都知道了，而且把少奶奶打了耳光，看来这盆脏水是躲不过去了。一时间，他心里乱糟糟的，不知道该怎么去向少奶奶解释。

这时候，大牛跑来叫他了。大牛说："二主子，少奶奶叫你哩。"

平时大家叫他"二老板"，或者"二主子"，他也应答了，但今天早晨，他却对着大牛就是一脚，骂道："谁让你这么叫我的？嗯？你该死呀！"

大牛忙纠正说："管家别生气，我该死，再也不敢了。"

易同林一边骂着大牛，一边快速地走着，走路的速度很快。账房先生们都是飞毛腿，他们就是靠两条腿，到周围几十里地村子收租赶集。易同林六十岁了，走起路来依旧脚下生风，后面的大牛小跑步才能跟得上他。

来到少爷楼堂屋，易同林看到少奶奶坐在太师椅上，腰板挺直，面带愠色，一声不吭。易同林的心有些慌张，走到姜振帼一侧站立，轻声问："少奶奶找奴才有什么吩咐？"

姜振帼不说话，审视着管家。

他站在那里，垂着头，眼皮都不敢抬起来。

姜振帼沉默了半天，才突然喊道："奴才，我打断了你的腿，才肯下跪？！"

易同林慌忙站到了她的前方，扑通跪下了。

姜振帼说："我问你，平日里我对你怎么样？"

易同林说："少奶奶对老奴才一百个好。"

"哪儿好？！"

"哪儿都好。"

"放肆！"姜振帼从太师椅上站起来，怒视易同林。

易同林哆嗦了一下，忙去看少奶奶，还不知道自己错在哪里。他真是糊涂了，少奶奶怎么会对他哪儿都好呢？有些地方是不能对他好的，什么都对他好，他就不是奴才了。

少奶奶就说："哪儿都好？把你当成人了！"

听了这话，易同林有些醒悟了，补充说："奴才是说，少奶奶经常给奴才、给奴才改善饭菜，还有……"

姜振帼冷笑："我给你们吃好，就像喂饱了一条狗，是让它看门护院的，给你两块骨头，你就忘了自己是谁了？"

易同林似乎被少奶奶这句话刺疼了心，他瘦瘦的身子哆嗦了一下，无话。

姜振帼问："你说过，我整天到账房耗着，没个少奶奶样子了？"

易同林抬头看了看少奶奶，觉得少奶奶的问话不太准确，解释说："少奶奶，奴才的意思……"

姜振帼提高了声音，根本不给他解释的时间，喝道："闭嘴，我就问你说过没有？！"

易同林点头，承认说过这话。

姜振帼愤怒地举起一根藤棍，狠抽了易同林，说："大胆奴才，我不像少奶奶像什么？"

易同林一句话说不出来。

姜振帼又坐回到太师椅子上，问院内粮库的钥匙由谁掌管着。这才是她今天追问的主题。至于易同林说的那些话，她心里知道不会有什么不当，只是被人拿去做文章了。

易同林说："我的侄子易春。院内的粮库经常要打开，我要交给一个信得过的人。"

姜振帼冷笑了一下，说："你是信得过，我却信不过了，万一出了差错怎么办？。"

易同林肯定地说："奴才敢用性命担保，这孩子很本分的。"

姜振帼站起来说："好吧，但愿这样，我们去检查粮库。"

姜振帼把六个账房先生都集中到了粮库门口，一起开库验粮。当初粮食入库的时候，是由两个账房先生一起点验的，他们两个人都在现场。

姜振帼让易春打开了粮库点验粮食，易春开锁的手就哆嗦了。

打开了粮库，姜振帼检查了里面的竹签。粮仓上有精确的刻度，三斗粮食是一个刻度，用一根竹签记录下来。粮食入库的时候，一口袋粮食就是三斗，发给竹签一枚；粮食出库的时候，又是三斗粮食就抽走一根竹签。竹签的数量，账本上有严格的登记，账房先生都清楚的。少奶奶进了粮库，先数一数刚打开的粮仓有多少根竹签，再数一下粮仓上的刻度，问题很快暴露出来了。

易同林看着浑身哆嗦的易春，似乎不相信自己的眼睛，问道："小王八羔子，那三斗粮食呢？"

易春扑通一声跪下，说自己也不知道哪里去了。易同林气愤地上前抓住易春就打，说让你拿着钥匙，你不知道粮食哪里去了，难道会飞了吗？

姜振帼喝住了易同林，说道："你别在我面前管教他，要管教回家管去。他可是你给我举荐来的，该受什么处罚，你们两个奴才该知道吧？！"

易同林怔了半天，长长地叹了口气，跪下，给姜振帼磕了头，说自己对不起日新堂死去的老爷和少爷，自己没有尽好职责，这就滚出日新堂。他爬起来，泪流满面，蹒跚着朝外走。在迈出堂屋的时候，他的喉咙里发出了呜咽声。

易同林收拾了自己的物品离开日新堂，却没有直接回家，而是憋着一肚子愤怒朝弟弟家里走去，要去收拾侄子易春。刚走到弟弟家门口，就听到家中传出了哭喊声，他当即愣在门外，两条腿像木桩，怎么也拖不动了。

哭喊声撕肝裂胆，悲痛欲绝。他的心一沉，完了。

易春死了。

九

易春赶在叔叔回家前喝了毒药。他的死，一半因为惊吓，一半因为屈辱。叔叔信任自己，想给他在日新堂找到一个位置，把粮库的钥匙交给了他，粮食却飞了，叔叔几乎用了一辈子赢得的好名声，稀里糊涂被他葬送了。接下来，家里还要被抽地封门，爹娘都要成为乞丐，他觉得自己没有别的路可走了。

也真的没有什么路可走了。

他到死都不知道粮食哪里去了。

临死前，他给叔叔留下了一张纸条，告诉叔叔，粮食不是他偷的，他也不知道粮食哪里去了。易同林看到这张纸条的时候，老泪纵横，说："叔叔害了你呀，叔叔害了你……"

易春死了，少奶奶并没有免去对他家抽地封门的惩罚，打发张腊八带着几个长工去执行。张腊八趁机提醒少奶奶，对大管家易同林也不能太心软了，至少要抽取一部分土地和房屋。少奶奶还是念及大管家在日新堂的劳苦功高，就说："那老狗也没几年挣扎了，给他留口气儿吧。"

易同林被赶出了日新堂，张腊八心里出了一口恶气，今后在日新堂，他就是少奶奶身边最贴心的人了。

张腊八气势汹汹地带着长工，去易春家抽地封门。而易春的爹娘，掩埋了儿子之后，已经收拾好了值钱的一点儿家当，带着两个女儿，流落他乡了。面对着空了的屋子，张腊八没有施展得了自己的威风，有些失落，于是带着长工们又去了易同林家里。

走进易同林院内，看到眼前很好的三间大房子，张腊八心里很不舒服——同样在日新堂当差，自己家里的房子可就破旧多了。

易同林病在床上，看到张腊八来了，挣扎着坐起来，说："你是来封门的，是吧？

张腊八不阴不阳地说："管家，我知道你是冤枉的，这都是你侄子不争气。本来你把他放到了显眼的位置上，干好了，以后可以顶替你，也做大管家，也在日新堂成为主子的大红人，可这小崽子……"

易同林打断了张腊八的话，说道："现在，日新堂你是大红人了，封我的门抽我的地，你心里痛快了？！"

张腊八不高兴地说："哎，管家，这话可就说远了。咱们两个都是给主子卖命的，在一起这么多年，就是两块石头堆在一起，也臭味相投了。"

易同林说，你还是你的臭味，我还是我的清香，一千年也掺和不到一起。要做什么，你就赶快动手。张腊八脸色一变，说你以为我不敢呀，本来少奶奶是要对你封门抽地，是我在奶奶面前求了情，给你留下两间厢房，其他三间正屋就全封了。

张腊八一扬手，几个长工抱起屋内的东西就朝外扔。易同林的老婆、儿子、儿媳妇和十几岁的三个孙子孙女，都哭喊着被赶出了屋子。张腊八用一把长锁，咔嚓一声锁了门，加了封条，扬长而去。

两间小厢房，根本住不下六七口人，一家人围着易同林哭泣。"哭啥哭？没让你们滚到大街上就不错了。"易同林咳嗽着，独自收拾着院子里散乱的物品，朝厢房内搬运。

到了黄昏时分，院门一声响动，走进一个人来。易同林心里有些疑惑，月新堂的管家李连田来做什么？不等他开口，李连田就长叹了一口气，说："老哥哥呀，我没想到你给日新堂拉了二十年的犁，竟落了这么个下场。"

易同林不说话，他不知道李连田这个时候来要做什么。

李连田说："我家二爷，得知你被扫地出门，为你可惜，想请你去月新堂做账房先生，工钱不少于日新堂那边，这是二爷让我交给你的信。"

易同林打开二爷的信，上面写着："闻知先生被辞，吾辈甚是挂念。先生人品高贵，才华出众，吾辈仰慕已久。幸有此机遇，先生如有意，请到吾账房做事，扶吾辈展宏图，创大业，吾定不会亏待先生。"言辞情深意切。

易同林看毕，突然明白了，自己这次遭难，十有八九与月新堂的二爷有牵连，心里一阵愤恨，忍不住咳嗽起来。他的老婆忙把他扶在厢房前的一块木墩上坐了，给他捶垫后背。

李连田站在一边，一直看着易同林的喘息慢慢平静下来，才问："老哥哥，你可答应了？"

易同林轻叹一声说："我这把年纪，什么也不能做了，你告诉二爷，奴才谢谢二爷的赏识。"

李连田说："二爷说了，不用你亲自动手动脚，在我手下，帮我一把就行了。"

"二爷有你就足够了，多我这老奴才，碍手碍脚的，添乱呀。"

易同林不肯去月新堂，李连田就回去给二爷回话了。其实他并不希望易同林在他手下当差，那样会显得他很无能。他甚至担心，说不定哪一天二爷还会把他赶出去，让易同林成为月新堂的大管家。他给二爷回话的时候，就添油加醋，说易同林看不起二爷，不愿意给二爷当奴才。又说，这个时候如果使用易同林，可能会引起日新堂少奶奶的警觉。二爷听了李连田的话，仔细一想，也对。反正易同林离开了日新堂，就等于砍掉了少奶奶半个脑袋，目的达到了。只是易同林不能为己所用，是件憾事。他想，以后还要找个适当的机会，把那老奴才套在自己的磨盘上才行。

日新堂那边，少奶奶让姓孙的账房先生接替了易同林，被众人称作孙管家。孙管家本来是想跳槽去月新堂当一个账房先生，没想到整走了易同林，他一步登天了。月新堂那边的大管家李连田遇到了孙管家，就笑着说："孙管家，你不到我们月新堂了吧？现在比我都神气了。"

孙管家忙赔了笑脸，说："哪敢比李管家神气，以后许多事情还要请李管家多指点。"

其实在心里，孙管家却是忐忑不安的。他的所有秘密，李连田一清二楚，如果哪一天李连田泄露出去，他姓孙的恐怕就没命了。

孙管家的命运就控制在李连田手里了。

牟氏庄园的名声太大，庄园的建筑又是那么惹眼，从栖霞境内路过的乞丐一定要去叩动庄园那两扇黑漆大门。而牟家的祖上对乞丐一直是很客气的。凡是乞讨者，必有所得。有时还要为赶路的乞丐准备三天的干粮。

庄园的大门外总是乞丐成群。

去年山东境内大旱，今年春上的乞丐就成了灾，一批又一批地来到庄园门前。他们少时一百多人，多时三四百人，声势浩大。有人讨得了一些吃的，继续赶路；大多数人竟聚集在门外，几日不去。正是天气温暖的季节，外面花开簇簇，蜂飞蝶舞。那些乞丐因得了好天气，就坐在庄园门前，袒胸露臂地揉搓着身上的灰泥，或者翻腾着衣服补丁内躲藏了的虱子，捉住了放在石阶上，看它们在阳光下慌张地跑着。围观的乞丐就常常因为这点儿乐趣笑得前仰后合。这些人虽然并不知道下一顿有什么吃的，但脸上却并没有厚重的愁苦。事实摆在这儿，愁苦也无用处，倒不如快乐地享受好时节的阳光。

庄园的门前被乞丐们弄得不成样子。各家的老爷太太们，打发下人们出去轰赶。乞丐可不是那么容易赶走的，你从东边赶了，他们又从西边回来。下人们很生气，就骂道："给狗一块骨头，狗叼着就走。给了你们那么多吃的，还不走，不如一条狗了！"

乞丐们却不生气，笑了说："狗不狗的，我们不计较，有吃的就行。我们走了，下顿饭怎么办？"

下人们心里就想，你们这些乞丐是故意闹事，照你们的意思，还要让我们老爷管你们一辈子吃的？我们这些佃户在这里卖命，也没敢说这样的话。于是下人们强行轰赶乞丐，手脚粗鲁地推搡，甚至给某个乞丐一脚一拳的。乞丐们受了刺激，一哄而上，围住几个下人攻打，结果就把下人打得头破血流，跑回庄园报告老爷太太们了。

各家的老爷太太准备纠集一些佃户中的青壮年，到庄园门前收拾狂妄的乞丐们。

姜振帼从孙管家那里听到了这个消息，就对孙管家说："你们不能胡来，这样下去要出事！"不能胡来，也要想个法子应付乞丐。琢磨到后来，姜振帼突然有了主意，觉得在乞丐这事上，该是她掌门人出面的时候了。

老爷们听说姜振帼为了乞丐的问题要召集各家的爷们儿商讨对策，都觉得她真是一个女人，小题大做了。有什么值得商讨的？多派一些佃户，轰走就行了。

不过，既然掌门人要召集开会，各家的老爷们还是要去的，否则这个家族就散了架，这是大家都不愿意看到的。姜振帼代理掌门人后，还是第一次主持议事会。老爷们也把这次的家族议事会当成了一场戏，他们要看看少奶奶怎么表演，怎么下台。于是，老爷们一个个拎着烟袋，稀稀松松地走来，相互之间还要心照不宣地挤挤眼睛，咧嘴一笑。

开会的气氛很艰涩，几个老爷端着长杆烟袋闷头抽烟，没有一个说话的。

姜振帼把她早就考虑成熟的建议提出来，征求大家的意见。她建议说："我们应当给那些穷鬼放饭，上午和下午各一次，每家派专门的下人分管这差事。"

二爷牟宗升把烟袋在地上狠狠地敲了两下，说："那你干脆把那些穷鬼领回家当爷爷供养着算啦，我们可没有那份闲心。"

有两个老爷嘿嘿笑了。牟宗昊说："这样放饭，穷鬼们都来了，养得起吗？"

姜振帼知道几个爷们儿会反对的，她并不焦急，慢慢地说出了自己的理由。眼下，盗匪猖獗，如果强行赶走这些乞丐，他们不在你门前乞讨，可以跑到你地里去偷抢庄稼，甚至潜入庄园内偷盗、绑票，牟家能防范得过来吗？再说，你今天把他们赶走了，他们明天又回来了，这种事情，官府也没法制止。对于牟家来说，粮食有得是，每年那些陈腐的粮食足够放饭了，反而落个乐善好施的好名声，平平安安过日子。"你们琢磨吧，哪一种更合算。"姜振帼说到这儿，老爷们虽仍旧低头抽烟，但都在琢磨她的话。

她就又说了："我们不怕哪一个佃户哪一个乞丐闹事，我们怕的就是一群穷鬼闹事。我们没有兵丁，怎么办？告官府？官府天天为你这些鸡毛小事忙乎？咱们势力再大，官府也不是为我们家开的。"

说完，她观察众人的表情。

牟宗腾点了点头，焦急地说："是这个道理，你说，继续说。"

其实姜振帼真正的道理还在后面。她已经看到了这些乞丐有着别人不可替代的作用，让各家在庄园后面的菜地和附近的大片良田旁搭建一些简易草棚子，供乞丐栖身，这些乞丐就成为牟家看家护院的得力助手，有谁还敢到牟家菜地和庄稼地里偷盗？

"不就是几口饭嘛，养条狗一天还要一斤多粮食呢。给这些乞丐每天半斤的粮食就足够了，但他们比一条狗的作用可大多了。"她说，"还有，牟家有十二万亩山岚，远的离庄园上百里，前不着村后不着店，根本看管不过来。每年的树木修剪，都要派成群的佃户，赶着马匹去出工。倘若在那些很荒凉的山林旁选择一个避风的山脚，盖下一批房子，挑选一些叫花子去居住，让他们自己开荒种地打粮食，头三年，免除他们的地租，三年后按照规矩行事，这样每年就可以多收很多租子，那些穷鬼们也就成了我们的佃户。十几年后，就会形成一个个佃户村了。"

老爷们的目光都落在了她的身上，等待她继续说下去。

"这样的话，连他们身上的跳蚤都是我们养着的，我们让他死，他还能活？"

老爷们终于按捺不住内心的激动，一个个频频点头。他们手里烟锅的烟丝独自燃烧着，冒出缕缕青烟。

自以为读了很多书，满肚子是智慧的四爷牟宗昊，也不得不佩服她的聪明才干了，忍不住叫了声："妙，妙呀，侄儿媳，四叔佩服得五体投地了。"

姜振帼微笑一下，说："四叔过奖了，我只是在征求你们的意见。还有，五叔和六叔不是准备分家吗？六叔要另建宅院，这些穷叫花子，给他们一顿饱饭就行了，他们可是很有力气的。"

六叔牟宗天兴奋地摆摆手，说道："好了，什么都不要说了，就按照你说的办。"

乞丐的事情就这样定了。

接着，姜振帼又说第二件事情。"今天还有一件重大的事情，关系到咱们家族子孙的前途命运，想请几位叔叔拿个主意。"她说着，故意停顿下来。

五爷牟宗腾很干脆地说："行了侄儿媳，你是掌门人，不管什么事情都由你来定，对不对各位？"牟宗腾看了看几位爷，口气非常坚决。

二爷牟宗升也不得不点了点头。

大家不知道姜振帼要说的是什么大事，目光都落在她略带阴郁的脸上，屏息倾听。

她一字一字地蹦出来，说："下大力气办好私塾。"

几个爷们立即相互瞅着，用目光交换他们的茫然。

姜振帼接着说："我们老祖宗那时候注重农耕，亲自下地播种，以土地为生，给我们这些子孙们创下了这份家业。可现在，我们的子孙，有谁能够亲自耕种？不让他们读书，将来很难守住家业。读书并不一定就去做官，但读了书一定头脑灵活，做什么都有底气。四叔就是个例子，读了书，心眼儿就是比我们多。"

听了姜振帼的话，四爷牟宗昊很不自在，忙说自己虽然读了不少书，但比起姜振帼的心眼儿还差多了。

"现在，我们各家都有私塾，但都很稀松，三天打鱼两天晒网，先生教得马虎，孩子学得粗心，好好的私塾，成了聋子的耳朵——配头。这样下去，我们牟家的将来就全毁了。"

几个爷们听了姜振帼的话，觉得有道理，那几个十几岁的孩子没有一个好好读书的。牟财和牟永整天就知道养鸟放鹰，牟宝跟着伯伯牟宗腾哼唧京剧，迷得连饭都顾不得吃了，这帮子孙将来继承家业，真是让人担心。眼下几位爷儿们虽然游手好闲，但这份家业还在，也不至于败落了，而子孙们究竟会是个什么情形，他们实在猜不准确。于是，几位爷儿们都赞成，各家加强私塾管理，把那些到处乱跑的儿女们封闭起来。

姜振帼主持的第一次家族议事会，就在几位爷儿们充满敬意和畏惧的目光中结束了。牟宗升的心里几乎要绝望了，这个小娘儿们的脑子是怎么长的，转速太快，他根本跟不上她的节奏。虽然她是代理掌门人，但也有十几年的时光供她消磨，十几年后这个少奶奶的头顶上可就长出角来了。这个时候，他心里真的希望她像她男人牟金一样短命，快快暴病而死。

两天后，各家遵照事先的安排，统一在门前放饭了。时间定在上午十点和下午四点。发放的大饼子是用小米和黄豆磨了面做成的，每个两斤重，金黄色，暄腾腾的，香气四溢。大伙房的佣人们把大饼子切成片，放在一个大筐内，抬到庄园门前分发。

乞丐们被这意外的惊喜弄晕了头，看着金灿灿的大饼子，竟不敢上前了，仿佛里面含了毒药，抑或有别的埋伏。但到后来，肚子左右了一切，他们就一哄而上。佣人们控制不住局面，担心一些聪明的乞丐重复领取食物，于是在大门一侧用绳子拦出了一个圈儿。凡是领取了大饼子的乞丐，就站到绳子里面。等到最后一个乞丐手里领到了食物后，便把那根绳子开禁了。还有一两个有威信的乞丐主动站出来帮助放饭的佣人梳理乱糟糟的队伍。

秩序一下好了起来。

乞丐们晚上大都在附近的墙角过夜。太阳出来的时候，就各自从角落里走出来，坐在牟家大门两侧的墙根下，一边捉着身上的跳蚤和虱子，一边等待放饭。大本营古镇都佃户的小孩子们也有许多夹杂在乞丐中领取了大饼子，坐在一边吃。手脚利索的小孩子还会在四大家门前快速穿插，领取几份大饼子，把吃不完的带回去交与父母。孩子的父母们却是宁可躲在家里吃着地瓜叶子和花生壳搅拌的糠食，也不肯到牟家门前领取放饭——他们只要还有一口靠自己挣扎得来的食物，维持着生命，就抱住做人的起码尊严不肯丢。

这一方山水的人，自古就是这个秉性。

到后来，许多乞丐们已经放弃了继续赶路的想法了；而牟家也在庄园后面的自耕田边选了主要的出入口，临时搭建了茅棚子。这时候，牟家的管家们就走到乞丐们当中，把他们老爷的意图告诉了乞丐。当然，并不是每个人都可以被牟家选派到菜地旁居住，或是去山岚处开荒种地的。那些青壮年是第一批人选，还有拖儿带女的，也是牟家欢迎留下来的。乞丐的这些儿女们就是佃户种子，多少年后他们也要结婚生子，繁衍开去。只有那些看起来老弱病残的乞丐像垃圾一样被丢弃在一边。

这样，一批批的乞丐就与牟家签订了条约，捺了手印，被牵引进了深山，领到了牟家分发的粮食，在茅棚里住下。他们一边开采石头盖房屋，一边开荒种田生产粮食，日子倒也安稳下来，不必再去流浪了。

再有过路的乞丐敲叩大门讨饭，各家的管家依旧选择了适用的留下来，给毫无用处的乞丐放了饭，打发他们远去了。

也有不愿失去自由的乞丐仍想着回归故里，或者朝着更远处流浪。

日新堂门前有一个叫杠子的壮汉子，带着妻子和一个七八岁的女儿，不愿意落户山野做日新堂的佃户。这天，一家三口排在放饭的队列里去领大饼子。杠子想到今天就要离开牟氏庄园了，前面会有很长的路要走，于是在日新堂门前投机取巧，领了双份的大饼子。不想被佣人发现了，要上前从他手里夺下多余的部分。杠子拼命护住了手里的大饼子，冲上来的那个佣人被杠子推倒在地。这时候，看门的老头树根正帮助佣人维持放饭秩序，看到佣人被乞丐欺侮，就喊了院内几个长工，要给这个叫杠子的乞丐一点儿颜色看看。不曾想这乞丐是个"火药桶"，稍一撞击就"爆炸"了。杠子手持了一根木棍，血红了眼，那架势要跟长工们索几条命才罢手。

事情闹到这种地步，张腊八忙去通报了少奶奶，问是否告官府，请兵丁来收拾杠子。少奶奶不允许，自己便走到了大门前，倒要看看杠子是个什么货色。

姜振帼瞅见了还梗着脖子的杠子，当即就笑了，因为这乞丐的愣样子确实像根杠子。孙管家对杠子说："还不给我们少奶奶跪下？你这几天没饿死，多亏了少奶奶的善心。"

杠子过去听说日新堂的少奶奶很了不得，今儿见了，果然有些不同。于是他便把斗牛的架势收回来，但眼睛依旧瞪着笑眯眯的少奶奶，要听听她有什么话说。

姜振帼对佣人说："再给他两个大饼子吃，吃得再多，还不是要屙在我们牟家地里？"

杠子听了少奶奶的口气，自尊受了些伤害，把孙管家递过来的大饼子摔在了姜振帼面前，呸了一口唾液，拉着妻子女儿就走。

身后的少奶奶就说道："好，有血气！"

一路上，杠子一家三口加紧赶路，到了该排泄的时候，也不敢歇息，总想走得再远一些，离开牟家的土地。大约走出了五六十里路，杠子实在忍受不住了，估计自己也早走出了牟家地盘，于是寻了一处僻静处排泄了便物。起身走了几步，看到田间有一地界石碑，仔细辨认，上面依旧写着个"牟"字。

坐在石碑前怅然了很久，杠子站起来，带着妻子女儿折回身子，又回到了日新堂门前，说要见少奶奶。姜振帼走出来，脸上却没了先前的笑，冷冷地问："怎么又转回来了？有血气，就应该撞倒了南墙不回头！"

杠子顺从地说："少奶奶宽宏大量，给我们找个落脚的地方吧。"

少奶奶想了想，说："庄园后面的菜地旁有两间闲置的茅棚，可以去住。"

这时节，菜地里的黄瓜正水灵，还有已经微红的西红柿。负责种菜的杂工看到杠子住进了菜地边的草棚内，就明白了。他把从菜地里拣出来的黄瓜和西红柿送了过去，就算跟杠子认识了。杂工说："守着菜地，可地里的蔬菜，你是一丁点儿也不能动的。"

杠子一家，就在菜地旁边扎下了脚，每天三口人去庄园门前领取放饭度日。放饭的佣人认识他们是菜地旁的常客，也就额外多给几片大饼子。白天闲来无事，杠子就帮着菜地里的杂工收拾菜地。有时他也被把头张腊八喊走，去庄园前的场院里搭一把手，干些苦力活儿。到了夜里，妻子女儿睡下了，他便坐在菜地旁听蔬菜长叶的声音，看天边一颗流星忽闪一下滑落到山的后面。这时候，他也会想想百里外的家乡，虽然那边一无所有，但那些山和河流总会让他想起一些值得记忆的东西，于是脸上便有了一些愁苦，对着无边的夜，粗粗地叹息一声。到了后半夜，潮气很重了，他也就钻进了茅棚，倒在女人身边，把许多本不该想的事情都留在了菜地边呆坐的地方了。

其实那茅棚是几天前就搭建起来的，一直空闲着。少奶奶是要寻找一个合适的乞丐住进去，不仅给那菜园子上一道锁，也要给庄园的后墙根装上一只眼睛。庄园的后院墙是盗贼容易出入的地方。杠子很适合少奶奶选用的标准。

庄园门前的乞丐依旧不断，那些看起来病病歪歪的乞丐，牟家宁可每日放饭养着，也决不会拿来作为自己的佃户。当然，这些在门前吃放饭的乞丐也不是毫无用处的，他们很自然地成了庄园外的耳朵。这些耳朵无处不在，墙角下，草垛内，都有乞丐打着盹。庄园前稍有风吹草动，他们就呐喊起来。一天夜里，有不知情的两个盗贼想从庄园后的围墙上攀了绳子越墙，险些被乞丐们捉住，慌乱中丢下一根绳索去了。

第四章

十

料理完乞丐的事，姜振帼就派孙管家到县城内四处打听，寻找上等的私塾先生。几日后，孙管家告诉姜振帼，有一个姓牟的先生住在乡下，是牟氏家族的后裔，祖上因为败了家业，成为自耕农，日子一代不如一代。牟先生的父母为了再振家业，从小就把牟先生送到外面读书，到后来母亲生病死了，父亲依然不许儿子断了学业。为凑学费，当父亲的每年都要把仅有的一点土地割舍掉一块卖了。等到把牟先生送去北平读书时，当父亲的也把家中最后一点儿薄地卖尽，喝药死去，在阎王地府那边静听儿子学成后的佳音。这牟先生原来并不知道家中的情形，以为自己的学费都是父亲土地里刨出来的。直到父亲去了，他赶回来料理丧事才明白了一切。明白了一切，他本该好好读书去，了却父母心愿，不想他却受了意外的刺伤，心灰意冷，无心转回去读书了，于是就在当地做了私塾先生，一晃已经七八年了。这当中也有给他说亲的，他却总摇头，似乎要独身一生。

孙管家说："这人一肚子的墨水，就是不像正常人，怪怪的。"

姜振帼似乎被牟先生父母的那种精神感动了，说道："那一对爹娘，倒是有些志向，你把这个牟先生带过来我看一看。"庄园内选择当差的，牟家的主人都要亲自过目，哪怕是一个杂工。这私塾先生关系到牟衍塑的品行和成长，极为重要，姜振帼自然不会马虎。

牟先生三十四五岁的样子，相貌清爽，少言语，气质不俗，只是面容中掩藏了些许忧伤。姜振帼问了几个问题，牟先生回答得体。她就点了点头，对孙管家说："就让牟先生留下，跟你们账房先生一起用饭，年薪四百吊。"转头又看着牟先生问："你看合适吗？"

牟先生不惊不喜，答道："四百吊多了些，三百吊就不少了，我无家眷，多了无用。"

姜振帼听了一惊，还有嫌钱多了的呀？果然是怪怪的一个人。她忍住自己的惊讶，突然板着脸说："我给你这么多钱，不是白付给你的，你要把小少爷管教好，可不要带他走了歪路。"

"做先生的，不拿钱，也会身体力行，品德为先。"

"好吧，咱们走着看。年薪就这样定了，你现无家眷，以后总会有的。"

"谢谢少奶奶了，就三百吊吧。"牟先生依旧坚持着，倒让姜振帼不知道该说什么了。

孙管家恼怒地说："真不识抬举，少奶奶看重你，你倒来劲儿了……"

"不许对牟先生这样说话。好，牟先生，就先依你，以后觉得年薪低了，可以再找我。"

姜振帼做出一个手势，让管家带牟先生出去了。牟先生走出屋子的时候，她瞥了一眼牟先生的后背，觉得他的后背似乎很厚重。

她好半天愣在那里，咂摸眼前消失的后背。

日新堂的私塾就设在少爷楼后面，在最后一排群房的一侧，那里有一栋两层楼的偏房。牟先生的学生只有小少爷牟衍塑。牟衍淑还小，暂时留在少爷楼内，由少奶奶亲自教一些《女儿经》之类的东西。小少爷学的是《三字经》《百家姓》，还有"四书""五经"之类的必学课程。姜振帼让下人把私塾收拾得很讲究，给牟先生准备了戒尺，要求他对小少爷严厉管教，每日读书识字要有定数，完不成当日数量，小少爷不得就寝。

闲下来的时候，姜振帼去了私塾，听牟先生给小少爷牟衍塈讲课。牟先生看到她上了楼，走进教室，并不太在意，依旧平静地讲自己的课。她也就坐在一边，却常常一坐就是一节课。

牟先生讲课的声音抑扬顿挫，带有磁性，很好听的。他领着牟衍塈读《三字经》："人之初，性本善，性相近，习相远……"

她坐在那里，心里也跟着读。

对于牟先生，"奴才"两个字她就叫不出口了，而牟先生也确实没有奴才相。

一日，牟衍塈听课的时候打了瞌睡，牟先生让他站起来听课，他却耍横，不肯起来。先生就走上前，用戒尺敲了他的手掌。这把他的小少爷脾气敲出来了。他抓起书桌上的朱红算盘砸向了牟先生。他毕竟还是一个七岁的孩子，不太懂得尊重先生。

姜振帼得知后，便让牟先生把牟衍塈带到了老爷楼的祖宗画像前，动用了家法。她把一个七岁的孩子狠劲儿摁在香坛前磕了头，然后用戒尺狠抽他的手心，一直把牟衍塈打得手心开裂了，渗出了紫红的血。牟衍塈哭喊着求饶，几乎昏厥过去。牟先生几次上前制止，都被姜振帼喝住。她铁着脸对牟衍塈说："记住了我的儿，读不好书，我就饶不了你。咱们牟家的将来是要靠你来支撑的。"然后又对牟先生说："以后管教小少爷，不能敷衍了事，要狠一点儿，照着我的样子做。"

她说这些话的时候，很容易让牟先生想起自己死去的父母当年的心愿，但现在他却只是一个私塾先生。

世上的事情，常常并不按照人的意愿去展开。

牟先生很想把自己的想法告诉少奶奶，但他又不知道该如何说出嘴。即便说了，少奶奶也不会明白的。总要到了那一天，一切都到了尽头，看到了事情的根源，才会醒悟。

姜振帼把戒尺又交到了牟先生手里，独自离开了祖宗的祭祀堂。丫鬟和老妈子，这才七手八脚地围上去伺候牟衍塾。

牟先生手里握着戒尺，目送少奶奶的身影，消失在闹哄哄的阳光里。他竟然恍如梦中，把少奶奶的身影当作了自己的母亲，如是眼角就有泪水流出来，被丫鬟翠翠捕捉到眼里。

翠翠回去把牟先生的情形对姜振帼描述了。姜振帼说，这牟先生是一副女人心肠，我倒希望他管教小少爷能狠毒一点儿。

牟衍塾从此在牟先生面前收敛了少爷的盛气。牟先生用力呵斥一声，他的身子就哆嗦起来。这倒让牟先生有些怜惜起他来，也就尽量不对牟衍塾大声说话。牟衍塾秉承了姜振帼的遗传基因，记忆力很好，牟先生又教授得认真，牟衍塾的学识长进很快。

每天上午的十点钟，也就是佣人们去大门外放饭的时候，各家的私塾就到了课外活动时间。先生们带着自己的学生，或去门外跑步，或去月新堂的大花园内玩耍。这时候，各家的丫鬟和老妈子也就忙着给少爷和少姑奶奶送去一些饮水。

这天，先生们带着少爷和少姑奶奶都来到了庄园大门外的空坪上玩耍。长工们在那里收拾空坪上的杂物。空坪是庄园几大家晾晒粮食的场院，平日里堆放了牲口草料或是别的柴草，到了夏秋两个收获季节，就该派上用场了。

不涉农事的少爷们，还有整日忙碌在老爷太太身边的丫鬟们，看到长工们拉着石轱辘平整空坪，也便知道又到了收获季节，这空坪很快就要人欢马叫了。少爷们似乎受了这一因素影响，显得格外兴奋，跟在拉石轱辘的长工们身后撒欢儿奔跑，圆圆的尖顶小帽上的缨子迎风飘动。少姑奶奶们就站在一边，尖了嗓子拍手喊叫。

几大家的少爷和少姑奶奶，大大小小有八九个，像日新堂的小少爷牟衍塾、月新堂的大少爷牟昌、东来福四爷的大少爷牟永和二少爷牟恒、南来福五爷的少爷牟财，还有六爷家的牟宝和牟旺。当中牟衍塾年纪最小，辈分也最小，要称呼那几个少爷叔叔。几个少爷似乎很牛气，追在牟衍塾身后，等到追上去后，便背着手说："还不快叫我叔叔？"

牟衍塑就叫。

几个少爷中，年龄最大的是牟宝，十五岁，然后是牟财，十四岁，牟旺十二岁，牟永十一岁，牟昌九岁，牟恒九岁。这几个少爷年龄虽大，功课却都比不上晚他们一个辈分的牟衍塑。

少爷们凑在一起打闹的时候，五爷牟宗腾唱着京剧走过来。牟宝听到了京剧，就来了精神，跑过去说："伯，教我唱《罗锅成亲》吧？"

牟宗腾就说："好好读书，闲下来再教你。"

二爷牟宗升早就来到了场院，指挥长工们整理杂物。看到一群少爷们疯跑，他也受了感染，站在一边瞅着少爷们淘气，张嘴乐着。牟宗腾看到了牟宗升，就停住了唱，看了看自家的大少爷牟财，很得意地问牟宗升："怎么样？比不上我了吧？你家少爷牟昌长到牟财这么大，我家牟财也该有儿子了。"

牟宗升的脸色有些不高兴。月新堂九岁的大少爷牟昌，其实并不是他的长子，他的长子两岁的时候夭折了。次子长到了十五岁，也因为生病没长成。这本来就是他的一块心病。没肝没肺的五爷，却拿来逗趣，难免让他有些伤心。

牟宗腾没有觉察到二爷脸上的变化，兴致依然高涨，朝一群孩子招手，把他们都拢到身边，问私塾先生都教了些什么，然后出了题目，考核几位少爷，他的少爷牟财也在当中。不料，几位少爷中回答最好的是小少爷牟衍塑。这让牟宗腾着实有些吃惊，于是又出了个题目，让几位少爷来背课文。

还是牟衍塑背得最好。

一边的二爷牟宗升可找到了攻击点，对牟宗腾撇了撇嘴，说："看来脑袋大，不一定装的字儿多呀，里面全是糨糊了。"

五爷有些尴尬，当即训斥了少爷牟财，然后扭身就走，要回去训斥他的私塾先生了。

牟宗升虽然刺激了五爷，心里舒服了一些，但五爷走后，他却仔细端详着牟衍塑，长叹一声，说："这小东西将来是块好材料，日新堂还要兴旺呀。"

日新堂的丫鬟翠翠，被少奶奶派来给牟衍堃送水，听到牟宗升的话，觉得应该告诉少奶奶，让少奶奶高兴高兴，于是就回了日新堂。

这个时候，乡下的佃户正把一篮子大樱桃送到了日新堂少奶奶堂屋里。这大樱桃有些特别，果实是别的樱桃的五六倍大，且味道甘甜。整个栖霞境内只有这么一株，生长在一家佃户院子内。现在佃户的主人是一个寡妇了，带着一个女儿度日。因为照看樱桃，每年都可以免去一些地租。按照日新堂故去的老爷定下的规矩，这株樱桃的所有果子都要送到日新堂，少一颗就要敲掉佃户的一颗牙，少两颗就要敲掉两颗牙，可见老爷对这株樱桃的珍爱。

每年的樱桃要分送给几大家的老爷太太和少爷们品尝。有时县衙门的人还要来蹭去几串。今年的樱桃果实比过去少了很多。姜振帼很不满地训斥来送货的寡妇，说，就这么一篮子樱桃，怎么个打发？

正发着脾气，看到翠翠回来了，她就不满地问："小奴才，让你去给小少爷送水，送去了？"

翠翠说送去了，又把二爷的话学给了她听。

她自然满心欢喜，也不管这樱桃如何打发，先取了一些给翠翠，说："洗干净，送到私塾那里，给牟先生。"

现在，姜振帼心中只有两件东西可以让她宽心，一个是儿子的长进，一个是土地的扩展。这都是她的未来，是她倾力振兴日新堂的资本。

翠翠从牟先生那里回来，姜振帼又打发她给另外几家送去一些大樱桃，并叮嘱翠翠，告诉老爷太太们，今年的大樱桃数量不多，请几位老爷和太太们不要见怪。

翠翠走到东来福的时候，四爷和陈太太都不在屋内，只有丫鬟红莺一个人在。两个丫鬟见了面，就恋在一起说话了。平日里，红莺跟翠翠相处得很好，两个人心里有什么话，彼此都不隐瞒。但这次红莺跟翠翠说话，言词却半明半暗，说："翠翠，你在那里要当心，不要被人陷害了。"

翠翠笑着说："谁陷害我呀？我有啥稀罕的招人陷害？"

红莺就说："我让你当心，你就当心好了，别问这么多。"

翠翠更觉得奇怪，反而不笑了，说道："红莺，我怎么啦？是不是我有什么事情？你有话就明说，干吗还拐弯抹角的？"

"要能明说，我早就告诉你了。"红莺鼓起了脸腮，气呼呼的样子。

"嗨，你有事还瞒我？那好，以后我有事情也不告诉你了，咱俩也不是好姐妹了！"

翠翠这么一急，憨实的红莺就很内疚了，忙说："不是瞒你，这事情说出来，我要没命的。"

翠翠心里"咯噔"了一下，猜想一定是重要的事情，否则心里一向存不住话的红莺，这次不会嘴里像含了金子，总不肯张开。翠翠担心这事情与自己有关系，于是就说："你不说，那我走了，以后别理睬我了。"翠翠故意转了身，做出要走的样子，眼睛却看着红莺不动。

红莺有些害怕地问："我告诉了你，你能对谁都不说吗？"

翠翠说："你不相信我呀？我保证不说，我要说了，让雷电劈了！"

"可是你说的？"红莺瞪大眼睛，一只手朝空中指了指，那意思，老天爷可在上面听着哩。

"我说的。"翠翠没有犹豫，干脆地说道。

红莺想了想，走到门外看有没有人偷听，然后掩上了门，这才悄悄地告诉翠翠，日新堂的大管家易同林是被二爷和四爷设计陷害的，粮库内的粮食是孙管家偷走了。红莺说到最后，叮嘱翠翠说："你们少奶奶也是好坏不分，你在她身边当心被别人陷害了。"

翠翠听了，点了点头。

翠翠很感谢红莺能把这些话告诉自己，离开东来福的时候，也再三叮嘱红莺，不能再告诉任何一个人了，这种事情，让它烂在心里最好。

十一

大场院已经干干净净地铺展在阳光下，等待成熟的粮食睡上去。

最先收获的是小麦。庄园后面的那片自耕田的麦子，在微风的吹拂下，麦穗儿闹哄哄地拥挤着，发出了沙沙的声响。把头张腊八带着长工走到了地头上，并不急于挥动镰刀，而是蹲在了那里，各自揪了几个麦穗，在两张厚实的掌心内搓捻着，然后把手掌打开，噘了嘴"噗"地吹去。麦壳扬尽，手心里留下一粒粒饱满油亮的麦籽。

一只只粗粗的大手，有些笨拙地把麦粒抿进嘴里嚼着。

张腊八咽下了麦粒，一股清香沁入心脾。他很爽地说："开镰吧！"

镰刀的银光一闪，就有一个个麦浪翻滚起来。镰刀下，粗壮的麦秆依镰而卧了。

这几天，阳光明媚，正是麦收的好日子，各家都不停地催促着长工们加紧收割，并从大本营的佃户中抽调了青壮年帮工。牟家规定，每个佃户，一年要为牟家义务出工两月。这两个月按常规，应选择在闲散季节，或去远处山林修剪树木，准备冬天的烧柴；或是修补佃户房屋，帮助庄园开山劈石之类。还有，租种牟家二十亩以上的佃户必须饲养一头驴；四十亩田地的，要饲养一头骡子。驴和骡子每年要有二十天给牟家服务，大多在夏秋两季，为牟家驮运粮食。冬季里，山里修剪的树枝等柴草，也是靠骡子驮运回来。

牟家在农忙季节抽调青壮年收割他们的自耕田，佃户就无暇照料自己的庄稼。他们虽然心里不满，却也不敢明目张胆地对抗。于是佃户们相互之间达成了默契，收割麦子的动作有些迟缓，常常跟监工的大把头发生冲撞，有的甚至动了镰刀，要把对方的鼻子或者什么部位削了去。

这时节，不是教训佃户的时候，地里齐刷刷竖着的麦子就是白花花的银子。在姜振帼看来，靠鞭抽棍打强逼穷鬼们抢收麦子，就是把力气用错了地方，耗费了时间，丢了银子，还落了个狠毒的坏名声。

她倒有个好办法。

晚饭前，她派了腿子，悄悄去麦田挑选强壮的汉子，领到小灶里。那里已经让佣人炖了一只鸡，备了米酒。汉子见到这阵势，自然要惊讶和胆怯，不知道少奶奶对他的这份待遇要让他做些什么。

姜振帼微笑了说："我今儿到地头去了，看到只有你这奴才很卖力，少奶奶是赏罚分明的，就要给你特殊的待遇。"

奴才听了，既感动，又内疚，觉得自己并没有特殊卖力。但听少奶奶说明儿她还要去麦田的时候，就心安理得地吃了眼前的炖鸡，预备明儿在麦田使出浑身力气，给少奶奶个惊喜。这奴才并不知道，在另一个屋子里，还有一位奴才，正在吃着少奶奶特殊待遇的鸭子；在另一个屋子还有一个奴才吃完了一整只兔子。

吃完了特殊待遇的晚餐，他们心里想的都大致相似。

第二天，麦田里的光景就可想而知了。少奶奶坐了一把藤椅，在田头远远地张望，丫鬟翠翠给少奶奶撑了一顶蓝色遮阳伞，很是醒目。吃了鸡鸭的几个奴才，弯腰撅屁股，拼命挥动镰刀，都想在麦浪中一马当先。没吃鸡鸭的奴才，被他们远远地甩在后面，显得很难堪，心里涌出一股莫名的愤怒，嘴上说道："好，你不是要显能吗？我倒要看看你能跑多远！"于是也就猫了腰去追赶，并不想让前面的人在少奶奶面前抢尽了风头。

到后来，大半个上午，麦田中见不到有人直起腰，只看到撅起的一个个屁股，朝前一拱一拱地，把一垄垄的麦子吃掉了。

吃了鸡鸭和没吃鸡鸭的奴才们心里都纳闷了：这些孙子们，今儿像吃错了药，怎么都突然发力了？

干农活一向走在前面的大把头张腊八，今天却被几个佃户甩在后面了，而且少奶奶就在身后看着，他就很焦急，心里骂那些佃户，你们这些狗娘养的，故意让我在少奶奶面前没面子呀！心里骂着，手下却不敢松力，一个劲儿地追赶。

坐在遮阳伞下的少奶奶，对着一排排倒下的麦浪，很是得意，不由得脱口而出："鸡飞、鸭撵、兔子满地跑啊。"

身边的翠翠，不知道少奶奶嘴里说的什么，眼睛瞪大了看眼前的麦田，却怎么也看不到鸡鸭的影子。

各家的麦子上了场院，山一样堆积着。这时候如果有一场雨，那就糟了。各家都忙着打麦场，大本营的劳动力远远不够，就从附近的佃户村抽调。各家的场院内都有上百个青壮年，昼夜给麦子脱粒，然后扬场，之后把圆滚滚的麦粒摊在场院上晾晒。汗水，强壮的身子，呼哧呼哧的喘息，亢奋的号子……都同那麦子一起晾晒在打麦场上。庄园内佣人们也不知疲惫地忙着，把节日的饭菜送到场院，把烧开的绿豆汤端给汉子们。各家的老爷，这时节也知道打理一些家务，一次次匆忙地走过场院，手里拎着永远吸不尽的长杆烟袋；就连很少出门户的太太们也到了场院，看着自家油光光的麦粒。

日新堂的麦子比其他几家的多几倍，经常要晚上挑了灯笼夜战。日新堂门前享用放饭待遇的乞丐们，这时节真是帮了大忙，他们的组织者就是菜园旁居住的杠子。杠子一个人拖着个碌碡，能够一口气在麦场上跑十圈，比旁边架着的那头骡子都有力气。姜振帼出手也格外大方，不仅饭菜好、米酒好，而且场院边上昼夜放着绿豆糖水，还有成捆的上等烟叶。

姜振帼每天都要到麦场上。奴才们怕太阳晒伤了少奶奶白皙的皮肤，就用麦秸搭了一个宽敞的草棚子，里面摆了一张太师椅，一个茶几。姜振帼和丫鬟翠翠就在里面坐着，看外面挥汗如雨的场面。

再后来，这棚子就成了几家太太们唠嗑的地方。月新堂的李太太和东来福的陈太太常常坐在里面纳凉，跟姜振帼说一些女人们的事情。今年的打麦场有点儿像过节，虽然依旧紧张，却充满了喜庆的气氛。

李太太看着麦场上的乞丐，对姜振帼说道："都说好女不如赖男，我看侄儿媳就例外，心眼儿就是多，把别人卖了，别人还傻乎乎地帮着你收银子，你看这些叫花子让你要弄的。"

姜振帼笑了笑，说道："我要是没有这些叫花子心眼多，那我不就成了傻子了？"

"我们庄园上上下下，哪一个能比你？在你面前我们都像傻子了。当初你嫁过来时，文文静静的，谁能想到你一肚子道理，真是知人知面不知心哩。"李太太表面上说着恭维话，实际要把姜振帼讽刺一番。她以为姜振帼听不明白，说完了，就朝陈太太挤了挤眼睛。

"婶子说得有理，婶子的心长得咋样，我们谁瞧得见？"姜振帼毫不留情地回击了李太太，话锋犀利。

南来福的王太太觉得两个人的话都走了题，就忙打趣："我知道，你们两人的心都是血红的肉球球。"

几个女人就笑了。

等到麦子晾晒干爽，佃户们就用布口袋装好，三斗一口袋，扛到庄园内的粮仓入库。管家带着账房先生们站在粮库门口，每个口袋进库，就发给佃户一支竹签。粮囤节节升高，登板梯子也在升高，奴才的腰却一节节地弯下去。

姜振帼天天坐守在打麦场上，一直看着黄灿灿的麦粒入了仓，心里才踏实了。这是她经手的第一个夏收，她很想从这个夏收开始去改变一些什么。什么呢？不是很分明，但她却实实在在地朝着那个方向走了。

接下来，就到了去乡下的田庄收租的时候了。日新堂的六个账房先生各自拿了算盘，去相对集中的佃户村扎下营。账房先生们最忙的也就是收租子的日子，他们要在乡下居住一个多月，把收起来的租子就地入库。

负责催交租子的，是每个田庄的庄头。田庄就是牟家的佃户村，佃户居住的房屋和耕种的土地都是牟家的，就连他们屋前屋后的树木，他们田间地头生长的一株野山枣之类的东西，也是牟家的。总之，佃户们除去他们的身体是爹妈给的，其余的一切都属于他们主子。

庄头由牟家任命，帮助牟家管理村子的一切事务，监督所属的佃户，及时给主子通风报信，在村子里有至高无上的权力。庄头可以优先挑选租种的土地，并且享有两亩免租田，用来饲养骡马，供牟家收租和赶集使用，还可以无偿修剪牟家的山林，作为烧柴。设立了市集的田庄，庄头还享有免交三石租子的待遇。当然，庄头要负责账房先生下乡收租、赶集卖粮的吃住费用。

庄头就成了牟家在田庄内的代言人。

庄头得知账房先生下乡收租了，就要督促本村佃户，尽快把应该上交的租子送到账房先生扎营的佃户村。账房先生在那里享受着庄头的酒肉招待，然后张开了大斗，挑肥拣瘦地过量租子。

孙管家第一次作为大管家单独为日新堂料理收租。临走的时候，姜振帼特意叮嘱他，让他掌管好手中的秤和斗，一粒不少地把地租子收上来，说道："有事多给庄头打招呼，让庄头料理去。"

孙管家嘴上应了少奶奶，就赶着几匹骡子，春风得意地下乡去了。只有离开了牟家大院，到了乡下，他这个大管家才能显出自己的身份。大管家下乡，代表的是庄园内的老爷太太们，在庄头和佃户们的簇拥中找到了一些人上人的感觉，尤其他手中的秤和斗，是权力的象征。牟家的斗，有内在的玄妙。里面设置了一块活动的木板，收租的时候把木板翻下去，放租的时候再把木板翻上来，这一上一下的倒腾，就差了四五斤粮食。还有，管家如果高兴了，可以放平斗，不高兴就要放满斗，平与满，一斗又相差一二斤。

来交租的佃户，把麦子倒入斗里的时候，热切的目光就盯住了孙管家的那张脸，一遍一遍地抚摸着，这正是孙管家需要的。他把一只手插进了斗中，抓起一把麦粒扬起来，总会飞起一两片糠壳，他就喊道："怎么搞的？连屎带尿都装来啦？"

佃户就忙给他赔笑脸，恨不得把那一两片糠壳吃进肚子里，说："二主子，可不是成心的，可不是成心的……"

他就在一种满足中斜睨了眼睛，让麦子从他的斗中淌过去了。倘若他不高兴，还可以捏几粒麦子放入口，然后说麦子不饱满，麦子不干爽，等等。随便一个什么理由，都可以扣除几斤麦子的。大多数的佃户被无端地刁难了，也就吃了哑巴亏，不敢跟他理论；有一两个理论的，结果不是被扣除更多的麦子，就是被庄主狠踢两脚。

有一个姓李的佃户，被孙管家无端扣除了几斤麦子，心里很是不痛快，就与孙管家争吵起来，被孙管家打了一个嘴巴。这姓李的佃户脾气有些暴烈，抄起了一根木棍，朝孙管家劈去，差一点儿索了他的命。

庄头亲自去了日新堂，把事件报给少奶奶。庄头因为自己的田庄出了这个姓李的佃户，一脸的愧色。他反复说："这东西，简直无法无天，要抗租，少奶奶要给他一点儿颜色。"

其实，这并不是姜振帼希望看到的。日新堂的佃户要抗租，传出去很没有脸面。她心里明白这是由于孙管家不得力，但事情已经发生了，又不能放任下去。想了想，她就派了腿子，去县衙门告了官府，顺便让腿子给罗县长捎去了一些银子。姜振帼是不想破费这银子的，却又必须让佃户们看到牟家不可侵犯的神圣，所以掏了银子，心里就恨起姓李的佃户，把事情告诉官府的时候，额外增加了一些罪状。

几天后，这姓李的佃户被官府的兵丁狠打一顿，关进了大牢里，要在一年半后才能再见天日了。

姓李的佃户进了大牢后，孙管家更神气了，佃户都怕得罪了他，早早地把租子上交齐了。但心里，却把仇恨的种子埋下了，倘若哪一天气候适合，种子便在心里发芽，最后闹出乱子。

大多数收来的麦子都是就地入库。孙管家从佃户中抽调来骡马，驮着麦子朝粮库运去。通往粮库的路上，排了几里长的骡马队，骡马的叮当声，不绝于耳。

牟家在相对集中的佃户村附近都设有粮库，总计五十余个，分布在整个栖霞境内的各个角落。有粮库的地方，一定有市集。农闲的时候，账房先生们就要到各个粮库挖了粮食，到市集上叫卖。到了那时候，路上骡马队的情形跟现在大致相似。

牟家最大的粮库在大柳家村。这里地势平坦，有良田万顷，附近的二十几个村庄，无一不是牟家的佃户村。从祖上起，牟家就在这里建造了粮库，最初只有一百余间粮仓，历时百年后，被其子孙扩建到了二百余间。粮库建造得气势宏伟，宽敞亮堂，每间房屋的后墙都留有通风口，顶部是设计巧妙的百叶窗。仓库围墙高十二尺，宽三尺，环绕了近三里。外面临街的围墙，用青绿色的石块垒砌而成，在阳光的照射中泛着莹莹的蓝光。大柳家村的几十户人家都是牟家的佃户，被围墙围在其中，给他们配备了土炮和火枪，在耕种田地的同时又肩负了看守仓库的责任。

大柳家仓库，自然是夏秋两季收租时节最热闹的地方了。庄园几大家的管家最终都要蹲守在这里，监督账房先生把在附近收了的租子运来入库。

管家们各为其主，都在这里兢兢业业地把守入库的关口。他们白天虽然也能遇见，却很少闲聊，到了晚上，仓库围墙的大门紧闭了，几个管家就要凑在一起，喝着酒，互通信息，议论各家粮食的收成，议论将要上市的麦子价钱。看起来都是说说笑笑的，但各自的心里都防范着，从嘴里说出的话，没有几句可信的。

往年，几个管家都是围在日新堂的大管家易同林身边，听他的摆布。但今年的孙管家就没有这份待遇了。况且，他如何坐上了管家的椅子，月新堂的管家李连田是知根知底的。孙管家见了李连田，自己也就矮了三分，跟李连田说话的时候，一些本不该透露的信息也就说了。

麦子都入库了，各家老爷得了消息，终于可以松口气了。日新堂今年的麦子比往年多收了上百石。姜振幅把账本过目之后，便有了闲心，又看她的《红楼梦》去了。

小少爷牟衍堃，因为认识了一些字，见了书就要看几眼。少奶奶放在床头的《红楼梦》，就被他读去了几行诗句。

牟先生在课余时间喜欢独自吟诗，对云，对雨，对着一只翻飞的燕子，抑扬顿挫地吟诵。这天，他正忘我陶醉的时候，不想一边的牟衍堃也脱口而出了一首诗：

> 时逢三五便团圆，满把晴光护玉栏。
> 天上一轮才捧出，人间万姓仰头看。

这诗，牟衍堃并不解其意，却认得这些字，翻阅《红楼梦》时偶然发现，原来母亲常对他吟诵的诗躺在这里面，于是就被他记住了。

牟先生吃了一惊，问小少爷从哪里看来这诗。牟衍塑告诉牟先生，是从母亲的书内看到的。牟衍塑看到牟先生不知为何缘故，竟然瞪大了眼睛，呆呆地瞅着他，又说："真的从我妈书里看来的，不信我把书给先生拿来。"

等到姜振帼再来私塾巡视的时候，牟先生就故意找了理由，把话题引到了读书识字上，说牟衍塑的阅读范围很广，竟然能够背诵《红楼梦》中的诗词。

姜振帼略有诧异，但很快就平静下来，知道牟先生一定猜到了，小少爷是从她那儿偷看到《红楼梦》，而且知道牟先生引出这个话题，是要探究她是否读了这本书。她看了一眼牟先生，觉得他并非那种粗俗男人，于是就实话告诉了他，说："我没事的时候随便翻翻的书，或许被他看去了，好在他也看不出个究竟。"

牟先生说："别说小少爷才七岁，就是七十岁的读书人，又有几人能够读出味道呢？"

姜振帼就问牟先生，说："看样子，你也读了这书，觉得好吗？"

牟先生的表情一如既往地忧伤着，说："书好，诗也好。"

接下来，牟先生背诵了其中的一些章节，姜振帼也应合着背诵。这情景，倒不像一个少奶奶同一个私塾先生的对话了。

背诵到后来，牟先生大概想到了自己的身世，不由得背诵起那首"飞鸟各投林"的曲子："为官的，家业凋零；富贵的，金银散尽；有恩的，死里逃生；无情的，分明报应……"

这首诗无意间触怒了姜振帼，她突然喝道："闭嘴！"

牟先生这才明白此曲不应该在这里背诵，或者说还不到背诵的时节，忙打住了嘴。

少奶奶哼了一声，扭头去了。

她走出了私塾，自己却不由得把最后一句说了出来：好一似食尽鸟投林，落了片白茫茫大地真干净！

但同时，她心里又有一个声音在呐喊：不，我少奶奶决不会让日新堂食尽鸟散！

就在姜振帼吟诵"红楼"诗词的时候，月新堂的二爷牟宗升却看到了良机，对自己的大管家李连田面授机宜，在麦子的市集上下了黑手。按照惯例，麦子入库后，趁着秋收到来前要卖出一部分，剩下的等到来年春上再抛到市集上。卖粮前，管家先携带了小部分粮食，到市集上叫卖，投石问路，摸清了行情，再将大批的粮食投放到市场。

李连田抢先在几个市集上以低廉的价钱，抛出了少量的麦子，干扰了眼下的行情。日新堂的孙管家不知有诈，接连奔走了几个市集，发现今年小麦的价钱很低。他正犹豫时，李连田主动找上门来，说道："孙管家，今年的行市不好呀，你这儿咋样？"

孙管家连连摇头，说麦子看来要等到明年春上再卖了。

李连田就说："我家二爷可是不让等了。今年小麦丰收，到了明年，家家都有余粮，行情更臭。眼下的价钱，恐怕是最好的了。"

到了第二天，孙管家果然看到月新堂成队的骡马把麦子从大仓库内驮了出去。他不知是计，也慌忙让几个账房先生，驮了麦子去市集叫卖。其实，李连田只把很少的一部分麦子运到了市集，大批的麦子从大柳家粮库驮出去后又转移到了别的粮库。

孙管家觉察到上当的时候已经晚了，日新堂几千斤麦子被市场上看不见的黑手抢了去，而且邻县的一些买主都找上门来，围在粮库外等候着收买日新堂的麦子，终日不散。姜振帼得知后，当即就是一身冷汗，把跪在面前的孙管家一顿臭骂，仍不解恨，就拿了身边的藤木棍抽他的脊背。打完了，扣了他半年的年薪，但对事情却无补。她想来想去，猜想到是自家人做了手脚。在栖霞境内的市集上，能左右市场行情的，除去牟家还能有谁？

虽然知道是同室操戈，但却没有真凭实据，说不出嘴，姜振帼只能以掌门人的名义召开了家族议事会，紧急稳定市集行情。

二爷牟宗升的粮库内囤积了日新堂的麦子，却装出受了莫大损失的样子，说道："今年莱阳一带的粮贩子动手很早，我们被他们算计了。月新堂的几千斤麦子，卖了个牛粪价钱。"

这话，是故意说给姜振帼听的。

尽管姜振帼的心尖尖疼得在颤抖，却仍旧一脸的平静，说道："牛粪马粪的，总算有个价钱。从今儿起，我们牟家的麦子暂停上市，把市集上的价钱抬上来。几位叔叔可要叮嘱好了管家，真要自家人暗中较劲的话，日新堂扔掉库房内一半的粮食，就叫栖霞的市集两年不开张。"

此话虽然有些夸张，但也足可以震慑几家老爷——真要较起劲来，他们是要被日新堂击垮的。

几大家的爷们都点了头。

从老爷楼的议事厅回到少爷楼，姜振帼心中郁闷，就让翠翠取来了米酒自饮。不想所喝的米酒，味道全不似从前，她就把佣人喊来询问。佣人告知，这米酒是自家的酒坊里新酿制的，没有错。姜振帼这才想起，怀有酿酒绝技的大管家易同林不在了，以后便不会有先前那种醇香的米酒。这自然又让她想到了因为孙管家而失去的麦子，心里一阵悔恨和愤懑。

她抱起一坛子米酒，狠狠地摔在了地上。

"孙管家这头蠢驴！"

她叫骂的时候，翠翠很想告诉她，大管家易同林是被别人陷害的。易同林不走的话，日新堂的麦子不会被骗走的，少奶奶也就有好酒喝了。

但是翠翠的嘴怎么也张不开。

十二

麦子过后，谷子和大豆又从地里回来了。所有的人都围着土地转，日子被一批批成熟的庄稼推着走。

一晃就入秋了。

趁着秋收还没开始，南来福的牟宗腾和牟宗天两兄弟，要把家产一分为二，各立门户。按照规矩，他们请了掌门人姜振帼主持分家。土地和银子都有定数，账面上写得很清楚，没有什么争议，只是土地有肥沃和贫瘠之分，需要肥瘦搭配。南来福的房子，依照祖宗留下来的规矩，由长子牟宗腾继承，牟宗天就另立了堂号"北来福"，建房的费用由双方承担。

虽然分家是一件很头疼的事情，为各自的利益必然有一些争执，但总体来说，这兄弟两个还算和气，没让姜振帼太费口舌。

分完家，牟宗天就搬到了月新堂的少爷楼借住了。牟宗腾一再挽留，让他继续住在南来福，说自家的房子总比借住月新堂的方便，等到北来福建造完工再搬走不迟。牟宗天却执意要搬出去，说既然分了家，再待下去就不好了。

他心中显然是憋了一口气，要跟哥哥牟宗腾比个高低。

牟宗腾也就不再劝了，只是怕他跟牟宗升住在一起，受了牟宗升的教唆，就提醒他说："家是分了，可骨肉情永远不能分。"

分家的事情，其实是牟宗天提出来的，他有他的想法。不分家的时候，永远是哥哥当家；倘若自立门户，可以展示自己当家理财的本领，妻子儿女的生活也自由多了，没有那么多的顾虑。但是真正分开之后，他心里又难免有一些失落。毕竟他是次子，南来福的堂号被哥哥继承了去，自己似乎是被逐出了门户。这样，他赌气借住月新堂的少爷楼也就可以理解了。

少爷牟宝虽然也去月新堂的少爷楼借住，但大多数时间还是泡在南来福牟宗腾的老爷楼里。牟宝离不开京剧，夜里常常就跟牟宗腾睡在一个房间，爷儿俩深更半夜还拉着胡琴唱京剧。

月新堂的二爷牟宗升，因为自己也是次子，大致猜得出过来借住的牟宗天心里想了些什么。在商讨如何建造北来福宅院的时候，牟宗升就对牟宗天说："老六，要盖就一定压住他们，我们次子不能永远不抬头呀！"

北来福宅院的位置在南来福的西边，与南来福并排而立。论常理，并排建造的房屋应该高矮一个尺寸，不能压过对方一头。但是牟宗天却在牟宗升的授意下，在紧挨南来福的老爷楼旁建造北来福老爷楼的时候，起脚的宅基就比南来福高了一尺。因为做得巧妙，最初牟宗腾竟没有丝毫的察觉。

东来福的牟银，看到南来福分了家，也跟叔叔牟宗昊提出要独立门户。牟宗昊却说："眼下农活忙，过了秋天再说吧。"

显然是一种推托之词。

牟银只好找到了姜振帼，把自己的想法告诉了她。

"你真想分家？栾燕也同意了？想分就分，没啥不好意思的。"姜振帼说。她也觉得东来福的家早就该分了。牟银离开那个一肚子坏水的叔叔不是一件坏事。

这样，姜振帼就去征求牟宗昊的意见，列举了分家的种种好处。既然掌门人都觉得应该分家了，牟宗昊不能再找理由，也就说："早分了最好，省得我替他们操心。"

一个晚上，姜振帼坐在东来福老爷楼的大客厅内，主持牟宗昊和牟银叔侄的分家。这种事儿，女人照例是不能进言的，所以陈太太和赵太太都不在场，牟银的少太太栾燕也不能露面，只有牟宗昊和牟银，还有账房先生们在场。账房先生把东来福所有的家产宣读了一遍，然后请牟宗昊和牟银过目账本，再请姜振帼最后审核无误。

姜振帼就征求他们叔侄的意见了，说："你们事先可有想法？"

按说，所有祖宗留下的规矩都在，不需要费太多口舌。东来福的堂号由长孙牟银继承，并额外享受五百亩祭祖的土地；牟宗昊另外建造宅院，部分费用从总资产中支出。没事了。

可东来福的事情没这么简单，牟宗昊有他的说法，说牟银的父亲去世多年，这个家一直由他支撑着，东来福的堂号应该由他来继承。

牟银不肯退让，就说："我是长孙，祖上的规矩，老堂号应该由我继承。"

牟宗昊对牟银瞪圆了眼，说道："你爷爷和奶奶去世的时候，都是我料理的后事，是我守灵三年，是我把你养大，是我把东来福的家业发展到现在，是我……我不该继承老堂号？"

"叔叔所操的心，侄儿铭记在心了。"牟银很恭敬地说。

"记了，记了顶个屁用？"

牟银去看姜振帼，希望她说句公道话。

这个时候，掌门人也该说话了。

姜振帼的口气很坚决，说道："老堂号的继承不是根据操心多少来定的，长子长孙继承，没商量的余地，四叔就不要坚持了，别的倒可以商谈。"

牟宗昊也知道东来福的老堂号自己是不可能继承的，照他这般要求，今后家族也就没了规矩。既然老堂号得不到，就在财产上多得一点吧。于是，他就将早已想好的方案提出来，让牟银和他的两个儿子牟永与牟恒，三个同辈人平分南来福的家产。

牟银还是摇头，不答应，说道："我现在是顶替了父亲名分，跟叔叔分家，财产只能一分为二，以后牟永和牟恒两个弟弟再平分叔叔的这份家业才合理。"

姜振帼也说："我们牟家自古没有这种分法，都是以亲兄弟论，平起平坐。虽然我三叔过世了，但他的份额还在，牟永和牟恒怎能跟三叔和四叔一起平分财产？"

牟宗昊一看自己占不到便宜，就干脆要横，拉出了死猪不怕开水烫的姿态，对姜振帼说："你说这样分，我就不同意。要分家，就按这个方法分；要不，这家就别分了。"

"你说分就分，你说不分就不分了？！"姜振帼的口气突然硬起来。她本来对这位四叔就没什么好印象，看到他这种霸道的样子，更不舒服，想在一些事情上挫了他的锐气。

东来福的分家陷入了僵局，姜振帼要召集各家的老爷一齐来商讨东来福的家如何个分法。但是，南来福刚分完家，牟宗天心里正不痛快，就推辞说："这种事情还是由东来福自己解决吧。"

二爷牟宗升那里也是成心要给姜振帼制造一些难处，于是就说："分家这种小事，不必召集各家老爷们商议。以你的干练，自己就可以摆弄明白了。"

完全是看热闹的嘴脸。

这种局势，对牟宗昊非常有利。他现在掌握着东来福的大权，也就私自做主，让账房先生们把财产一分为三，老堂号留给了牟银，自己另立堂号"西来福"。

三分之一的家产账本交来的时候，没经历过多少风浪的牟银，一下子瘫软了。想到这么多年被叔叔欺压的经历，他一肚子的苦水就搅腾起来，不由得放声大哭。

哭一哭，释放一下多年积压在心里的郁闷原本是件好事。然而，他在挥发心里郁闷的过程中变得喜怒无常了：不知为什么哭泣，也不知为什么高兴，见了丫鬟下人们，又打又骂，转眼间变成一个废人。

他的母亲赵太太，流过几次眼泪后，更加专心致志地念佛了，把所有的担子都丢给了性情温和的少太太栾燕。没别的办法，栾燕就坚决请掌门人少奶奶主持公道。她跪在姜振帼面前，泪人似的说道："大嫂，你可是咱们牟家的当家人，你不为我们做主，我只有撞死在你的面前。"

姜振帼的眼窝里也有泪水闪烁。栾燕的处境与她很相似，眼下也是一个女人撑着一个宅院走路，那份艰难她是品尝了的。牟宗昊和牟宗升几位叔叔根本不把她放在眼里。栾燕就是不来求她，她也是要把这件事情管到底的。

她扶起了栾燕，用手帕给栾燕擦拭了泪水，说道："妹妹，你不要急，有大嫂在，他就是阎王老子，我也要揪掉他几根胡须，小路不通走大路，家法不灵有王法，你去县衙门告他去！"

栾燕的目光流露出无望的神色。牟宗昊学的就是法律，跟他打官司，就等于白给县衙门送银子。栾燕说："既然大嫂没别的好办法，我也就死了这条心，好在我现在无儿无女，死了也没啥牵挂……"

一边说着，一边朝外走去，身影竟是幽灵模样了。

姜振帼上前抓住了栾燕，用力一推，栾燕就倒在了地上。姜振帼说："大少爷神经了，你也要神经？就你这个样子，将来给了你万贯家产，如何管理？要死，也得拉上个垫背的！"

她的声音很大，眼睛很凶，把倒在地上的栾燕镇住了。

栾燕一想，对呀，既然要死了，死前还不咬他一口？官府喜欢银子，就给他们好了，现在我留着银子有什么用处？人一死，银子全都是别人的了。

栾燕站起来，拍了拍身上的尘土，问道："你说怎么告？我听大嫂的。"

看到栾燕恢复了理智，姜振帼就说："你就按我说的去做，剩下的事情由我来打理。"

栾燕请了本县一位律师，把一纸诉状递给了县衙门。叔侄的分家最终变成了一场官司；这场官司的背后又牵扯着家族内部的角斗。

牟宗昊并不怎么在乎栾燕的诉状，他本来就喜欢打官司，借机把自己的那点儿本事抖搂出来。于是，他亲自写了应诉状，做了很充分的准备。对于县老爷那里，他也并没有事先去打招呼，心想县老爷在他这个法学专家面前也是要毕恭毕敬的。事实上，罗县长接了栾燕的诉状，通告了他之后，一直等他亲自到县衙门，并不是等他来送银子，而是等他来送个笑脸。罗县长没有等到他，自然觉得他没有把县太爷放在眼里。

栾燕那里却很快打发了下人，把一堆白银交给了罗县长。

县衙门开庭审理的时候，姜振帼乘坐了驮轿，前面有潘马夫引路，后面跟着丫鬟，去了不到两里路的县城，代替栾燕上公堂申诉。一路上，很多人指点着她，示给身边的人，说这就是牟家的少奶奶。有消息灵通的，还知道她是要去县衙门，跟法律专家牟宗昊对簿公堂，就更有了一份敬慕。驮轿后面很快跟随了数十人，一直跟到了县衙门外，不肯散去。

姜振帼下了驮轿，让潘马夫和丫鬟翠翠留在门外，自己则在当差的衙役引导下进了公堂。

罗县长已经官服加身，坐在公堂之上。牟宗昊也已经在他的位置上坐定了。

开庭了，罗县长让双方各自陈述自己的理由。

牟宗昊引用了许多法律条文，姜振帼实在听不明白。她看了看罗县长的表情，罗县长在支棱着耳朵发愣，那样子也不太明白。

牟宗昊说到最后，罗县长总算听明白了。大意是这么多年，都是他本人为父母守灵，所以牟银不孝；牟银自小只知道吃喝玩乐，不会理家，祖上的家业到了牟银手里很快就会糟践殆尽，等等。

姜振帼反驳的理由很简单，没有那么多法律条文。她只说家产的分配应该按照祖上留下来的规矩行事。虽然祖上的规矩有一定的不合理性，但暂时没有一个更好的办法来顶替，就只能延续陈规。至于牟银不会理家，那是牟银的事情。家产分给了牟银，糟蹋光了也与牟宗昊无关。现在，牟宗昊连起码的家规都不能遵守，更何况国法了，连家族掌门人都不放在眼里，野蛮骄横，更何况县太爷了……

县长越听越舒服，越听越觉得言之有理，说到他心眼里去了。县长当庭写了判决书：依据族规，家产平分。

牟宗昊不服，上诉到济南府。姜振帼又带了丫鬟和潘马夫去济南府应诉。这场官司从初秋一直折腾到深秋，这当中她既要料理秋收，又要监督儿子和女儿的学习，人明显瘦了。而她的丫鬟翠翠和马夫却在跟随她去济南府的几次颠簸中有了单独相处的机会，彼此拉了手，啃了嘴，体味了男女之间的一些滋味，她这个少奶奶却全然不知。

每次亲密接触之后，翠翠都要对潘马夫说："以后我们咋办？"

牟家是不允许下人之间有男女之情的，一旦发现了，就会被赶出庄园。潘马夫比翠翠有主意，又是他最先勾走了翠翠的心，就很自信地说："我们离开日新堂。"

翠翠不太情愿离开少奶奶，所以潘马夫催了她几次，她却一直犹豫着。

少奶奶的注意力没有在翠翠和潘马夫身上，或者说根本没想到两个下人敢在她眼皮底下偷取快乐，她的心思全用在官司上。

到了秋后，官司终于有了结果，济南府依然判牟宗昊败诉。于是，东来福的家产按照祖上的规矩一分为二，并额外分给了牟宗昊部分土地，作为建造宅院的补偿。

牟宗昊就另立了堂号"西来福"。

这场官司，牟宗昊不仅同侄子结了冤仇，跟姜振幅也是旧恨添新仇。一天，牟宗升向他问及此事的细节时，他就咬了牙说："我恨不得她死了才好。"

他没有想到牟宗升竟回应了一句："那就让她死吧，不难的事情。"

他吓了一跳。

但是，那颗心剧烈跳动之后，强烈的报复心理主宰了他的理智，于是竟然很认真地跟二爷商讨有什么好办法可以让少奶奶不明不白地死去。

事情到了这种地步，完全出乎他的意料之外，他被一种看不见的东西强烈地吸引着，一步一步向前滑去。

牟宗升又想到了日新堂的孙管家。孙管家的底牌捏在他们手里，让他做什么都不会走样。牟宗升对牟宗昊说："让日新堂孙管家想辙，你给他提供一些砒霜就解决了。"

牟宗昊明白了牟宗升的意图，去找到孙管家，交给他一百吊铜钱，连同一些砒霜，让他想办法送少奶奶归西，事成后还有重赏。孙管家去接一百吊钱的手不停地颤抖。他知道这一百吊钱太沉重了，系着少奶奶的一条命，或者说系着自己的一条命。但他别无选择，退缩只有死路一条，硬着头皮朝前走，虽然路越来越险峻，却总有一丝生的希望。况且，自从麦子事件之后，孙管家已经感觉到少奶奶对他很不满意了，如果有一天找到了更合适的管家，少奶奶就会让他滚蛋的。

孙管家只能铤而走险了。

第五章

十三

这天，县衙门里几个当差的提着猪头肉和煮花生米来到日新堂品尝米酒。当差的都知道姜振帼打赢了官司，见了她自然要恭喜几句。姜振帼心里也正舒畅着，于是破例让小灶的佣人又做了几道菜，放在花园前的亭子下。门前的许多花草都在秋风中没了模样，只有那棵百年的紫薇树，叶子还整齐着。

一个当差的站在树下，用手抚摸树干，树干上的树叶就痉挛似的抖动起来。

当差的就笑了，说："你们看！"

另一个当差的也就跑过去，伸了手摩挲树干。

坐在那里的几个人，扭头看那些抖动的树叶。这棵树被大家叫作"痒痒树"，用手指抓挠树干，树叶就忍不住颤抖。多少年来，这紫薇树的名气和日新堂的名气一样，流传甚远。凡是到了日新堂的客人，总要到紫薇树下给它挠挠痒儿。

酒坊的下人抱来了一坛子米酒，放在县衙门几个当差的面前。天气虽然凉爽了，但时至午后，亭子下阳光充足，又有好看的丫鬟翠翠伺候，几个当差的心情就像秋后的天气一样明朗。

他们打开米酒喝了几口，却很扫兴，都觉着不对劲儿，米酒怎么有一股子尿骚味？于是就对身边的翠翠说："你们日新堂的米酒咋像猫尿了？"

姜振帼走过去告诉几位衙门当差的，管家易同林那老狗离开了日新堂，酿酒的绝技也带走了，他们不可能喝到过去醇香的米酒了。这样，几个当差的似乎没了兴趣，匆忙喝了一些米酒，都说有事在身，丢下了那些上好的菜肴，去了。

看来日新堂米酒的好名声很快就要消失了，而很多贵人惦念着日新堂，就是惦念着这里的米酒。姜振帼觉得很没面子，训斥了孙管家一顿，让他想办法把米酒酿好，如果再酿出臊乎乎的米酒来，就让他卷了铺盖卷滚蛋！

她的话等于给了孙管家索取她性命的勇气和决心。当天，孙管家就带着账房先生和两个长工开始酿酒了，似乎要酿造出绝世佳品。到了晚上七八点钟，新酒出锅了。孙管家很兴奋，说这次的米酒少奶奶一定满意。他用一个干净的大碗盛了米酒，让那位曾经帮助他偷盗粮食的长工赶快送给少奶奶品尝，而且一再叮嘱长工，要亲眼看着少奶奶喝了米酒，把少奶奶对米酒的评价带回来。

这位长工端着米酒去了少爷楼，老妈子告诉他说："今晚少奶奶早早地躺下了，明天再把新酒送来吧。"

长工返回酒坊，路上突然动了心思，想品尝一下这次的米酒到底有什么稀奇的，于是就偷偷地喝了两口。

这个贪嘴的长工并不知道，孙管家在酒里放了砒霜，所以他端着碗没有走回酒坊，就倒下了。

孙管家等待长工回来的那份心情是可以想见的。等了很久，不见送米酒的长工回来，心里有些虚，就蹑手蹑脚地朝少爷楼走去，要去少爷楼外探探虚实。刚走出酒坊，就听到灶房的一个佣人惊叫："不好啦不好啦，出事了！"孙管家急忙跑过去，看到躺在地上的长工，吓了一跳，对老妈子说："你别大呼小叫的，吓坏了少奶奶，我们先把这个王八蛋拖到药房！"

日新堂药房的老中医看看长工的嘴和眼睛，说是喝了砒霜。

孙管家就去喊来了把头张腊八，骂道："这孙子，要死就死到庄园外，偏偏死到里面来，少奶奶知道了，又要怪罪我们了。大把头，他可是你的人，为什么要寻死？你去给少奶奶当面解释吧。"

张腊八听了大管家的话，不满地说："是我的人，可我不知道他咋要寻死，还是你跟少奶奶说去。"

孙管家说："我怎么跟少奶奶说，就说这王八羔子赌钱输了，行吗？"

大把头一听，忙说："行行，就这样说。"大把头觉得能把事情糊弄过去，怎么说都行。

姜振帼在少爷楼内已经听到了外面的惊叫声，就喊翠翠，"小嫚子——出去看一眼！"喊了几声，翠翠没动静。一个在堂屋搞卫生的老妈子跑过来，问道："少奶奶有什么事？"

"翠翠呢？外面什么动静？鬼哭狼嚎的！"

老妈子出去一会儿就回来了，告诉少奶奶，有一个长工因为赌输了钱，喝药自杀了。

姜振帼哼了一声，说："他死了倒好，省得我收拾他。"又说："他愿意赌钱，跟阎王爷赌去吧。告诉孙管家，以后看到赌钱的奴才，剁他一只手喂狗去。"

说完了，仰身倒下休息，却突然想起了没回音的翠翠，随便问了一句："小嫚子呢？"

老妈子说："上厕所了。"老妈子也是随便说了一句，翠翠除了去上厕所，也没别的事情。

姜振帼警觉地翻了一下眼皮："上厕所？这么久？被尿淹死了？出去找找！"

老妈子就出去找了，找了半天回来说，厕所没有人影，别的地方也找了，也不见人影。

丫鬟晚上没有少奶奶的指使，是不能随便走动的。姜振帼觉得纳闷，大晚上能去了哪里？她有些生气，竟然从床上爬起来，让老妈子在屋内照看好小少爷和少姑奶奶，自己带着十几个下人，挑了灯笼四下寻找。

孙管家在马棚里揪出了翠翠。

翠翠离开潘马夫身边的时候，急促而惊恐地说了声："坏了。"她知道这事非同小可，少奶奶是绝饶不过她的。这个时候她才后悔自己没听潘马夫的话，早一些离开日新堂。

她跪在少奶奶面前，不敢抬头。姜振帼走过去，拽着她的耳朵，把她的头提起来。她的脸蛋儿红扑扑的，急促的呼吸之下，胸脯起伏得厉害。

活脱脱的一朵正在开放的花苞呀。

姜振帼自己仿佛受了什么侮辱，恼怒地拔下了头上的银簪，狠狠地戳到翠翠大腿上，说道："你这个贱人，让你贱！让你贱！"

鲜红的血立即冒了出来，翠翠疼得尖叫，她躲闪着对姜振帼求饶："少奶奶你饶了我吧，饶了我……"

"说，你从什么时候跟马夫厮混到了一起？"

翠翠说："第一次去济南府的时候。"

这话又刺激了姜振帼，她没想到自己疲惫地出入济南府打官司的时候，这两个下人却暗自快活了，而且还是在她的眼皮子底下。

她对孙管家喊道："给我吊起来！"

翠翠和潘马夫被吊在了一个屋梁上。姜振帼从身边一个佣人手里抓过了燃烧的蜡烛，朝翠翠脸上戳去："你这个不要脸的小贱人！"蜡烛戳在翠翠细嫩的脸皮上，发出嗞嗞的声音，立即有一股烧焦了的皮肤气味冒出来。

翠翠呻吟着昏了过去。

潘马夫看到自己喜欢的翠翠受折磨，喊叫起来，说只要少奶奶放了翠翠，自己愿意给少奶奶当牛做马。姜振帼举起藤棍抽打马夫，骂道：

"我让你叫唤，你给我当牛做马都不配，小驴崽子，我打死你才解恨！"

藤棍噼里啪啦打下来，但她的力气毕竟有限，很快就用完了，喘息着对孙管家说："你们给我打！"

因为刚死了那个长工而惊魂未定的孙管家，急于转移少奶奶的注意力，于是就抡起棍棒一通猛打，潘马夫也晕了过去。

许多人在宅院里打了灯笼寻找翠翠，鲁太太也被惊动了，在老妈子的搀扶下，从老爷楼赶过来。得知是丫鬟翠翠跟潘马夫偷情，叹了一口气，让姜振帼今晚就不要折腾了，天亮后把两个奴才赶出去完事。

鲁太太回屋子的时候说："看看吧，奴才们也学会了这一套！"

这话明显是影射姜振帼。姜振帼对着鲁太太的背影，心里说道：有一天我会让你闭上那张臭嘴！

鲁太太走后，姜振帼让孙管家把翠翠和潘马夫锁在屋内，等到天明发落。她正要转身回去，突然看到远远的暗影里站着私塾的牟先生。这个牟先生一定看到了她发怒的样子。家里的其他奴才看到了无妨，可让这个牟先生看到了，她心里没有准备，于是就不快地说："牟先生，回去睡觉吧，这种热闹不是你看的。"

牟先生说："其实少奶奶为了两个下人，没有必要发这么大脾气。"牟先生的口气和眼神分明对翠翠和潘马夫饱含了同情。

姜振帼说道："我还没扒了他们的皮呢！"

牟先生似乎还要说什么，但是她已经不想再听了。她急于离开牟先生的目光，不想让牟先生看到她因为愤怒而扭曲了的面孔。

她知道自己愤怒的脸一定很丑。

已经有了细碎的月光洒在地上了，她的小脚踩着青砖上的月光，努力保持自己走路时身子的节奏，她知道牟先生的目光就落在她的后背上。

孙管家走在她的前面，给她挑了灯笼照路。走到了少爷楼门口，她迈进了屋子，看到孙管家仍站在那里。

她知道孙管家有话要说，就回过头："有话就说，看你这个熊样！"

孙管家顿了顿，说有一个长工自杀了，不知道该怎么处理。姜振帼根本不关心这件事，说道："告诉他们家里人，拉回去，给十吊钱葬了。"

然后关上了门，把孙管家连同一地的月光关在了门外。

孙管家终于喘了一口气，觉得这场虚惊就算过去了。

接下来，孙管家心里竟生出一丝得意，这长工死得真是时候，从此不用担心他把偷粮食的事情泄露出去了。

姜振帼回到房间，却久久不能入睡。自从男人牟金去世，身边只有丫鬟翠翠陪着她了。虽然翠翠是个奴才，但很多时候，还是很体贴她的。现在这个小奴才，为了自己的快乐，也准备离开她了，这怎么能不让她愤怒呢！

一个晚上，她脑子里总是翠翠和马夫的身影在晃动。她想翠翠和马夫在马棚里拥抱在一起，会是什么情景；想他们在济南府的旅店里，趁自己睡熟之后，在马夫的房间里如何相会……她想得很细致，细致到了他们因慌乱而兴奋的喘息，以及他们的毛孔张开的瞬间所发出的欢唱。想到最后，忍不住又骂出声来："这个小贱人，我让你们兴！兴！"

显然，她的恨中掺和了许多的妒忌。她没想到，自己的一个丫鬟和马夫竟然也知道偷情，竟然也能有男女之间的快乐，而她却没有。她就觉得应该给翠翠最严厉的惩罚。按照老规矩，把翠翠和潘马夫赶出日新堂，事情也就完了。但她觉得这样做，反而成全了两个奴才——他们离开了日新堂，就可以在一起做他们喜欢做的事情了。

这怎么能行呢？

她心里虽恨着，但翠翠的影子一直牵着姜振帼的心。后半夜醒来，她竟然想去黑乎乎的屋子看看翠翠的模样。这奇怪的念头，她也闹不明白是怎么生出来的。

第二天一大早，她就起了床，让孙管家打开了黑屋子的门锁。

两个被绑了身子的奴才，昨夜里从昏迷中醒了过来，竟然又凑到了一起。这让姜振帼的怒火又燃烧起来，对孙管家说："拿皮鞭来，把这两个奴才的衣服扒了，吊起来，狠狠地打！"

这时候她突然明白自己想看翠翠的什么了，她想看翠翠的身体。她没有在意身边的这个奴才，什么时候把身体长起来了，长得这样蓬勃饱满。

翠翠和潘马夫的衣服就被扒了，只穿了条短裤。两个人恐惧的眼神东躲西藏，却总也找不到落脚处。姜振帼看到他们慌乱的眼神，心里得到了满足，她要的就是这种效果。她要羞辱他们，让他们得到的那些快乐从身体的深处倒流出来。

翠翠哭着说："少奶奶，给我穿上衣服吧，穿上衣服打我，求求你了少奶奶。"

她冷笑着说："你还知道羞耻？你这个不要脸的东西！你兴呀，兴呀！"

她说着，走上前去，揪住了翠翠翘起来的乳头，用力拽着。翠翠就发出了凄惨的尖叫。

尖叫声虽然满是恐惧，却让姜振帼听出了一种快感，她就恨恨地说："你这个骚货，你叫，你叫，让你叫！"

在孙管家的指派下，两三条皮鞭同时抽下来，带着尖锐的忽哨声。姜振帼看到翠翠刚刚饱满的身子上绽放开一条条鲜红的痕印。

她走近了翠翠，问道："告诉我，你还敢不敢再跟他厮混了？"

翠翠哭着说："少奶奶，我们不是厮混，是正经的。"

"正经的？我让你正经！"她的银簪子又扎到了翠翠的胳膊上。

"我再问你一句，你跟他是不是厮混？"

"不是，真的不是，少奶奶，你就成全我们吧。"

"小贱人，给我打！"

皮鞭又交错着落在翠翠身上，到后来就听不到翠翠的哭喊声了，只有皮鞭的声音寂寞地响着。

姜振帼又问潘马夫："你呢？现在后悔还来得及，只要说一声，从今儿往后跟这小贱人断了这份念头，你还可以在日新堂继续喂马。"

姜振帼的问话中很明显存在一种希望，就是希望翠翠和马夫断了来往，让翠翠仍旧回到她身边。她有些离不开翠翠了。但两个奴才被一种看不见的东西吸住了，陷得很深。

潘马夫无奈地说："断不了少奶奶，弄上了就断不了……"

"断、断，我就让你们断了这个念想！"

姜振帼喊叫着，突然感到一阵悲哀，竟然呜呜地哭了。

孙管家和奴才们都震惊了，举着手里的皮鞭，不知道应该落下去，还是停下来。少奶奶哭什么？是心疼了翠翠和潘马夫，还是被他们不知悔改的顽劣气哭了呢？

其实都不是，少奶奶是哭泣自己的可怜。这对青年男女，经受了侮辱和折磨，失去了尊严，甚至有可能失去生命，却依然没有放弃他们的选择。

她却不能像自己的奴才这样放弃一切，追求生命中不能缺少的原始欲望。

姜振帼擦拭着眼泪，离开了翠翠和潘马夫。翠翠似乎读懂了少奶奶的眼泪，看着离去的少奶奶，幽幽地说："少奶奶，奴才对不住你。奴才就是死了，也会念着您的好处，奴才对不住你……"

说着，翠翠呜呜地哭了。

姜振帼听着身后翠翠的哭泣，她的神志有些麻木了，机械地移动身体。就在这个时候，她看到私塾的牟先生，又像个幽灵似的站在人群的后面，注视着她疲惫离去的身影。

翠翠和潘马夫又被锁在了黑屋内。

虽然姜振帼恨不得打死了两个奴才，但她还明白，人不能死在日新堂，人死了就有了官司。不管什么理由，打死了人，总要有麻烦。想来想去，还是决定给两个奴才家里封门抽地，然后再把两个奴才赶出去，由他们去吧。

翠翠和潘马夫的家人得知了消息，就托人去大寡妇鲁太太那里讲情，希望少奶奶高抬贵手，按照过去的规矩把两个奴才赶出日新堂，免去封门抽地的额外处罚。翠翠家也是牟氏家族的后裔，跟鲁太太那儿还是能说上话的；而鲁太太也正好需要一个机会，在日新堂发出自己的声音，于是就答应了。

鲁太太就让下人把姜振帼喊去了老爷楼，说道："丫鬟那里，老祖宗是我们根上的，总要给她家里人一些面子，轰出去算啦，别的不要难为他们了。"

鲁太太发话了，姜振帼虽然心里不满，却总不能在这种事上跟鲁太太争执。再说，月新堂的二爷牟宗升和新立"西来福"堂号的牟宗昊也正在隔岸观火，巴望着日新堂闹出人命官司。

她不能把尾巴留给别人揪着玩。

姜振帼吩咐孙管家，把两个贱人扔到了日新堂大门外。

十四

翠翠被家人抬回去后，连续三四天高烧。昏迷的时候，她嘴里喊叫的还是潘马夫。好在少奶奶不在身边了，如果少奶奶听到了她的喊叫，就该把她的嘴巴封上了。

翠翠的生命眼见就要结束了，潘马夫觉得应该对她尽一些应尽的义务，要把她接到自己的家里照料。两家的父母就默认了。虽然父母们气恨他们两个孩子惹了灾祸，差点儿弄得全家人流落荒野，但到了这个时候，也被一对儿女的痴情感动了，给了他们两个人大块的时光和空间，容许他们像夫妻一样相处。

两个人不用偷偷摸摸相会了，但此时他们也只能把两只手放在一起，别的什么都做不成了。

这天午后，翠翠突然从昏迷中醒来，显得异常清醒。她握着马夫的手说："快，快去把少奶奶叫来，我有要紧的话对她说。"

潘马夫坐在那里没有动。潘马夫觉得就算她说的不是糊涂话，他也不可能把少奶奶叫来。潘马夫就说："你还想她干什么？我都想杀了那地主婆！"

"你听我的，算我临死前求你的一件事，快去把少奶奶叫来。"翠翠费力气地喘息，说话断断续续。

"我去，少奶奶会听我的？会来吗？你呀你！"

"我不管，我就让你一定去把少奶奶叫来，你不去，我现在就死给你看！"

潘马夫站起来看了看翠翠，她期待的目光正注视着他，充满了渴望。他伸过手去，抚摸了她的脸，说："等我，我就是死，也要把少奶奶请来。"

"我等你。"翠翠说完这句话，泪水慢慢溢出了眼窝。已经有几天她没有流泪了，马夫曾担心她的泪水流光了。现在看到了她的泪水，马夫精神一振，似乎看到了她生的希望，于是撒腿就朝庄园跑去。

潘马夫的村子距离牟氏庄园八里多路，他跑到日新堂的大门外已经没有一丝力气了，一头栽倒在高高的石阶上。

看门的老头儿树根吃惊地看着马夫，疑心这愣小子要来寻事，就走过去喊道："少奶奶已经宽饶你了，还来做什么？！"树根手里握着一根木棒，他担心潘马夫突然向他扑过去，或是冲进庄园大门。

潘马夫喘息着说："我要见少奶奶……"

树根说："滚一边去，少奶奶没工夫搭理你。"

树根把刚刚吃力地站起来的马夫推了一把。潘马夫趔趄了一下，又倒下了。倒在地上的潘马夫请求树根说："树根伯，我有急事，要见少奶奶，你去通报一下，误了事，少奶奶不会饶了你。"

树根看了看潘马夫，不像要有什么不轨的行为，就到前面通告了腿子大牛，说："腿子，快去告诉少奶奶，潘马夫在外面，一定要见少奶奶。"

大牛去通报了少奶奶，然后跑到了大门外，问倚在门前的潘马夫，有什么事情要见少奶奶。马夫说是翠翠要见少奶奶，有重要的话对少奶奶说。

"翠翠眼见不行了，让少奶奶快点去，晚了就来不及了。"潘马夫瞪着红红的眼睛说。

大牛就又跑进去通告了少奶奶。

姜振帼似乎也病倒了，斜靠在床上教女儿牟衍淑识字。少奶奶的卧室只有丫鬟和老妈子才能走进去，其他人都要在外面候着。

大牛传了潘马夫的话给老妈子，老妈子走进姜振帼卧室，又传给了姜振帼。"小婊子的，要见我啥事？还没死呀她！"姜振帼坐了起来，理了理散乱的头发。她的头发有两天没好好梳理了。

她想，丫鬟翠翠要跟她说什么话？或许有了悔恨？

她让大牛喊上了孙管家，一起到了大门口。

潘马夫看到姜振帼走过来，忙跪在她面前，说道："少奶奶，翠翠一定要见你，请少奶奶去一趟。"

不等姜振帼说话，孙管家就骂道："该死的东西，有什么话让她过来说，少奶奶是什么？你让少奶奶去，少奶奶就去了？你以为少奶奶是你家的丫鬟……"

孙管家意识到说错了话，急忙打住。

潘马夫说："翠翠不行了，挪动不得。"

姜振帼说："有什么话，让你传过来不成？"

"不成。她不让我知道，只说，这些话对少奶奶很重要，像命一样重要。"

孙管家喝住了马夫："大胆！什么东西比少奶奶的命还重要？"

孙管家说话的时候，他的心突然紧跳了几下，似乎隐约感到了翠翠要说的话与自己有着某种联系。他认真地看着潘马夫的脸，想从潘马夫的脸上看出点儿什么。

马夫跪在那里，一副铁了心的架势说："少奶奶不去，奴才就撞死在这里。"

姜振帼怔了怔，说道："我嫌你的狗血脏了我家的门槛。前面带路吧。"

姜振帼决定去见一见那个小贱人，听听小贱人临死前有什么话要说。孙管家牵来了骡子驮轿，并让两个账房先生和他一起护送姜振帼去马夫家里。姜振帼瞅了瞅两个账房先生，都是一副瘦身板，于是对看门的树根说："去后面的菜地，把杠子喊来。"她担心去了那边，真有个意外，两个账房先生不能成为自己挡风的墙。

杠子就跟在姜振帼的驮轿后朝潘马夫家里走去。一路上，秋风不间断地卷起了沙尘，从头顶上掠过，姜振帼就把披在肩上的纱巾围裹到了头上。路两边的土地已经空荡荡的了，放眼望去，没有遮拦，能看到很远处的村影，还有四周的山岚。姜振帼很少坐驮轿去乡下的，自己也不知道为什么，竟然被翠翠的一句话牵动来了。

潘马夫的家中阴暗潮湿，散发着糜烂的气息。秋风从屋子顶上掠过，那些干枯的茅草委屈地尖叫起来。姜振帼迈进屋子的时候，躺在床上的翠翠动了动，似乎要坐起来，却没有成功。潘马夫几步奔到土炕前，心疼地说："躺着，别动！"

姜振帼恨恨地瞪了潘马夫一眼，马夫却像没有看到似的，把一双长成的男人的大手搁在了翠翠的身上。潘马夫和翠翠的家人都在屋里守候着翠翠，看到少奶奶走进来，急忙上前向少奶奶请安。

翠翠声音虚弱地说："少奶奶，奴才不能起来给主子下跪了。"

姜振帼走近了翠翠，看着昔日靓丽的丫鬟已经是一副鬼样子了，心里生出一丝酸楚和怜悯，虽然冷着脸说话，但口气软了许多："小贱人，你好大的架子，让少奶奶来听你说话，好，有什么话你就说吧。"

翠翠看了看孙管家，对潘马夫说："你们都出去，我只对少奶奶一人说话，你把守好门。"

潘马夫和家里人都退了出去，跟随而来的杠子也出去了，而孙管家却站在那里，似乎不想走开。翠翠就一直不说话，眼睛看着孙管家，目光没有了先前的胆怯和畏缩。

姜振帼扭头瞥了孙管家一眼，那意思说，你还不滚出去？孙管家终于像条狗一样夹着尾巴退出去了。

潘马夫关紧了门，站在门外把守着。

孙管家在远处转悠了一圈，还是不由自主地走到门前，把眼睛凑到门缝上，要朝里瞅一眼，被潘马夫揪住了衣领甩开了。这时候的潘马夫，很像一个锦衣卫。

不久，屋内突然传出了少奶奶的喊叫："小嫚子，小嫚子——"

潘马夫和孙管家几乎同时冲进了屋内。

翠翠已经闭上了眼睛，潘马夫用力摇动她，号啕起来。

姜振帼的眼睛也潮乎乎的，她凑近了翠翠，说道："你这奴才，说走就走了，少奶奶还有话对你说，你这该死的小奴才呀……"

说着，拽下了自己肩上披着的那块真丝纱巾，盖在了翠翠的身上。

潘马夫的家里人都跑进了屋子，哭喊声连成了一片。姜振帼站在哭泣的人群后面，目光有些眷恋地看着翠翠，觉得真的有很多话要对翠翠说。

孙管家走过去提醒她，说："少奶奶，我们该回去了。"

她这才醒过来，目光离开了翠翠的身子，盯住孙管家挖了他一眼。

这一眼像锥子似的扎向了孙管家，似乎要抽出他的骨髓。

她对孙管家说："给马夫十两银子，厚葬翠翠。"

孙管家已经意识到自己不可能再回到日新堂了，他从少奶奶的目光里看出了自己的厄运，就试探地说："少奶奶先回庄园，奴才留下来打理一下？"

姜振帼撇了撇嘴，说道："丫鬟的事，用不着管家来办，你还是跟我回去吧。"

孙管家只好硬着头皮跟在少奶奶的驮轿后面，一路思忖着如何脱身，但身体健壮的杠子一直跟在后面，他也不敢撒开腿逃脱。等到日新堂高大的门楼出现在面前的时候，他知道自己的路走到头了。

姜振帼刚进了大门，就对正要离去的杠子说："你也进来吧。"

几个人进了门，姜振帼吩咐看门人树根："把大门关上，没有我发话，谁也不能打开！"

树根有些茫然地看了看孙管家，意思是问他发生了什么事情，却看到孙管家面如土色，一声不吭地站在那里。

跟在后面的杠子有些纳闷，壮着胆子问了一句："少奶奶，潘马夫他还敢来闹事吗？"

姜振帼哼了声，说道："我要关门打狗！"

她的声音并不大，在孙管家听来却如炸雷，他的身子哆嗦了一下，转身想溜走，就听到少奶奶说道："孙管家，你到哪里去？"

孙管家点头说："我要出去方便一下，少奶奶您有什么吩咐？"

姜振帼对身边的杠子说："把孙管家给我绑了！"

杠子愣了愣，终于明白了，伸手去抓孙管家。孙管家撒腿就跑，但没跑几步，两腿早就软了，脚下绊了一跤，摔倒了。杠子拎住他的后衣领，将他提到了姜振帼面前。这个时候，群房的一些杂工听到了动静，都冲过去，有人很快拿来了绳子，把孙管家缠得像条死狗。

姜振帼走上前去，狠狠地给了孙管家一个嘴巴，骂道："死奴才，我日新堂差点儿毁在你这条狼手里，跪下！"

从账房跑来的两个账房先生，虽然不明白发生了什么事情，但看到少奶奶愤怒的脸，还有孙管家抖动的幅度，知道他罪恶不浅。孙管家在账房先生心目中没有威信，平时也没有讨得账房先生的喜欢，所以这个时候，两个账房先生就很不客气地走上前，对着孙管家的小腿踢了几脚。

一个账房先生说："跪下吧你，我看着你就不配当管家。"

姜振帼本想当即审问孙管家，是谁背后指使他嫁祸于易同林，但看周围的下人太多，有些不便。她知道这事情一定牵扯到了庄园内的其他老爷，还是应该单独审问的好。

翠翠临死的时候，只告诉姜振帼，庄园内有位老爷买通了孙管家，关于她和易同林的绯闻，都是孙管家散布出去的；还有粮库里的麦子，也是孙管家伙同别人偷走了。目的很明确，就是要赶走日新堂的定海神针易同林。但翠翠没有说出究竟是哪位老爷，翠翠对红莺发过誓，她不能连累了红莺。

姜振帼心里猜想，二爷牟宗升和四爷牟宗昊都不是好东西，都能做出这种勾当，肯定是他们当中的一个。

聪明的姜振帼却没有想到，这次是他们两个老爷合伙算计了日新堂。

她对身边两个账房先生说："你们陪着这死狗去把账房所有的钥匙都取来，把账本封存了。"她不能给孙管家机会，毁坏了日新堂的账目。

两个账房先生连推带打，把孙管家带到了账房，给他松了绑，监视着他收拾了一堆叮当的钥匙，把所有的账本归拢到一起，锁进了柜子里，然后又要给他绑了身子，一起去见少奶奶。孙管家就对账房先生说："我去厕所方便一下，再绑我好不好？我憋得不行了，到了少奶奶那里，一定要挨打的，经不住两下子打，就是一裤裆屎尿，脏了少奶奶的堂屋。"他用力弯着腰，好像屎尿就要流出来了。

两个账房先生忍不住笑了，说："你他妈想得还挺周到，就让你去把屎尿排泄干净了。"

孙管家进了厕所，两个账房先生就守在厕所门口。其中一个朝里面窥视着，就看到孙管家进了厕所，并没有方便，反而哆哆嗦嗦地从兜里掏出一个纸片，要朝嘴里放，这账房先生本能地喊叫了一声："喂，你干啥？！"

这一喊叫，本来就紧张到了极限的孙管家，身子竟然猛地一颤，纸片包裹了的白色粉末撒在了地上。两个账房先生忙跑进去，摁住了孙管家。孙管家挣扎着还要去舔地上的白色粉末，两个账房先生大致明白了，一个就喊叫，说："这王八蛋要吃毒药自尽！"

两个人把孙管家拖出了厕所，外面的几个下人听到了喊叫，立即跑过来。孙管家突然哇哇地大哭起来，哭着喊道："求求你们，让我死吧，让我死吧！"

账房先生让一个下人去药房找来了老中医，查看地上的白粉是什么东西。老中医只看了一眼，就奇怪地说："砒霜？日新堂这几天从哪里出来这么多砒霜？！"

一个账房先生突然明白了，叫起来："哎呀，那个长工可能就是让孙管家害死的。"

得知孙管家要自尽，被两个账房先生看护住了，姜振帼首先想到的是检查日新堂的账目和库房内的银子，检查结果并没有差错，就对两个账房先生说："我看你们两个还算忠实，好好干活去，从今年起，你们两个的银钱增加三十吊。"

两个账房先生得了少奶奶的恩赐，就急于报恩，告诉少奶奶，前几天死去的那个长工本来是被孙管家派去给少奶奶送米酒品尝的，不知什么原因却喝了砒霜酒，有些蹊跷。

姜振帼仔细一想，觉得这事情不能糊里糊涂过去了，看来死去的那个长工并不是赌输了钱自尽的。她立即把第一个发现长工倒在路上的佣人找来问话，佣人详细说了当时的情形，最重要的是长工手里端了一个大碗。她又找了堂屋的老妈子，问那个晚上来送米酒的是不是这个长工，老妈子说是。这时候，大把头张腊八也赶忙向她供实，长工确实不是赌输了钱自尽的，是孙管家自己瞎说的。

姜振帼当即觉得后背发凉，出了一身冷汗。

她明白自己无意中躲过了一次大难。

没有翠翠这奴才，孙管家还不会浮出水面，而她的这场劫难是迟早要来的。好狠呀，这么狠的毒手！过去她只是觉得有人盯着日新堂的土地和银子，没想到还盯着她的命，这也太过分了。

姜振帼让人把捆绑起来的孙管家关在东厢房一间空屋内，让所有的人都出去了，自己一个人审问管家。她已经预感到了在孙管家背后隐藏的深不见底的阴谋，而这种阴谋是不应该让下人们知道的。

孙管家的面色已经完全没有血色了，那些血色被恐惧吸了去，剩下的是满眼绝望。她故意平静了语气，问道："你这奴才，只要跟我说实话，少奶奶还能免你一死。粮库里的粮食是你偷走的，对吧？目的是要嫁祸于易管家，还有那碗毒酒，也是你派人送给我的，可我知道，你这奴才没有胆子敢灭我日新堂，说！谁在背后指使你？！"

孙管家抖着身子回答："我知道少奶奶不能免我一死了，少奶奶就是免我一死，我也不能活了。少奶奶什么也不要问，杀了奴才就行了，奴才该杀。如果少奶奶怕脏了手，就给奴才一碗毒酒，让我自己了断了狗命。"

"想死？那么容易就死了？我送你去县衙，给你用刑具，看你说不说！"

"少奶奶不要逼我了，奴才告诉少奶奶，粮食是我偷的，那碗毒酒也是我派长工送去的，别的，奴才就不能说了。"

姜振帼举起手里的藤棍狠抽孙管家。孙管家闭上了眼睛，咬着牙，也不躲闪，一副等死的癞狗样子。

姜振帼站起来，对外面喊道："来人！"

张腊八和杠子等强壮的长工走进来。

姜振帼指了孙管家对他们说："把这奴才的嘴撬开！"

张腊八眨了眨眼睛，看到屋内有一颗大松果，立即有了主意。他把宝塔形状的松果抓在手里，对杠子说："你给我把他摁紧了。"他对杠子晃了晃手里的松果，有些得意地说："我对付咬我的狗都用这个办法，很管用的。"

杠子摁住了孙管家，让他不能动弹，张腊八用力捏紧了孙管家的鼻子。一会儿，孙管家就憋得脸红脖子粗。

"有本事，你别张嘴，用耳朵喘气。"张腊八不慌不忙地说。

孙管家没有用耳朵喘气的本领，所以坚持了不多时，就"啊呀"大叫一声，张开了嘴。"我让你叫唤！"张腊八趁着孙管家的嘴还没闭上的时候，把另一只手中捏着的松果用力插进了孙管家嘴里。

孙管家的嘴就被支撑开了，很恐怖地瞪着眼睛，像被砍掉了的猪头。

很快，庄园内的几家都知道日新堂的孙管家要谋害少奶奶，露了马脚，已经被五花大绑了。老爷和太太们都赶过来察看动静，几大家的下人也围过来看热闹，日新堂像个剧院了。

二爷牟宗升和四爷牟宗昊最初慌了手脚，但看到了孙管家这副模样，知道他的嘴巴还很紧，少奶奶从里面并没有掏出东西来，于是稍稍稳定了神情。牟宗升站在厢房门口，故意高声地跟牟宗昊议论，说道："现在的奴才真是反了，他不张嘴吗？好办，去把他的门封了，老婆孩子绑了县衙去；要是说了，还可以给他老婆孩子留一条活路。"

正话反说，屋内的孙管家一下子就听出来了——他只要不说出真话，二爷和四爷还可以给他老婆孩子一些照顾。

姜振帼也听出了牟宗升的弦外之音，知道现在从孙管家嘴里问不出什么真话了，要想捏住后面的那双黑手，也不是件容易事。只是，她又不想放过这个大闹庄园的机会，即使现在挖不出幕后操纵者，也要敲山震虎，让二爷和四爷从此不敢放肆。

她一面派腿子去县衙门报了案，私下给罗县长送上了一份厚礼，希望罗县长多派一些兵丁赶到庄园；一面让下人们在日新堂宅院寻找长工摔碎的酒碗，就是挖地三尺也要找出来，酒碗可是罪证呀。

日新堂的下人们到处寻找那只碗，引发牟宗昊想起一个人来，这就是月新堂的大管家李连田。他慌忙告诉牟宗升，赶快回去把李连田藏起来，万一李连田被孙管家供出来，不要让他落在衙门手里。

牟宗升不再迈着官步走路了，撒腿就朝月新堂跑。

这时候，李连田已经收拾了自己的物品要溜出月新堂。他知道这事儿如果被孙管家抖搂出来了，两位爷都不会承担风险，替死鬼就是他了，不如趁早逃离庄园。但他走到大门口，被赶来的衙门兵丁挡回去了。罗县长派来了警备队的几十个兵丁，按照姜振帼的指派，把守了庄园的各个出口。

牟宗升在账房没有找到李连田，正朝大门外寻去，就看到李连田腋下夹一个蓝色布包，慌慌张张地从一个墙角拐过来。牟宗升迎了上去，虎着脸说："大胆的奴才，你想浑水摸鱼，偷了东西逃走？！"

李连田扑通跪下，说道："二爷，奴才不敢，奴才是害怕……"

牟宗升急忙打量四周，并没有人走来，就一把拽起了李连田，压低声音说道："闭嘴，回去说话！"

李连田立即明白了，赶忙站起来。

牟宗升把李连田带回了老爷楼，对他仔细交代了一番，然后把他关进了地下菜窖。菜窖就在老爷楼的下面，很少有人走近。

把李连田关进了菜窖，牟宗升心里还不踏实，希望县衙的兵丁尽快撤走，结束眼前混乱的场面，于是他又想到了鲁太太。

牟宗升去了日新堂的老爷楼，告诉鲁太太，庄园内这样折腾下去简直乱套了，不管有什么事情，不能让县衙的兵丁把守了庄园的门户。他说："这像什么话？给谁示威呀？好像要把我们庄园满门抄斩了！"

鲁太太惊讶地问："把庄园给封了？"

牟宗升说："不信你出去看看，里里外外被把守得水泄不通。"

"冲谁来的呀？"

"我看少奶奶那阵势，是冲着太太您来的。"

"我？冲我来什么劲儿？"

牟宗升说："在日新堂，还有谁值得少奶奶这样大做文章？总不会冲我们月新堂吧？"

蠢笨的鲁太太觉得牟宗升说得似乎很有道理，就喊来了老妈子，准备更换衣服出去看看。牟宗升赶忙走在了鲁太太前面，去了日新堂的少爷楼那边，静观其变。

下人们已经把姜振帼的软垫椅子搬到了少爷楼前。姜振帼坐在椅子上高声说道："我今儿倒要看看，是哪一个想要我的命，有能耐的，过来取走！"日新堂的下人还从来没有看到少奶奶这种霸气，都觉得很过瘾，也在一边跟着起哄。

南来福的五爷牟宗腾和北来福的六爷牟宗天并不知道发生了什么事情，对姜振帼封锁了各家的大门很是不满，过来询问。

牟宗腾问："你们日新堂的事情干啥要封了我们的大门？"

姜振帼说："五叔，你不知道内幕了，庄园里有人要我的命，我可是你们推选的掌门人，这可不是我们日新堂的事情了。既然有人巴望着我们庄园散伙，我干脆把庄园点一把火，大家一起变成一把灰、一抔土！"

她厉害起来真是让人望而生畏。

牟宗天眨了眨眼，问道："谁要你的命？谁要咱们庄园散伙？哪一个？你报出名来，揪出来扒了他的皮！"

"一会儿你就会知道了，衙门不是正在追查吗？"姜振帼有意地扫了牟宗升一眼。

这时候，东来福的大少爷牟银痴痴呆呆地跑过来，喊道："抓住了，抓住了——"

牟银身后，一个兵丁拿着那只找到的酒碗走过来。兵丁把牟银推到一边，说道："别妨碍公务。"酒碗是在账房的炕洞里找到的，衙门验证碗里确实有砒霜，跟孙管家服用的是同一种。

县衙的兵丁把孙管家带出来，预备带回县衙审问。离开的时候，他们走到姜振帼面前通报了调查结果，请她在一张纸状上签字画押。这时候，鲁太太从后边走过来了，来到姜振帼面前，铁青着脸，说："又出了什么惊天动地的事了，把县衙的警备队都搬来了？"

姜振帼从椅子上站起来，说道："哦，还没来得及告诉太太，有人买通了我们的孙管家，给我的米酒里下了砒霜。"

鲁太太瞥了一眼姜振帼，问道："怎么没人害我呀？看样子我老了，给我下毒的人都没有了。"

姜振帼听了鲁太太的话，想起了大管家易同林被赶走，就是因为她的闹腾，心中的怒火再也压抑不住了，冷眉一竖，突然朝太太走了几步，说道："太太，你确实老了，你自己都不知道你是谁了，有人要让我们日新堂家破人亡，你还在帮着他们火上浇油呢。"

鲁太太气得嘴唇颤动，说："你太放肆了！"

"如果太太没有糊涂，你是日新堂的太太，怎么总把日新堂朝火坑里推？前些日子，你听信别人的黑话，逼我赶走了老管家，可你知不知道，是谁害了老管家？我今儿让你听个明白。"姜振帼说着，走到孙管家面前，抽了他一个嘴巴，说道："奴才，把你说的话再对太太说一遍！"

孙管家这个时候似乎已经醒过神来，知道自己反正就是一死了，竟然有些英雄好汉的样子，跪在地上，仰了头，对鲁太太笑了一下，说道："太太，奴才是一个死人了，趁着我还没死透，就告诉你，是我在送给少奶奶的米酒里下了砒霜，粮食也是我偷的，就是想赶走老管家，好汉做事好汉当，与任何人没关系！"

说着，孙管家看了前面的牟宗升和牟宗昊一眼，突然跳起来，朝旁边的墙角上撞去。等到两个兵丁反应过来，他已经脑袋开花，缓缓地依墙倒下去。衙门的兵丁立即手忙脚乱地拉起了孙管家，让日新堂的老中医就地抢救。老中医试了试孙管家的脉搏，翻了翻眼皮，就对衙门的人摇了摇头。

孙管家死了。

兵丁拖走了孙管家，回去跟县太爷交差了。

牟宗升和牟宗昊慌乱的眼神在众人的一片惊叫中立即稳定下来。

姜振帼似乎早有预料，并没有多大的震惊，只是淡淡地看了一眼被拖走的孙管家，哼道："这狗死了更好，省得让一些人心里七上八下的。这下好了，死无对证啦。"

这时候的姜振帼已经理智了很多，审问了孙管家又怎么样呢？二爷和四爷谁肯认账？这盆子屎最终还是要扣在孙管家头上。况且，她总归是掌门人，不能把这个庄园拆卸得七零八落呀。能暂时拢着不散架，就拢着吧。她要的是让庄园在自己的掌管中日益昌盛，这就对得起祖宗了。她还想，只要日新堂挺得住，只要小少爷牟衍塑能长成顶梁柱，家族就能辉煌下去。

她心里说："闹哄得差不多了。"

该收场了。

她转向了鲁太太，问道："太太，还有什么说的？"

鲁太太被眼前急剧变化的形势弄晕了头，脸色煞白，不知道说什么了。

这个时候，是收拾鲁太太最好的良机。牟宗升和牟宗昊心里还虚着，自然不会站出来干涉，而鲁太太又明白了因为她的错坑害了易管家，差一点儿让孙管家毁了日新堂，心里也一定愧疚着。于是姜振帼就以不容商量的口气说："我看太太以后就不要出来走动了，省得又听到我的一些花里胡哨的传闻，惹了你生气。"然后，又对鲁太太身边的老妈子喝道："照顾好太太，从今儿起，再让院外人去打搅了太太，我挖了你的眼珠子！"

显然，姜振帼是要把鲁太太软禁起来了。鲁太太瞪大眼睛看着姜振帼，傻傻地站在那里，身子晃动了几下，老妈子急忙上去搀扶住她。

姜振帼说道："太太身体不舒服，还不陪太太回去？你这奴才！"

老妈子忙颤颤悠悠地扶着鲁太太走去。姜振帼把头扭过来，不再看鲁太太一眼了。在她看来，鲁太太已经消失了。

站在前面的几位老爷也都惊讶得傻傻地站在那里。这个小寡妇的举动让他们一时手足无措，说不出话来。

姜振帼沉默地站在那里，等待他们当中的哪一个站出来说话，但是没有。她知道自己让他们畏惧了。

在这场生死较量中，她不仅赢得了生命，还赢得了强大的生命力。

她对眼前的老爷太太们说道："大家都在这里，正好，我今儿把话挑明了，如果谁想来做我们牟家的掌门人，现在就来做。从今往后，咱们各家顾各家的。可有一点，谁要想打我日新堂的主意，有我在，他就休想！"

说完话，她就让下人清理院子，自己转身回了少爷楼。

一个下午闹哄哄地过去了，天色已经暗下来。从暗下来的角落里冒出了一股旋风，在人群中旋来旋去。各家的老爷太太也便借了这股旋风，掩面缩头地各自散去。

一场戏谢幕，演员们忙着回去卸妆了。

十五

牟家当然不会没了掌门人，变成一盘散沙。姜振帼也没打算把掌门人的位置让给谁，她知道即便有人想拿，这个时候也要缩回了手脚。

回了少爷楼，她长长地喘了口气，对自己的举动感到满意，牟家总算躲过了一场分崩离析的灾难啊。

这时候，她突然想起一个人，很想看他一眼。这个人的画像，现在放在三进门家族的祭祀堂内。她愣在那里好半天，自己都不明白为什么想见他的念头越来越强烈，几乎不能耽搁一分钟了。

她当即带上了老妈子，去了前面的祭祀堂。

这个人是她男人牟金的爷爷的父亲，也就是他们的老爷爷，庄园第五代掌门人牟墨林。

她的这位老爷爷接管庄园的时候，牟氏家族日趋败落，也面临着分崩离析的危险。而她的这位老爷爷，头脑异常清醒，他告诉家族的成员们，"人不患无财，患不善用其财"，要求家族成员想办法把积累的家产盘活，让银子生银子。可惜其他几个兄弟并不在意他的话。他就从日新堂开始，按照他的"以地生粮，以粮生银"的经营理念，勤俭持家，一步一步坚实地朝前走。几年之后，日新堂家境开始充盈，庄园内的楼房也不断扩建。

道光十五年和十六年，栖霞境内遭受洪涝灾害，庄稼颗粒无收。本来就没有存粮的百姓，山穷水尽，数以千计的饥民在饥荒中死去。而这时牟墨林的粮库内，积攒了几年的陈粮已经发出了腐烂的气息。

他似乎一直都在等待这个机遇。

牟墨林的粮仓打开了，他把部分粮食赈济了饥民。这些粮食像诱饵一样，把四面八方的饥民都吸引过来了。这个时候，他宣布可以用土地换取粮食。为了保命的饥民，根本不考虑没有了土地，将来会是什么情形，他们心甘情愿地把自家的土地送给了牟墨林。饥荒还在延续，荒野的尸体还在增多，一些小地主也难以维持生计了。牟墨林看到了更大的生财之道，他带着四个儿子去东北贩运回了一批高粱，继续以地换粮的买卖。最初是一斗高粱换一亩地，到最后竟然一升高粱就可以换得一亩地了。没有了土地的饥民就用房子抵押。

当然，牟墨林以粮食换土地的政策也很近乎人情。谁家的土地仍然让谁来耕种，或者具有优先租种的权利，牟墨林每年只收取一定的地租，大约是土地总产量的四分之一，饥民们都觉得公平。那些日子，牟家的大门外，每天有长长的一队饥民，手里举着地契，用一种热切的目光看着庄园的大门，要求把自己的土地送给牟墨林。就这样，当地大多数小地主的土地最后也都被逼进了牟墨林的名下。即使牟氏家族的一些家庭，也在这次大饥荒中纷纷落魄。牟墨林叔叔的土地就是这次被他一网收尽的。叔叔的后裔们就成了他的佃户。

日新堂一枝独秀，成为有史以来中国农村最大的土地拥有者。

牟墨林为他的后裔栽种了一棵参天大树，他成为牟氏家族最出色的掌门人。

当初姜振帼刚嫁进日新堂，了解了牟家这段历史的时候，她很幸运自己成为这个男人的曾孙媳妇，这个男人也就成为她心目中最优秀的男人。

现在，她渴望跟这个男人对话。

她跪在牟墨林画像前，闭上眼睛，心中默默地幻想着这位老爷爷的音容笑貌。

她说："老爷爷，我难呀。"

老爷爷说："不难的话，天上的星星早就被人摘光了。"

她说："一家人窝里斗，都想整死我，太狠了。"

老爷爷说："不斗的话，天下人就都变成了白痴。"

她说："可我咋能保住祖宗留下来的风光呀？"

老爷爷说："保住日新堂，就保住了牟家的龙脉。"

她说："我该怎么做？"

老爷爷说："把你的血熬成蜡烛，燃亮你的梦想。"

她说："我真傻，把最好的管家赶走了。"

老爷爷说："推倒了重来。"

她说："我、我心里很那个……夜里起波澜。"

老爷爷说："死水就不会有波澜。"

她说："怎么才能变成死水？"

老爷爷说："心死。"

她惊讶地抬起头来，看到牟墨林向他微笑着，那目光在说，"你能吗？"

身后的老妈子咳嗽了一声，轻声说道："少奶奶，二爷他们来了。"

她依旧跪着，扭头看身后，四位爷都默默地站在那里。这四位爷从日新堂的宅院走出之后，并没有各自回去，却不由自主地凑在了月新堂，商量眼下的僵局。他们虽然都心怀鬼胎，但都觉得眼下的牟氏家族不能散了架，还需要掌门人。况且，所有内心里丑恶的东西还没有呈现在阳光下，彼此的面具还能裹住自己的那张脸。于是，他们似乎深明大义，抛弃前嫌，一起来找姜振帼，请她继续执掌庄园门户。

牟宗升依然使用了官腔说道："羊无头不走，雁无头不飞，这么大的家族没有掌门人，屋顶就会塌下来。"

牟宗昊因为做了亏心事，正庆幸自己躲过了追究，于是就显得特别懂道理，说："一棵树不成林，成林才能听松涛。"

牟宗腾说："一个锅里摸勺子，哪能没有磕磕碰碰？"

牟宗天说："五根手指有短长，心宽才能做宰相。"

姜振帼一句话没说，看着老爷爷的画像，双手伏地，深深地磕头。几位爷闹不明白她的心思，也就在她的身后，面对列祖列宗跪倒了。

在祖宗面前，这群子孙们都发了誓言，要共同维护牟家的繁荣昌盛，维护掌门人的尊严。

日子又回到了原来的轨道上。

过了两天，姜振帼就让腿子把牟墨林的画像从祭祀堂移到了她的卧室悬挂了。画像进入她卧室的那天晚上半夜时分，她被自己体内的一股热浆搅动醒了，像地壳运动一样，那些热浆急于喷射出来，而一旦形成了喷射，就是一次火山爆发。她挑亮了蜡烛，夜里的秋风把几枚枯叶送到了她的窗前。枯叶从窗前飘落下去的时候，映在窗户纸上的黑影忽悠地消失了，如鬼影一般，给寂静的秋夜平添了一种慌张。

这阵秋风过后，就该是冬天了。

她看着牟墨林的画像，自语道："枯草还会发芽，没死的心能不开花吗？"

说完这句话，她感觉灼热的岩浆开始流淌了，在黑的夜晚，在生命的通道内。她就那么看着心中崇拜的老爷爷画像，从扭曲了的心灵中发出了呻吟：推倒了重来，推倒了重来，推倒了重来，推倒了……重……来……

夜色渐渐地从每一个原始的身体上褪去了，阳光给这些身体涂抹上了灿烂的色泽。

姜振帼穿上了洒满阳光的外衣，头上绾起了圆圆的髻，柳眉上挂了冷艳，坐在剽悍的黑骡子驮轿上，走出了庄园大门。

她要亲自去请大管家易同林回归日新堂。

深秋的农家院子应该是最丰满的季节，墙头屋檐和树杈上都应该悬挂着果实，葫芦瓜、玉米棒子、高粱穗子，或者大蒜、红辣椒。易同林破烂的院子却没有这些，只有一些地瓜藤，被剪成了碎屑，摊放在院子里晾晒着。这是许多佃户们用来打发冬日的口粮。院子里很静，缺少了人烟气息。跟随姜振帼去的腿子大牛先一步跨进了院子，吆喝一声："易管家——"

院子里的那团寂静受到了惊吓，嗡嗡作响，西厢房的那扇门也被震开了，露出了易同林枯瘦的面孔和一身破烂的衣服。他愣住了，大门外站着他的主子少奶奶，一身绸缎秋袍，在秋阳下金光四射，头顶的圆髻上插了一把银簪，手腕上戴着碧绿的翡翠手镯，不动声色地注视着院子里。他缩回身子，那样子想躲藏，却知道来不及了，就转而走出来，一溜小碎步走到大门外迎接他的主子。

"奴才不知道少奶奶垂爱寒舍，奴才该死……"他跪在了姜振帼面前说。

姜振帼瞥了他一眼，不由得一惊，"半年多不见，这老狗苍老成这个样子了？"她不说话，提了提长长的秋袍，款款地进入院子，朝西厢房探了一眼，里面立即走出了五六个成年男女，惶恐地给她请安。她还是不说一句话。

她的目光落在对面三间正屋上，门上的那张封条还在，仍可以辨出日新堂的印章，她有些诧异。

她对身后的腿子大牛说："你出去吧。"

大牛退出了院子，返身虚掩了院门，跟那头骡子并排站在了门外。

她就看着那张封条，问道："谁给你封的门？"

易同林不知道少奶奶为什么这样问，忙回答："少奶奶派大把头封的。"

"我怎么不知道？"

"少奶奶……"

"好吧，回头我问个明白，这奴才竟敢私自做主。"

易同林这才知道大把头从中做了手脚，心里虽然恨恨地骂着张腊八，但嘴上却说："少奶奶给奴才留了个藏身之地，奴才已经知足了。"

她叹了一口气，说道："你知道我今儿来要做什么？"

易同林略一犹豫，回道："让奴才重回日新堂。"

"这么说，你已经知道孙管家死了？那是一条毒蛇。"

易同林点了点头，"他死了好。"庄园内的事情总是这一方百姓关注的焦点，他们大都是庄园的佃户，像孙管家要谋害少奶奶这么大的新闻，两天后就在四周的佃户村传开了。易同林了解少奶奶的脾性，只是没有想到少奶奶会亲自登门请他。

他观察了一眼她的脸色，摇摇头说道："奴才老了，不能给少奶奶打理内外事务了。"

姜振帼略微一怔："这么说，你不肯回去了？"

"老奴确实不中用了，少奶奶另请高明吧。"

"我要是一定让你回去呢？"

"少奶奶非让奴才回去不可，奴才只能提前去阎王爷面前当差了。"

听了易同林的话，姜振帼的脸色很难看，似乎要发脾气。易同林的家人感觉到大祸临头，都跪倒在她面前，请求饶恕老头子。但是等了好半天，却听不到她说一句话。

她在看地上自己的影子。这个影子可以给予一方百姓恩泽，也可以给他们送去一个噩梦。她注意到自己的影子，被升到头顶的太阳压扁了，矮矮的，样子很孤单。日新堂难道还不如阎王爷的地狱了吗？你易同林宁可去伺候阎王爷，也不愿伺候我少奶奶了，是不是？

她的眼泪流了出来。

院子里很静，能听见跪着的人哆嗦的声音。

她脸上的泪水已经流到腮边了。

易同林粗粗地叹息一声，他不想让少奶奶流泪的。

寂静中，响起了姜振帼朦胧的声音："要我求你吗？你这奴才。"

易同林说："奴才不敢。"

她说："孤儿寡母的，现在有谁能诚心诚意扶助我们？就你这奴才了……我知道委屈了你，可日子还长着哩，我会给你补偿的。"

易同林说："老奴真的不中用了，怕误了少奶奶的大事。"

姜振帼的声音颤颤地，软软的，说道："要是你想让我跪下来求你，可以，为了日新堂，为了日新堂年幼的小少爷，我可以……"她说着，真的弯曲了身子，做出下跪的姿态，惊得易同林大喊一声："少奶奶使不得呀，奴才答应了还不行吗……"

易同林泣不成声。

午饭前，易同林就换上了那身管家服，跟随在姜振帼驮轿后，赶去日新堂用午饭了。他知道这一走，身上的这把骨头就永远交给日新堂了。

那是一顿很好的午饭，只是没有米酒。姜振帼对易同林说："不是你酿造的米酒，我是不会喝了。"

易同林查看完日新堂所有账目之后，做的第一件事情就是去酒坊给少奶奶酿造了一锅米酒。姜振帼有意借着米酒张扬一下，就派了腿子大牛，给各家的老爷太太送去两坛子，对大牛说："告诉老爷太太们，这米酒，是日新堂的易管家酿造的，以后他们想喝，尽管差人来取！"

各家收到了两坛子米酒，都知道日新堂的管家易同林又回来了。月新堂的二爷就把自己的管家李连田叫到身边，叮嘱他今后不要跟易同林交往，免得话多失言，败露了事情。二爷牟宗升说："你三个脑袋加起来也斗不过那老狗，躲远一点儿！"

易同林回到了日新堂，连着几天几夜闷在账房内，整理孙管家留下的一堆账目。整理出头绪后，他就拿给姜振帼过目，并对来年的经济运作提出了自己的建议。看到姜振帼的心情不错，他就趁机提醒她说，"那个潘马夫还是可以喊回来的。"姜振帼答应了。因为念及翠翠对日新堂的功德，在召回潘马夫的同时，姜振帼免去了翠翠家中几亩地租。

当然，她也没有忘记被委屈而死的易春，问易同林那一家的下落，说道："让他们一家返回老房子，给他们一些银两补贴生活。"易同林谢过了少奶奶后，说那一家去了莱阳的老亲戚家，不过眼下他离不开日新堂，需要过些日子再去找他们回来。姜振帼想了想，说估计易春一家在莱阳生活得不会太好，还是尽早返回来，于是就准备把事情交给大把头张腊八去办。

她对易同林说道："你先不要说那一家人的下落，让这奴才上天入地找去吧，也该让他吃一些苦头。"

姜振帼就喊了张腊八去听差，先是把张腊八骂了个狗血喷头，然后命他十天之内找回易春一家，否则就对他封门抽地。

张腊八估计易同林一定知道易春一家的下落，跑到易同林面前低三下四地请求帮忙。但不管他怎么磕头作揖，易同林总说不知道。张腊八只好撒腿跑到附近的佃户村，请庄头帮忙打听易春一家的下落，把与易春家有牵连的亲戚都找遍了，却没有得到一点儿消息。

剩下最后一天时间了，他只好拎着一根绳子又去见易同林，说道："二主子，我这就走了，哪一天你能见了易春一家，就说我张腊八在地狱里还在找他们呢。"话说得很凄凉，他想一定可以引起大管家的同情了。

易同林做出无奈的样子，问道："你在哪里死呢？要我帮你吗？"

张腊八没想到易同林会幸灾乐祸，气得他瞪眼跺脚，说道："我自尽的力气还有，就怕你这老东西到了那一天，想死都死不成。"说完提着绳子就要走。易同林觉得火候已到，不必再难为他了，就如梦初醒一般说道："哟，我还真想起一个地方，他们会不会去了莱阳的老亲戚家里？"

张腊八听了，明白自己还有生还的可能，回身就给易同林跪下了。易同林把详细地址告诉了他，说自己也不敢肯定就在那里，让张腊八去碰碰运气。

张腊八不敢磨蹭，骑上自家的骡子就朝莱阳赶去。莱阳距离栖霞八十多里的路，等到张腊八赶到那里，已经是满天繁星了。见到易春的父母，他抱住了就哭，那个亲热劲儿，好像是见了自己的爹娘。他一边哭，心里一边说：祖爷爷祖奶奶哎，我的命总算保住了。哭完之后，才想起明天期限已到，他要连夜赶回日新堂才行，于是忙让易春一家收拾了行李，连夜赶路。可惜只有一匹骡子，易春一家老老少少轮流乘坐，他只能跟在后面走路，肩上还扛着一个大包裹。因为心里焦急，一路上他也并没感觉到劳累。

太阳升起一人高了，张腊八赶回了日新堂，这才发现自己的两只鞋底都磨烂了，脚底血肉模糊。姜振帼看了他这副丧魂落魄的模样，反倒笑了，说道："死奴才，看你还敢不敢耍小聪明！"

易同林带着易春的一家老少见过姜振帼，磕了头，正准备安顿他们回到原来的村子居住，姜振帼看到了易春撇下的儿子，就叫住了易同林，说不要让这一家回去了，就留在古镇都当佃户吧，这里正好有三间空房子，再抽出一些土地给他们租种，让易春六岁的儿子去日新堂的私塾里给小少爷牟衍堃陪读。她说："小少爷一个人也太孤单了。"

易春的妻子当即跪下磕头，泪流满面地感谢少奶奶的恩泽，心想死去的男人能为他们一家带来了这么多的实惠，他在阎王地府里也该知足了。

私塾的牟先生被下人喊了过来，带走了易春的儿子易谷雨。临走的时候，牟先生看了看姜振帼，似乎还有什么话要说，却打住了。

所有的人都离去了，屋内突然寂静下来。姜振帼舒畅地出了一口气。她走到了壁柜前，看到了那块响石，就去敲了敲，响石发出了浑厚洪亮的声音。这块响石，是祖上留下来的。过去没事的时候，她喜欢拿在手里敲击。听美妙的声音，自从男人离世，她再也没有触动过。

今天她的心情不错。

她把响石握在手中，坐在太师椅上敲击着。一颗不甘寂寞的心随着美妙的声音漂浮到了极远的地方。那里有鲜花，有流水，有歌声，有她很久没有见面的男人……

醒来的时候，她发现老妈子已经把早餐放在了面前，在一边候着。

易同林回到了日新堂宅院，姜振帼的心很踏实了。这条老狗干瘦的身子，在日新堂里里外外走了几圈，一切就改变了模样，浮躁和喧哗都静止了，就连那些下人走路的步子都轻盈无声，透出了一个大家庄园特有的韵致。

第六章

十六

从这个冬天开始，庄园内响彻着叮叮当当的敲击声，一直响彻了五年多。这种声音在干冷的空气里传得很远，慢慢地变成了古镇佃户生活的一部分。

四爷牟宗昊和六爷牟宗天都忙着建造宅院，一个西来福，一个北来福，规模同已有的东来福、南来福相仿。两家都抽调了大批的佃户，一部分在山谷里开山劈石，一部分在山林内伐树，一部分赶着骡马运送石料、木料和沙土，还有一部分在建筑工地上打磨石块。那些大块的石料和参天大树是从铺设在路上的一排排滚木之上一点点地滚动到庄园的，场面十分壮观。尤其雪花飘飘的日子，一眼望去，白茫茫的原野中，一排排黑色的影子晃动在天地间，让本来应该凝重的冬日显得灵动起来。

因为两家都在建造房屋，就有了攀比，比石料，比建筑工艺和质量，什么都比。牟宗昊是憋着劲儿要把西来福建造得超过祖上留下的东来福。他赌气卖掉了一千亩土地，换成了银子，用来建造宅院。一千亩土地可以让三四个小地主倾家荡产了。牟宗昊自己设立了窑厂烧制上等的砖瓦，所有的砖瓦烧制出来都放在豆浆中浸泡五天方能运走，那砖瓦就显得光泽鲜亮，具有了抗腐蚀能力。用来建造房屋的块石都经过细细地打磨，横平竖直，垒在一起，严丝合缝，不需要任何黏合的石灰水泥灌封。为激励石匠们把石块打磨精细，牟宗昊给石匠们分发了同样数量的铜币。如果石块没有打磨精细，垒墙的时候就需要铜币铺垫。石匠们当然要力争把石块打磨平了，省下的铜币就可以装入自己的腰包。这样，牟宗昊楼房的石墙几乎看不出石块之间对接的缝隙了。

有一天，牟宗昊看到一个佃户赶着头比较瘦弱的骡子运送沙土，上前就给了佃户一个嘴巴，骂道："你他妈的给四爷干活，赶着这么窝囊的骡子，给我丢脸来了？四爷佃户的骡子也要膘肥毛亮，给我回去把骡子喂肥实了再来出工！"

二爷牟宗升就比较悠闲了，时不时地去两家的工地上转一转，给他们出几个主意，但大都是歪点子。

大多数的冬日里，牟宗升都是骑着一匹高头大马，去县城的一些商铺走走。无论走到哪一家，总有店铺的伙计和老板笑脸相迎，跟他这个商会会长客气地点头。那些跟他很熟悉的老板就一定要拉了他到就近的饭庄茶庄饮酒喝茶，议论当下风气的落败，议论外面的战争或者灾害。去年北平的一场学生运动到前些日子才传过来消息，在城里的贵人们当中议论着。对于谁跟谁打仗到了何种样子，他们都只当作故事听了——那些枪炮声距离这个山城实在是很遥远的。说到吃了败仗的一方，他们的脸上也就露出了嘲笑，说道："这孙子，吃老鼻子亏了！"他们关心的当然是本地的道德风气，还有天灾人祸。有一些河坝被夏秋的雨水冲垮了，需要趁着冬闲时节修筑起来；娘娘庙年久失修，需要重新粉刷；县衙门筹资兴办公益事业，诸如此类的事情，都需要各家店铺出份子钱。出多出少，由牟宗升根据各家店铺的规模来定。牟宗升喝着各家老板的酒水时，就把这些事情都安排妥帖了。城里开店铺的老板们都图个吉利，倒也愿意为公益事业掏几个铜钱。

栖霞县城属于偏远的山城，很多年没有土匪打搅，也没有恶人闹事，偶有小股的军队路过，从商会这儿拿了银子和布匹，不对百姓放一枪一炮就开走了，山城的日子过得平静。只有商业街上的几十家商铺常常因为一些口角，或生意上的往来，要找牟宗升评判。许多事情到不了官府那里，也就解决了。牟宗升上通官府，下管几千佃户，他说话的分量很重，谁都不愿意去反驳。

牟宗升走在栖霞县城大街上时，就感觉自己比县太爷还要威风。

商业街上有一家缫丝坊，老板是南方人，因为借了邻居杂货店老板五十两银子，发生了纠纷，就找到了牟宗升做评判。缫丝坊老板说他已经还清了杂货店老板的五十两银子，杂货店老板却说分文没还，有借据为凭，并把借据拿给了牟宗升过目。

牟宗升就问缫丝坊老板："借据是不是你的？"

缫丝坊老板说："是我的，我还给他银子的时候，他说借据找不到了，找到后再给我，谁料想他找到后却又跟我要银子，真不讲仁义！"

杂货店老板瞪圆了眼睛，说道："谁不讲仁义呀？有借据在，你还想抵赖？"

牟宗升不假思索地对缫丝坊老板说："你说还了他的银子，有谁做证人？人家这边可是有借据作证。"

缫丝坊老板当即说出了周围几个人的名字，说自己还钱的时候，这几个人都在现场。

杂货店老板说："我不管谁来证明，反正我手里有借据，你不还银子，我就去县衙告你！"

牟宗升想了想，对缫丝坊老板说道："要想找几个人当证人，那是很容易的，谁没有几个朋友？我看咱们就以借据为凭。"

从杂货店老板的脸色上，牟宗升已经判定缫丝坊的老板一定还清了银子，杂货店老板是在敲诈缫丝坊老板。牟宗升的评判失了水准，里面是有私心的，明白人一眼就可以看出来。月新堂在商业街上也开设了一个缫丝坊，但自从这个南方老板来经营缫丝坊后，月新堂缫丝坊的生意就淡下去了。月新堂缫丝坊抽出的蚕丝总不如南方老板的白净清爽。牟宗升心里已经烦恼很久了，正愁找不到机会整治南方老板呢。

缫丝坊的老板不服气，要到衙门告状。牟宗升觉得很没面子，就气愤地说："我这个商会会长的话你都不听了，那好，你就去衙门告状吧。"

缫丝坊老板真的去衙门告了状。但牟宗升早就跟衙门打过招呼，衙门不仅没有理睬南方老板，还派了兵丁把缫丝坊封了。南方老板知道自己斗不过牟宗升，又是身在他乡，只好忍气吞声，收拾自己的行李回了南方。

牟宗升仗势欺人，赶走了自己的竞争对手，让一些知情的商铺老板愤愤不平。牟宗升为了掩饰自己的私心，说他的所为都是为了当地商人的利益，但这个解释也遭到了辱骂。"缫丝坊老板作为外乡人，在我们栖霞本应该得到很好的尊敬和照应，现在却是合伙欺负一个外乡人，真是没有脸面！"这些骂声都是背后发出来的，谁也不敢在牟宗升面前这么放肆的。

杂货店老板虽然敲诈了五十两银子，但在商业街上却失去了声誉，周边商铺的老板见了他，不理不睬地冷着脸走去。这方水土的人，自古受了孔孟文化的熏染，讲究的就是一个道义。

孤单的杂货店老板就经常把牟宗升拉到店内喝酒。这天，牟宗升在杂货店老板那里多喝了几杯，骑着马晃晃悠悠地走到古镇都的大街上，瞥见一个推碾的小媳妇，二十五六岁的样子，穿一身鼓鼓囊囊的红棉衣，脸蛋儿被冬日的风吹得红扑扑的，正推着石碾碌碌转。不知道这小媳妇身上的什么地方触动了二爷的痒痒肉，让他起了性，于是就下了马走过去，对小媳妇动手动脚的，大概是摸到了她的要害部位。这小媳妇呢，就觉得是天大的事情了，羞辱地跑回家，用一根绳子吊走了自己剩余的生命。

这小媳妇的男人去县衙告了状。

本来，一个佃户，要跟牟宗升打官司，就是鸡蛋碰石头。但这个佃户还是很有些精神的，要豁出命跟月新堂磕碰一次。

牟宗升那边因为闲散的筋骨酥痒，所以见了那小媳妇的一点儿动人的地方就想起跟丫鬟小六的乐趣，想看看这个村妇有什么别样的风景，却没想到这小媳妇太刚烈了，一折就断，弄出了乱子。到了这种地步，他也有些懊悔，就要把屁股擦干净。听说罗县长这几日要庆祝大寿，他便借机送了份厚礼。

这佃户得知牟宗升给县太爷送了寿礼，自己就捧着两个白面做成的饽饽，也去了县衙，也要给县长送贺礼，被看门的卫兵赶出去。他就在衙门外大喊大叫，要求见县长，引得百余过路人围观不去。后来罗县长就走出来，问他有什么事情，敢在衙门前滋事。他就说："县太爷大寿，是栖霞百姓的一件大喜事，人人都可以来祝寿。不管礼品厚薄，都是对大人的一片忠心。况且早就知道县太爷清正廉洁，一定不会嫌弃小民的薄礼。"这个佃户说得情真意切，很像那么回事儿。

围观的人当即为这佃户拍巴掌叫好。

罗县长闻言甚为喜悦，再看周围人的情绪，于是顺水推舟，命人收下了佃户的礼品，并做出亲近百姓的姿态，邀其室内畅谈。后来佃户就把自己的案情对罗县长详细陈述了。罗县长听后突然崇高起来，决定做一把清官。牟宗升向来感觉良好，自以为是本县商会会长，清末的兵部侍郎，而且是头号的地主老爷，似乎所有的事情都可以用银子铺路，时不时地给罗县长摆一点儿架子。罗县长都积累在心里，很想给牟宗升一点颜色，这回机会来了。调戏良家妇女致人于死命，有当街的许多人证，没什么可狡辩的。

于是，罗县长退还了牟宗升的银两，派了警备队去月新堂，要把牟宗升带到衙门，关几天大牢再审理。

天上飘了雪，月新堂门前已有了薄薄的一层，却被兵丁们践踏得凌乱不堪。这会儿牟宗升傻了眼，怎么也不明白平日里对自己笑容可掬的罗县长，会为了一个穷鬼跟他翻了脸。正不知如何应对，一边的李太太提醒他，说可以跟掌门人少奶奶商量，她不是有计谋吗？牟宗升一想，也对，既然她是掌门人，庄园里的事情就要她来操心。

牟宗升打发自家的腿子去日新堂，向姜振帼通报了案情。姜振帼没有犹豫，让月新堂的腿子回去告诉他们老爷，一定不能跟着兵丁去衙门，人走了，事情就复杂了。她说："我收拾一下，这就去月新堂。"

这件事虽然是牟宗升惹出的乱子，但姜振帼不能不管——死去的小媳妇是日新堂的佃户，一个佃户跟月新堂的老爷打官司，把老爷送进了大牢，这怎么可以？这样的话，日新堂的脸面往哪儿搁？今后这佃户得寸进尺，遇事还会跟日新堂较真儿，哪能让这些奴才得了势？还有，庄园的事情，倘若她这个掌门人不出面，别人怎么看她？借了这个机会，证实一下她这个掌门人的能耐也不是件坏事。

姜振帼快速地把自己收拾了一番，让大管家易同林准备好去衙门的驮轿，她自己赶到了月新堂宅院。这时候，牟宗升正被兵丁们推搡着朝门外走。她就喊了一声："各位官差，请留步！"

这些兵丁们当中，有几位平日里常去日新堂品尝米酒，见日新堂的少奶奶有话，也就很客气地站住了，解释说："少奶奶，我们领旨当差，有不当的地方，请少奶奶见谅。"

姜振帼说："你们没有不当的地方，只是尚没开堂审理，要先把人带走，性子急了一点儿。"

"我们当差的，听上面吩咐。"

"说得是，不为难你们，我是牟家的掌门人，应该把我带走见县太爷。"

兵丁们面面相觑，不知如何办了，而姜振帼已经走出门外，上了易管家准备好的驮轿，自个儿朝衙门走去。庄园的老爷太太们都出了大门，跟在姜振帼身后走。姜振帼就挥了挥手，说道："都回去吧，又不是打狼去，呼呼啦啦地去一帮人干啥？"

众人就站住了，用关切而敬重的目光送姜振帼远去。她的绸缎棉衣上很快就落了一层细碎的雪花，使她显得更加孤傲冷艳。走在前面的易同林牵了绳子，小心地走着，不停地回头看那头骡子是否走得平稳。

罗县长见走来的是姜振帼，眼睛就亮了一下，把两边当差的喝退，引她到大堂后说话。姜振帼开门见山，说自己是来请求县长帮忙的，理由很简单，她是一个女人，做了庄园的掌门人，牟宗升根本不把她放在眼里，一副老大的样子，长期这样下去，她这个掌门人就没了威严。她说："请罗县长给我个面子，让二爷知道是我这个女人把他打捞了出来，看他今后还敢小瞧我。"

罗县长笑了，说道："你说得很好，直爽，可你是让我徇私枉法呀，我怎么向我的百姓交代呢？"

姜振帼说："哪会呢，我不让罗县长徇私枉法，我就问一问大人，你是不是从心里想帮我。"

罗县长又笑了，他很赞赏姜振帼这种简单的处事方式，不绕弯子，清纯剔透。他就说："我很想帮你，你作为庄园的掌门人，的确需要树立你的威望，可我不能牺牲百姓的利益成全你个人的私利吧？我做县太爷更需要威望呀！"

"只要罗县长从心里想帮我，就会有办法。罗县长忘了，民不告官不究呀。"

"可受害人已告到本县这里了，本县拒收了牟会长的银子，正想做个青天大老爷，主持公道。"

这会儿轮到姜振帼笑了，说："罗县长也是个直爽人，你想做青天大老爷，很好办，把退了二爷银子一事张贴在衙门外，表明你秉公办事的磊落。罗县长不知道吧？告状的人是我日新堂的佃户，我会让他心甘情愿地撤回诉状，这就与你罗县长无关了。"这些话，是姜振帼早就准备好了的，她说起来头头是道。

罗县长看着姜振帼水灵灵的眼睛，还有裹在衣服下面的亮点，微笑着说道："好主意。可你做你的掌门人，我当我的县太爷，一个萝卜两头分，一青一白，我凭什么要帮你？"

姜振帼明白罗县长问话的含义，却装出糊涂的样子，理直气壮地说："我是女人嘛，怜香惜玉，自古都是男人应该具备的素质，难道罗县长没有吗？"

县长拍了两下巴掌，叫好。他说："有，有。我问你一句话，看你如何回答本县，自古到今，男女爱情为何物？"罗县长心里，很希望跟眼前的这个小寡妇有一些很温情的事情。

姜振帼款款一笑，转了头看敞开的门，正好天空雪花正紧，在门前迷漫成了晶莹的雪帘。她就说："大人你看外面的雪，爱情就是这纯洁的雪花。"罗县长去看雪，却没看出个名堂。她就又说："雪花只适宜在天空飞舞，一旦着陆，不是融化，就是一身尘污。"

罗县长品味了片刻，点头说："精妙，你真是个奇女子，我愿意帮你。当然更希望有一天，雪花、雪花……"

罗县长想说有一天能跟她发生风花雪月的事情，但后面的话说不出口了。

姜振帼心里也是明亮的，她给了县太爷一个风光无限的笑容，辞别了县衙门。

几位老爷已经凑在了月新堂，等待姜振帼的消息。这毕竟是庄园的一件大事，不管心里怎么想，各位老爷都要表现出非常关心的姿态。姜振帼的骡子刚出现在庄园门前的那条路上，早有腿子去向牟宗升报告，"少奶奶回来了，好像啥事没有。"几位老爷顾不得自己的身份，忙走到了大门外迎接姜振帼。

姜振帼进了门，拍了拍身上的几片碎雪，并不说话，径直朝前面走。几位爷观察了她的脸色，像落雪的天空，灰暗着，于是一个个都不敢张嘴询问，只是跟在她身后小心地走着。姜振帼故意放慢了脚步，身后的几位爷也就缓慢地跟在左右，无声地走着。

她体味着此时的感觉。很好，这才是一个掌门人应该享受的恭敬和威严。

月新堂老爷楼的堂屋，李太太和她的三个姑娘都在那里焦急地等待着，还有暂时借住在少爷楼内的刘太太。

日新堂的老妈子知道少奶奶从衙门回来了，也都跑到了月新堂，看看自己的主子有没有受了委屈。月新堂的大堂屋就挤满了老爷太太和下人们，家庭的气氛很浓厚。陈太太的丫鬟小六，已经给姜振帼搬过来椅子，端上了茶水，二十几口人就围在她的前面，看着她那张沉稳的面孔。

李太太刚流过泪，眼圈有些红，忍不住先发问了，说道："衙门那边，没事了？"

姜振帼抿了一口茶，对月新堂的腿子说："你到衙门口探着风声，有啥动静赶快报来。"

月新堂的腿子出了屋子，姜振帼才对李太太说道："哪有这么简单就没事了？县太爷要当一次清官大老爷，哼，说要追究到底，按刑律判我二叔两年大牢。"

牟宗昊表现出自己懂法律的样子，忙说："要的要的，按刑律就要蹲两年大牢。"

李太太的泪水又流出来了，说："两年大牢？老爷这样子恐怕一年都撑不住……"

一边的丫鬟小六，忘了这儿轮不到自己说话，有些紧张地说："快想想法子，老爷不能去蹲大牢。"

牟宗升看了一眼小六，知道小奴才心里想了些什么，就想安慰一下她，说道："县太爷想让我蹲大牢，没门儿！既然他不给我面子，那我就豁出去了，倾家荡产也要跟他见个高低！"

姜振帼不耐烦地瞥了一眼牟宗升，压抑着不满说道："二叔，不是我说你，你是有头面的人物，是一堂之主，为了一个村妇，一个佃户女人，要倾家荡产地跟县太爷对抗，值得吗？你不是街头的叫花子，啥也不用顾忌，你有妻室有万贯家产，而县太爷呢？本来就没有升迁的希望了，他怕啥？正好把你当成靶子，借助你的声望，给自己落个青天大老爷的美名，最后倒霉的可是你了。"

李太太就对牟宗升白了一眼，说："侄儿媳妇说得对，一个村妇就让你没了骨头！"

说的是二爷，丫鬟小六却垂了头。

牟宗昊对姜振帼说："你是当家的，现在该你拿主意了。"

姜振帼不说话，一大家人就议论应当如何应付这件事情，各有各的主意，乱糟糟的。这时候，月新堂的腿子跑回来报，衙门口贴出了告示，说二爷欺压民妇，还贿赂县太爷银子，应该罪加一等。县太爷要主持公道，五天后升堂审理此案，允许百姓到堂监审。

牟宗昊对牟宗升说："看看，你还没跟他较劲儿，他已经来了精神，你就别逞能了。"

一屋子人都露出惊慌的神色。

姜振帼淡淡地说道："也没啥扑腾的，我自有主意，易管家，给我备轿。"

牟宗升以为她又要去衙门，建议她乘坐自己那顶一品官轿。姜振帼不软不硬地说："还是留着你自己坐吧，我享受不起。"

易同林又站在驮轿前准备牵了骡子走，姜振帼想到日新堂有许多事务需要管家料理，就说道："管家，你留下，让马夫跟我去。"

姜振帼和潘马夫出了庄园，朝着与去衙门相反的方向走去，谁都不知道她要去哪里。外面的雪停了，一些孩子们在雪地里寻找快乐，那些麻雀们却在雪地里四处寻找食物。看到了麻雀，她想，人不能混成了麻雀一样，永远在寻找下一顿的食物。

姜振帼要去的是那个自尽的村妇家里。

事情很简单，她听说自己的这个佃户，最近在荒滩上开垦了两亩荒地，这是不行的。荒滩是日新堂的荒滩，荒滩上的屎壳郎也是日新堂的，那两亩荒地要没收了，还要抽回二十亩租地作为惩罚。

她对村妇的男人说："估计你以后忙着打官司，也没有心思种地了。"那男人一听就明白了，知道少奶奶并不是因为那两亩荒地来的，忙说："少奶奶呀，二爷他太不像话了，把我老婆调戏死了，撇下了这个九岁的小嫚儿，让我咋弄呀？"

姜振帼冷着脸说："你不是告了衙门吗？让衙门给你想辙。不过我想，月新堂也不是一般人家，是吧？再说了，不就是像猴子抓痒痒，胡乱挠了几把吗？也没怎么了她，自个儿要死，谁也拦不住，衙门顶多把二爷关几天，还能怎么着？"

男人说："我知道拗不过二爷，可我咽不下这口气。"

姜振帼撇了撇嘴，说："你咽不下这口气，身上能多长一块肉？还不是一样要过日子，要拉扯孩子？官司打赢了，你就不吃不喝了？"

男人呜呜地哭个不停。

姜振帼就说，你先哭吧，哭完了把地契送到日新堂管家那儿。

姜振帼转身要走，男人就哭着说："少奶奶你等一等，我哭完了也就没事了，还要少奶奶给拿个主意。"

姜振帼站住了，说道："闭上你的嘴，瞎哼唧什么？！"

男人不哭了，听少奶奶说话。姜振帼让他去撤了诉状，说你开垦的那二亩荒地就种着吧，免交三年地租，三年后按规矩走。

说着，姜振帼瞥眼看到了他身边那个九岁的嫚子，长得还机灵，就说道："让嫚子到日新堂当丫鬟，能省一个人的口粮。"

男人愣了愣，瞅着自己的女儿，眼泪又流出来了。他知道去日新堂当丫鬟，不是享福的地方。虽然吃好穿暖，但孩子太小，免不了挨打受骂，一时没了主意。没想到一边的女孩子却说话了："爹，你让我去吧，没事，我会干活。"

这口气完全像她刚烈的母亲，当父亲的于是哭得更凶了。

姜振帼却为这女孩子的口气所惊讶，一下子喜欢上她了，觉得小小年纪，说话硬朗，将来会出息成个干净利落的女子。于是她丢了几个铜钱给当父亲的，让女孩子收拾了几件破衣服，随即带回了日新堂，眼下自己身边正缺少这么个奴才。

回了日新堂，姜振帼吩咐管家给女孩子换了身衣服。穿上干净衣服的小丫头，来到少爷楼，在堂屋里给姜振帼磕了头，就开始履行自己的职责了。姜振帼想给小丫鬟取个名字，一时又想不到好听的，就站起来走到院子外，欣赏远远近近的雪景。屋顶上的雪铺得很厚实了，树杈上也堆积了雪，没来得及坠落的树叶挂在枝条上，有黄有绿有黑，在雪的映衬下，色彩鲜明。正觉得眼前的景致如诗如画，就有一句诗词突然闯进脑子里："忽如一夜春风来，千树万树梨花开。"

她脱口喊道："梨花——梨花——"她觉得挺好听的，就扭头去看小丫鬟。

身边的小丫鬟，不知道少奶奶喊谁，伸着脖子看少奶奶。姜振帼就说："小嫚子，叫你哩。"

梨花应了一声，从此她像条小狗一样，跟随在姜振帼的左右了。

十七

牟宗升调戏村妇的案子风平浪静后，庄园内的老爷太太们，还有上上下下的奴才们，对当家的少奶奶，自然又敬畏了三分。

姜振帼成功地度过了信任期。

庄园内还在进行着宅院的建造比赛，一块石料，就吃掉三四斗的谷子。叮叮当当的铁砧声和络绎不绝的骡马队，一日日消耗着大片的土地和成堆的银两。

牟宗昊变卖的一千亩土地大部分转移到了日新堂的名下。姜振帼和易管家的眼睛每天都扎在账本里，查看流出了多少银子，流进了多少土地。日新堂的银子变成了土地，而四爷的土地变成了石料。虽然四爷并不太愿意看到自己的土地去壮大日新堂的势力，但别人又没有这么大的胃口，能够一口吞下他的千亩土地。

姜振帼吃完了牟宗昊的千亩土地，胃口并不满足，又把目光转向了庄园外。

在那些有阳光的冬日里，姜振帼带着易同林巡视了日新堂新建立的佃户村。那些乞丐和部分缺少土地的佃户，在偏远的深山老林得到了日新堂的粮食和房屋，找到了他们栖息的家园，正用他们的汗水滋润一方土地。

从初夏开始，日新堂各个佃户村抽调出的青壮年，在偏远的山坳中，建造一个又一个崭新的村落。已经安家了的佃户，冬日里不肯消闲，仍奋力撬开硬邦邦的冻土层，不断地开垦荒地。那都是一些处女地，鲜亮肥沃，从冻土下面展露出来的时候还温热着。炊烟从幽静的地方升起来了，虽然只有十柱八柱的，却让一方的水土有了生机。

一个山坳一个山坳地走去，姜振帼巡视着自己的领地，觉得心里满满当当的。她甚至看到了十几年后，新佃户村鸡犬相鸣、良田千顷的美景。

她常常是在太阳刚刚升起来的时候就坐上了驮轿，朝几十里的山坳走去，瘦巴巴的易同林骑着一匹骡子跟在后面，身体健壮的潘马夫就在前面引路。潘马夫自从翠翠死了，就讷言了，整日里默默地跟他饲养的那些骡马厮守在一起，对视着。他的身体更结实了，似乎体内有使不完的力气，走起路来，两个肩膀一耸一耸的，脚下像安装了弹簧。姜振帼坐在驮轿上，也会长时间地把目光落在他的后背上，看着他身上的肌肉伴随着他的步伐扭动伸缩。他头上冒着热气的时候，黑骡子也就热气腾腾了，姜振帼的身上也就起了热，脸蛋儿红扑扑的了。

易同林那条老狗，却总是落在后面，不紧不慢地走。他知道少奶奶的心情很好，似乎故意让她领略一下山野的风光。

于是，她走一段路，就要回了头喊："走紧点儿，你这老狗！"

他笑一笑，一只脚踢了踢骡子的肚子，骡子紧走几步，但很快就又缓下来，等待少奶奶再次骂他。

这样，他们返回庄园的时候，肩上经常洒满了落日的余晖。

新佃户村的佃户已经担当起了他们的职责，在大把头张腊八的带领下，修剪他们应当看护的树林。张腊八在新佃户面前牛哄哄的，走路都梗着脖子。偷懒的人被他发现，麻烦就大了，轻者挨打，重者还会被封门抽地。姜振帼需要这么个愣头愣脑的家伙，在那些穷鬼们当中像螃蟹一样横着走路。所以，她虽然知道他的一些错处，却包容了，并不过多校正，由他去折腾。

佃户们拎着铁锯和斧头，走进了一望无际的山岚内，在藤状植物和荆棘的纵横交错中捡了路走，时不时地挥动手中的斧子，把路边一些荆棘劈斩得七零八落。来年，被他们打通的这条路又会消隐在一片杂草荆棘中。生长了一年的树林密密匝匝的，这时节树叶脱落了，从树冠上方就看到了一块又一块的天空。脱落的树叶铺在地上，黄澄澄的一层，如毯子般绵软，树林中到处弥漫着陈腐叶子的气味。经常有野兔和不知名的鸟儿从眼前的草丛中惊起，在佃户们的一片喊叫声中慌张地远去。很快，树林里就响起了斧头的砍击声和铁锯霍霍的声音，那些身手敏捷的小伙子就爬到了较高的树上修剪枝杈，去看看树上的鸟窝里有什么稀奇。那些年老的就在树下，把剪掉的树枝打成捆，拖到林子外，让成群的骡马运回日新堂。

这天，张腊八带了新佃户在山林中修剪树枝，到了午饭时候，就去了山林不远处的一个村子。他原以为佃户村的庄头会留他们吃午饭，庄头却疏忽了，误以为张腊八只是从村中过路。张腊八觉得在新佃户面前丢了风光，就想找补回来。看到姜振帼来新佃户村巡视，他就告了那个庄头的状，说庄头负责看管的山林被盗伐了，要对庄头进行惩罚。他说："奴才觉得，过去给庄头免去的地租，明年照样让他交纳才对。"

易同林感觉里面有蹊跷，就说："该不是庄头慢待了把头吧？"

张腊八被点中了穴位，有些急，说道："你不要瞎猜想好不好？要不你去山林里看一看，少了十几棵树呢。"

易同林问："那片林子有多少棵树？"

张腊八结巴了，眼睛鼓圆，嘴也歪了，满脸丰富的表情，就是吐不出一个字。他说不出那片山林有多少棵树，也就不可能准确地知道少了十几棵树。

姜振帼并不想让这奴才太尴尬，说道："依了你，明年他的免交租照拿。"

返回的路上，易同林提醒姜振帼说，"少奶奶，这庄头，恐怕要受委屈了。"姜振帼笑了笑，说怎么会呢，免租的账目在你管家手里，大把头怎么知道免没免交呢。易同林还是有顾虑，说道："这样下去，会助长了张腊八的霸道。"

她看了看易同林，反问道："有什么不好吗？鸡鸣狗盗之徒，都要有一些的。"

这天回去的时候，西山的太阳还很高，姜振帼就沿着白洋河边缓缓地走，无意中又看到了夹杂在自己大片土地里的王家土地。王家这片土地也就十亩，却像钉子似的扎眼。她站住了，对身边的易同林说："明儿你去王家说一嘴，看看他这片地要多少银子。"

白洋河边，结了一层冰，十几个孩子在冰面上玩滑车。滑车是两块木板拼在一起的，木板下钉上了两块铁皮。孩子们的小屁股坐在木板上，两手各握一根铁锥子，同时用力扎向冰面，木板下的铁皮就在冰面上滑行了，速度极快，人仰马翻的事情常有，于是就不断有笑声爆起。姜振帼站住了脚，在河边看玩耍的孩子，竟起了童心，对易同林说："我也想坐坐滑板车。"

易同林说道："少奶奶，你是少奶奶，不是少爷呀，怎么可以呢？"

姜振帼看着一个仰倒在冰上的孩子，不由得笑了，羡慕地说："是呀，我知道不可以，却还是想坐坐呢。"

潘马夫似乎被少奶奶的童心打动了，就走向了那些孩子们，向他们借了一架稍好的滑车，提了过来，对姜振帼说："少奶奶，我们要去上面没人的地方。"

姜振帼看到马夫当真提了滑车过来，反倒犹豫了，孩子似的请求易同林说："行吗？"易同林看少奶奶的心情少有的好，也就说道："行吧，到上面没人的地方，赶快滑两下。"

于是，主仆三人到了上岸。姜振帼盘了腿坐在滑车上，潘马夫在一边对她比画教练，她就照着马夫的动作滑起来。那滑车确实流利，她一用力，就刷地出去了，而她的身子却没跟得上去，就仰倒了。她咯咯笑了，赖在冰上不肯起来。易同林也咧了咧老嘴，笑了，但很快又闭上了。潘马夫却一点儿没笑，紧抿了嘴。

姜振帼看到潘马夫那个沉闷的样子，就想起丫鬟翠翠，突然没了兴致，说道："我们回吧，看你们一个个吊丧了脸好像死了娘一样！"

易同林剜了潘马夫一眼，怨恨他那张脸败了少奶奶的兴致。潘马夫咬了咬嘴唇，对姜振帼说："奴才该死，少奶奶再摔一跤，奴才笑给你看。"

姜振帼看了潘马夫一眼，叹息一声说："行了，该死的，好像我巴不得你们死光了一样，你们哪一个死了，我心里能舒坦？"

易同林和潘马夫知道少奶奶指的是翠翠和易春，都闭上嘴沉默了。

姜振帼上了驮轿，心里想，应该在庄园的丫鬟中择一个给潘马夫。

第二天，易同林按照姜振帼的吩咐，去了小地主王家，探听王家白洋河边的那片土地多少钱肯卖。王家的老爷子硬邦邦地说："给座金山都不卖！"很明显，他是对日新堂的做法不满意。

易同林把王家老爷子的原话传给了姜振帼。

易同林说："还是算了吧少奶奶，王家那老爷子，犟驴一个。"

姜振帼想了想，问道："王家下面的小崽子们可有什么嗜好？"

"老爷子的大儿子王宇，喜欢赌，赌技很高，而且谨慎。每次赌博，带一定数量的铜钱，赢了，啥话不说；如果全部输光了，就打住了。"

"佃户中，可有高手？"

易同林想了想，摇头。牟家是严禁佃户赌博的，一旦发现就要封门抽地。即使有人赌博，也是暗地里活动。

但无论如何，姜振帼让易同林去找几个赌博高手，给王家的大儿子下个套。兔子再灵敏，还会钻进猎人的套子。她说："我说过吧？鸡鸣狗盗之徒都需要呀，你想法子找去吧。"

说到了鸡鸣狗盗，易同林猛然想起了一个人，就是四爷牟宗昊窑厂的工头。此人从青岛来，有一手烧窑的绝活，被牟宗昊请来专门为建造西来福烧制砖瓦。因为窑厂的土炕上暖和，冬日里就成了赌徒们的窝点，王家的大儿子王宇也经常去那里。

易同林就去找到了窑厂工头，暗中给了他许多银子，请工头想办法下诱饵。

因为是外地人，又是牟宗昊雇佣的工头，所以王宇对工头没有太多的警惕。一天晚上，工头派一窑工去请王宇喝酒，酒后几个人说要玩玩纸牌。王宇去的时候，已经想到了酒后会玩纸牌，预先带了一些铜钱。

工头从兜里掏铜钱的时候，故意把兜里的十几块银圆暴露给王宇了。王宇的眼睛就亮了，笑着问："近些日子从哪里发财了？"

工头说："西来福的四爷刚给付了一些工钱，今夜的筹码高一点儿？"王宇动心了。凭他玩纸牌的技术，有可能把那十几块银圆赢进自己腰包里呢。只是他带的赌资不多，赌资紧张就会缩手缩脚的。工头看透了王宇的心思，说道："是不是没带钱呀？没关系，可以赊账，我们相信你王家这点儿小钱是不会赖账的。"听说可以赊账，王宇心里踏实了，于是眼睛盯着工头兜里的十几块银圆，被牵着鼻子一步一步地走进了套里。开始赢了一点儿，但很快又输掉了，再赌下去，自己兜里的赌资全没了，就先赊账，希望能够翻盘，没想到越陷越深。

工头觉得差不多了，就故意提出该结束了，说王宇已经欠了一百多吊钱，不能再玩儿了。王宇不肯罢手，他心里正急于时来运转，把输掉的找回来，于是就发了脾气，说："你太小看我了，是不是害怕还不上银子？没有银子，我还有地！"

工头犹豫了一下，说道："这样吧，再玩的话，用你白沙河边的那十亩地做赌资，空口无凭，咱们立个字据。"

王宇当时脑子转了一下，心想你们也看好我那块地了？看好了可以，就看你们有没有本事赢了去，我就不相信今晚赌运总在你们那边！

他没去细想，当即就答应了，立据为证。

继续开赌，天不甚亮的时候，白沙河边的十亩地就输光了。这时候王宇才感觉里面有诈，起了疑心，却已经晚了。

工头得了日新堂的好处，很快就离开了窑厂，不知去向。白沙河的土地，自然留给了日新堂。

王宇得知土地落到了日新堂名下，什么都明白了。但找到了明白，游戏却结束了。王宇眼睁睁地看着自己的土地姓牟了，却也只能是哑巴吃黄连，有苦说不出来。日新堂是从窑厂工头手里买了地的，跟他王宇没关系。

王家的老爷子气得大骂一顿小寡妇，骂到后来吐了血，死了。不知道他的死是明白了还是不明白。

王家老爷子出殡的时候，姜振帼却站在了那片土地上，眼睛放着亮光，用那双小脚从东边丈量到西边，又从南边丈量到北边，恨不得弯腰亲吻这块土地。

整个冬季，日新堂的土地不停地延伸扩张。

姜振帼的脸上越来越滋润，她胖了。

进入了阴历十二月初八，姜振帼安静下来。作为庄园的掌门人，她开始为接待牟家回来过年的祖宗魂灵做准备。这一天，负责烧香祭祀的佃户也搬进了日新堂的群房内住下来，在姜振帼的指挥下，打扫牟家祭祀堂，清洗祭祀器具，帮助灶房制作祭品。这是庄园每年的一项大事，也是显示日新堂权力的日子。姜振帼的脸上就多了一些庄严和神圣。

进入腊月二十三日，也就是农村说的小年，她身上就换上了素洁的衣服，在负责烧香的佃户陪伴下，每天早晚去祭祀，烧三炷香。

她只是给牟家的老祖宗进香，其他各方神主就由佃户代为烧香。

香火一直缭绕到大年三十的上午，各路神主差不多都到齐了，似乎有迟到的也不等了。姜振帼亲自把老祖宗牟国珑的画像从影匣内请出来，摆放在最高的位置，接下来按照辈分依次摆放各位祖先的神牌，摆成了一座金字塔。

塔尖上是牟国珑，最后一位是第八代庄园主牟金少爷。

摆放完神主牌位，又摆放祭器和祭品，这道工序很复杂，也很讲究，是子孙后代对祖宗敬仰的具体表现。也就是说，是个态度问题，搞得越复杂，敬意越厚重。

第一道供品很特别，是泥土。牟家是靠土地发家的土地主，敬献给老祖宗最好的供品就是土地了。总共二十三位祖宗神牌前，每人一碗泥土。这道供品也是牟家独有的。

第二道供品三十二种果类也是与土地有关的。分四行排列，每行八个果盘，共有三十二个果盘。第一行是八种干果：无花果、板栗、大枣、山楂、核桃、葡萄干、柿饼和金杏；第二行是八种鲜果：荔枝、龙眼、橘子、石榴、苹果、香蕉、香梨和西瓜；第三行是八种面点心……

第三道供品是鸡鸭鱼肉，第四道供品是九重糕，还有第五道……

供桌的中央摆放了一个鼎式大香炉，叫宝和锡，是牟家的传世之宝，也是庄园内的镇宅之物，价值二十万两白银。宝和锡的两侧各有一对高大的蜡台，上面插有两尺多高的朱红烫金大蜡烛，耀眼的烛光映得祭祀厅内金碧辉煌。

大年三十晚五更后，几大家的老爷和小爷们来到日新堂的祭祀厅，按照各自的辈分依次排定。掌门人姜振帼站在前面，把一杯米酒洒向祭坛，然后点燃三炷香，向列祖列宗作揖后，插进宝和锡香坛内。

三跪九叩祭祀活动就开始了。

这项活动，女人没有资格参加。女人有资格的地方实在不多。即使晚上的男女之事也没有主动权。夜里有了欲望，也要打熬着，等待老爷们有了兴致，才会走进她们的屋子，去撩拨她们的身体。她们唯一的资格大概就是生儿育女了。

姜振帼例外，她是掌门人，她在男人和女人之间行走。

所有牟家的子孙都要参加这项祭拜大礼，就连神经出了毛病的东来福少主人牟银都站在了祖宗面前。今天，他的情绪看起来比较稳定，也是一脸的严肃。不料在一叩之后，听到外面一阵急促的鞭炮声，他突然兴奋地站起来，喊道："过年啦！过年啦！——"

众人一怔，正不知如何是好，牟银已经冲到了前面，抓起供桌上的一个苹果吃起来。只啃了几口，他就把剩余部分砸向老祖宗牟国珑的画像，然后又要去抓别的供品。姜振帼喝了一声，说："抓住他！"跪拜的人一下子乱糟糟的，都忙着去摁住牟银。牟银不知从哪里来了力气，几个人都摁不住，挣扎着叫骂："我操你们祖宗的，放开我，想打架一个一个来，合起来欺负我一个，算他妈什么东西！"

这时候，两边的大蜡烛突然跳动起来，并发出了噼噼啪啪的声音。整个祭祀厅上下颤动。香烟缭绕中的祖宗画像似乎缓缓地推向前方。老爷和少爷们都惊吓得不敢动弹了。

姜振帼急忙跪倒在祖宗神牌前，嘴里喊道："列祖列宗有灵在天，牟家子孙大逆不孝，触怒祖宗，我愿意为他代受惩罚，请放过他这个痴傻之人吧。"

其他人也慌忙跪倒，照例说了一通胡话，祭祀厅的烛光越来越暗，地面也似乎开始下沉。牟家的子孙们都相信祖宗神灵发威了，一个个连头都不敢抬起来。牟银趁机有了自由，跑到前面对着祖宗神灵喊道："老祖宗，我告诉你们，这伙王八蛋都不是他妈人养的，让他们脱了裤子看一看，哪一个都没生屁眼，是一群只吃不屙的东西。你们也不管教他们，还有脸吃供品，我让你们吃屎去吧！"

牟银说着，要把供桌掀翻。姜振帼一急之下，大喊："牟银，你太放肆了！"一个巴掌扇到牟银脸上。随着"啪"的一声响，供台两边的大蜡烛立即跃动起来，祭祀厅变得耀眼明亮了。

挨了一巴掌的牟银呆傻地站在那里，一动不动，好像被点了穴位。

姜振帼冷静下来，用平静而威严的声音说道："四叔，把牟银少爷扶回去！"

牟宗昊满脸恐慌，走上去拉着牟银走。牟银一点儿也没有反抗，呆呆地被牟宗昊牵了出去。

烛光里的姜振帼一脸的虔诚，又缓缓地跪倒了，继续叩拜祖宗。她身后的那群老爷少爷们此时已经对她充满了敬畏，跟着她一招一式地叩拜起来。

日新堂的祭祀活动在惊心动魄中结束了。老爷少爷们匆忙地回去，祭拜各家的供台。牟宗昊就显得有些尴尬了，他要与牟银一起祭拜东来福的几位祖先。牟银的病根就在他身上，是因为分家闹出来的。面对着东来福的祖宗神牌，他心里有些慌张和恐惧。

好在疯癫的牟银不能再回到自家的祭祀堂叩拜祖宗了。吃了老中医的镇静药，在太太栾燕的照料下，他迷迷糊糊地睡去了。

东来福祭祀堂的供桌前空落落的，只有牟宗昊和自己的两个少爷。他们草草地对着祖先灵位跪拜了几下，就退出东来福。

祭拜了祖先后，晚辈们就应该去他们的长辈那里拜年了。庄园内辈分最高的是日新堂的鲁太太，所以几大家的老爷、太太，少爷、少姑奶奶们，都打着灯笼先后来到了日新堂的老爷楼。但是老爷楼的门却紧闭着，所有人就在门前的院子内等候。满院子的灯笼影子，一起晃动在鲁太太的窗户纸上。牟财、牟宝、牟昌、牟永等几个少爷们似乎不关心鲁太太是否开门，他们举着灯笼在院子里打闹起来。不知是谁跑得太急，把灯笼里的蜡烛晃动倒了，灯笼就燃烧起来，映红了院子。几个老爷侧了头看，把少爷们吓得躲到了一边。老爷们却都很木讷，没人说话。

牟宗升走到前面去敲门，喊道："大嫂大嫂，开门——"

喊了半天，老妈子走出来，见了各位老爷太太，忙跪拜磕头，然后说鲁太太身体不好，不要各位爷们进去拜年了。

老妈子回身进了屋子，关上了堂屋的大门。几位老爷仍不肯散去，扭头去看姜振帼，意思说：就这样行吗？我们不进去了？

鲁太太可能是在跟姜振帼赌气，也可能是完全放弃了日新堂的事情，两耳不闻窗外事了。这对姜振帼来说不是一件坏事。

姜振帼叹了一口气，说道："太太既然要安静，就让她安静好了。还有东来福赵太太那儿，是不是也没开门？"

栾燕就说："我家赵太太那儿也不要去了。"赵太太紧闭了自己的房门不肯打开，在屋内烧香拜佛，已经入定一个时辰了。

最后，几位老爷太太都集中到了月新堂那儿。姜振帼也去了，恭恭敬敬地给牟宗升和李太太拜了年。平时不管有什么恩怨，到了这个时候都不能表现出来。

其他几家的老爷太太也先后走来，给庄园内这位辈分最高的老爷祝福。牟宗升坐在太师椅上，接受着一个个晚辈的敬拜，一脸的慈祥。那些少爷们还要跪在地上给他磕头。他也就很慷慨地从腰包内掏出了银子，散给孩子们。

老爷太太们的脸上却少了往年的欢笑。

都是被痴痴呆呆的牟银闹的。

月新堂的二女子和三女子也从闺房内走出来，给前来月新堂的几家老爷和太太们拜年。姜振幅不见大女子的影子，就问二女子，"你姐姐怎么没出来？"二女子说姐姐病了，还是老毛病。姜振幅早就听说月新堂的大女子病了，整日不吃不喝，痴痴呆呆的，人越来越瘦，但老中医却诊断不出病来，只说是忧郁症。姜振幅心里明白，大女子是因为一直嫁不出去，在闺中待得太久才生了病。

牟宗升嫁女儿，要找门当户对的，但在本地却很难找到，于是就一年年拖下来。大女子已经二十五岁的人了，自己的将来却没有依托，能不忧郁吗？

姜振幅就让二女子和三女子带她去了大女子的闺房。

大女子脸色苍白，痴痴呆呆地对着窗户坐着，看到姜振幅走进来，倒也认识，对着她一笑，那样子很恐怖，把姜振幅吓了一跳。她没想到月余不见，大女子竟然变成了这个样子。

房间内到处摆放了绣制品，荷包、香袋、钱袋、腰巾、胸巾……墙上挂的也是各色的绣制品，三个女子过去的日子都绣在了这些东西上。

姜振幅本想过来看一眼大女子就走，却被这种景象伤感了，于是在椅子上坐下，要跟大女子下象棋。大女子脸上有了笑容。

二女子给她们摊开了棋盘，但大女子的精力却不能集中，经常呆傻着。姜振幅就催促说："走呀，该你了，我要吃马了。"

大女子就说："你吃好了，想吃就吃。"眼睛仍旧瞟了别处。

姜振幅不知道怎么办了，想这棋走不成了，就说道："好了，我不跟你磨蹭时间，我要走了。"

大女子的眼睛突然有了光泽，说道："别别，我跟你走棋。"

于是又走。一袋烟的工夫，她就把姜振幅杀败了。姜振幅有些不甘心，瞅着棋盘说："刚才你还吃紧，咋转眼就赢了？我真不是你的对手。"

大女子幽幽地说："大嫂在屋里憋个十几年，每天瞅棋盘，象棋肯定要比我强，不信你试试。"

姜振幅实在不知道该怎么回答，就苦笑了一下。大女子还要跟她对一局，而她还要去其他几家拜年，就推说过两天，一定来跟大女子下棋。为了脱身，她随手拿起了一个香袋，说道："真好看，送我了吧，大妹妹？"

大女子又抓了几个香袋丢给姜振帼，说了一句很粗的话："拿去，当擦屁股纸用吧。"

姜振帼走出了大女子房间后，李太太送她到了院子。姜振帼想了想，回头提醒李太太说："要尽早给大女子选定婆家了，男大当婚，女大当嫁，拖不得。"

李太太有些心酸，说道："我恨不得今天就嫁了她，可总要有个地方。"

姜振帼说："我们这等家道，找门当户对的太难了，别太强求。"

李太太说："我不强求，可你二叔说了，再差也要找一个中等人家，有我们十分之一二就行，差狠了，就丢份子了。"

离开了月新堂，姜振帼又去了东来福牟宗昊那里，发现牟宗昊正气愤着。她不知什么原因，心里纳闷。陈太太就说话了："少奶奶，你来劝劝你叔，因为前边的不过来给他拜年，就气成了癞蛤蟆。"李太太说的"前边的"，说的是牟银的少太太栾燕。

"分家都两三个月了，该给他们的都给了，还记恨我们。"牟宗昊在一边说。

姜振帼明白牟宗昊是跟栾燕生气，于是就问："栾燕没有来吗？"

陈太太说："别人家她都去过了，到现在没到自己的亲叔叔这儿来，看样子是不来了。不来就不来吧，来问我们一个好，能舒筋活血呀？"

牟宗昊瞪了一眼陈太太："这是规矩，要说分家分出了怨恨，我和少奶奶都闹到了济南府，现在不是一样吗？少奶奶是掌门人，都过来给我拜年了，他们算什么？！"论理，栾燕是应该到牟宗昊家中拜年之后，再去月新堂和南来福那里；但栾燕已经去了这些屋里，却一直没有给同住在一个宅院的牟宗昊拜年，显然是要跟牟宗昊断了来往。

姜振帼说："她不会记恨自己的叔叔吧？或许她以为一个院子的，最后再过来吧？"

牟宗昊说道："她不来就算了，不来正好，以后跟他们断了来往。"

姜振帼忙说："四叔的话可不对了，栾燕来晚了，是有错，但她是晚辈，你是长辈，哪儿能跟她计较？我早说了，现在牟银成了废人，你不帮他们，谁帮？"

因为跟牟宗昊费了很多口舌，姜振帼回到日新堂的时候天已经大亮了。日新堂的下人们都聚集在少爷楼外，等待着给他们的主人少奶奶拜年。姜振帼刚走到院子内，下人们就发出了一片喊叫声：

"少奶奶过年好。

"少奶奶过年好。

"少奶奶过年好。"

………

姜振帼分辨不出这些声音是从哪一个下人的嘴里发出来的，她一个劲儿地点着头，迎着说："嗯，好。嗯，好……"后来，她停住了，目光落在后面的牟先生身上。日新堂那些没有重要位置的下人都被放回去跟家人过年了。牟先生的私塾在春节期间已经停了课，他是可以离开的，但他独身一人，在哪里过年都一样，就懒得挪动了。他的脸上并没有因为过年增加一些喜庆的表情，而是像往常一样的冷漠，很安静地站在后面，一句话都没有说。

姜振帼明知道牟先生也是过来给她拜年的，却因为他的安静，故意问他："牟先生过来有事情？"

牟先生略微一怔，不知如何回答。

管家易同林忙替牟先生说话，说："牟先生来给少奶奶拜年呀。"

姜振帼吃惊地说："是吗？我看牟先生站在后面半天没吭声，还以为牟先生有别的事情呢。"

牟先生走上前，轻声说道："祝愿少奶奶在新的一年更加美丽。"

这是读书人的祝愿词，但让姜振帼听了，却唤起一些痛苦的回忆，让她对美好的明天感到忧伤和无奈。其实牟先生有很多祝愿的话可以说，比如祝愿少奶奶身体健康，或者说财运亨通之类的。"美丽"对于少奶奶来说有什么用处呢？女人的美丽和她们的身体一样，都需要男人去享用的，否则就没有价值了，就像一种产品必须经过买卖流通，才能具有价值一样。少奶奶的美丽连同她的身体，事实上已经不可能流通了，也就没有了价值。

牟先生说了一句很不应该说的话。

姜振帼没有应答，情绪一下子坏到了极点，瞅了牟先生一眼，丢下院子里许多还没来得及给她拜年的下人，走进了堂屋内。

易同林知道少奶奶为何种事阴了脸，跟随着她走进堂屋，站在那里半晌不敢说话，等待她吩咐事情。姜振帼坐在太师椅上，平息了半天，才说道："告诉大灶房，今儿给外面的穷叫花子放饭，要给他们白面馒头，熬一锅猪肉炖白菜粉条，也让他们过个年。"

易同林点了头，说："少奶奶真是大善之人。"

姜振帼又说："叮嘱看守香火的奴才，别偷懒，每天早、中、晚，都要给祖宗烧香，若误了一次，扒他的皮！"

祭祀厅的香火要一直缭绕到正月十五元宵节。

元宵夜也叫灯节夜，在庄园的太太和孩子们眼里比春节更有趣。各家都要制作一些灯盏，送到场院、马棚、坟茔、田地里……老爷太太们室内用的灯盏都是用白面做成的；下人的屋内、外面院子的走廊、大门外的场院点的灯盏都是用豆面做成的；马棚、坟茔和田地里的灯盏是用萝卜雕刻出来的。这些灯盏有人物也有动物，造型各异，一个个惟妙惟肖。到了傍晚，整个庄园内灯火通明，每一个角落都有一盏小灯跳跃着。这时候，各家就要由老爷带着杂工，抬着各种食品和灯盏，送到祖宗坟茔和自家的田间地头。各家的太太和孩子们就在庄园内的几个宅院中四处走动，欣赏各家的灯盏。

日新堂送灯的差事今年落在了小少爷牟衍堃身上，由大管家把他抱上了驮轿，后面跟着两个下人，去坟茔和田间送灯。姜振帼因为新得了白沙河王家的十亩好地，就特意做了一盏尺余高的土地佬豆面灯，灯上刻了"牟"字，交给了儿子牟衍塾，让他立在那十亩良田中。

姜振帼叮嘱管家易同林说："别忘了提醒小少爷磕头。"

送灯的队伍消失在夜色中后，姜振帼带上丫鬟梨花也走出屋子，去各处赏灯。但她走了几个宅院，看了许多的灯盏，脑子里晃动的还是自己亲手制作的那盏大土地佬灯。她甚至想象出了那盏大土地佬灯，被牟衍塾置于白沙河边新得的土地上，在风中昂首挺立的模样。

十八

后面的几年，似乎总在重复前面的日子。春天的桃花开过，就进入夏天；出了一身臭汗，然后被秋风一吹，刚刚凉爽了，却又到了秋收，照例忙得各家佃户脱了一层皮；等不到喘息过来，雪花就飘起来了，再后来就听到了辞旧迎新的爆竹声。

如同当初姜振帼设想的情景一样，几年后那些山坳里的新佃户村，许多院落的葫芦架上张挂了婴儿的尿布。大街上已经有三四岁的孩子，追着公鸡母鸡娱乐。生命在这里繁衍着，最初的那些男人女人很快就会变成了一块神牌，将来要被大街上追赶鸡狗的孩子们供奉在祭祀桌上。

村子四周的土地还在一垄一垄地扩展，那些小路也依旧昂着头，像行走的蛇一样向前延伸。

当然，姜振帼额头上的皱纹也随着日新堂一垄垄扩展的土地增长着。岁月绝不放过任何一个人，不放过任何一种事物。

牟氏庄园在姜振帼的航舵下沿着岁月的河床平缓地流动，似乎进入了一片开阔地。姜振帼得到了土地、佃户，也得到了家族老爷太太和下人的尊敬，而她的体内却失去了水分和欢唱。

这又是一个蛮不错的春天，庄园内的景致也在悄悄地变化着，一些竹子发出了新芽，也有一些竹子不知什么缘故枯死了。屋顶和墙头的什么地方，记忆中不曾有野草生长，有一天却突然发现，风携来一些草籽，那里竟然蓬勃地竖立着一簇簇的毛毛狗尾巴草，或是马尾菜之类的植物。

最明显的当然还是新添的两座宅院。石瓦匠们叮当敲打了五年，当把最后一片瓦放到屋顶的时候，想要拆掉搭建房子的脚手架却很费力气了。那些埋在土里的木桩已经生了根，从侧翼长出了茂盛的枝条，地基上的石头也生出了苔藓。

庄园内五年的时光就在石瓦匠的叮当声中流逝了。庄园内的那群少爷们齐刷刷地长起来了。最大的少爷牟宝已经长成二十岁的汉子了。

最让人惊喜的是东来福牟银的太太栾燕，肚子竟隆起来了。看来疯疯癫癫的牟银这几年并没有冷落了栾燕的身子。

宅院落成后，庄园内的老爷太太们都到西来福和北来福走了走，说四爷牟宗昊用一千亩土地堆起的西来福太奢侈了；说这是用粮食堆起来的房子；说这房子怕是一万年不倒……最为奇特的是西来福甬道的那道院墙，用了各色不规则的花岗岩石头，拼成了无数个别具一格的图案，太太们把这堵墙叫作"虎皮墙"。还有西来福一进门的院子，用花岗岩石头铺出一个蝙蝠和钱币相连的图案，又被太太们称作了"石毯"。总之，西来福宅院的别致处确实不少。

牟宗昊听着众人的赞美之词，觉得自己流走了那么多的土地和银子，很值得。

北来福那边的宅院虽然建造得没有西来福精细，却也气派，该有的地方都有了。最引人注目的是那栋老爷楼，比紧邻的南来福老爷楼高出了尺余。如果站在当院里，感觉不到两栋老爷楼的高低不同；但站在庄园外的场院上就看得分明了。

各家的老爷太太都走出了庄园的高墙外，站在场院上看高低不等的两栋老爷楼，也看这个春天给四周又带来了一些什么花草。

姜振帼的心情跟眼前的天气一样好。她带着丫鬟梨花，去新建的西来福宅院走了一圈，出来的时候，顺便去了东来福宅院，看望有孕的栾燕。姜振帼有些费解，她想象不出牟银和栾燕在灯影里会是一种什么样的情景。

栾燕看到姜振帼，知道她是过来参观西来福的，就说："我叔叔把西来福盖成了宫殿吧？这会儿超过我们东来福，心里肯定舒服了。"

姜振帼听出栾燕口气中的不满情绪，就白了她一眼，说："你管他盖成什么样子，反正你们东来福一点儿也不比别人差。"

栾燕问："听说北来福的老爷楼比南来福高了一尺，能吗？"

姜振帼含糊地说："我也听他们几个吵吵这事，不知真假呢。"

说着，两个人也走出了庄园大院，到前面的场院去远看两栋楼的差异。果然，北来福的老爷楼要比南来福的高一些。姜振帼心里惊讶："平时黏黏糊糊的六叔也学会暗地里算计别人了。倘若五叔计较起来，事情如何收场？总不能扒掉了重盖吧？"

她正琢磨着如果牟宗腾来找她公断，该用什么对策的时候，南来福的五爷牟宗腾就冲着弟弟牟宗天叫起来，说："你压着我一头，舒服啦？"

牟宗天装出很纳闷的样子，说："怪了，我怎么就没看出压了你一头呢？"

牟宗天的大少爷牟宝也站在一边瞅自家的房子，他几乎是跟眼前的楼房一起长起来的。听了父亲的话，他就笑了说："我看着就是比伯伯家的楼房高一尺多，你还说看不出来。"

牟宗腾又对牟宝说："老侄儿，你看你爹干的事。嘿，也真能干得出来！"

牟宝瞥了旁边的牟宗升一眼，挑明了说："这馊主意是我二伯给他出的。"

牟宗升举了长烟袋杆，去打牟宝，骂道："小羔子，你爹做的事情，你却把屎盆子扣我头上了……"牟宝边跑边回头对牟宗升唱起了京剧的台词："我举起了皮鞭，将他打啊——锵、锵，锵锵锵锵……"

牟宝只顾扭了头跑，竟撞在了姜振帼身上，把姜振帼撞了个趔趄。她就捂着被撞了的腰，"哎哟"着说："我的弟弟哎，是不是因为要娶媳妇了？看把你兴的！"

牟宝朝姜振帼缩了一下脖子，表示自己撞了少奶奶的歉意，然后有些坏意地走上前，伸手摸了姜振帼的腰部，说着道歉的话，"嫂子，把你撞坏了吧，让我看看。"一边说着，一边去抚摸她的痛处。姜振帼的脸红了，骂道："你这个坏小子……六叔你可要管教他了。"

六爷牟宗天正想把话题从眼前的房子上转移开，于是就对儿子牟宝骂道："没教养的东西，跟你大嫂没脸没皮的！在屋里她是你大嫂，在外面场合上，她是牟家的少奶奶，别没了规矩。"

几个爷们看着姜振帼红扑扑的脸，也都笑了。

这时候，庄园的大门里走出了四位英俊少年，牵着高头大马。打头的是牟宗腾十九岁的少爷牟财，头戴瓜皮帽，脚穿长筒靴，后面跟着牟宝的弟弟牟旺，月新堂的大少爷牟昌，还有西来福牟宗昊的大少爷牟永。

牟旺看到了牟宝，就叫："哥，艾山上打兔子，去不去？"

牟宝摆手，"你们去、你们去，让狼叼了你们去！"回头喊牟宗腾说："走，伯伯，我给你拉二胡，你来唱'苏三离了洪洞县——'。"

几位少爷不再理会牟宝了，纷纷上了马。各家的老爷太太远远地喊，叮嘱少爷们当心从马上摔下来。几个少爷当中，牟昌最小，才十四岁，牟宗升就对牟财喊道："牟财老侄儿，照应点牟昌，若有个闪失，回来我饶不过你！"

不等牟宗升说完话，四位少爷打马而去，很快消失在飞扬的尘土中了。

牟宗腾跟在牟宝身后走去，嘴里还对弟弟牟宗天说："你要是还觉得房子矮，就使劲儿往上盖，盖到云彩上面去好了。"他觉得没有什么值得争论的，房子盖上了天，又能怎么样？总不会踩着云彩走路吧？还要回到地面上的，费这个心思，倒不如去唱唱京剧。

他的双腿迈进庄园大门的时候，嘴里已经哼上京剧了。看起来很严重的一件事，竟然悄无声息地结束了，这对于姜振帼来说是最好不过的。

那边的刘太太在向姜振帼招手，她就走了过去。

原来刘太太正和李太太站在一起，商量儿女们的婚事，让她过去参谋一下。李太太的大女子和二女子一直没找到婆家,二十岁的小女子却找到了,预备今年出嫁。北来福的牟宝也预备了今年娶亲。刘太太担心牟宝的婚事跟月新堂撞到一个月份,闹得庄园乱糟糟的,希望两家错开了月份。

刘太太在月新堂的少爷楼内借住,跟李太太相处了五年,两个人的关系最亲近了。不管什么事情,两位太太都要通个气,大多都是一拍即合。

姜振帼就帮着李太太和刘太太参谋。几个人商量到最后,觉得女子出嫁,五月前后最好,少爷娶亲,适宜在腊月。

说话当中,姜振帼瞥见了一边的丫鬟小六,带着已经十岁的二少爷牟盛玩耍。因为牟盛的某个错处,她就虎着脸批评二少爷,那样子很像一个母亲。姜振帼忽然想道,已经二十二岁的小六,早就到了做母亲的年龄,可以配给自己的潘马夫。小六孤身一人,配给了潘马夫后,依然可以在月新堂伺候老爷太太;而自己的潘马夫也就踏踏实实地在日新堂料理骡马,挺好的一件事情。于是就问李太太:"你家丫鬟该打发出去了吧?要养到几时?是不是花了银子买来的,就不舍得送人了?"

李太太笑了说:"我倒想把她送人,这小奴才不肯走,要赖在月新堂一辈子。"

姜振帼就笑,说道:"我倒有个主意,把她配给我家的马夫吧,这样就可以在月新堂待一辈子了。若是你家二叔觉得亏本,我再贴一些银子给你。"

刘太太插嘴说:"哟,少奶奶真是皇恩浩荡,给自己的马夫都舍得花钱。"

姜振帼心里想起了死去的翠翠,嘴上却说:"用惯了的奴才,使唤起来顺手。"

说着,就把小六招呼到身边,问小六是否愿意。小六的脸蛋蛋就红了,说自己不想嫁给什么人。姜振帼白了小六一眼,说道:"等明儿让你家老爷随便把你许给猫呀狗呀的,看你有啥能耐!"

小六就说："我跳井。"

李太太似乎觉得自己奴才的话说得有些过头了，就对着小六的嘴打过去，骂道："不知深浅的奴才，怎么跟少奶奶说话的？！"

挨了打的小六并不生气，捂了嘴，对姜振帼挤了挤眼睛，做出委屈的样子，拉起牟盛去了远处。姜振帼的目光一直看着小六的身子，打量她走路的姿态，似乎看出了一些蹊跷，说道："这奴才，走路的架势像生过孩子了。"

一边的刘太太心里最亮堂，她在借住月新堂少爷楼的几年里，对二爷牟宗升和小六的事情还是有觉察的。有时跟李太太在一起闲聊的时候也听到李太太的一些叹息。但李太太还算聪明，并没有把事情闹得沸沸扬扬，甚至觉得如果小六能够吸引了老爷的胃口，也倒是一件好事，免得老爷又要闹出是非来。

刘太太想把姜振帼的话题引开，免得李太太尴尬，于是说："少奶奶真要给马夫找个屋里人，去问西来福陈太太，她家的丫鬟红莺也老大不小了。前些日子陈太太看我把丫鬟水仙打发出去了，正担心红莺有一天走了，再找一个小丫头，用起来不顺手呢。"刘太太的丫鬟水仙，去年冬天就嫁人了，现在用的是老妈子。

西来福的红莺憨憨傻傻的，挺适合姜振帼的心愿。姜振帼就说，"行呀，跟陈太太说去。"于是几个人又喊叫前面站着的陈太太和南来福的王太太。两位太太听到喊叫，也就笑着过来凑热闹。

王太太跟自己的老爷牟宗腾一个心态，也没有因为北来福的房子压了自己一头，对北来福刘太太使冷脸色，见了刘太太反倒说："妹妹，你家牟宝跟着他伯伯学成了什么样子，可要管教他了。眼见就要成家立业，可不要跟他伯伯一样，整天神经兮兮的。"

刘太太笑了说："你以为我没管教？对他说什么话都是耳旁风。"

陈太太看到姜振帼身上的淡绿色绸缎旗袍，就走上去伸手摸了摸，羡慕地说："这绸缎不像当地货色，哪里进来的？"

姜振帼就说："先不问哪里来的，问你一件事，答应了，回头我送你一块这种绸缎。”

姜振帼就把想法说出来。这是对两边都有益处的好事，陈太太自然挺高兴，但说要问一问红鸯的意愿。红鸯毕竟不是买来的丫头，所以还要征得她的同意。

陈太太又扯着嗓子喊叫远处的红鸯。红鸯因为正跟一些丫鬟说笑着，没有听到陈太太的喊叫。陈太太就急了，骂起来：“小奴才，你耳朵长草了？要我拿了锄头给你收拾了？！”

几个太太听了陈太太粗鲁的叫骂，就忍不住笑起来。

红鸯慌慌地跑过来，走到陈太太面前，真的举起了小拇指，抓挠了几下耳孔，那样子是可爱的。她听陈太太说完事，垂了头，说道：“太太做主，奴才没有主意。”看红鸯羞红的情形，是默认了。姜振帼当下就跟陈太太商量一些具体的事情，说红鸯仍旧是西来福的佃户，潘马夫也还是日新堂的佃户，两个奴才都在庄园里当差，日新堂给他们三间房子就行了。

陈太太问姜振帼什么时候给两个奴才圆房。姜振帼笑了，说：“这不简单呀，今夜把红鸯送到日新堂马棚那边就行了。”红鸯在一边听了，脸涨得红红的，慌张了说：“不行的少奶奶，奴才还要回去跟爹妈说一声。”

姜振帼瞪了红鸯一眼，骂道：“你以为当真？美得你！”

太太们就又笑，把红鸯的脸笑成了一片晚霞。跟在王太太身后的丫鬟春桃，这时节也跑了过来，不知道红鸯为何事把脸色羞成这个样子，就问道：“什么喜事呀，我也分一点儿。”

姜振帼的丫鬟梨花赶忙给红鸯使了个眼色，却被刘太太看到了。刘太太说：“正好，这儿还落下一个，找个地方打发了。”

南来福的王太太瞅了自己的丫鬟春桃一眼，说道：“你们哪家还有马夫，把这奴才领走，人长大了，心眼儿也多了，整天跟我打小算盘。”

春桃就噘了嘴说：“太太冤枉奴才，奴才哪里敢跟太太要心眼呀？奴才十个心眼儿也抵不上太太一个心眼儿大。”

不用问，南来福的王太太跟春桃这小奴才已经相处到了很默契的分儿上了。一个奴才伺候老爷太太多年，主仆之间总要形成一种依赖和默契。看样子，王太太也是迟迟不舍得放手春桃。

丫鬟红莺和潘马夫两个奴才的婚事在姜振帼和陈太太的说笑声中定下了。

天气好，心情也好，李太太就提议几个太太去她月新堂玩纸牌。几个太太都应了，只有少太太栾燕因为身子不方便，回了东来福。她也算是找了一个借口走开了。作为少太太，她不喜欢跟太太们说笑，况且自己东来福的境况也容不得她快乐。

李太太扯着嗓子喊小六，说："回去收拾一下，太太们要去玩纸牌。"

姜振帼也对自己的丫鬟梨花说："你回去吧，有什么事情就去月新堂喊我。"

庄园玩纸牌，只是消遣，不许赌博。因为多了一个人，姜振帼就上楼跟大女子下象棋了，月新堂的李太太和南来福的陈太太、西来福的王太太、北来福的刘太太四人玩纸牌。姜振帼上了楼，看到大女子已经瘦成了一把骨头。"大妹妹，我来找你下棋。"她说着，坐到了炕边上。大女子摇头，不说话。

二女子小声对姜振帼说："姐姐把玉石的象棋都摔碎了。"

姜振帼就坐在炕沿边，要陪大女子说会话儿。大女子却沉默着，连句话都懒得说了。姜振帼心里酸酸的，叹着气离开了大女子的闺房。

楼下堂屋的四位太太不知道因为什么事情，正笑得开心，看到姜振帼下楼要走，李太太就问："不是要下棋吗？咋又要走？"

看来李太太都不清楚大女子的情绪坏到什么程度，姜振帼也就不想多说了，只说自己想起一件紧要事。"你们玩你们的，别管我。"说话间，人已经走到外面了。几位太太因为拼杀得正凶，也没有多跟姜振帼纠缠。

虽然当夜并没有把红莺送到马棚那边，但姜振帼还是让潘马夫牵了马，趁夜色把红莺送回家里，跟红莺的爹娘见面去，算是新女婿上门看望老丈人了。而红莺爹娘那边没有一点儿准备。

两个突然间被捏到一起的奴才开始都有些拘谨，出了庄园后，都没有一句话。潘马夫因为翠翠的事本来就不善言语了，所以只顾前面牵了马走路，一半的路程过去了，还是没有一句话。

红莺觉得这样走下去，到自己家里见了爹娘，怕那场面很不好办，于是就要从马背上下来，说要小解。潘马夫把她从马背上抱下来。这个过程中，红莺的身子使劲儿偎在潘马夫怀里，让马夫的心情起了一些变化。月色极好，新春的野外漂浮着花草的气息，惹人想起很多平时不及想的风情来。于是，下了马背的红莺在路边的草地上坐了，并没有去路边的什么草丛后小解。潘马夫也没有问，同样坐在了草地上，看远处黑黝黝的山，听草丛里的一些声音。

到后来，红莺觉得这样下去也不是个办法，今晚见过爹妈，还要返回日新堂，总不能后半夜才返回去敲日新堂的大门吧？于是她就找了话题，跟沉闷的潘马夫说："你心里还想着翠翠？"

潘马夫没想到红莺问这个，不知如何回答，仍旧低了头。

"你知道她最后对少奶奶说的那些话谁告诉她的？"

潘马夫终于抬起头来，"你吗？"潘马夫问了，自己却摇了摇头，有些不太相信。

"是我，我跟翠翠姐平日里最好，怕她也像易管家那样遭人暗算，就把从我家老爷那里听来的话告诉了她，让她自己小心，可没想到……"

潘马夫很诧异地看着红莺。

"我本不该告诉你的，你可一定把严了嘴。"

潘马夫点了点头。潘马夫觉得眼前的红莺似乎跟自己有某种天生的缘分，又因为知道了她跟翠翠的情意，瞬间对她有了一种亲近感。而红莺呢，这时候因为想到了翠翠，眼里就盈满了泪水，自己也没想到会顶替了翠翠，来照料翠翠喜欢的这个人。

借着月光，看到了红莺闪烁的泪花，潘马夫站起来，用一种很自然熨帖的口气说道："走吧，回去看爹妈去。"

看望爹妈的时间并不长，但返回日新堂的路上，两个人却耗费了很多时光。虽然还是没有多的话，但各自的眼睛、手、耳朵都说话了，到后来遇到了一处很柔软的草地，就再也走不动了，两人很自然地拥在了一起，把应该后面做的事情，借了月光提前做了。

几天后，这对奴才正式成为夫妻了，极简单的事。日新堂和西来福的下人们都为这对新人高兴，丫鬟和老妈子去红莺那儿恭贺，账房先生和杂工们就去潘马夫那里蹭了一些烟叶。老爷太太和下人们皆大欢喜。

姜振帼因为促成了一对新人，受了下人们的称赞，这天午后心情极好，就在日新堂宅院内走动赏花，不觉间走到了后面的私塾。还不到开课时间，二楼私塾的门虚掩着，她轻轻走进去，在课桌前坐下了，本想坐一坐就走开，没想到坐在那里走了神，牟先生进来的时候她还呆傻着。

牟先生就说："少奶奶在呀？"

她醒过来，不知道什么时候脸色已经红了，忙寻了理由，说道："我来看看小少爷能不能按时来听课。"

牟先生说："小少爷总按时，只是少姑奶奶缺了许多堂课。"

"她正裹脚，总喊叫疼，走不成路，女孩子不裹脚，以后怎么嫁人？"

十岁的牟衍淑也跟着哥哥一起读书了。但不知为什么，姜振帼这么晚才给女儿裹缠脚。牟衍淑的一双脚已经长成了形状，裹缠起来很费力气。

牟先生说："其实外面的女孩子是不裹脚的。"

"我们不是外面人，也不赶那个潮流。"

牟先生顿了顿，又说："小少爷也该到外面读书去了，烟台、济南，或者北平更好。"

姜振帼看了看牟先生，问道："牟先生在日新堂待腻烦了，想离去吗？"

牟先生微笑了一下，说道："我在哪里待都一个样，这里少奶奶给我的待遇又是别处没有的。我是为小少爷着想，今后想做大事情，就要出去读书，见大世面。"

"大事情？将来能掌管好庄园我就满意了，还要他做多大的事情？"

牟先生似乎无话可说了，站在那里看窗外的风景。

姜振帼不知为什么又想到了潘马夫和红莺，就说："牟先生奔四十的人了，该成个家了。庄园内的丫鬟，剩下月新堂的小六和南来福的春桃，都是心比天高的丫头，你看好了哪一个，我可以给你做主。庄园里的奴才，也是外面比不上的，一个个养得水灵灵的，都有些小姐的做派了。"

牟先生叹了口气，说道："谢谢少奶奶了，我还是觉得一个人好。不管有多少苦累，自己放在心里就了结了。让我去为另一个人遮挡风雨，去为另一个人所受的苦难承担折磨，我已经疲惫的心恐不堪重负。"

姜振帼不懂得牟先生那颗心为何疲惫了，仍旧说："以你现在的年薪，养几口人不费力气，你的年薪也还可以再长一些，能累到哪里？"

牟先生说："我总不能一辈子都待在庄园里呀，有机会我也想出去看看。"

姜振帼的心被什么东西撞击了一下，感觉到了沉闷的疼。她看着牟先生因为长期忧郁而显得苍白的脸，不明白他说的"出去看看"会是一种什么情形。她的内心很希望这个人能在庄园内长期待下去。

楼梯上传来了咚咚的脚步声，是小少爷来上课了。小少爷身后跟着陪读的易谷雨。

姜振帼站起来，预备下楼去。走上来的儿子见了母亲，就说："妈，我妹妹又不来了，说她的脚疼，让我背着她走路，我才不背她呢！"

易谷雨就说："少奶奶，我要背她，她不肯。"

姜振帼"嗯"了一声，说要回家找少姑奶奶算账。但她回了少爷楼后，却没有去牟衍淑的房间，而是进了自己的卧室，关了门。

门外的丫鬟梨花，看到少奶奶的脸色有些暗淡，以为少奶奶身体不适，就端了一杯人参汤，去敲少奶奶的门，预备给她敲敲胳膊腿的。屋里的少奶奶就说："待外面吧，我有些困，睡下了。"

其实她在屋内并没有睡，而是坐在那里看对面墙上老爷爷牟墨林的画像，心里说，老爷爷，我的心还没死，又起波澜了……

说完，眼角就有了泪花花。

第七章

十九

一场雨水过后，庄园各家都忙着翻耕土地，疏理水渠。这时节，走在前面唱大戏的人是各家的大把头。每逢耕田、播种、收割的日子，大把头就显得光彩照人，成为这些日子的亮点。

日新堂的大把头张腊八，这几天说话的嗓门格外大，脾气也见长，走起路来脚底生风，那神态有些像冲锋陷阵的大将军。他喜欢把裤腿高高挽起，上身只穿一件粗布坎肩，露出黝黑的皮肤和结实的肌肉，腰间扎了一根粗壮的绳子，头上扣一顶草帽。吃饭的时候，那顶草帽都不舍得摘下来。

今年日新堂新来了一个小长工，十八九岁的样子，身体刚刚长成了，看起来挺健壮，其实还没经过风雨的锤炼，身体内缺少韧性。拉了几天的犁，他就疲惫到了极限。早晨起床的时候，听到了张腊八的吆喝，小长工嘴里说着"起床起床"，心里也想着赶快起来，不要落在别的长工后面，但动作稍稍犹豫了一下，就又睡过去了，并且发出了响亮的鼾声。其他几个长工就忍不住笑，说这狗玩意儿，说着说着又呼噜过去了。一个长工走过去，想把小长工拽起来。但不等走近，就见张腊八抡起一根木棍，对准小长工劈了下去。小长工在酣睡中遭到了突然的一击，惨叫了一声弹跳起来。不等他完全睁开眼睛，张腊八的木棍又劈下去了，慌得小长工穿着大裤衩撒腿跑出屋去。张腊八仍不肯放过，跑到屋外追打，大声叫骂："驴日的你，我让你睡，让你睡死！"

小长工在屋前转了几圈，却实在无处逃跑，他不能穿着大裤衩跑到屋子后面，屋子后面有许多佣人，也不能穿着大裤衩跑到大街上，于是就跪在张腊八面前求饶，"大把头你饶了我，我再也不敢了，饶了我吧……"张腊八手中的木棍依旧噼里啪啦地劈下去，小长工忍受不住疼痛，就嗷嗷地哭叫起来。

姜振帼早晨起床后正带着儿子牟衍塾在院内散步，询问儿子的学业，听到前面闹哄哄的声音，就对牟衍塾说："你上楼去，看看你妹妹起床没有，让她早点起，到院子里活动活动，这么好的空气。"

说完，自己朝一进门平房那边走去。

管家易同林已经跑到了一进门，对着张腊八喊道："快罢手，你想毁了他？"

小长工看到少奶奶走过来，惊慌得不知如何是好。张腊八丢开手里的木棍，嘴上说："眼下忙得一个人顶两个用，你还磨磨蹭蹭的！"这话显然是说给少奶奶听的，证实他打这个人是有理由的。

姜振帼对跪在地上的小长工说："回屋穿衣服去！"

小长工一瘸一拐地回了屋子，姜振帼瞥了张腊八一眼，说你明知道眼下正是用人的时候，还下手这么重，打伤了，养着白吃饭呀？张腊八就说："这驴日的刚来就不勤快，不收拾他一次，往后就没法使唤他了。"说话间，小长工穿好了衣服走出来，慌忙把铁犁扛在肩上，一瘸一拐朝门外走。

姜振帼喊住了他，说道："看你瘸了吧唧的，在家歇一头午吧。"

小长工听了姜振帼这话，受了温暖，眼泪也就控制不住了，扑簌簌地流出来，小倔驴一样地梗了梗脖子说道："没事的少奶奶，我能行！"

长工们就在庄园后面的自耕田里劳作。到了半晌午，姜振帼在屋里待得憋闷，想出去散散心，就对丫鬟梨花说，"我到后面走走。"梨花说外面的太阳毒毒的，少奶奶一个人出去，不怕太阳吃了你白嫩的脸？说着，梨花举了花布伞跟在姜振帼后面。

庄园后面的长工已经净去上衣，只穿着肥大的裤衩在田里劳作。那个小长工正帮助一头小牛犊拉着犁铧。小牛犊是今年刚被大把头张腊八绑上了套下田的，跟小长工的情形差不多，虽然有浑身的力气，但在田里扎了几个猛子就没了锐气，眼皮子打了蔫。后面扶犁的张腊八就举了鞭子抽打，伴有不堪入耳的辱骂。在小长工听来，这些骂都是冲他而来的，就挣扎着两条腿，把肩上的绳索深深地勒进了肉里，奋力地拽拉着，想帮挨打的牛犊争一口气。

姜振帼走到田边，听到了张腊八嘴里的叫骂，就小声对丫鬟说："大把头的嘴比粪坑还臭！"梨花十四岁了，知道害羞了，红了脸，皱起了鼻子，仿佛真的被臭气熏伤了似的说："少奶奶也不管管他们！"

张腊八看到少奶奶走到田边，就又抽了几鞭子牛犊，快快地犁到了田头，把犁停下来，朝少奶奶走去。小长工和小牛犊终于得了机会喘息，都站在田头，呼哧呼哧地喘着粗气。张腊八走到姜振帼身边，问少奶奶有什么吩咐。本来姜振帼并无事情，只是出来散心，听了张腊八的问，似乎不吩咐点什么有些不合情理，于是看了看翻耕的泥土，说："看你，咋耕地？用掏耳勺挖挖，也比你犁得深！"

因为刚下过雨，土地有些黏湿，铁犁的上面淤积了许多混合着杂草的泥巴，一尺长的犁只露出了半尺铮亮的犁头。张腊八瞅了瞅倒在田头的犁，说道："犁头不下地，少奶奶没见到吗？一头牛犊搭上一个人，也犁不动。"

姜振帼想都没想，随口说道："没好犁，用多大力气也白搭，你看看你用的家伙，能犁地？"

张腊八在小长工面前被少奶奶训了几句，似乎有些委屈，就说自己使用的犁是去年冬天刚让铁匠打的新犁，再不吃地，还能有啥法子？

姜振帼瞪了张腊八一眼，没有更多的话可说，便准备走开。一边喘息的小长工却对姜振帼说："少奶奶，我知道这犁咋不吃地。"

按照规矩，这个时候小长工是不应该插嘴的，所以张腊八就凶了眼睛瞪他，骂道："你他妈啥都知道，你爹妈咋把你造出来，你知道吗？！"

姜振帼瞅了瞅小长工，她并不以为小长工会有什么绝技，但听了张腊八很脏的骂，似乎故意要给小长工一个说话的机会，就说道："你说说看，这犁咋不吃地？"小长工说："这犁的舌头扁平，还有犁根子的弯度不够，犁根子上缺少两块铁垫子。"

姜振帼这才有了兴趣，走近了那张犁，细细地瞅。小长工也把犁举起来，指点给少奶奶看。姜振帼"哦"了一声，又去看那张犁，问道："你会铁匠活？"

小长工说："会一些，跟我爷爷学的。"小长工的爷爷做了二十几年的铁匠，熟悉农具就像熟悉自己的两只手一样。

"好吧，你去铁匠房，带那几个铁匠打造你说的犁。"

小长工去了日新堂的铁匠房，指导几个铁匠打造铁犁，两天后就把打造出的五张铁犁送给姜振帼过目。姜振帼让大把头使用了新打造的犁，果然既吃地又省力，她就让小长工留在了铁匠房，当了小铁匠。

土地耕深了，冒出来的谷子苗就比往年浓密粗壮，长工们都说今年的谷子一定会有好收成。姜振帼看了看地里的谷子苗，却对长工们说："拔掉一半，剩下一半就行了。"

长工们站着不动，有些惊讶地去看少奶奶，眼睛仿佛在说，好生生的谷子苗，咋要拔掉一半？农田里的事，少奶奶不通，就不要瞎子指路。

姜振帼朝田头深处走了几步，弯腰去拔谷子苗，拔了几尺长的一行，对大把头张腊八说："这块地，都拔成这个样子。"张腊八摇摇头，说："少奶奶，这样要少收多少斗谷子？"

"这块地，一粒谷子都不收了。"姜振帼赌气地说。

张腊八看到少奶奶有些不高兴了，只能带着一种极不情愿的情绪，吆喝长工们把浓密的谷子苗拔掉。顷刻间，原本很丰满的一块谷子地弄得像被拔了毛的鸭子。张腊八看了，忍不住咧嘴，说："少奶奶哎，你看看，这还叫庄稼？"

姜振帼说："不叫庄稼叫什么？孩子多了没奶吃，这么浓密的谷子苗挤在一起生长，谁也长不好。"

"这稀稀拉拉的，要是被虫子家雀儿再吃上几棵苗，就秃露光了呀！"

"秃噜光了就光了，不就是一块田吗？就算荒一年，能咋的？"

这块谷子地就成了一块试验田。

谷子要结籽的时候，天气突然变得很糟，总像南方一样飘绵绵阴雨。这天早晨，姜振帼起床，仍旧慌忙地趴到窗户上，看外面的天是否有晴朗的迹象。天空还是灰蒙蒙的。这样的天气，起床和不起床实在没什么两样，于是她慵懒的身子软软地一歪，又躺下了。

丫鬟梨花听到屋内的动静，以为少奶奶起床了，于是像外面那飘着的雨一样，无声地飘进屋内。看到少奶奶仍旧躺着，她就要退出去，却被少奶奶叫住，问管家过来没有。梨花说管家已经在堂屋等候了，问道："少奶奶没有要紧事儿，就让管家忙事儿去吧。"

姜振帼想了想，似乎觉得应该起来见一下管家，就像皇帝的早朝，如果起床都懒得起了，所有的事情就更都无头绪了。于是她换了衣服，简单地拢了拢蓬松的头发，走出去。"还下吗，雨？"她看到易同林站在那里，几缕头发湿漉漉地黏在额头上，显然是从雨中走来的。

易同林答："下，断断续续，见鬼的天气。"

她坐在了太师椅上，这时节她最关心的还是地里的谷子，又问："这雨坑害了谷子吧？"本来谷子是经不住干旱的，日新堂的谷子就没有播种在山坡上，而是播种在庄园后面的洼地里。没想到今年的雨水特别多，谷子又经不住洼涝了。

易同林就说："少奶奶，今年的谷子已经没指望了。"

她挑了挑眉梢，说道："咋个没指望？天不会放晴了？"

易同林说："现在放晴也晚了。"

她又问："能坏到什么地步？"

易同林想了想，摇头。她心里原来做了最坏的打算，也就谷子减产三分之一，但看现在易同林的表情，恐怕还要坏。她不由得倒吸了一口冷气，从太师椅上站起来，走到门前看外面的雨。老妈子把早餐端进来，她看都没看一眼。

她的目光从细雨中收回来，问道："还有什么补救办法吗？"

易同林说，地里的谷子是没法补救了，除非像孙悟空那样，变出一顶大雨伞，把整个栖霞境地罩起来。不过大灾之年，也不是坏事。地里的谷子救不成了，就要考虑粮库里的粮食如何"下崽"。他说："天放晴后，我想带两个账房先生，把大库里的谷子运到其他几个边远的粮库。谷子收割后，没有收成，市集上的谷价肯定暴涨，我们就麻利地把粮库的谷子运到市集上。"

易同林说的大库就是大柳家那个牟家最大的仓库。按照他的想法，今年谷子要减产一半多，许多人家必然恐慌，抓紧购进谷子，使得谷价上扬，是挣钱的好机遇。但眼下一些边远小粮库储存的谷子很少，市场价钱上来后，临时到大库搬运谷子就迟了，要提前做好准备。

姜振帼想了想，却没同意易同林的建议。她觉得那些偏远的小仓库设备简陋，看守仓库的只有一两个奴才，很不安全。谷子暂时放在大仓库内，以后可直接从大仓库把谷子运到市场上叫卖。

这时候，北来福的刘太太走来了，后面跟着一个老妈子举着雨伞。刘太太进了少奶奶的堂屋，回头把老妈子打发回去了。老妈子担心刘太太回去的时候淋了雨，就问什么时候来接她。刘太太不耐烦地说："不用你接了，我让少奶奶的丫鬟送我回去。"

姜振帼就说："到了日新堂，还能让刘太太淋了雨回去？"

老妈子走后，刘太太叹了口气，对姜振帼说："还要找个小丫鬟，老奴才就是不中用。"扭头看到了易同林站在那里，似乎觉得自己的话不全对，就补了一句："像你们管家这样的老奴才，倒是有多少都不嫌多。"

姜振帼笑了笑，努了一下嘴，让管家去了，然后说道："刘太太快坐，没啥要紧的事吧？"

刘太太坐在了椅子上，说道："什么要紧的事？这天儿，也就合适闲聊天了。哟，你还没吃早饭呀？"

"这天儿，也适合睡觉，我都懒得起床了。"姜振帼说着，对一边的丫鬟梨花说，"端走了吧，快点儿回来给刘太太冲茶。"

梨花犹豫了一下，说道："少奶奶一点儿不用了？喝了这碗汤吧？"

姜振帼从饭桌上端了一碗银耳汤，当作茶水喝了。这边的刘太太，瞅着出了门的梨花，说五年前梨花还是一个皱巴巴的酸杏儿，现在已经出落成了小妖精了，十几岁了？姜振帼说，十四岁了，再过几年，也到了打发给人的时候了。刘太太笑了说："咱们庄园水土好呀，丫鬟们一个个出落成花朵了。"

刘太太话题就从庄园内的丫鬟聊起，到后来就说到了月新堂的小六。姜振帼终于明白了，刘太太今儿来的目的其实就是要婉转地把小六跟二爷牟宗升鬼混的事情告诉她。只是不知道刘太太的用意是什么，这种事情没有公开，又不是嫖娼，李太太不声张，外人不好插手干涉的。姜振帼就说："这事，我二叔能干得出来，猫不沾腥还是猫？李太太不知道吗？"

刘太太说："能不知道吗？李太太也想通了，反正她也快五十的人了，夜里那事儿也淡了，倒希望小奴才能缠住二爷，省得他到外面惹是非。"

姜振帼点头，说道："也是，李太太那边都默许了，别人能说什么？只要不公开身份，别到外面招蜂引蝶，随便他养几个丫鬟。"

因为想把这个话题引开，姜振帼看到刘太太的胸前挂了一个绣香囊，就伸手托了看，夸赞刘太太的绣技很好，说道："我看着上面的花鸟跟真的一样。"每年的端午节，庄园里的太太和姑娘们总要绣一些香囊，在里面塞了香料，送给老爷少爷，或者丫鬟们佩戴。眼下离端午节还早，闲来无事的太太们已经开始绣香囊了。

刘太太知道姜振帼从来不绣香囊，就摘下自己胸前的这个送了姜振帼，说："我这个不好，月新堂请来的几个江南绣女绣出来的花草才叫跟真的一样呢。"

姜振帼略有吃惊地问："从江南请来绣女？绣什么？"

刘太太说："你还不知道？不会吧？月新堂你二叔要过六十大寿，请来绣一块匾。"

姜振帼终于想起来了，前几天她听说月新堂要给牟宗升准备一个大"寿"字，没想到专门从江南请来绣艺师。牟宗升明年才是六十大寿，这么早就请来，要绣多大的字呀？

正说着话，东来福的栾燕挺着大肚子过来了，也是在屋里闲得慌，想到姜振帼这儿取一些生孩子的经验。栾燕还有月余就要生了，牟银是靠不上的，她心里总有些恐慌，希望到时候姜振帼能到东来福去，坐在她身边，这样她心里才感到踏实。

刘太太和姜振帼又围绕孩子的话题教导了栾燕一番。她俩说着还把栾燕平放在了土炕上，圈了她的腿，告诉她如何用力，如何吸气，把栾燕折腾了半天。到后来栾燕似乎还不明白，刘太太就焦急地说道："你真笨，怎样说你才心里踏实呢。"

姜振帼忍不住笑了，对栾燕说："你看把刘太太急的，恨不得脱了裤子给你做个样子。"

这样一说，刘太太也就笑了，说："去你的，栾燕到时候没人教你，你也能把孩子生出来，当初谁教你怎样怀孩子的？肚子不是也大了吗？我操这个闲心干啥。"三个人都笑了。笑着的栾燕，脸蛋微红，带有几分娇态。姜振帼忍不住问了栾燕一句："你家牟银少爷好起来跟没病一样，见了我还咧嘴笑，是不是到了做那事，跟好人一样？"

栾燕的脸就更红了，说道："大嫂，你真是的、真是的……还是少奶奶呢。"

刘太太也不放过这种调笑的机会，追问："他缠你还是你缠他？"

栾燕有些急了，半拢了拳头捶了刘太太的肩头，说："刘太太还是太太呢，一点儿不像太太了。"

刘太太乐呵呵地笑着，嘴里对姜振帼喊叫："你看看我这个侄儿媳妇，抡拳头打她婶子哟。"

姜振帼笑了说："这婶子实在该打！"

二十

女人第一次生孩子，总是有一些恐惧感，尤其像栾燕这样没有依靠的少奶奶，生孩子就是她眼前的一道鬼门关。姜振帼常去东来福走动，把自己的那一点儿生孩子的经验传授给栾燕，帮她准备了一些侍弄孩子所必需的用品。

谷子收过后不久，栾燕要生了。那几天姜振帼一直在东来福陪着栾燕，等待她生产。而今年谷子收割后，事情接连不断，管家易同林就一趟又一趟地跑到东来福，向姜振帼汇报佃户吵闹的事情。因为谷子减产太多，即使把佃户手里的谷子全收上来，也不够地租，一些佃户村的庄头就控制不住局面了，时常发生佃户跟庄头的殴斗。

姜振帼的头脑还是很清醒的，这种事情闹不好就会惹出抗租的乱子，一两个佃户抗租不可怕，就怕集体闹起来。再说，虽然谷子大面积减产了，但她的那块试验田却意外地获得了好收成，明年所有佃户都按照她的方法播种谷子，失去的谷子一定会弥补回来。

姜振帼指派了易同林，根据佃户的具体情况，减免了一部分地租，还有一部分可以等到秋收后用别的粮食顶替。

按说姜振帼应该主持一个家族议事会，让各家统一对各自的佃户减租，但她疏忽了这个问题，结果各家的收租措施软硬不等。

西来福的四爷牟宗昊做得有些生硬了。有一个姓孙的佃户应该上交一石二斗谷子，地里却只收了四斗，还差八斗谷子交不上。牟宗昊却不给佃户留有生存余地，一定让佃户们把谷子交齐了，逼得佃户一家六口死了四口，另外两口逃亡关东。这消息在佃户当中慢慢地流传，便形成一股愤懑的暗流，许多人总要把自己联想进去，想到有一天这灾祸降临到自家，该如何逃脱。想来想去，也还是两种办法，远走他乡，或者一根绳子了结性命。

正如管家易同林所料想的，市场上的谷价暴涨。姜振帼急忙让易同林把大粮库的谷子运往偏远市集上销售，月新堂等其他几家也纷纷效仿，大粮库的那条马路上昼夜响着骡马的叮当声，漂浮着谷子的香气。那些家中颗粒没有的佃户，看到牟家大批的粮食运到了市集上，然后又被临县的粮贩子贩运到了别处，那颗本来已破碎的心就完全绝望了。

就在牟家抓住灾荒年要发一笔横财的时候，栖霞的四五百条汉子纠集在一起，成立了一个农民武装。这些佃户想到自己今后的日子无法混下去了，很容易就串通到一起，临时抄起了猎枪、铁器，或者棍棒，跟在别人的后面，围住了牟家的大粮库，要求几大家的管家开仓放粮。易同林一看情势不妙，忙走出去跟领头的人说："开仓放粮是一定的，但我们不能做主，要回去告知东家，这个理儿你们是清楚的。"

农民武装说，"这是脱了裤子放屁，多余的手续，告诉不告诉东家都一样，就是东家不同意，也不妨碍搬运粮食。"管家们自然不敢打开仓库大门，农民武装的头领就对着拦住去路的粮库看守开了一枪。一个火球喷出去，那个看守"哇哇"喊叫着在地上打滚。后面的人并没弄清怎么回事，就看到前面的人群呼啦啦地冲了上去，与守卫粮库的佃户发生搏击，高墙上的火炮冒了几次烟火，很快就哑了，脚下有看守丢弃的大刀和铁器，稍不留神会被绊了跟头。还有一些看守仓皇逃出了粮库，没有方向地逃跑。

粮库被攻克了。

胜利是件很容易的事。农民们很开心，觉得天地忽然开阔了，他们就在激动和恐慌中砸开了粮库的铜锁，号召四周的佃户分抢粮食。

牟家大粮库就像开了闸的大坝，如瀑布一般的粮食飞泻下来。那些想到今后日子没有着落的穷人冒着被"瀑布"淹没的危险，迎了上去。

粮库一个守卫骑快马奔到了庄园报信。牟宗升从来没有经历过这种事情，慌了手脚，就去东来福找当家的姜振帼。这时候，栾燕正在用力生产，一只手紧紧抓住了姜振帼的手不放松。牟宗升不便走进屋子，就站在院子里高声喊叫："当家的，少奶奶——，当家的，出事了！"

屋内的接生婆也在对栾燕喊："用力，憋气，叉开，叉开！"

栾燕大叫，还是不得要领。姜振帼跟着焦急，也喊叫："吸气、吸……好，用力！"声音很大，外面的牟宗升也听得见，也在为栾燕咬了牙暗使劲儿。屋内终于传出了孩子的"哇哇"声，大家都松了一口气。姜振帼甩着被栾燕攥疼的手，走到院子来，高兴地说道："牟家又多了一位小少爷了。"

牟宗升没有对出生的小少爷说几句高兴的话，而是跺了一下脚，说道："你早该出来了才对，你……"

姜振帼看到牟宗升失了色的面孔，惊讶地说道："二叔，你怎么啦？这样惊慌？"

牟宗升就把粮库被抢的事情告诉了姜振帼，说道："那些奴才们造反了，赶快让大本营的佃户去抵挡吧！"

姜振帼皱了皱眉头，心里也是慌张，但却故意显得很沉稳的样子，说道："现在让奴才去打奴才恐怕不行了。那边闹事的手里还有器械，打不赢的。快去县衙门，我日新堂出一千块大洋，让官府出面。"

牟宗升就骑马赶到了县衙门，请了警备队一百多的兵丁，手持精良的武器装备去大粮库跟临时拼凑起来的农民武装交火了。农民武装还不知道怎么形成战斗队形，所以没抵挡半个时辰，就四处逃散，结果被衙门的官兵打死了几十人。

其实在这个时候，南方的许多地方，像这样的造反农民有成千上万，而且声浪很高，一拨倒下了，另一拨又起来了。但栖霞这个小地方，农民的造反却很容易被平息下来。庄园内的老爷太太也就放下心来，生活又回到了原处。

东来福隆重地给刚出生的小少爷举行欢庆仪式。赵太太也从老爷楼走出来，脖子上挂了一串大佛珠，看过了刚出生的孙子，嘴里念念有词。栾燕似乎很不耐烦，不等赵太太把嘴里的经语说完，就把孩子抱回了原处。呆傻的牟银这会儿也忽然清醒了，看着自己的儿子，一个劲儿笑。

栾燕请姜振帼给孩子起一个名字，姜振帼想到刚刚打败了那群奴才，便说道："就叫牟衍胜吧。"

各家的老爷太太都被邀请到了东来福吃喜酒，牟银的亲叔叔牟宗昊却没有来。姜振帼问栾燕请过他没有，栾燕说："让老妈子去过了，他们不来就算了。"显然并不是太热情的邀请。姜振帼觉得这应该是解开两家怨恨的好机会，就责怪栾燕太粗心，这样的大喜事，至少要让管家亲自去西来福通告。

姜振帼责怪完栾燕，想了想，就自己去西来福请牟宗昊了。

四爷却不在家，陈太太说他吃过了午饭到外面遛步去了。姜振帼问陈太太，怎么不到东来福吃喜酒。陈太太犹豫了一下，说道："我们咋去？他们打发了一个下人来，你四叔说我们不少他们一顿酒吃。"

姜振帼就说："你们不是不知道，牟银神经成了那个样子，能亲自来请你们吗？挑理儿挑错了地方！陈太太你赶快去，那边都等着哩。"

陈太太犹犹豫豫的，被姜振帼扯了一把，也就顺势跟了过去。陈太太本来就喜欢热闹的，听到挨边的东来福传出的笑声，已经在家里坐不住了。

一些酒菜已经上桌了，西来福的下人却一直找不到牟宗昊。姜振帼就让牟宝、牟财几个少爷出去寻找，说道："我们一直等你们，找不回来，今儿的午饭就晾在这儿！"

五六个少爷们本来凑在一桌准备闹哄一阵子，被姜振帼派了差事后，就慌忙分头去找，把他们能想到的地方都寻找了，还是没找到牟宗昊，东来福的酒宴也就一直不开席。后来陈太太熬不住了，就打发丫鬟红莺回西来福告诉老爷不要再耗下去了。

其实牟宗昊根本没有出门，他就在西来福的账房内跟管家聊天。他没想到姜振帼能这样固执，弄得他都有些骑虎难下了，最后只好在红莺的拽扯下过了东来福那边。姜振帼见了他，笑了说："四叔呀，太阳快落山了，咱们午饭当作晚饭用吧。"牟宗昊就训斥几个下人，说道："你们一个个没长眼睛？我就在账房那边，你们却找不见？"

第七章

197

姜振帼不等他多解释，引他到栾燕卧室去看新出生的小少爷。牟宗昊看到小少爷，说道："哟，我的小孙孙儿，长得真像你爷爷哩——"说着，竟然哭了，或许真的想起了他死去的哥哥。

筵席终于开张了。本来是吃小少爷来到这世上的祝贺酒，老爷们聊的话题却是大粮库的战斗中暴尸荒野的穷鬼们。牟宗升心中似乎还残留了许多的恨，骂道："看那伙穷鬼们还敢胡闹！"

牟宗昊惋惜地说："我们粮库被抢走了四十几石麦子！"

牟宗天就说："谁家没丢粮食？日新堂更多，还贴了一千大洋哩。"

牟宗腾意味深长地说："咋样？人家日新堂可是出了血本，这当家的不赖吧？我当初就说了，别看人家是妇道人家，心里有道道呀。"

这话是说给牟宗升听的，当初没有投给姜振帼绿豆的六爷却有些窘迫，看了看牟宗升，转移了话题，说道："二哥，三女子的婚事定在哪一天了？近了吧？"

牟宗升就把三女子出嫁的日子告诉了几位爷，玩笑道："你们谁送薄了彩礼，就别去喝酒了。"其实男娶女嫁的彩礼早有定数的，而且几大家还要协商统一，以免哪一家太慷慨了，弄得其他几家没面子。

栾燕的儿子刚满月，又轮到牟宗升大办酒席，送三女子出嫁，庄园的几家又凑到了月新堂吃酒。各家的彩礼比惯例增长了许多，估计是想到牟宗升前面的两个女子要在闺中慢慢地老死，不会再让他们破费彩礼了。

庄园内又热闹了五六天，老爷和下人的脸上都挂了笑容，早晚可以看到醉醺醺的身影。牟宗升毕竟是商会会长，前来贺喜的乡绅和商号的老板络绎不绝，门外拴马的石鼻又没了空闲。庄园内的少爷们更是抢眼了，他们穿了亮丽的服装，担负着迎来送往的角色，经常骑马往来于庄园和县城之间的马路上，吸引了无数羡慕的目光。

平日里，月新堂请来的江南女子都封闭在少爷楼里，日夜为老爷的那个"寿"字忙碌，外人不得入内，因此谁都没有看到究竟刺绣的是什么惊世之作。但月新堂三女子的陪嫁品中有几块江南女子的绣品，被庄园内的太太和前来祝贺的乡绅太太们不断地传看着，人人称奇，说从来没有看到过这么精巧美妙的刺绣，含苞的花蕾吐出芳香，那草叶上的露珠眼见就要滚落下来。陈太太和王太太就向李太太探听几个江南女子的情况，希望看看她们灵巧的双手，却被李太太婉转回绝了。李太太说道："现在还没绣出个眉目，明年我家老爷六十大寿的时候，你们再看也不晚。"

月新堂的喜事办得轰轰烈烈。牟宗升三十多岁的大女子挂着一脸的笑容送走了三妹妹，想到自己还要打熬闺中寂寞的日子，实在无趣，就采用了前人惯用的手法，把一条绳子拴在梁上，另一端系了个扣子，趁着楼内上上下下的人还忙于热闹的空隙，踩着一个方凳，把头塞进了绳扣内，两眼一闭，踹倒了方凳，从此就与这个世界没有任何恩怨了。

牟宗升很尴尬，不得不在喜宴后又办了一个丧宴。丧事办得极简单，庄园内也没有多少人关心这件事，只有李太太和仍在闺中熬日子的二女子哭了一场。

流泪的还有一个人，就是少奶奶姜振帼。当她看到大女子脖子上深深的勒痕时，突然失声痛哭，把自己的一块上等的绸缎放进了大女子的棺木内，把一对从来没有戴过的翡翠耳坠，也让大女子带走了。

这哭的三个人，都各有哭的道理。李太太不要说了，手心手背都是肉，大女子是她当母亲的第一个孩子，也是最早给她带来快乐的天使。二女子哭得最凶，她既是哭自己的姐妹，也是哭她自己的命运。过去有两个姐妹在闺中陪伴着她打熬日子，现在一个嫁了很远的地方，一个香魂飘逝，闺房中留下了她一人，今后日子的情景已经可以想见了，她的哭泣也就很悲切。姜振帼哭的是女人的命运，女人能选择的道路实在太少了，或者苦涩地迎着风雨走下去，或者索性来个痛快的，把人生的路一步跨越到尽头。

当然，这三个女人哭完之后又都回到了自己的角色中。

牟宗升没有哭，他的脸色始终阴着，像送瘟神似的草草地把大女子送了出去。他觉得大女子的死怪不得他，"要怪，就怪她自己的命不好。"

他甚至怨恨大女子没有选择一个合适的时机死去。

大女子死去后，月新堂的晦气就来了。

一天深夜，四五个神出鬼没的影子潜入了月新堂。等到宅院内十条大狗狂叫起来的时候，其他几家才知道月新堂那边出事了，赶过去一看，月新堂老爷楼的门开着，二爷牟宗升已经被绑架而去，李太太和几个下人都吓得浑身哆嗦，站在堂屋内说不出话来。丫鬟小六穿了一身丝绸睡衣在一边哭泣。姜振帼看这架势，明白丫鬟刚才跟老爷在一起的，就问小六详细的情景。小六说，她当时在老爷屋里给老爷捶背，突然听到敲门声，老妈子觉得有些异样，问哪一个在外面敲门。话没问完，堂屋的门就被撞开了，几个蒙面人直接进了老爷的房间，塞住了老爷的嘴，架了就走。

姜振帼觉得诧异，说道："这些绑匪直接进了老爷的房间，目标很明确。"

牟宗昊焦急地说："快去报告衙门府，派人捕捉去！"

姜振帼摇摇头，说道："告了衙门，会害了老爷的。真是绑票的话，明天一早就会有消息送过来。"

正说着，庄园外的乞丐来报，说庄园后面的乞丐杠子被打死了。原来这杠子听到狗叫，看到有人从后墙翻出来，以为是盗贼，就带了几个乞丐喊叫着追上去，前面却突然飞来了一排石子，杠子的脑门被一块石子击中了，当场死去。仔细看他脑门，只有被石子击出的紫红印痕。来报的乞丐说："那些蒙面人，一个个飞檐走壁，眨眼工夫就不见了。"

庄园内的老爷太太们听了乞丐的报告，都心惊胆战，不知道这伙蒙面人从哪里来，究竟要干什么，还会不会杀回来。各家老爷太太都关紧了大门，派几个下人严密巡视宅院，待在屋内仍睡不踏实。

姜振帼回到了自己的屋子，也是一夜没合眼，琢磨是什么劫匪绑走了牟宗升，绑到哪里去了。这夜，整个庄园风声鹤唳，各家的狗们格外兴奋，似乎在搞狂叫比赛，这边儿歇息了，那边儿又叫上了。各家窗户的灯光也是忽明忽暗，灯光下的人缩了身子，盼着窗外的夜色早些褪去。

却说那牟宗升被人绑走后，眼睛罩上了一块黑布，翻山越岭走了很远的路，终于在一处停下来，他听到前面有人问道："绑来了？"

一个人回答说："绑来了。"

随即，他眼上罩着的黑布被拽掉了，四周黑洞洞的，什么也看不到。他抬起手揉眼睛，却被对面黑暗里传来的呵斥声吓了一跳，那声音喝道："别动！"他就老实地站在那里了。呵斥的人说："牟二爷，你勾结官府镇压农民军，罪该万死。现在你要想保住性命，必须掏出两千块大洋，分发给死难的农民军家属，否则就让你的脑袋搬家。"

"农民军？啥农民军？"牟宗升不明白他们说的什么。在他看来，那些抢劫粮库的人就是一些佃户奴才，不能算作军队。对方就气愤地喊："你勾结官府，镇压了农民军，还装糊涂？"

牟宗升忙说："不是我勾结官府，那都是庄园当家人的主意。要算账，找日新堂少奶奶去。"到了这个时候，他还想借助别人的手除掉了少奶奶。而这个时候，日新堂的少奶奶正为他悬着一颗心，彻夜难眠。

第二天，少奶奶很早就起了床，眼睛红肿着，坐在堂屋的太师椅上等待消息。很快，几大家的老爷太太也都集中过来，一个个沉默着。好半天，牟宗昊才说了一句话："我琢磨了，昨夜里的事跟抢麦子的事连着的。"

牟宗腾说："那些奴才好像没这么大的能耐。"

沉闷的氛围被打破后，老爷太太们都发表了自己的看法，声音越来越大。姜振帼却一直愣在那里不说一句话。

庄园内乱了秩序，小少爷牟衍塽和少姑奶奶牟衍淑也就待在楼上，没有去私塾。到了开课时间，牟先生不见他们的影子，就走到少爷楼，对姜振帼说道："少奶奶，小少爷和少姑奶奶都没有去课堂，我不知为什么，走过来看看。"不等姜振帼说话，牟宗昊就瞪了牟先生一眼，说牟先生一点儿都不懂规矩，现在乱成这个样子，孩子们哪里还有心思读书。牟先生却说："不管乱成什么样子，都不是孩子要操心的事情，孩子还要安心读书的。"

姜振帼很赞赏牟先生的话，点了点头，对身边的丫鬟梨花说："上楼喊他们下来，读书去！"

牟衍垄和牟衍淑刚走下楼，在大门口探听动静的易同林跑进来，说门外有一个乞丐，要见少奶奶。姜振帼忙说："让他进来，你们都躲起来吧，我一个人跟他见面。"

老爷太太们一听，似乎来的乞丐会吃人，都忙不迭地返回了各自的宅院，胆小的牟衍垄和牟衍淑也掉头又回到了楼上躲起来。牟先生刚要走开，看到大堂内只留下了姜振帼和丫鬟梨花，犹豫了一下，就站住了，说道："少奶奶，我可以留在这儿吗？"

姜振帼一想，牟先生留下也好，牟先生有文化，能说善辩，可以跟绑匪交涉条件，于是就点了头，说道："站在一边，没我的话，别吱声。"

乞丐走进来，见了姜振帼就把手里的一张纸条递上去，那张脸一直掩在破旧的草帽下。纸条是二爷牟宗升写的，让姜振帼立即凑两千大洋给来人带走。姜振帼看完纸条，问道："你们是哪条路上的人？"

乞丐回答："路不平有人踩，理不顺有人管，少奶奶一定要问，我只能告诉你，我们是光明路上的人。"

姜振帼有些糊涂，又问："你们这么明目张胆地勒索财物，不怕官府捉拿你们？"

乞丐说道："害怕就不敢登门拜访少奶奶了，官府可以把我抓住，但你们庄园很快就会遭到报应，不信少奶奶可以试一试。"

姜振帼气愤地喊道："大胆奴才，怎样跟我说话的？"

乞丐笑了："少奶奶，我可不是你的奴才，外面的很多乞丐也不见得是你的奴才。我还要告诉你，牟宗升供认，这次勾结官府镇压农民军的幕后操纵人是你，我们给你记下这笔账。"

姜振帼愣了愣，立即笑了，说我一个女人，能操纵多大的事呀？她心里却气愤地想：二叔你太不地道了，把我供出去，还写条子让我筹措大洋捞你，也太聪明了吧？捞你可以，大洋我日新堂一文不出。

一边的牟先生说话了，问乞丐："你们拿走了大洋，能保证我们老爷安全回来吗？"

乞丐说："大洋拿回去，随即就放人。"

牟先生摇头说："不行，不见人我们就不能给大洋。你在门外等候，我带了大洋跟你一同走。"

"你们只能按照我们说的去做，没有讲条件的资格。"

"不见人，就别想拿走大洋。"牟先生说话声音不高，却很有力度。

乞丐略有惊异，问道："你是什么人，口气好大，你能替少奶奶做主？"

牟先生回答："我是日新堂的私塾先生，可以替少奶奶走一趟。你若不答应，那你们就随便吧。"

乞丐仔细打量了牟先生，点了点头。"算你有种，我在外面等候，不能太磨蹭了。"乞丐说完走出门去。姜振帼没想到柔弱的牟先生能有此胆识，她就把牟先生的这种举动理解为对她少奶奶的某种特殊情感，心里自然一阵感动。

姜振帼让牟先生去月新堂那边取银子，并嘱咐牟先生说："到了月新堂那边，就说我被叫花子用枪顶在这里，动不得，说二爷写来了纸条，让李太太快点凑足两千块大洋保他。"

牟先生就去月新堂通告了李太太。李太太没仔细想，当即催促自己管家凑足了两千大洋，交给了牟先生，月新堂的人连大门都没敢走出去。

牟先生把两千大洋绑在了腰间准备出发。姜振帼看着他，目光里含了柔情，说道："拜托你了牟先生，一定把老爷带回来，其实钱是小事，人最重要。"

牟先生走出了堂屋，姜振帼突然喊道："你也要保护好自己。"外面，管家易同林已经给他备了两匹马，他就与乞丐各乘一匹，朝远处的群山峻岭中奔去。

到了半下午，牟先生陪着牟宗升骑马返回来了。受了惊吓的李太太见到老爷回来，上前抱住就哭。丫鬟小六也忘了自己的身份，从李太太的怀里抢过了老爷的一只胳膊，也抱了哭。其他几家的老爷太太，心里忐忑不安，一个劲儿地叹气。

姜振帼站在一边，没有任何表情。等到李太太和小六哭得差不多了，她就走到了牟宗升面前，对还在哭泣的小六说道："够了，退一边去，我要跟老爷商量事情。"

这话是说给牟宗升听的，牟宗升知道自己不应该再哭了，忙拭去泪水。几位老爷都在，姜振帼提出召开家族议事会。几位老爷都跟着她去了日新堂的老爷楼，跪在祖宗牟国珑画像前烧香磕头。这一次的磕头，每个人都动了感情，从心里希望祖宗神灵保佑他们，额头撞击在地面青砖上"咚咚"响。

眼下，姜振帼需要拿出对策，给庄园的人一种安全感。看现在的样子，以后的庄园怕是不能平静了。庄园内不能平静，一切秩序打乱，她这个掌门人也就成了多余的摆设。

议事会上，她提出了成立庄园保卫团的设想，说这几年世道越来越不太平，只靠官府不行了，要学会保护自己。"这些奴才们，眨眼间变成了农民军，好像跟外面有了勾结，我们还要防范才对。"老爷们都觉得少奶奶的主意很好，说庄园早就该有一支武装了。

既然要成立保卫团，庄园内就要有人来分管这件事。几位老爷都不是合适的人选，他们年龄已大，又各忙自家的营生，很难集中精力打理保卫团的杂事。少爷们当中，牟宝年龄最大，但他正准备成婚，而且生性好玩，精力都在京剧和二胡上，也靠不住。牟宗腾的儿子牟财，今年十九岁，跟父亲完全不一样，既稳重又有头脑，可以担当重任。姜振帼把自己的看法说出来，几个老爷都同意牟财负责保卫团的所有事务。保卫团的费用，各家平摊。

议事会结束的时候，姜振帼用关心的口气对牟宗升说道："这次让二叔为了咱们庄园受苦了，还贴进去两千块大洋。以后再遇到这种事情，所有费用要各家来凑。"

牟宗升愣了愣，这才明白保他的两千块大洋是月新堂自己身上割下的肉，就焦急地说："咋的？那银子都是我们月新堂掏了？"

姜振帼叹了一口气，说道："我本来是要召集各家老爷凑份子的。来取钱的叫花子却用枪顶住我，说二叔你招供，我是幕后操纵的真凶，担心我见了各家的老爷又耍花招，不许我走动半步。"

牟宗升气愤地说："那是绑匪挑拨是非，我能说这种浑话，嗯？"嘴上这么说，心里却虚了，就不好再多说别的话，但又心疼那两千块大洋，于是便拎着烟袋朝外走去，骂道："谁使了我的银子，让他们断子绝孙！"

牟财根据姜振帼的吩咐开始组建保卫团，招来了一位从国民党部队下来的连长，担任保卫团的队长，又从佃户和乞丐中招募了三十名身强力壮、平时喜欢弄棍舞棒的年轻人，买了十几枝长枪、三枝短枪配备给他们，庄园里的一支武装队伍就这样正式成立了。保卫团的队长姓张，一身土匪气，看起来是一个不要命的家伙，背上了盒子枪后，在庄园里走路气势汹汹的。那些少爷们见了他，都惧怕三分。

张队长每天都带领队伍在后花园操练，练走步，练刺杀，练瞄准，挺能折腾的。

闲散时，老爷太太们就去后花园观看保卫团操练，看张队长如何罚站队员。通常被罚站的队员，在太阳地里头顶着一个瓦块不能动弹。但有太太和丫鬟在操练场边观看的时候，罚站的队员总要被美貌的丫鬟吸引了眼球，身子免不了扭动，头顶上的瓦块就噼里啪啦掉下来。张队长就举了棍子抽打他们的屁股，"眼睛往哪儿看？给你们挖了眼珠子！"丫鬟们就哧哧地笑，引得队列里的那些队员也偷偷地笑，最终被张队长发现，又拉出来罚站。到最后罚站的队伍越来越长，训练的队列越来越短，张队长也就把手中的棍子一丢，对场边的太太丫鬟们咧嘴笑了，说道："解散，歇息一刻钟。"

两个月后，保卫团走路有了些样子了。张队长特意邀请姜振帼和各家老爷观看了保卫团的操练表演，虽然不太整齐，却有一股气势。

姜振帼看完了刺杀和瞄准，想知道他们的枪法如何，就让奴才在对面的一棵树上吊了一个葫芦，让几个保卫团队员射击。三四个队员的火枪响过后，那葫芦仍旧悠闲地晃动着。张队长觉得脸上没有光彩，就亲自拔出了盒子枪，"啪啪"两下把那个可恶的葫芦打碎了，博得了老爷太太们的一片赞叹声。姜振帼当即赏了保卫团一些银钱，但她心里明白，保卫团遇到那些神出鬼没的人就都变成了肉馅。

从操练场回到日新堂的少爷楼，坐到了堂屋的太师椅上，她就忍不住对丫鬟梨花说："养这些人，跟养狗没什么两样，胆小的被他们吓尿了裤子，胆大的就吃了他们的狗肉。农民军？啥农民军，就是一伙奴才！"

庄园内每天照例响彻着保卫团喊号子的声音。有了这些声音，老爷太太们的心里踏实多了。

二十一

庄园的各家，每年都要请戏班子唱戏。今年中秋节，南来福老爷牟宗腾听说南方一个戏班子在烟台赢得了喝彩，想给庄园内营造一些祥和的气氛，就在西花园搭起了一个大戏台，派自己的管家去烟台请来了戏班子。

能够请得起大戏班子的都是大户人家，是件很体面的事。牟宗腾又极喜欢京剧，就搞得很张扬，让保卫团的队员站在戏台四周担任护卫。队员们穿的是庄园自己设计的服装，下身黑裤子，上身红衣服，腰间扎了金黄色的腰带，看起来很精神。只是当地人还不太适应这种打扮，把他们当作舞台上的戏子来看，就觉得很可笑，朝着他们发出了起哄的"唷唷"声。

第一场戏，牟宗腾把自己的亲朋都请来了，把县衙门的官员和警备队的兵丁也请来了。庄园内贵宾满堂，佳丽如云。他的侄子牟宝，屁股颠得像筛子里的石子，跑里跑外帮助伯伯打理唱戏的事情，成了戏台下的主角。夜色还没有漫过来时，他就跟在伯伯身后，站在庄园的大门外迎候亲朋。牟宗腾身穿灰长袍，黑马褂，头戴黑色红顶瓜皮小帽，脚穿白洋袜，黑色圆口鞋，手持黄铜水烟袋。牟宝身穿枣红色长袍，草绿色马褂，手持一根竹笛。叔侄两人都神采奕奕，笑容满面，出尽风头。牟宝手里的那根竹笛还经常对着街心吹出一段欢快的曲子。悠扬的笛声中，暮色便在眼前堆积起来。

戏台前，已经摆好了太师椅、茶水、点心，还有日新堂的米酒。

栖霞县衙先前的罗县长已经调离了，新来的陶县长被请来听戏。陶县长到任月余，一直没有到庄园拜见牟宗升，惹得牟宗升心里很不高兴。牟宗升不知道外面的世界正发生着变化，现在的陶县长并不在意清末的兵部侍郎。而且，陶县长到栖霞任职之前，早就听说了牟家的显耀和骄横，心里预先就起了反感，根本没打算去庄园拜访。不过，县衙的一些官员还是提醒陶县长，意思是说，应该到牟家装装样子。陶县长却表示不明白自己为什么要装样子，说自己吃的不是牟家的俸禄。这陶县长其实并不是多么有气节的人，只是早就把牟家的底细摸清楚了。牟家虽是中国当之无愧的第一大土地主，但多年来埋头经营土地，从不涉足官场，相对自我封闭，过去的靠山也就是县太爷，济南府那边没有一个亲朋。既然依靠的是县太爷，陶县长觉得牟家应该到衙门拜见县太爷才对。

陶县长受邀到庄园，就摆足了气派，骑着高头大马，两名骑马配枪的护卫跟随左右。到了庄园门前，两名护卫把陶县长扶下马，像两根树桩一样站在陶县长身后，惹得几条狗围着护卫呜呜地叫唤。陶县长戴着金边眼镜，拄着文明棍，眯缝着眼睛欣赏了庄园高大的围墙。"庄园是好气派呀，围墙比我们县城的城墙都威武。"陶县长阴阳怪气地对身边的护卫说话，眼睛却瞟着眼前的牟家人。

牟宗腾看到陶县长下了马，急忙跑上去作揖问好，小心地在前面引路，先到了自己的客厅小坐，派腿子通告少奶奶和牟宗升，说县太爷已光临庄园。

各家的老爷太太都朝戏台走来，前面有丫鬟和老妈子挑了灯笼，引到了事先安排好的座位上。座位前放了茶几，几个碟子内盛满瓜果。老爷太太们坐定，丫鬟在当中如蝴蝶一样穿梭着，伺候着她们的主子。

姜振帼和牟宗升没有落座，站在通往戏台的月形门前恭候着。陶县长走过来，他们上前作揖问好后，一同走到了戏台的正前方。牟宗升依旧摆出他的兵部侍郎派头，不等陶县长坐下，自己就先落座了，一副居高临下的姿态。姜振帼意识到有些不妥，就想弥补牟宗升的无礼，笑着说："我作为庄园当家的，本来早就应该去县衙拜见陶县长，可因我是妇道人家，多有不便，请陶县长见谅。"

陶县长笑了笑，站在那里环顾四周，故意一脸的惊叹，说道："岂敢惊动牟家掌门人呀，早就听说庄园比县衙还气派，今天看了，觉得胜过了济南府。"

陶县长的话让姜振帼倒吸了一口凉气，仔细去看陶县长的脸色，就知道陶县长心里拧着麻花，忙说道："陶县长要笑我们庄园了，要说气派，不是比房屋和门槛。古人云，山不在高，有仙则灵。县衙的门槛再低，那也是县太爷坐堂的地方。再说了，同是一个衙门，倘若坐堂的县太爷是个无德之人，县衙就高大不起来；倘若县太爷是一个有识之士，那么县衙自然会因县太爷而金碧生辉。"陶县长听了姜振帼的话，也略有吃惊。关于庄园掌门人的传闻，陶县长初来就听到了不少。现在看来果然如外面所传，掌门人是个很机警伶俐的女人。陶县长就问："那么，少奶奶以为本县属于哪一类？"

姜振帼对陶县长微微点头，说道："陶县长初来乍到，我们第一次见面，不敢妄加猜测。看陶县长的举止，应当属于胸怀宽阔，具有大智慧的人。"

陶县长似乎松了一口气，说："少奶奶抬举本县了。本县才疏学浅，今后有得罪的地方，还望少奶奶宽谅。"

不等少奶奶回答，牟宗升不满地接过了话头。他显然听出了陶县长软话中夹带的针刺，说道："我们牟家一向很守规矩，谈不上得罪不得罪。不过牟家养了上万的佃户，难免有人得罪了陶县长，倒是希望陶县长不看僧面看佛面了。"陶县长明白牟宗升是在向他施压，就答道："是呀，本县所管辖的民众多是牟家的佃户，这把县太爷的椅子不好坐呀，本县已早有准备。"

话到这儿，已经闻到火药味了。姜振帼心里焦急，恨牟宗升不识火候，何苦跟县太爷较劲儿。恰好，前台的牟宝跑过来，问姜振帼台上的戏幕是否可以拉开了。姜振帼就转头客气地问陶县长，说道："陶县长，月儿升起来了，我们听戏吧？"

陶县长抬头看天空，点了点头。

南方的这个戏班子都是一些小演员，最大的十六七岁，最小的只有十岁，京戏却唱得精彩。陶县长几次情不自禁地鼓掌，似乎很开心。姜振帼却无心看戏，常常去瞟陶县长脸上的表情，心里盘算着今后如何跟这个陶县长打交道。牟家要想昌盛平安，就必须有县衙门的庇护。作为掌门人，自然要想办法协调好跟官府的来往。她趁着台上更换布景的时候，端起米酒，向陶县长介绍日新堂米酒的功效，请陶县长品尝。"庄园自己酿造的米酒，委屈大人了。"陶县长喝下第一杯米酒，惊讶地看着酒杯，然后把鼻子凑上去嗅着，称赞米酒的醇香，说如果当年皇上喝到了这样的美酒，恐怕要把此酒封为酒神。

姜振帼笑了，说道："别说皇上，我们就连当今济南府的官员都见不到，能请到县太爷就很荣幸了。陶县长赐它为酒神，以后这米酒就是县衙门的贡品了。"姜振帼的话，说得陶县长心里很舒服，不由得仔细去看姜振帼。月光下的姜振帼，身上的珠宝熠熠闪亮，眼睛和脸蛋儿在皎洁的月光底色里显得更加妩媚动人。再看周围的几个太太和那些丫鬟们，也是一个个艳丽醉人。四周的红灯笼在微风中忽闪忽闪的，真如皇宫内一般豪华奢侈，飘然悠闲。陶县长想自己为官多年，竟然没有享受一天这般纸醉金迷的生活。他的脸上虽然挂着笑容，心里却起了变化，竟有给这庄园放一把火的念头。

庄园遇上了这等心胸狭窄的县太爷，就在劫难逃了。这实在不能算庄园的错处。

既然陶县长喜欢米酒，姜振帼就让管家易同林准备了几坛子，在陶县长离去的时候送上了。陶县长没说话，只是对着姜振帼轻轻一笑，策马而去。姜振帼注意到他的笑，掩藏了一种妒忌和愤恨。她站在月光下怅然了很久。

庄园里的其他人似乎并不去理会县太爷的喜怒，都围着那些唱戏的热闹去了。牟宗腾请来了精彩的戏班子，博得了庄园内老爷太太的高兴，为他挣得了脸面，他就吩咐管家给演员们送去了水果和赏钱。

　　牟家庄园的气派是南方玲珑的园林不可比拟的，而牟宗腾的热情和慷慨也是南方人所缺少的，那些小演员们对牟宗腾就有了极好的印象。后面的几场戏，小演员们使出了浑身解数，高潮迭起，掌声不断，庄园热闹得像一锅沸水。

　　一连几天，县城内和周围村子的人成群结队到庄园看戏。牟宗腾干脆把戏台子搭在了大门外的场院上。天色朦胧时分，四周的小路上就有一盏盏的灯笼忽闪着，远处看不到举灯笼人的身影，却看到那灯笼像自个儿长了腿似的，朝着牟家庄园漂移而来。戏场散后，小路上人声沸腾，灯影交错，由最初的一团一簇渐渐地飘散开，化作了星星点点，消失在远处狗叫之处的黑暗里。再之后，又有许多个屋子的灯影下，谈论起南来福老爷牟宗腾请来的戏班子。

　　戏班子为牟宗腾挣足了荣耀。

　　牟宝因为看好了一个十六岁的女演员，想把她留下来，就寻了个理由，对伯伯说："咱们要能养这么个戏班子，那就美了，什么时候想听戏都行。"

　　牟宗腾心里也有这个想法，戏班子明天就要走了，他的心里正很空落，就说道："两个戏班子我也养得起，可到哪儿招收戏子呢？"

　　牟宝就把早谋划好的想法告诉了伯伯，说他已经从南方的戏班子中挑选了两男两女作为台柱子。古镇都有几个能耍棍、能翻跟头、能劈腿的小孩子，招来调教一下，一个规模不大的小戏班子就成立了。牟宗腾摇头，"你说留下就留下了？"他知道南方那几个小演员是戏班子的顶梁柱，庄园留下了，戏班子也就散了架，就是喊戏班子老板三声老爹，他都不会答应。

　　牟宝神秘地凑近伯伯的耳朵，说道："只要伯伯愿意出钱，我来办这事儿。"

当夜，牟宝就偷偷找到了他喜欢的那个女演员，塞了几块大洋，说明了自己的意图。女演员已经感受到了少爷牟宝对她的柔情，倒很愿意在这里长期住下来，于是听从牟宝的安排，去把另外三个小演员悄悄带到了后花园的隐蔽处。牟宝见三个小演员来了，满心喜悦，当即给每人十块大洋，然后跟几个人商谈条件，每年薪金是戏班子老板给的三倍，以后几个人都变成师父，一起管理戏班子。小演员们经不起这样的诱惑，又想到他们跟随老板四处漂泊，辛苦不要说了，说不定哪一天戏班子就撑不下去了，各自走散，倒不如留下来唱戏，踏实又安逸。几个人就约定好，夜里等到同伴入睡后，就起身到南来福的老爷楼集合。

　　第二天清晨，戏班子老板出发前清点人数，发现自己四个台柱子演员不见了，问谁都摇头不知。老板傻了眼，愣了半天，才想起这几日牟宗腾和牟宝对几个小演员的青睐，心里亮堂了，猜到一定是庄园里留下了几个演员。

　　老板找到了牟宗腾，说道："老爷，我少了四个演员，求老爷帮忙找一找。"

　　牟宗腾惊讶地说："丢了四个演员？是不是他们私自逃走了？"

　　老板说："不会的，老爷的庄园内养了保卫团，别说四个活人，就是四条猫儿狗儿，半夜里也跑不出这高墙深院。再说了，他们身上没有路费，能跑到哪里？"

　　牟宝在一边插嘴，不以为然地说："丢了就丢了，你再招收几个不就行了？"

　　老板说："我们回去要对他们父母有个交代呀，孩子交给我的戏班子，总要知道他们丢在了哪里呀！"

　　牟宝忙说："这好办，你把他们几个人家里的地址留下来，等我们找到了，跟他们家里人联系。"

　　老板一听，更加确信牟宗腾和牟宝藏匿了演员，但眼下他们死不认账，自己又不能在庄园内四处搜查。即使让他搜查，这么大的庄园藏匿四个孩子，就像山谷里撒了四粒黄豆，不知道滚到哪个缝隙里去了。老板看看天光大亮，知道无法久缠，就留下几声叹息，雇佣马车拉走了大箱小箱的物品，离开了庄园。

戏班子刚走，牟宝就把藏匿的小演员放了出来，几个人兴奋地拥抱在一起。牟宗腾中午专门宴请了小演员们，宣布戏班子正式成立，让牟宝负责戏班子的事务，并通告了日新堂的少奶奶。

姜振幅并不晓得里面曲曲拐拐的事，以为真如牟宝所说，是给了戏班子老板好处，小演员们自愿留下来的，就说："庄园有了戏班子，各家太太和女子们可以解闷了。需要费用，日新堂也可以支出一部分。"

牟宝一连几天跟小演员们在一起练功，脑子里就有了一个大胆的想法，要把已经准备腊月成亲的媳妇辞掉，娶那个十六岁的女演员。但去跟父亲商量的时候，却碰了钉子。父亲牟宗天把他臭骂一通，并去责怪哥哥牟宗腾，说道："你把孩子带成了什么样子？我们北来福能娶个戏子做少奶奶吗？"

虽然遭到了父亲的反对，但牟宝并不理会，与那个女演员成天泡在一起，心想只要他坚持下去，父亲终究会默认的。为了张扬牟家戏班子的名声，牟宗腾让小演员们尽快排练一出戏，在庄园内公开演出。他选定了《武家坡》。

事情并不像牟宗腾和牟宝想象的那么简单，南方戏班子的老板也是走南闯北的人，见过不少世面。他离开栖霞城没几天，又偷偷拐回来，去县衙告牟宗腾私藏演员，说如果县衙不管，就去济南府找某某大人。陶县长想，唱戏的走遍天下，认识的官府老爷不在少数，而且很受官府老爷的喜爱。牟家私藏了戏班子的台柱子，独家享用，以后济南府的大人们都听不成戏了，太霸道，估计济南府的大人不能不管。再说了，陶县长也正要揪住庄园的一个什么尾巴，敲打敲打牟家人，这样，陶县长就派了几个衙役，突然闯入庄园搜查。

哪里还用搜查，几个小演员都在庄园的戏台上排练《武家坡》选段呢。衙役当即就要把人带走。牟宝忙去告诉了牟财，说有几个衙役到庄园里闹事。保卫团的人不明事理，就跟着牟宝赶过来，把几个衙役围住了。

衙役很生气地说："你们不让开路，当心县衙依法查办你们！"

姜振帼得到了日新堂一个奴才的报信，心里一惊，"坏了，要出事！"她匆匆赶到了南来福宅院，气愤地喊道："好大的胆子，谁让你们干涉县衙的公事？"

保卫团的队员去看牟宗腾，牟宗腾急忙对姜振帼说："当家的，这几个小戏子不想跟着他们老板干了，自愿留下来，衙门是不该干预的。"

姜振帼脸色铁青地说："五叔，这是明摆着的理儿，老板不应许，就是演员自愿留下来，我们也不能收留，把他们都放走。"转头看到了负责保卫团的牟财，就瞪了牟财一眼，责怪说："让你训练保卫团，干啥吃的？嗯？是看家护院的，谁让你们私藏戏子的？"

牟财喝退了保卫团，放衙役离开。衙役带着小演员走了几步，那个十六岁的女演员就哭起来，回头叫牟宝："少爷、少爷，我们就走了吗？"牟宝的泪水流出来，冲到衙役面前拦住了去路，说他已经和这女演员私订了终身，谁都不能把她带走。这么一喊，衙役也愣住了，问女演员，"有这事吗？说真话。"女演员点头证实，衙役就不知如何是好了。姜振帼也没想到事情是这个结果，如果六爷真的同意留下这个女演员做少奶奶，那么戏班子的老板也没有权力干预的。姜振帼就差了奴才，去把六爷牟宗天喊来，当场对证。六爷一听就跳起来，对衙役说："赶快带走，我们北来福已经有少奶奶了，要这么多少奶奶，蒸包子呀？"

牟宝还想说什么，牟宗天就喝道："给我滚回去，再敢胡闹，家法收拾！"

牟宝呆傻了，泪汪汪地看着衙役把心爱的女演员带走了。

牟宝算得上一个痴情男人，女演员走后，他心里一直惦念着她，身子明显消瘦了，再后来，不再唱戏了，将他的那把金贵的京胡折成两段。

庄园的少爷在外面看起来一个个盛气凌人，但在庄园内其实并没有他们的位置。就连婚姻这种事情，也要听从老爷太太摆布。尽管牟宝发誓自己不结婚，但五爷牟宗天和刘太太根本不理睬他，依旧按部就班地操办着他的婚事。

进入了冬季之后，牟宗天给各方亲朋发了帖子，各家的太太也便提前把礼品送到了北来福。姜振帼送的是非常稀奇的玻璃画，由四幅组成，第一幅是共结丝萝；第二幅是燕尔之喜；第三幅是桂子添香；第四幅是百年偕老。许多人都被玻璃画吸引了，去北来福看个惊奇。

南来福的少爷牟财也过来看了，对堂哥牟宝嬉笑着说："新郎官，你的那幅百年偕老玻璃画最好。"

牟宝冷着脸对牟财说："喜欢你拿走，我才不愿什么百年偕老的！"

一边的六爷牟宗天听了牟宝的话，觉得很不吉利，说"我让你胡咧咧"，上前给了他一个嘴巴。

准备婚事的日子里，牟宝始终沉默不语，听别人摆布。但新婚夜的时候，他却死活不进洞房，跑到了伯伯牟宗腾屋里睡下了，谁也劝不回去。牟宗天就拿了一根大木棒追过去，说牟宝要是不回去，就一棒子把他劈成两半。

牟宝跟六爷顶上牛了，说："不用你劈我，我这就跳井去！"

"好，你快去跳，你这个浑球！"

"跳就跳，谁也别拦我！"牟宝说完就走，几个人都拽不住他，最后只好用绳子把他捆住了。

姜振帼在北来福吃了酒，跟几位太太闲聊了半晌，正觉得疲惫，要回日新堂歇息，刘太太跑过来说了牟宝的事情。"牟宝平日里最听你这个大嫂的话，你快过去劝劝牟宝。"刘太太请求着，眼角有了泪水。姜振帼想，如果牟宝真的不愿入洞房，自己也没有好办法，总不能把他绑进洞房吧？这样想着，还是走过去劝说牟宝了。

牟宝被绳子五花大绑着，姜振帼见了就苦笑说："你这新郎官，怎么当成了这样子？快给他松了绳子。"北来福的几个奴才都犹豫着，担心松了绳子他会跳井。姜振帼就自己走过去，给牟宝解绳子。结儿系得很紧，她就弯了腰用牙扯开了结儿。牟宝站起来，看了姜振帼一眼，泪水就流出来了。

姜振帼觉得这个时候逼着牟宝进洞房不是火候儿，就说道："好了好了，看看你这个样子。"

又对周围乱糟糟的人说："都忙别的去吧，我劝劝他，牟宝弟，跟我来吧。"

她拽了一下牟宝的胳膊，然后自己朝前走去。牟宝就像一个受了很大委屈的孩子，跟在她身后慢慢地去了日新堂。

已经十点多钟了，日新堂的宅院很静，堂屋里只有丫鬟梨花没有入睡，等待侍奉少奶奶就寝。姜振帼进了屋子，就把外罩棉袄脱了，里面是一件棉马甲。因为天气很冷，她就跳上土炕坐了。奴才们把土炕烧得很热。她伸手插进被筒里摸了摸，对傻愣在那里的牟宝说："脱了鞋上来吧，站地上冻脚。"

牟宝就缓慢地脱了鞋，机械地把脚伸进了被筒里。姜振帼知道牟宝心中还想着那个戏子，就告诉牟宝那戏子并不如洞房内的那个，戏子长得太单薄了，缺少女人的风韵，而洞房里的那个，身子却很饱满。她说："我拉过她的手，面条一样柔软，你真傻，放着这样的媳妇不要，还要什么样的？"

好半天，牟宝才抬起头，说了一句话："不好，我不要，你要你领走。"

姜振帼笑出声音来，说道："傻话，什么样的好？就那个戏子好呀？你还不懂，那戏子要屁股没屁股，要胸脯没胸脯，好在哪儿？"姜振帼说了这些，自己又忍不住笑了。

牟宝听了这话，抬起头来看了看姜振帼，目光落在她的胸上，似乎在做同一类的比较。姜振帼的胸脯当然很好的。牟宝看她的时候，她的心跳了一下，忽然想到了当年自己的少爷牟金，穿着新郎的衣服，走进洞房看她的那个眼神。她的脸色就红了，眼神也慌乱地扑棱了几下。牟宝平日里把她看得高不可及，现在她这副模样，正好给了牟宝鼓励，他就试探地捏住她的手，说："要说好，没有比大嫂再好的了……"

姜振帼甩开了他的手，用食指点了他的脑壳，说道："嫂子已经是明日黄花了，你屋里放着水灵灵的不去吃，在这儿卖痴呆？"她说这话的时候，声音那么绵软，带了些娇气。

牟宝就把身子向前一扑，抱住了她。看起来很突然，其实她已经预感到了，于是就伸手推住他的身子，说道："傻瓜，你做什么傻事？快坐回去！"

起来的牟宝却不肯坐回去了，伸手扯开了她的棉马甲，半张脸已经钻进了她的胸怀里。她听到了自己的身子欢唱起来，血液的温度急剧上升，呼吸也失去了韵律。她想很生气地用力推开牟宝，两只手却一点儿力气没有了，而牟宝的身子又像个磁铁似的，正把她的身子一点一点地吸过去。她知道自己只要松一口气儿，牟宝就会蹚过了河，与自己身体中的某些叛逆分子胜利会师。这些叛逆分子从沉睡中醒来，正在高唱着："来吧来吧，打开生命之门，穿过悠长的黑暗，前面就是天堂；来吧来吧，雨露阳光，漫过干涸的土壤，让枯萎的鲜花重新开放！"

叛逆分子跺了脚拼命呐喊，把她整个身子踩得很酥很软。

但同时，另一个声音在她脑中响起来："心死！心死！把你的血熬成蜡烛点燃，去照亮你的梦想！"

牟宝的嘴已经把她的衣兜兜拱碎了，含住了她的乳头吸着，有一只手顺利地插向她的下身。她喘息着，像是害了大病，一只手抓住了牟宝向下的手，另一只手举到头顶，摸索着拔下一根银簪，刺向自己的大腿。她惨叫了一声。

牟宝被她的惨叫惊住了，抬起上身一看，姜振帼手中举着银簪，大腿的血正在向外涌。牟宝恐惧地睁大眼睛看着她，身子僵硬，一句话说不出来。

他被眼前的景象吓呆了。

外面的丫鬟梨花听到了少奶奶的喊叫，上来敲门，喊道："少奶奶你怎么啦？没事吧？"

姜振帼说道："没事呀小奴才！"她看着呆傻的牟宝，又说："你老老实实回去，听到了吗？！"

牟宝缓过神，跳下了土炕，拉开门疯跑而去。

姜振帼一下子瘫软在炕上，看着自己腿上的血慢慢地在裤子上洇开，眼泪无声地流出来。她心里说：你是掌门人呀，不能前功尽弃，要挺住，牟家指望你撑起来，日新堂指望你去辉煌，你回不得头了！

受了惊吓的牟宝跑回了洞房，摁住了他的新娘，在一种极为复杂的情感中给自己的婚事仓促地画上了句号。新娘姓秦，的确是很标致的美人，也极体贴牟宝，一个晚上把他侍奉得像一头吃饱的猪，躺在那里不停地哼哼着。

第二天太阳已经升起来了，牟宝还躺在被窝里没有起床。母亲刘太太似乎很理解儿子，想他昨夜里缺了许多觉，应当多睡一些时辰。新媳妇秦氏却早已起床了，按照应当的礼节，去向刘太太请了早安。刘太太也极体贴她，说道："你要犯困，也迷糊一会儿去。"

秦氏回到了自己屋子没有再睡，而是忙着照料牟宝了。

其实牟宝已经醒了，只是懒得起来，躺在被窝里想昨夜的事情，有些心虚，不知道少奶奶会不会计较这件事情。他心里的恐惧渐渐地聚拢上来，不由得坐起身子，呆呆出神。秦氏恐他凉了身子，忙给他穿衣，他也就任凭秦氏摆弄。

刚穿好了衣服，屋外传来了姜振帼的声音，说道："怎么？还没起床？"

刘太太忙迎了过来，小声说道："昨夜多亏你劝说，要不就闹出乱子了，这会儿还睡着哩。"

正说着，秦氏拉着牟宝从屋里走出来，给姜振帼问好。秦氏说道："嫂子过来了？快屋里坐。"姜振帼看着秦氏，说道："哟，少太太还牵着他的手，他自己不会走路呀？"

牟宝把头垂得很低，不敢抬眼去看姜振帼。

姜振帼就笑了说："牟宝弟弟，怎么连头都不敢抬了？进了洞房知道害羞了？"

刘太太等几个人也就笑起来，笑得少太太秦氏也低了头。

牟宝听了姜振帼的话，就抬头看了她一眼，看到姜振帼满脸灿烂，他知道一切如旧了，心情也就放松下来，咧嘴笑了笑。姜振幅走前几步，给牟宝整理了一下衣领，缩回手的时候，顺势拧了一下他的脸蛋儿，说道："我这个弟弟从今天起，就是大人了。"

牟宝的心被拧出了一汪温暖。

第八章

二十二

第二年春上，姜振帼推广她的试验田并不顺利。佃户们习惯了过去的耕种方式，一时不好改变。更重要的是，佃户们担心试验失败了，一个季节的庄稼若歉收，粮囤里没有存粮，一家老少的日子可就没指望了。姜振帼就让各个佃户村的庄头跟佃户们签订了协议，按照试验田耕种的租地，如若歉收，日新堂不收一粒租子，并给一年口粮吃。

这样的优惠政策，也还有一些佃户心里不踏实，只是用一小部分薄田做试验。姜振帼就派大把头张腊八，带了几个长工去田里巡视，把一些不肯间苗的谷子地收回来，还给一个顽固的佃户封了门，这才勉强推广下去。

日新堂的试验田搞得轰轰烈烈，庄园其他几家老爷就觉得诧异，觉得一向聪明的少奶奶折腾试验田一定有她的道理。但老爷们心里也犹豫着，不敢盲目效仿，说道："啥事情都要逞能，种地可不是女人生孩子，她不算是行家。"嘴上这样说，心里却盘算着，若是今年日新堂的佃户们有了好收成，明年再跟着他们走也不迟。月新堂的二爷牟宗升就特别叮嘱自家的大把头，让大把头仔细盯着日新堂佃户的庄稼长势。

牟宗升的心思过多地用在自己六十大寿的筹备中。到了五月，月新堂请来的南方绣女终于绣完了一个"寿"字。这个大"寿"字高六尺，宽三尺，五步之外看上去是个"寿"字，走近看却是两枝叶茂花哨的牡丹。这两枝牡丹用了六十种不同颜色的丝线，绣了十九枚绿叶和二十七朵姿态各异的牡丹花。六十种不同颜色的丝线象征了牟宗升走过的六十个色彩斑斓的春秋，十九枚绿叶和二十七朵牡丹花代表了六十大寿的1927年。无论绿叶还是红花，都逼真而又充满了活力。

这幅"寿"字挂在了月新堂老爷楼的大堂正中，前来祝寿的各大商号的老板观赏了"寿"字，都称赞是绣品中的绝品，觉得自己带来的各种礼品实在微不足道了。

陶县长并没打算给牟宗升祝寿，但听说了这幅绣品后，也禁不住来到月新堂，他要看看这幅被众人称奇的绣品有多么妖艳。陶县长刚走到老爷楼的会客大厅前，迎面就看到了光彩照人的"寿"字，自己禁不住快步走近，仔细端详。果然是一幅难得的珍品。牟宗升站在陶县长身边好半天了，陶县长似乎忘了他是来给牟宗升祝寿的，一直没有给牟宗升作揖贺寿。

牟宗升就咳嗽了一声，说道："陶县长光临，月新堂蓬荜生辉。"

陶县长这才把目光从绣品上移开了，说道："不敢当呀，牟会长堂室内已经光彩照人了，我也是来蹭一些喜气的。"

姜振帼在客人休息室内，帮助李太太照料那些名流乡绅的太太们。听丫鬟小六来报，说陶县长光临，姜振帼就急忙朝会客大堂走去。她对春风得意的牟宗升有些不放心，怕他对陶县长疏于礼节。可是，走到了客厅时，陶县长却已经离去了。姜振帼问牟宗升为什么没留住县长中午喝酒，牟宗升说道："留过，他摆县长谱儿，说公务在身，管他呢！"

姜振帼就冷了脸说："二叔，以后这种事还是要慎重一些。世道变了，我们得罪不起县太爷呀。该弯腰时就得弯腰，弯腰是为了保护脊梁骨不折断。"

牟宗升仍旧不在意，说道："怕他干啥？他能在我们这儿待几年？栖霞县城还是咱牟家的地盘儿。"

不等姜振帼再说话，牟宗升已经高声笑着去迎接来客了。

这天来祝寿的客人四五百人，月新堂的五个四合院内都摆上了八仙桌，山珍海味应有尽有，让各方名流乡绅感受了月新堂的荣华富贵和一掷千金的气魄。

牟宗升的六十大寿，给人留下最深印象的当然是那幅"寿"字，很多天后街面上闲聚的人还在赞叹"寿"字的精妙。

这幅"寿"字却并没有给牟宗升带来好运气。就在他六十大寿的半个多月后，驻扎在烟台的土匪张福财要途经栖霞去莱阳，派手下给他捎信，让他这个商会会长做好接待准备。牟宗升觉得张福财这次过境，只要让他们吃饱喝足了，再送上一些大洋，也就应付过去了，队伍对庄园并无威胁。

像往常一样，牟宗升按照惯例动员了县城的几个大商号老板筹集了大洋，准备为张福财的部队接风洗尘。然而，张福财离开了烟台，一路传来的都是他们横行乡里，四处抢劫的消息。进入栖霞境内，队伍已经在乡下小镇抢劫了数家商行，现在正朝县城方向奔来。在外面替姜振帼打探消息的奴才，立即打马来报。

姜振帼听后，估计这些土匪对他们庄园也不会礼貌了，待在庄园里就等于送死，忙召集几位老爷商量，建议各家的老爷太太连夜出去躲藏。牟宗升听了颇不以为然，他似乎要借这个机会显示一下商会会长的身份，于是故作平静地说："没必要这么害怕，有我在外面应付呢。再说，各家都拖儿带女的，躲到哪里都不方便。"

北来福少爷牟宝的少太太秦氏已经怀胎四月了，躲起来很麻烦。所以刘太太很赞同牟宗升的说法，说道："二哥说得对，我们一家十几口子，能躲到哪儿？二哥你赶快出去看看，我们等你的信儿。"东来福的赵太太信佛，死活不肯走；少爷牟银疯疯癫癫；少太太栾燕怀中的孩子刚一岁多，所以栾燕也不愿意东躲西藏的。牟财掌管着保卫团，平时很神气，这会儿也不想说软话，觉得保卫团凭借庄园高大的围墙，足以抵挡土匪的进攻。

姜振帼的建议遭到了大多数人的反对，她有些急了，说道："你们都不走，我们日新堂可就自个儿走了！"

牟宗升把脸拉下来，说道："少奶奶，我们庄园这么多口人，东躲西藏不是个法子，躲到乡下就安全了？相信我的，就留下来，我这就出去应付他们。"牟宗升特意称呼姜振帼"少奶奶"，话语显得很郑重。

牟宗升说完，穿戴整齐地出了门。

庄园里的老爷太太对牟宗升抱了幻想，对庄园的保卫团寄予了希望，于是老老实实地在屋子里等待牟宗升外面的消息。姜振帼知道土匪张福财不会给牟宗升多大脸面的，但到了这个时候，她也不能丢下大家不管，自己一个人逃走。她只好挨门挨户去动员，让各家把值钱的财物藏匿好，把一些事情提前交代给管家们，并让老爷太太们都打扮成了普通的佃户模样，做好出逃的准备。

因为东来福的栾燕和北来福的少太太秦氏行动不便，姜振帼苦口婆心地劝她们先走一步，说道："要是一切平安无事，那更好，把你们接回来就行了。但万一不是这个样子，那么你们要走就来不及了。"

还好，栾燕和秦氏都接受了姜振帼的劝告，在夜幕里动身去了乡下。

对于日新堂，姜振帼做了周密的安排，把账房先生、大把头和几个佣人喊到身边，告诉他们说，今后无论遇到什么特殊情况，如果她不在日新堂，所有的事情由管家易同林定夺。"不听你指派的，该咋处罚他们，你自己看着办。"这个时候，姜振帼真正让大管家成为日新堂名副其实的二主子了。她叮嘱易同林说："管家你记住，留守在宅院里，不管我出去多少天，只要你的老命还在，就不能让日新堂破碎了！"

易同林跪在姜振帼面前说道："老奴早就把自己的命交给日新堂了，请少奶奶放心躲避出去。"

姜振帼点了点头，又对把头张腊八说："腊八，你马上把老太太和小少爷、少姑奶奶送到石头崖村的庄头家里，不能出半点差错。"

张腊八就带着鲁太太和牟衍堃、牟衍淑，还有一位老妈子，从后门溜出了庄园。月亮虽不十分皎洁，却也能模糊地分辨出脚下的沟坎。张腊八先是一个人走到后面的那片菜地探路。过去那些依赖庄园放饭的乞丐，这些日子嗅出了异样，一个个都不见了踪影。菜地边茅棚子里的那个乞丐杠子死后，他的老婆也带着女儿走了，茅棚就空了，夜里四处游荡的野狗走累了，就会卧进茅棚内歇息。这时候，茅棚里的野狗听到了庄园后门的动静，就朝张腊八狂叫起来。张腊八蹲下去窝了好半天，直到狗叫声停住，四周恢复了寂静，他这才带领小少爷等人绕开了古镇都，奔远处的山路去了。

小少爷一行人离去后，姜振帼和丫鬟梨花也准备好了出逃的衣物，让潘马夫备好了骡马驮轿，在日新堂的后门等候。

各家宅院都设有后门，就是用来防备不测的。后门不大，是用整块的石板做成的，设在围墙的拐角处，从外面看去跟围墙合为一体。不是庄园内的知情人，很少有人知道那是一道活门。这个晚上，各家都把平时顶住后门的石柱子挪开了，派了奴才专门看守在旁边，探听外面的动静。

牟宗升进了县城，正要去寻找张福财，却遇到了一个店铺老板，一把拉住了他问："牟会长你去哪里？"

牟宗升端着架子，说要去见土匪头子张福财。店铺老板就慌忙说道："见不得，你赶快躲起来吧。"

牟宗升不满地说："我躲起来？谁去替你们说话？我这个会长就是要保护你们各位的商铺不遭抢劫。"

店铺老板苦笑了，说道："牟会长还不知道吧？我听说张福财要让庄园给队伍捐出二十万大洋的军费，要去抓你当人质哩。"

牟宗升一听慌了，掉转马头跑回庄园。各家就乱了套，纷纷从后门逃走。就连负责保卫团的牟财也把身上背的短枪摘下来，藏在腰间，装扮成了一个长工的模样，护送着父亲牟宗腾和母亲王太太，躲到乡下去了。

姜振帼是最后一个离开庄园的。她担心土匪攻进了庄园后，发现老爷太太们从后门逃走，派兵追赶，于是离开庄园的时候，命令保卫团在大门口坚守，尽量拖延时间。保卫团的张队长在国民党队伍里经受了不少的大战，有一些作战的经验。他把大门闩好后，在里面用圆木顶住，然后把三十多个兵分派到围墙的几个重要地方，踩了木梯，把枪架在了墙头上。一切安排妥当，张队长背着手，信心十足地检查防御工事。一个胆怯的保卫团队员看到他这副镇静的模样，就问："队长，你说土匪打不进来？"

张队长就不屑一顾地说："庄园就像一个城堡，土匪们想攻进来，能累死他们。"

胆怯的队员咧嘴笑了笑，也说："累死这些孙子！"

土匪张福财的队伍赶过来，看到庄园的大门紧闭了，十几个土匪兵就架着木桩，用力撞击大门。但庄园的大门太厚重，几十个人轮番撞击，却丝毫无损。张福财就命令匪兵搭了人梯越墙，事先埋伏的保卫团开枪射击，打死了两个匪兵。张福财急了眼，命令匪兵朝院内丢手雷，就有一片片火光从院内升起来。手雷的威力很大，把院内保卫团的队员吓傻了眼，纷纷逃散了。匪兵冲进了大院内，把张队长和几个顽抗的队员砍了脑袋，挂在庄园大门外的树上。

成立了一年多的庄园保卫团就这样消失了。

张福财在院内搜寻了半天，只找到了闭目念佛的赵太太和她的疯癫儿子牟银，心里恼怒，问牟银："人呢？牟宗升那个王八蛋跑到哪里去了？"

疯癫的牟银笑了说："飞了，飞上天了。"

张福财喊道："来人，把他绑了！"

东来福的下人跑到张福财面前解释，说："我们的少爷有神经病，请长官饶命。"

张福财狠狠地说："有神经病吗？那活着干啥？丢进井里。"

匪兵们把赵太太和牟银绑起来，丢进院内的水井里。牟银被丢进水井里的时候依旧嬉笑着。赵太太却是两眼微微闭着，口中念念有词。下人们听到深深的水井下传出了两声沉闷的"泼剌"声，母子两个从此就占据了这口水井。

张福财在庄园内没有搜寻到多少的金银财宝，非常懊恼，下令封锁了栖霞城，发誓挖地三尺也要找到牟宗升，说："抓住牟宗升，我活剥了他的皮！"

在张福财看来，庄园的老爷太太们一定是躲进了城里的什么地方。他没有想到这些过惯了奢侈生活的老爷太太们会藏到乡下佃户的破屋子内。

姜振帼和丫鬟梨花在潘马夫的照应下，朝石头崖村逃去。走出古镇都不远，就听到了庄园那边传出了枪弹声，知道庄园的保卫团已经跟土匪交火了。但是枪声一会儿就消失了，继之而来的是几声狗叫。她不由得站住了，回头朝庄园方向瞥了一眼，知道此时的庄园狼藉一片了。

石头崖村虽然只有十几户人家，但都是她的老佃户，对她忠心耿耿。村子又在深山里，后面就是日新堂的百亩山林，有个风吹草动的，可以逃到山林里躲藏。

庄头做梦也没想到，少奶奶会在深更半夜突然来到自己家里。他惊喜万分，觉得天赐良机，让他能为少奶奶效劳，于是想尽了办法安排少奶奶的吃和住。但他再折腾，也无法达到日新堂的生活条件。乡下人没有蚊帐，晚上对付蚊子都是用点燃的艾蒿。姜振帼受不了这种烟熏火燎的滋味，整夜里咳嗽。

过了两天，姜振帼的眼睛开始红肿，实在坚持不住了，就打发潘马夫在一个深夜回到日新堂取蚊帐，取一些生活必需品，也顺便探听一下庄园的消息。她叮嘱潘马夫一定要小心谨慎，回来的时候不要被人跟踪了，说："问问那几家的老爷太太，都在哪一个村子里落脚了。"

潘马夫记住了少奶奶的叮嘱，就趁了夜色返回日新堂。他心里惦记的是自己的婆娘红莺，不知道红莺跟随西来福的陈太太躲藏到哪里了，躲藏的地方是否安全。他跟红莺成了亲，其实在一起的时光并不多。白天他们都为各自的主子忙碌着。到了夜里，红莺常常因为侍奉陈太太，就留宿在西来福老爷楼里。因此日新堂少奶奶在古镇都划拨给他们的房子大多数的日子都空着。潘马夫曾经跟红莺商量，让她离开西来福，回家好好做他的婆娘，给他生儿育女。红莺答应了，只是说刚刚成亲就离开庄园，似乎有些不近人情，过个一两年再跟陈太太提出来才好。

在月色下骑马走路的潘马夫，满脑子都是红莺的影子，他有些想她了。眼前的月色极容易让他想到去年这个季节，自己跟红莺第一次走夜路的一些情景。山里的风很凉爽，不急也不缓地把很远处的花香送了过来。如果不是赶着回庄园去，他会下马到路边的草地上仰身躺了，陪着头顶的半块月亮说一会儿话。他心里的话很多，却极少说出来；而有些话要想说出来，也需要一个很适宜的氛围，需要很悠闲的时光。一路上，他心里拿定了主意，等到土匪张福财离开后，老爷太太们都回到了庄园，就让红莺回家去。他一个人在日新堂当下人挣的银子也还能养家糊口。

不觉间，三十几里的山路走完了，可以看到前面古镇都的灯光了。他下马站住，想了想，把马匹牵到一个小树林内，拴在了树上，一个人偷偷摸摸地到了庄园前面。

潘马夫隐在庄园门前的黑暗处观察了半天，没有发现特别的动静，这才试探着走到日新堂大门外，轻轻敲门。敲了半天，院内没反应，他只好转到了日新堂的后门，又敲，就听到里面传出了沙哑的声音，问道："谁呀？"

潘马夫听出是管家易同林的声音，心里一阵惊喜，说道："大管家，我是潘马夫。"易同林也听出了潘马夫的声音，忙命人打开后门。他把潘马夫迎进去后的第一句话就问："少奶奶可好？"

马夫点头，说："少奶奶很好，就是不放心家里，让我回来瞧瞧。"这时候的管家易同林在潘马夫面前完全没有了管家的架子，看到了潘马夫就像看到了少奶奶一样恭敬，老眼里闪着泪花说道："少奶奶没事，老奴这就放心了，放心了……"

日新堂的下人听说潘马夫回来了，都跑到少爷楼来看望他，问少奶奶的一些情况，问小少爷可否习惯乡下的生活。那些老妈子们难免要红了眼睛，叹息一阵子，让潘马夫转告少奶奶，请她在外面放心，日新堂没有遭到太大的毁坏，只是被抢走了几件珠宝。老妈子们缠住潘马夫没完没了地说话，仿佛多年没见了。易同林就粗着嗓子对她们说："快去准备少奶奶需要的东西，说起话来，就没个边儿了！"

老妈子就去按照少奶奶开具的单子准备物品了。小灶的佣人还忙着给少奶奶炖了海参和银耳汤，用瓦罐盛好，一定让潘马夫带给少奶奶。

潘马夫从易同林那里得知了另外几家的藏身之地，也知道了红莺还好，于是取了要取的一切物品，赶回去报告给少奶奶。

姜振帼一直没睡，等待潘马夫的消息。听说潘马夫回来了，她就忙让身边的梨花燃亮了灯，让潘马夫进屋说话。她听说赵太太和牟银被活活扔进了水井里，叹息着对身边的丫鬟梨花说："你看，我们要是不走，还不一样要被扔进水井里？说不定还要凄惨。"

一边的老妈子就说："像梨花这些俊俏的丫鬟更要遭殃了……"

梨花明白老妈子说的"遭殃"是哪一种，于是惊恐地睁大眼睛看着姜振帼，问道："少奶奶，我们在这儿保险吗？"

姜振帼微微摇头。她的目光落在窗外的月色里，想着眼下的局势。张福财的队伍在城内驻扎了，发誓要抓住牟宗升，让庄园包管他们三年的军费。牟家这么多人躲在乡下，驴吼马叫的，动静很大，长久待下去也不是个办法。日新堂一家老少虽然是在半夜里悄悄住进石头崖村庄头家里的，但是第二天，村子里的佃户看到庄头家门前那匹黑亮的高头大马，就知道日新堂的主人来到了石头崖，经常有人在庄头门前朝院子里张望。这样下去，万一走漏了风声，恐怕遭殃的不是丫鬟，而是她这个少奶奶。最重要的是，她身边带着日新堂的独苗牟衍堃，无论想什么办法，也要让牟衍堃转移到一个最安全的地方。想来想去，她决定让潘马夫护送一家老少去烟台避难，留下腿子大牛去通告另外几家的老爷。

在土匪张福财的严密封锁下，庄园内的六大家几经周折，都先后逃到了烟台，东一个西一个地租赁了房子。牟宗升在烟台朝阳街，栾燕在西沙旺，牟宗昊在顺昌路，牟宗腾在大马路春德胡同，牟宗天在虹口路。

后来，他们费了很大的力气，才打听到了各自的落脚处。

姜振帼寻找到了最安全的地方。她在风景秀丽的烟台山与一家挪威外侨合租了一幢两层的洋式楼房。挪威人住在楼下，姜振帼一家人住在楼上，推开后窗，就可以看到碧波荡漾的大海。租金当然是烟台最昂贵的了。因为人多房间少，鲁太太就只能和随身照料她的老妈子住在一个屋子。天气虽热，鲁太太却仍旧像在庄园时那样，极少出屋。住在一栋楼的挪威人不曾见到鲁太太，以为这家里的主人只有姜振帼一人。

这家的女主人姓宋，人称宋太太，金发碧眼，性情开朗，说一口流利的中国话，很快就与姜振帼熟悉了。尽管姜振帼是一方的土财主，有一个好脸蛋和好身材，浑身披金戴银的，但跟宋太太在一起就显出了她的土气。

宋太太完全是西方的生活方式。她得知了姜振帼的身份后，就劝姜振帼不要经营土地了，说经营土地的利润太低，而且旱涝不保。最初，姜振帼对宋太太的话并没有放在心上，只是听听而已。她想宋太太是外国佬，自己怎么能跟外国佬一样生活呢？就说吃东西吧，宋太太那里的名堂太多，一切都从营养学和卫生角度出发，似乎并不管食物的味道。青菜都是生吃，说煮熟了就没营养了，最要命的是吃活鱼，让姜振帼看了就恶心。

宋太太从事商贸事业，白天要去上班，下班后就邀请姜振帼坐在花园的藤椅上喝茶，让姜振帼给她讲一些庄园的故事，说乡下的趣事，常常笑得前仰后合。有时候，宋太太就穿着一条短裤，上身的胸前扣了乳罩，躺在花园的草坪上跟姜振帼聊天。到后来，宋太太也动员姜振帼脱去多余的衣物，享受阳光浴。姜振帼只是笑笑，说自己害怕太阳晒坏了皮肤，其实她是不习惯袒胸露臂的。

住在楼上的小少爷牟衍塑经常站在窗口看宋太太的身体。被姜振帼发现后，狠狠地骂了一通。牟衍塑虽然遭了骂，却仍不悔改。他毕竟是一个十四岁的少年了，身体的一些部位正发生着革命，而姜振帼对他管教得又极为严格，到了烟台后，把他禁闭在房间里读书，还特意派人回庄园去，把私塾的牟先生接到了烟台，继续教授牟衍塈读书。那番苦心就连牟先生都被感动了。牟衍塈到了烟台，在私塾陪读的易谷雨就去了日新堂的账房，跟着爷爷易同林做起了账房先生，也成了日新堂的小奴才了。没有易谷雨在身边，牟衍塈就更孤单了。憋闷的时候，他也只能打开窗户，看看大海远处的船桅和海鸥。能够看到宋太太半裸的身体，对他来说就是一件很愉快的事情了。

姜振帼虽然心里羡慕着快乐的宋太太，但嘴上却对丫鬟梨花说："你看看，外国人有啥比我们好的？吃生鱼，露屁股，这就是外国人。"

一天晚上，宋太太邀请姜振帼去戏院看戏。姜振帼长这么大，其实还没有进过正经的戏院，对看戏并没有兴趣。但宋太太说已经预订了包厢，姜振帼拒绝了似乎不太礼貌，于是就跟着宋太太坐上一辆豪华轿车，去了戏院。姜振帼仍旧是在庄园生活的那副做派，随身带着自己的丫鬟梨花。但到了戏院后，她就后悔自己不该把梨花带来。宋太太预订的包厢是最好的位置，周围都是烟台的社会名流，姜振帼样子就显得有些呆傻，一举一动都模仿宋太太的姿势。丫鬟梨花就更可笑了，一身乡下人的打扮，招引了许多人的目光。在这些目光的注视下，梨花憋了一泡尿却找不到厕所，竟然尿湿了裤子。

那晚上的戏，姜振帼没有看出什么名堂，脑子里乱七八糟地想着心思。回到家里，她就对梨花说："咱们真是乡下人，进了大城市成了睁眼瞎子呀！"

姜振帼似乎为了弥补自己的不足，第二天就找来了裁缝，给自己定做了两身高档的衣服，也给梨花定做了一身。然后，她也学着宋太太的样子，在戏院预订了包厢，带着梨花去看戏，一连看了四五天，慢慢地就找到了感觉，看戏也看出了味道。再后来，她就常常预订了包厢，反过来邀请宋太太看戏了。

出入戏院包厢的大多是成双成对的男女，让姜振帼看了，心中生出了羡慕和妒忌。一天傍晚，她和丫鬟梨花又要去戏院。走到楼下的花园里，远远看到牟先生正在散步。牟先生毕竟在北平读了几年书，见多识广，就连走路的姿态也颇有上层人的优雅。姜振帼就站住了，看着牟先生愣了片刻，对梨花说："你去听戏，活受罪，就别陪我了，回楼上照看好小少爷。他要是跑到了大街上闲逛，我回来打你棍子！"

梨花一看姜振帼的目光就明白了，笑了说："太好了少奶奶，我真是看够戏了，要不要我过去把牟先生喊过来？"

姜振帼一听梨花的话，知道自己的心思被看破了，就对梨花瞪眼骂道："死奴才，我叫牟先生做啥？"丫鬟看透了主子的心思，不是奇怪的事情。这些奴才们跟主子相处的时间久了，主子身上有什么气味，她们都闻得出来。骂过了梨花后，姜振帼又说："让他陪我看戏去！"

梨花就跑过去告诉牟先生，少奶奶让他去看戏。牟先生似乎不相信，朝前面的少奶奶看去，看到穿了旗袍的少奶奶站在下山的路口上不动，身子背向他的目光，好像在等待什么。他犹豫了一下，就朝前走去。

等不到牟先生走到身边，姜振帼就转过头来看着他，冷了脸说道："我以为请不动牟先生呢，好磨蹭呀，不情愿去？"

牟先生忙说："少奶奶抬举我了，我不知道陪少奶奶去看戏合不合适？"

姜振帼眼睛一瞪，说道："怎么不合适？你以为我让你看戏去的？我一个人夜里出去不安全，让你来当打狗棍用的！"

这样说着，她已经朝前走了。从烟台山走下去还有很长的路，她约好的轿车就在前面等她。

一路上，两个人没有找到可以说的话，也就只好在车里沉默着。到了戏院，情形就变了，那里的氛围一下子把姜振帼的身体烘热了。她走进包厢的时候，就把牟先生的手臂拽过去了。牟先生并没有表现出大惊小怪的样子，他似乎早就预料到了这一切，于是也很自然地把手臂给了少奶奶作道具。他们两个很快被很多人的目光包围了。

牟先生的稳健和大方让姜振帼感到满意，但同时她的心里却又诧异，想：他应该有一些受宠若惊的神色呀？他怎么连一点儿慌张都没有？他把自己放到什么位置上了？

姜振帼坐进包厢后，周围的目光并没有放过她，她就想做出轻松的样子，于是找了话跟牟先生说，问道："牟先生过去到戏院看过戏？"

牟先生说道："在济南在北平都看过，不过不是在这样豪华的包厢里。"

姜振帼笑了笑，说道："牟先生是见过大世面的人了，我不明白如今为啥这么郁闷，活得小里小气的。"

牟先生扭头看了看姜振帼，不知道说什么好，就佯装被前面的什么人吸引住了，仰了头看去。他的目光正好遇到了前面一个很靓丽的女人。姜振帼注意到了他看那女人的眼神，含了某种渴望，她就不经意地挨近了他。她不知道自己为什么这样做，似乎要试探牟先生心中的秘密，又似乎受了环境的影响，需要一些浪漫的情调。牟先生感觉到了她身上的温度，身子动了动，仍旧不说话。其实，如果牟先生对她的举动做出回应，她倒真不知道该如何是好了，说不定要给牟先生一些难堪。

但牟先生的冷淡却又让她有些失落。她心里就想：这个牟先生，真是一个怪人呢。

姜振帼在烟台居住了半个月后，管家易同林派腿子大牛到烟台通报她，说张福财的队伍在栖霞城没有多少收获，开往莱阳去了，日新堂一切平稳。

按说，姜振帼应该立即打道回府了，但她担心张福财的队伍从莱阳返回来的时候还会冲击庄园，于是就对腿子说："再等等看吧。"

这样，日新堂的事务仍由易同林料理。按照姜振帼的要求，易同林每月都要带着结算后的账本到烟台呈给姜振帼查看。

各家的土地经营并没有因为他们居住在烟台受了影响。忠于职守的管家和账房先生们，在主人不在的时候，照样收租、理账、赶集，按照主子的吩咐，把一些主子需要的钱财送到烟台。长工们依旧与过去一样耕种收割，听从大把头的招呼。因此，各家的老爷太太也就不急于返回去。他们用兜里大把的钱，享受着城市的新鲜生活。

谁都没有想到，这次土匪张福财的突然侵入，竟然打破了庄园上百年的生活秩序。

他们在烟台从夏天住到了冬天。这半年中，各家的老爷少爷在花花绿绿的烟台真是开了眼界，已经完全变了样子。牟宗升、牟宗昊、牟宗腾和牟宗天四位老爷，不仅抽上了大烟，而且都进过了妓院。

北来福少爷牟宝的太太秦氏，在烟台生下了他们的小少爷，取了"烟"字的谐音，名叫牟衍生。牟宝的父亲牟宗天把北来福的权力基本交给了牟宝，自己跟哥哥牟宗腾忙着喝茶泡妓院去了。他并不知道自己的儿子牟宝也沾染了抽大烟的恶习。

这些事情，姜振帼虽然已有耳闻，但各家分散居住，各自为政，她抓不住真凭实据。

春节前，姜振帼想起给祖宗进香火了，通知各家返回庄园。而老爷少爷们却玩野了心，竟然连春节都不想回去了。姜振帼就坐上轿车，一家一家地走，对各家的老爷说："你们连祖宗都不要了？想在烟台居住，回去给祖宗烧了香，你们再回来，就是把房子搬到烟台来都行！"

姜振帼说的是气话，她还没有觉察到庄园潜在的危机，仍旧很自信。她做掌门人的这些年，经受了不少的风雨，庄园不仅没有颓败，还出现了欣欣向荣的景象。她甚至已经对未来做了预想，在三四年之后，让小少爷牟衍堃娶妻成家，把掌门人的位置交给儿子，自己垂帘听政。

姜振帼颇费了一番口舌，总算在春节前把几大家的老少都劝回了庄园。按照往年的规矩，大年三十的夜里，在姜振帼的带领下，给列祖列宗烧香磕头，做了孝子贤孙应做的一切。

转过年去，大地回春，冷冷清清的庄园又热闹起来。老爷少爷们一回到庄园，在烟台的那股子疯劲儿也就收敛了，很自然地又回到了原来的生活轨道上。老爷还是老爷，依旧在下人们面前端着老爷的架子。少爷们呢，也在老爷和太太们面前显出很驯服的样子。

从表面上看，经受了匪兵蹂躏的庄园似乎没有什么变化。只是赵太太和牟银葬身的那口水井被封盖起来。奴才们夜里都不敢从那里走过，说水井下总有咕噜噜的声音冒出来。

二十三

然而，1928 年的这个春天，庄园的奴才们还是从主子身上发现了变化——主子的饮食和行事方式都不似从前了。就连跟随主子的丫鬟和老妈子也变得洋气了。老爷们最明显的变化，就是身边都多了一支烟枪。当然，他们抽大烟的时候都是躲在自己的卧室内，把门闩了。从烟台带回来的大烟抽完了，就悄悄派了账房先生赶往烟台购买。

牟宗升那支烟枪成了他的宝贝，烟嘴是翡翠制作的，景泰蓝烟杆，非常特别。牟宗升抽大烟的时候，还要让丫鬟小六在身边伺候他。照理说李太太是知道的，但李太太已经接受了这种事实。到后来为了麻木自己，她也抽上了大烟。

栖霞城里的小妓院实在不上档次，老爷们无处嫖娼，时间久了心里痒痒的，总想找个东西抓挠几下。那天牟宗腾看到丫鬟春桃在自己卧室里走动，臀部一扭一扭的，心里就波澜起伏了，上前抱住了春桃，把她摁倒在土炕边，去解她的裤子。春桃已经二十多岁了，是一个熟透了的女人。她挣扎了几下，很快就明白老爷要什么东西，也就没有了太多的恐惧，闭上眼睛，一动不动地躺在那里，任老爷牟宗腾摆布她了。

牟宗腾刚刚手忙脚乱地跟丫鬟做完事情，王太太正巧推门走进来。牟宗腾尴尬地站在那里，一句话都说不出来。丫鬟春桃惊慌地跪在王太太面前，身下还流着血，求饶道："奶奶饶命，不是奴才……是老爷强行要奴才……奴才该死！"

说完，春桃就因为恐惧哭起来。

王太太愣了片刻，立即反应过来，对牟宗腾说道："老爷大白天做这事，总要闩上门。要是被奴才们看到了，你这个老爷的脸儿朝哪儿搁？"

牟宗腾苦笑着，一个劲儿地点头，心里却在感激王太太的心胸宽广了。

王太太就不理会牟宗腾了，转眼看春桃下身的血迹，知道这奴才是第一次破身，就瞪了她一眼说："老爷能看上你，也算你的福分，哭啥

233

哭？闭上你的嘴！从今往后，你就再也不用惦记着嫁人了，好好侍候老爷。"

王太太转身走出牟宗腾的屋子。春桃连忙整理了自己的衣服，看了牟宗腾一眼，忐忑不安地站在那里，不知道如何是好。牟宗腾心里却踏实了，知道太太已经默许了他跟丫鬟的关系，于是就对春桃说："不要怕了，太太已经准许你跟我在一起。"

说着，又把春桃抱进怀里，春桃却不知什么原因，在牟宗腾怀里又呜呜地哭起来。

当天晚上，王太太特意安排春桃去牟宗腾屋里过夜。她觉得这种事情想堵是堵不住的，老爷偷偷摸摸地行事，倒不如成全了他，免得闹出什么乱子。老爷喜欢春桃，也就是喜欢春桃的身体，就像喜欢腥气的猫，要从春桃身上偷嘴。春桃只是一个丫鬟嘛，闹不到哪里去。但如果老爷到外面招引一个小妾来，那才麻烦呢，不仅要从老爷兜里掏银子，还要跟她这个太太争权夺利。不过这种事情是瞒不过南来福几个老妈子的，于是王太太叮嘱了屋里的老妈子，严厉地说："你们哪一个嘴碎，把事情张扬出去，看我不割了你们的舌头！"

老妈子们都在主人身边待了多年，其实是不用担心的。大家都在躲避一个人的耳朵，那就是掌门人姜振帼。王太太想，如果让姜振帼知道了，对南来福没有任何好处。南来福要的是脸面，没有了脸面，在这个庄园里也就没有了位置。

王太太的举动自然感动了牟宗腾。他对王太太比先前更尊敬了，索性把家中的许多事情都交给王太太，自己搂了春桃抽大烟去了。春桃虽然夜里常常睡在老爷房内，但到了白天，仍旧是一个丫鬟，要给王太太捶背、冲刷夜壶。屋里的老妈子也没有另眼看待她。一切都没有多少改变。

只有少爷牟财比过去沉默了许多，见了春桃不像先前那样随便玩笑了。牟财从小就和春桃厮混在一起，得到了春桃的照料。两个人的身体是一起长大的，彼此之间就有一种超越了主仆的情感，平日里难免私下玩笑。玩笑中，少爷极其自然地去摸春桃的胸，春桃也就放肆地在少爷脸蛋上轻轻地打一巴掌。彼此的身体虽然吸引着，但绝没有想到要发生点什么。做少爷的明白对方只是个下人，而做下人的知道对方是她的少爷，是她未来的主子，因此都没有超越界限。春桃一年年拖延着不愿离开南来福，对少爷的眷恋也是一个原因。现在，牟财看到做父亲的竟然对春桃下了手，心中的那种复杂情感也就可想而知了。他想，其实过去自己是可以对春桃的身体做些什么的呀。

牟财就有了一种失落和懊悔。

他不再去理会春桃了，甚至与她见面的时候都不正眼去看她。春桃心里当然明白牟财冷漠的道理，她心里就觉得内疚，似乎欠了少爷一些东西，就想找个机会跟少爷说几句话，像过去那样跟少爷玩笑几句。

那天下午，春桃去少爷楼清扫房间，看到只有牟财在楼上，就笑着对他说："少爷，这么好的天气，闷在家里生蛋呀？庄园的几个少爷到山里放鹰去了，你咋没去？"

牟财低了头说道："没去就是没去吧，不愿意。"

春桃就说道："少爷你吃了枪药了？说话这么冲！我什么地方得罪了少爷，让你这样恨我？"

牟财瞥了春桃一眼，说道："你这奴才，跟我说话越来越没规矩了！"

春桃并不害怕，反而走到了牟财面前说，"我一直就是这个样子的，少爷生气就给我几个嘴巴。"春桃说着仰起了头，让牟财去打。牟财就愣住了，看着她仰起的脸。慢慢地，那脸上就有了泪水流淌着，让他惶惑得不知如何是好了。这季节，外面的桃花正开得灿烂，一些飞扬的柳絮飘过了打开的窗户，落在了屋内。牟财突然走上去，抱起了春桃的脸，亲吻起来。春桃的身子软软地瘫在他的怀里，嘴里梦呓般地说："少爷、少爷，我已经是老爷的人了，你放开我，放开我吧。"

嘴里这样说着，身子却软得无法收拾了。

牟财等不到自己的喘息平静下来，丢下了残局就要匆忙下楼，而春桃却抱住他不放，说道："少爷求求你，别走……"

春桃从少爷这里得到的快乐完全不同于老爷牟宗腾，她心里的那张帆似乎还刚刚启航。

以后的日子，春桃总能找到理由去少爷楼，跟牟财做身体的狂欢。牟财虽然也快活着，但他心里却有些恐惧，担心被父亲发现了，不知道该如何收场。

牟宗腾已经给牟财订好了亲事，原计划去年就给牟财成亲，却因为从烟台回来得匆忙，改在今年了。什么季节操办，并没有定实。牟财跟春桃有了肌肤之亲后，就主动在母亲王太太面前流露出准备五月份成亲的想法。王太太自然高兴，忙请人选择了五月的一个吉祥日子，开始为牟财的婚事做准备了。

按照牟财的要求，南来福的婚事办得很简单。婚后的牟财因为屋里有了少太太林氏，春桃也就断了跟少爷疯狂的念头。从此她见了少爷，只用眼睛瞟了他，满眼的忧伤和哀怨，让牟财看了心里总不是滋味。

在少爷当中，牟财算是没有沾染多少坏毛病的一个，知道帮着王太太打理家务，支撑南来福的门户，让王太太心里庆幸万分。

这时候的牟氏庄园，老爷和少爷们都变得骚动不安，就连西来福不满十八岁的二少爷牟恒都不守规矩，把一个佃户的女儿搞了。老爷牟宗昊知道后，似乎还很气愤，端着架子训斥牟恒。但牟宗昊在烟台的所作所为，牟恒都看在眼里了；而且这小崽子的嘴皮子功夫比他的哥哥牟永胜了几倍，只几句话就把牟宗昊噎住了。

牟恒说："哦，就兴你偷情嫖娼，吃香喝辣的，我喝点儿菜汤都不行？"

在烟台的时候，牟宗昊不仅去妓院嫖娼，还跟邻居一个十八岁的姑娘小玉眉来眼去，后来竟然常常把小玉带回他的房间。陈太太不像王太太这么聪明，以为牟宗昊还像过去一样，害怕这种丑事传出去，想逼迫牟宗昊跟小玉断了来往，就在地上打滚哭闹，故意招引了许多人看热闹。

丫鬟红莺觉得围观的人像看耍猴子一样看着陈太太，于是上前拉起了陈太太说："太太别闹了，你看好多人在看你……"

陈太太哭喊道："我不怕看，我就是要让所有人都知道！"

牟宗昊在陈太太闹腾的时候根本不理会她，离开家去了妓院，在妓女的侍奉下悠然地抽上大烟了。

陈太太的哭闹在牟宗昊身上没有收到效果，她就把眼睛盯住了女孩子小玉。看到小玉去了牟宗昊的房间，就冲了进去，要把裸着身子的小玉拽到大街上示众，说道："你这个不要脸的小妖精，不怕丢脸，到大街上展示展示去！"小玉就朝牟宗昊怀里躲藏，嘴里喊着老爷快救我，一副受了委屈的样子。牟宗昊就对陈太太喝道："你给我滚出去，不准再进我房间！"

陈太太不肯罢手，仍朝牟宗昊怀里扑去，要去厮打小玉。牟宗昊一脚踹倒了陈太太，对外面的奴才们喊道："来人，把太太拖出去，我再也不想看到她这头蠢猪！"

躺在地上的陈太太一边哭着，一边想，自己跟老爷的情分就算彻底断了。这样想着，她的哭声就更大了。红莺和一个老妈子拉她的时候，她没有挣扎，只是从泪眼中看了看老爷和他怀里的小玉，满是哀怨地走出了老爷的房间。

从烟台返回庄园，牟宗昊没有让陈太太住进老爷楼，而是让下人把她安排到后面的少爷楼里。

本来日新堂的潘马夫已经跟红莺商量好了，从烟台返回庄园后，红莺就离开西来福陈太太身边，回家去为潘马夫生儿育女了。但看到孤单的陈太太被冷落在少爷楼内，几乎无人过问，作为多年来跟随她的丫鬟，红莺觉得这个时候提出离开西来福会让陈太太伤心的。于是红莺就一声不吭地留在陈太太身边，继续侍奉她，陪伴着她打发寂寥时光。

看着母亲所遭受的待遇，牟恒心里很不是滋味，对父亲就有了一股怨恨，无处发泄，也就不把牟宗昊当作父亲了。

牟宗昊听了牟恒的混话，瞪了半天白眼球，到后来突然感到很累，很无聊，一切都没有意思了，叹口气说道："你这么一点儿的人就开始折腾，唉，西来福怕是要葬送在你们手里了……"

覆水难收，庄园内的人和事，许多没了规矩。那些在庄园内侍奉主子一二十年的老妈子，眼睛里看多了脏东西，就禁不住摇头，怀念死去的老主人，同时也为小主子们捏了一把汗。

当然，外面的世界也发生着变化，许多事情百姓们越来越闹不明白了。就说占据烟台的军阀刘珍年吧，转眼间被蒋介石任命为国民革命军暂编第一军军长，经常到处张贴布告筹措军费，动员豪门富户捐款，名正言顺地从别人兜里掏银子了。

世事无常，本地的县太爷也不好做了，走马灯似的换来换去。刚来一年多的陶县长又调走了，换了一个瘦小的林县长。林县长上任没几天，就接到了刘珍年的命令，让他想办法动员牟家捐出百万军费。刘珍年张贴的"富户捐"告示，反应冷淡。富户门都很吝啬，不肯把自己兜里的银子捐给刘军长。刘军长就不得不挑选大户人家开刀了。

林县长接到刘珍年的命令，愁眉苦脸了几天，百万大洋可不是一个小数目，牟家再有钱，也不会轻易拿出来的。但刘珍年的指令又不敢违抗。林县长摸了摸自己的脑袋，心想也只能去做一些断子绝孙的缺德事了。主意想定后，林县长派两个衙役，持请帖去了牟氏庄园。

衙役去了月新堂，对牟宗升说："我们县太爷刚到，邀请牟会长去做客，以后许多事情要请牟会长扶助。"

牟宗升听了很高兴，心想这个林县长还懂礼节，知道我牟会长是清朝的兵部侍郎，当地最大的财主，要跟我亲近才好。牟宗升就故作姿态地说："县太爷上任，我本该给他接风洗尘的，哪敢让县太爷宴请？"

衙役答道："牟会长有这个心意，改日吧，今儿县太爷已经摆好了酒席，等候您呢。"

牟宗升不客气了，精心整理了衣冠，要给县太爷摆出他牟家的阔气来。因为是去赴宴，所以身边不能带着马夫和腿子，他就骑了高头大马，一个人跟随衙役去了县府。

按照牟宗升预先的想法，这种宴请，县太爷一定站在县府内的大客厅外等候他，见了面要客气一番，说一些"久仰久仰"之类的套话。但是走进县府，却没有看到林县长的笑脸。他正纳闷，从侧翼的胡同里走出几名全副武装的衙役，直奔他而来。一个头目走到他面前，瞪了眼喊道："牟会长，你迟迟不肯缴纳富户捐，先依法关押了！"宣布完后，两个衙役就上前粗鲁地架住了他的胳膊拖着走，像是要把一头肥猪架到案板上。

牟宗升挣扎着喊道："干啥干啥？我是你们林县长请来吃酒席的……"话没说完，他自己就醒悟过来——如果自己真是林县长请来的客人，这帮衙役哪敢对自己动手动脚的？看样子是中了林县长的圈套，于是他又喊道："快放开我，你们胆大包天，忘了我是谁了？！快让林县长出来见我，他出来晚了可别后悔！"

衙役根本不听牟宗升的叫喊，强行拖着他走路，一直把他拖进了一个小黑屋里，落了锁。他在屋里叫喊了半天，外面却无人搭理他。他喊叫累了，停息下来，就感到了莫名的恐惧，坐在黑暗里开始琢磨主意。

不知道过了多久，外面终于响起了脚步声。一个人对着门缝喊道："林县长说了，要想出去，必须捐出大洋一百万，不想捐献的话就在里面待一辈子吧。"

牟宗升傻傻地呆坐着，弄不明白自己是商会会长，又是本地最大的豪门老爷，这个新来的林县长怎么有这样大的胆子，明目张胆地把自己关押起来，敲诈勒索。

他感觉阳光明朗的白日突然间就变成了没有一颗星星的黑夜。

牟宗升离开庄园大半天，最初谁都没有意识到什么。到了晚饭的时候，月新堂的李太太才纳闷地对身边的丫鬟说："老爷去县衙吃酒席，难道还要吃两顿吗？"丫鬟小六就担心地说："老爷不会有什么事情吧？"

李太太瞪了小六一眼，嫌小六多嘴，说，"老爷能有什么事情？你放心好了，今夜老爷还会回来睡觉的。"说到睡觉，小六的脸就红了。因为大多的夜晚是她陪在老爷身边。她心里挺内疚的，很对不起李太太，可老爷就是喜欢把自己留在屋内，她做丫鬟的能敢不从吗？

两个人说话的当儿，外面的腿子来报，说县府的一个衙役要见李太太。小六当即惊得脱口说道："老爷肯定有事了！"

李太太的脸色也骤然变了。老爷吃酒宴没回来，衙役却又来了，看样子不像好事情，于是慌慌地走出卧室，到了会客大堂见衙役。当得知老爷因为拒交"富户捐"被衙门关押了，她的泪水就流出来，对衙役说道："我们月新堂对县衙门历来不薄，新来的县太爷咋能这样不讲理呢？"

衙役说道："我只是奉旨通报来的，太太赶快拿了现大洋领人去吧，耽搁久了，怕牟会长经受不住那种苦。"

衙役离去后，李太太就跟大少爷牟昌和自己的管家李连田商量，如何拿了大洋去领人。大少爷牟昌当时就急了，对李太太说道："一百万现大洋？你以为是从地里刨地瓜呀？上哪儿弄这么多钱？"

管家也说："县衙的狮子口张得太大了，月新堂承受不住呀。"

"没这么多大洋，他们愿意扣押我爹，就让他们扣押好了！"牟昌说完，干脆一甩手走了。

李太太生气地瞪了一眼牟昌的背影，说道："你连自己的爹都不要了？没有你爹，还有你们这些王八羔子？多少钱都要把你爹领出来！"

所有的人都不说话了，准确地说是不知道该怎么办了。丫鬟小六在一边急得直张嘴，想催促大家赶快想办法，可就是不敢说话。到后来，李太太发现了，就顾不了那么多的规矩，说道："小六，你要说啥话？有啥好办法快说出来！"

小六这才说道："县府敲诈的富户捐，按说不该由月新堂一家来付，要捐的是整个庄园。只不过我们老爷是商会会长，就让我们老爷出头露面了。这事要跟其他老爷一起商量，最好让日新堂少奶奶出来应付。少奶奶是掌门人，心里主意也多。"

小六这么一说，管家李连田禁不住"哦"了一声。李太太也觉得很有道理，当即带着丫鬟小六去了日新堂。

少奶奶姜振帼正在大堂内给管家易同林交代事情，让他抓紧制造一批假银圆宝。姜振帼已经预感到了时局的动荡，今后兵匪骚扰庄园的事情会经常发生，不管哪路人马来了，都要打点他们一些银子，这样下去恐怕很难应付，于是就想到制造一批假银圆宝备用。两个人说话的时候，堂屋的大门关得紧紧的，还把丫鬟梨花打发到了门外守候。

梨花看到李太太和丫鬟小六急匆匆走来，赶忙上前阻拦，笑了说："太太有什么事呀？走得这么急。"

李太太说道："你们家少奶奶呢？"

说着，人已经走到了堂屋门前，要去推门。梨花忙说："我们少奶奶在屋里跟管家商量事呢，奶奶你看今年的迎春花怪不怪，这个时候了才开花。"

李太太不理会梨花，径直推开了门。姜振帼和管家易同林没想到会有人突然闯进来，他们的表情显得有些吃惊，愣在那里。李太太说道："少奶奶，你二叔被衙门扣押了，你赶快想个法子！"姜振帼这才回过神来，看了一眼易同林，说道："你出去吧。"

姜振帼仔细地听李太太说了牟宗升的遭难，也感到意外，没想到新来的林县长这么霸道。她对李太太说："骑到我们头上屙屎了，我这就去县衙门走一趟，拜会这个林县长。"李太太原以为需要费很多口舌才能请动少奶奶，却没想到少奶奶这么主动。其实姜振帼心里明白，这"富户捐"并不是只拿牟宗升开刀，庄园内的各家谁也逃脱不掉。日新堂在牟氏家族中是首富，外面的人都知道，别家挨一刀，日新堂要挨两刀。表面上她是去搭救牟宗升，实际上是要挡住伸向自己口袋的黑手。

离开庄园的时候，姜振帼去见了牟宗昊、牟宗腾和牟宗天三位叔叔，说她这次去如果跟林县长闹僵了，也就回不来了，今后日新堂的事情就要靠几位叔叔照应。牟家恐怕今后的日子会更艰难，几位叔叔一定要齐心协力，保住祖宗留下的这份家业。"各位叔叔现在就筹措大洋，恐怕一个子儿不出是不行了，我豁出性命跟县太爷理论，尽量少掏一点儿。"她说得有些伤感，自己的确不知道这个林县长能不能给她面子。

几位老爷被他们的掌门人的话感动了。

牟宗昊很气愤，搬弄出了他学过的法律，证实林县长的做法严重违法，说道："我跟少奶奶一起去，问问这个狗县长还要不要王法了？"

牟宗腾斜睨了牟宗昊一眼，嘲弄地说："你就别显摆你学的法律了。县太爷要是害怕法律，就不会这么干了。这世道呀，没规矩了。"

牟宗天故意激将牟宗腾，说道："对，老四你懂法律，你陪着少奶奶去县府，不要在家里耍嘴皮子，窝里横，你去跟县长理论！"

姜振帼知道几个老爷只是打嘴仗，到了这个时候谁都不会出头露面的，就说："你们都不用陪我去，我一个女人家，看他们能把我怎么样了。"

她把自己上下收拾了一番，带着丫鬟梨花去了县府。

这个时候，林县长也正需要一个像姜振帼这样的人出来调和事情。牟宗升被关在黑屋内，死活不肯答应出钱，总不能一直关下去吧？因此看到姜振帼来到县府，林县长心里就踏实了，还算客气地接待了她。姜振帼婉转地告诉林县长，庄园与过去历任县太爷都有交往，已经给了县衙很多捐助了，希望林县长手下留情，不要过分难为庄园。

林县长说道："不是我要跟你们牟家过不去，是刘珍年军长的指令，我这个小县官窄窄的肩膀，能扛得住吗？我想请你劝劝牟会长，不要太死心眼了，这年月混过一天是一天。我得罪了刘军长，这县太爷也就做不成了，你们得罪了刘军长呢，恐怕好日子也就过完了。"

姜振帼为难地说："一百万大洋，这数目太大了呀！"

林县长笑了笑说："一百万大洋对你们庄园来说也不是个大数目。"

姜振帼说："林县长高看我们了，我们真的拿不出这么多。如果几万大洋，还是可以凑一凑的。"

林县长的脸色就变了，说："要是几万大洋，我也没必要费这么大周折。你就不要跟我缠磨了，这个数目，你们庄园能掏出来。要是成心跟我作对，可别怪我不客气。"

姜振帼心里一沉，知道这个林县长不像过去几个县太爷那么容易对付，于是就说，"既然林县长这么不讲情面，那就算了。"她把目光从林县长那里移开，看着身边的丫鬟梨花说："你回去吧，告诉一大家子都别等我了，我回不去了，恐怕要死在县衙了。"

梨花站在那里不走，怯怯地看着姜振帼，眼里含了泪水。姜振帼就生气地骂道："小奴才，你耳朵聋了吗？！"

梨花擦了一把泪水，慌张地离去了。

林县长有些愣了，看着姜振帼问："这么说，你就是要跟本县长抗拒到底了？"

姜振帼说："不是我要抗拒，是我们确实拿不出这么多钱，只好请林县长放了我二叔，我是庄园主事的，把我扣押在衙门好了。"

林县长担心把事情搞僵了，弄不到钱，对刘珍年那里也无法交差，于是就缓和了语气，答应把"富户捐"减半，让庄园六大家捐出五十万大洋。姜振帼说，五十万也拿不出来。林县长就跟姜振帼讨价还价，最后确定为三十万大洋。

牟宗升被放了出来，跟着姜振帼一起回到了庄园。

虽然"富户捐"从百万大洋减到了三十万，六大家子平均分摊了，但对每一家来说都不是个小数目。牟宗昊说他西来福拿不出银子，主张抗捐到底，结果遭到了其他人的反对，无奈忍痛掏出了五万大洋。

当三十万现大洋拼凑齐了，放在月新堂的大厅时，牟宗升看着白花花的一堆银圆，突然扑上去抱头痛哭，喊道："祖宗呀，不是我们子孙无能，这世道实在变得太坏了……"

他这么一哭，周围的几个太太也跟着哭了起来，把姜振帼的眼圈也哭红了。姜振帼就挥了挥手，对牟宗升说道："别哭了二叔，赶快给衙门送去吧。"

牟宗升就带着两个奴才把现大洋送往县府。牟家的老爷和太太都跟在身后，一直走到大门外，像发丧似的哭喊着，在朦胧的泪水中送别了三十万现大洋。

到了县府，牟宗升把三十万大洋点给了林县长，然后愤恨地说："从今儿起，我这个商会会长不当了，以后这个费那个费的，不要找我筹措了！"

林县长看着白花花的银子，心里正后悔着，觉得如果再让牟家捐出十万两，牟家恐怕也拿得出来。听了牟宗升的话，林县长就瞥了一眼牟宗升，冷笑说："会长不当就万事大吉了？想太平你就别当富户人家才行，回去一把火烧了庄园！"

林县长说话的口气，似乎他眼前站着的已经不是声名远播、令人敬畏的大地主，而是一个普通佃户，或者说是一头已经失去了自我保护能力的老虎豹子，可以随便从其身上择取骨肉食之。这口气自然刺伤了牟宗升，他站在那里看着林县长，努力想透过愤恨的目光为自己挽回一些尊严，却没有达到预想的目的。林县长嘲弄的目光始终压制着他愤恨的目光，到后来他竟然有些站不住了，感觉自己的身子开始不停地晃动。他想挺直腰杆，也仍然没有做到。他不明白，堂堂的牟二爷的腰杆怎么会突然间害了软骨病，坚挺不住了？

他狼狈地走出了衙门，失魂落魄地爬上了马背。沿着大街走出了很远，他仍觉得身后有个影子追逐他，于是虚虚地回头看，却看不到什么异样，但转过头去走路的时候，那影子又上来了。他有些奇怪，自己怎么大白天怕起鬼来了？当他再次回头看时，不经意间看到身后衙门的大门，竟像一张深不见底的大嘴对他张着。

他不由得打了一个寒噤。

二十四

牟宗升辞去商会会长的职务闭门不出，每日偷偷地抽两口大烟麻木自己，隔三岔五地把丫鬟小六留在自己卧室过夜，呼天呼地地云雨一场，看起来日子倒也过得清静。其实他心里却苦闷着，闭上眼睛就看到被县衙敲诈去的一堆白花花的银子，心肝尖尖就禁不住抽搐着疼，额上也便泛起了细碎的汗珠。他心里喊叫，自己辛辛苦苦节俭了几十年，照这样折腾下去，三两年就倾家荡产了，将来如何到阴曹地府里去见祖宗！

心肝尖尖疼着的时候，他就苦苦想，有什么办法能够摆脱官府的敲诈？想到最后，还是想到林县长的那句话，自己要清静，就得把家产烧个精光。

烧个精光倒不如花个精光。他就想起了大少爷牟昌的婚事，觉得应当及早给牟昌成家。牟昌刚满十九岁，过去有人给大少爷提及过本县一户姓李的小地主的女儿。那女子叫李桂芳，细高挑儿，长得很出众。牟宗升却没有答应，要在方圆百里好好给儿子挑选一户富家女子为妻。现在他不这样想了，觉得儿子的婚事不宜久拖，早给他成了亲，自己也算了却一桩心思。

到了秋后，月新堂就给大少爷完了亲。这时候，任期刚一年的林县长已经调走了，又新来了一个郁县长。当地人不知道外面世界的变化，说如今的县太爷还不如地里的一季庄稼。其实这儿县太爷的轮换都与外面政府衙门的更替连着呢。牟宗升害怕引起郁县长的注意，就把婚事办得很低调，不敢像过去那么张扬。庄园内的老爷太太去月新堂喝喜酒，也不像从前那么热闹，他们心里都乱糟糟的，已经没了那份闲情雅致。

北来福的牟宝一月前突然得了头疼病，疼起来的时候大呼小叫的，不停地用头撞击墙壁，似乎要把脑袋撞成两半才舒服。老中医给他换了几次药方了，终不见效，把北来福的刘太太急得大骂老中医是个草包。几天前家里把牟宝送到了烟台医院，请了一个专家诊治。从专家脸上的表情看，牟宝是留不住了。从烟台返回庄园，牟宝每日撞墙的次数越来越多。撞墙的时候，几个人都摁不住他。少太太怀里抱着少爷牟衍生，站在远处流着泪，开始想以后的日子该如何打发了。在她看来，眼前的牟宝跟死了没什么两样了。月新堂的喜宴，北来福的老爷牟宗天和刘太太都没有去参加，只派了二少爷牟旺带着彩礼去了。牟旺虽然也是二十多岁的人了，却不知道替爹娘分忧，在月新堂喝喜酒，竟喝醉了，被下人抬回了北来福。

姜振帼去月新堂吃酒，送去了一个玉石佛手做贺礼，是当年娘家送给她的陪嫁，很金贵的东西。李太太有些受用不住，一惊一乍地说："呀呀呀，少奶奶真是出手大方！"

姜振帼笑一笑，说道："这些东西，放在家里也不会下崽。"

牟昌的婚事让月新堂又热闹起来了，老爷牟宗升和李太太的脸上都挂了笑容，因此下人们说话也就轻松了很多，可以在院子里听到老妈子们说笑的声音了。

但这种气氛很快就结束了。牟昌婚后第三天，一家人正准备吃午饭，县府的官兵手持长枪，把守在月新堂的大门外。一个矮胖的长官气势汹汹地闯进了月新堂宅院，不等一院子的老少反应过来，就对惊慌中的牟宗升宣布："郁县长有令，请你马上去县府面见郁县长。"

牟宗升心里一惊，新来的郁县长也要召见自己？是不是又要"富户捐"？心里恐惧着，脸上却赔了笑，对那个矮胖子说："长官请进屋坐，喝一杯喜酒，我儿子前天刚结婚。"矮胖子一挥手说道："免了免了，郁县长正等着你哩，走吧，牟会长。"

牟宗升说道："郁县长刚来，可能不知道，我早就辞掉了会长职务，什么事情也不管了。"

矮胖子有些不耐烦了，说道："是不是会长我不管，反正郁县长就是要见你。"

牟宗升没办法，站起来跟着胖子走到大门外，一家人都担心地跟在身后送他。到了门外，牟宗升发现自家的大门外站着十几个持枪的士兵，他的脸色就惨白了，故作镇静地问矮胖子："这是干什么？你们来抓我呀？那我不走了，你们把我绑起来吧。"说着，站在那里不肯走了。

矮胖子不客气地说："郁县长说了，要是牟会长自己不能走，就要我们把你抬进县府！"

这句话充满了杀气，把跟在牟宗升身后的李太太和大少爷、二少爷吓了一跳，李太太禁不住浑身颤抖起来。没想到刚过门的新媳妇李桂芳倒很镇静，上前拦住了矮胖子问道："你到底要把我公爹怎么样？他犯了什么法，你们县衙门来抓他？总得跟我们这些家人说清楚，哪能这么不讲理呀。要抓，那就把我们一起抓走！"

矮胖子一看这女子挺刁横，担心闹腾起来误了公事，于是态度缓和地说道："你们就别问了，牟会长去了就知道了。我实话跟你们说吧，现在跟过去不一样了，就是没理可讲。"

矮胖子回头又对牟宗升说："你赶快跟我走，别不看火候，让家里人受牵累，惹恼了我，可别怪我不客气！"

牟宗升知道拗不过衙门，只能去县衙见郁县长，当面跟郁县长申诉。不过，他觉得自己作为栖霞的头面人物，被这么多士兵押解着从大街上走实在太难堪，于是悄悄对矮胖子说："我又跑不了，就不要让这么多兄弟跟在后面了。"

矮胖子明白了牟宗升的意思，就拍了拍自己身背的盒子枪，对那些士兵说："你们前面走吧，我陪牟会长就行了。"

牟宗升被衙门的官兵带走后，李太太就和丫鬟小六去了日新堂，不多时其他几位老爷太太也都过来了，问姜振帼该怎么办。姜振帼似乎也没有什么好办法，只能派出腿子在县府门前打听消息，等待事态的发展。

正如牟宗升预料的一样，郁县长上任后发现县衙库银严重短缺，衙门当差的薪金都发不下去了，让牟宗升为衙门捐些银两。牟宗升哭丧着脸说道："郁县长你不知道呀，上半年我刚给衙门捐了三十万现大洋。"

郁县长冷着脸说："你那是捐给林县长的，跟我郁县长没关系。"

牟宗升就问："这次要我捐多少？"

郁县长说："最少也要跟上次一样吧？你们给林县长捐了三十万，我也不多要，还是这个数，三十万。"

牟宗升一听，叹了口气对郁县长说："你就是杀了我，我也捐不出这么多钱。"

"你们庄园六大家，清理一下库底也凑够这个数了，别给我装穷。不掏钱，你这辈子就待在班房里吧。"

"你想怎么样都行，我就是没有钱。"牟宗升来了个死猪不怕开水烫，不在乎地把头扭到一边了。这一次他打定了主意，就是蹲一辈子班房，也决不掏一块大洋。这样掏下去，祖宗留下的这点儿家业就掏空了，老婆孩子都要被饿死。

郁县长也不跟他废话，让衙役把他关进了黑屋里。

进了黑屋子，他心里倒觉得踏实了，觉得最坏的结果也就这样了。当然，在黑暗里坐久了，孤独和哀伤就涌上心头，他就在黑暗里开始回想从前，想自己从父亲那里接手月新堂以来的作为，很为一些得意的岁月骄傲。想到最后，就情不自禁地哭了，觉得人生真是一场噩梦，他从来没有想到自己会落到这种地步。在栖霞这块地盘上，除去县太爷就是他这个商会会长了，曾经何等风光？现在自己就倒霉在这个"会长"的头衔上。要说有钱，日新堂比月新堂胖多了，衙门每次却偏偏把他当作领头羊揪出来，就因为他曾经是商会会长，当那个狗屁会长干啥？

他很少像今天这样来认识自己。

消息很快送到了庄园。李太太得知老爷牟宗升又被扣押了，还要捐三十万大洋领人，急得哇哇哭起来。

姜振帼长叹一声，说道："哭有什么屁用？还是凑钱救人吧。"

这时候，各家的现大洋确实不多了，都不肯拿出来。大家拥挤在日新堂的客厅里，唉声叹气，看当家的姜振帼会有什么办法。牟宗昊竟然责怪姜振帼，说道："当时就不该答应林县长的条件，看他林县长有什么办法。现在好了，走了林县长，来了郁县长，衙门吃顺了嘴，咬住我们牟家不放了。过个一年半载，再来个什么鸟县长，再捐三十万。你日新堂能够拿得出银子，我们西来福可就捐个底朝天了！"

牟宗天揉了揉红肿的眼睛，批评牟宗昊说话失了水准。"四哥你别跟侄儿媳妇这么说话，她为咱们牟家，在衙门已经尽了力，受了委屈，你说这话没良心了！"他这些日子，夜里为了看护牟宝撞墙，缺少了很多睡眠，眼睛红肿着，总是用生了气的样子瞪眼看人，样子就很可怕。

牟宗昊梗了梗脖子说："上次捐现大洋的时候我就说过，我们应该抗捐，然后到济南府告县衙的状。"

姜振帼不满地说："你懂法律，四叔，你来当这个家，带头抗捐！"

牟宗昊翻了翻白眼："当初可都是变着法儿争着抢着要做掌门人。哦，现在时局乱了，这个家不好当了，就想撂挑子了？好事都让你占全了！"

姜振帼眼窝里的泪水忍不住涌出来。

牟宗腾也觉得牟宗昊的话越说越离了谱儿，说道："你也别把话说得这么难听，现在别扯其他的，你一家拿不出钱来，咱们庄园都遭殃。就这世道，你跟谁讲理去？！"牟宗天听了他这话，也点点头，并且用眼睛去看姜振帼，给她送去了一些鼓励。

姜振帼说道："你们都先回去吧，让我想想办法。"

人走散了，姜振帼的身子就靠在了太师椅上，很疲惫地闭上了眼睛，到后来一动不动，似乎睡着了。日新堂的几个老妈子都站在一边，后来管家易同林和腿子也走来了，瞅着太师椅上的少奶奶，都不敢吭气。好半天，丫鬟梨花担心少奶奶受了凉，就去房间里拿来一条羊绒毛毯，轻轻地搭在少奶奶身上。

少奶奶醒了。

周围的奴才都低着头，仿佛被霜打了的茄子。这个时候，无论是奴才还是主子，都有些人心惶惶，整个庄园被一种恐惧和哀伤的情绪围困了，仿佛头顶上的天即刻就要塌下来。姜振帼吃力地抬起眼皮，感觉头痛恶心，但她知道自己这个庄园掌门人，到了关键时候应当支撑得住，于是对丫鬟和老妈子们说："你们都站在这儿卖傻呀？该干啥干啥去，我跟管家有事情商量。"

众人都退去了，只有易同林站在那里看着姜振帼，老脸上写满了忠实和担忧。姜振帼就叹了一口气，说道："三十万大洋呀管家，谁都不肯出了，咋办？难道我们日新堂自己掏了？"

易同林低声告诉少奶奶，说"那五十万假元宝已经制造好了，可以把假完宝捐给县衙。"姜振帼想了想，摇头说："假银圆宝只能用来应付过路的兵匪，他们就是识破了，也很难再回来。可衙门不行呀，若是让县太爷知道银圆宝是假的，我们庄园可就惹大麻烦了。"

易同林说："别家不是不肯出现大洋了吗？那就只有一个办法，用土地房屋抵押。"

姜振帼听后，禁不住打了个冷战，腾地站起来，甩手给了易同林一个嘴巴，骂道："你这条老狗，你是想败了我们牟家呀？！我们几代祖宗耗尽心血，置下了这几万亩土地，是用来滋养我们子子孙孙的。抵押出去，我们牟家的子孙日后依靠什么生活？我这个掌门人死后怎么去见祖宗？"

易同林站在姜振帼身边，垂了头一声不吭。

姜振帼暴怒之后突然抽泣起来。她知道除去用土地和房屋作抵押这条路，也没有别的办法了。最后，她对默立的易同林说道："去办吧。"

易同林犹豫了一下，叹口气走出去了。姜振帼随即打发腿子去把几位老爷太太找来商量，三十万大洋，就用两千亩良田和一千间房子作为抵押了。

牟宗升从班房里放出来，姜振帼和庄园的几个老爷在月新堂等候着他。见他走进堂屋，姜振帼就说："二叔回来了，受委屈了。"旁边的牟宗昊和牟宗腾，只是看了看他，却无话。牟宗升并不知道自己是怎么被放出来的，于是很硬气地说道："衙门不放我，就养活我一辈子。哼，妈的王八蛋，还想让我们捐三十万，捐他妈的屌，我就是死在大牢里，也不会签字画押的！"

他说完话，见几个人都不吭气，目光也并不落在他身上，感到有些蹊跷，又说："咦，你们蔫不唧的，遭霜打了？"

李太太终于忍不住，把真相告诉了牟宗升。

牟宗升听说庄园是用土地和房子作抵押，才保释他出来的，气得在屋里呼天抢地地叫唤，两条腿不停地蹦跳，仍旧不能发泄心中的怨愤，就把客厅柜子上的一些器皿之类的东西稀里哗啦地摔在地上，破口大骂李太太混账透顶。"你死去，快死去，你把祖宗的家业败毁光了，还活着干啥？！"骂完了，他跺跺脚，就要返回衙门去把抵押的契约要回来，自己还去蹲班房。李太太急忙拽住他的胳膊，却被牟宗升甩手给了两个嘴巴，李太太就倒在地上撒泼地哭了。

牟宗升暴跳的样子把家人吓傻了。他冲出院子，谁都不敢上前阻拦。沉默半天的姜振帼突然高声喊道："二叔，你要是去衙门吵闹，那好，我们庄园的妻儿老小都陪你去，咱们干脆一起死到衙门里！"说着，姜振帼就招呼身边的老爷太太，"走呀，咱们都去，死光了清静！"一伙人跟在牟宗升后面朝外走去。这阵势一下子把牟宗升弄懵了，他就回头看着大家说："你们要干什么？都给我回去，我一个人去就行了，你们回去！"

姜振帼说："你说得太简单了，契约到了县衙门，能要回来吗？再说了，你好像不在乎去蹲班房，可你知不知道你在班房里，家里人替你担了多少惊吓？李太太整夜整夜地哭，你没看到她眼睛都哭成了烂桃？还有庄园里的其他老爷太太，哪一个不为你担心？各家把地和房子都抵押出去，为的就是把你赎回来。现在你倒要逞英雄了。要是蹲班房能解决问题，那我去蹲好了，谁让我是掌门人的？！"

牟宗升看了看站在一边的牟宗昊和牟宗腾，他们都是软不拉叽地站在那里。他呆傻了半天，突然间像个孩子似的号啕大哭起来，说："完了，我们牟家完了。列祖列宗呀，你们保佑子孙平平安安吧。"

姜振帼抬步朝屋外走去，说二叔你别哭了，先休息吧，回头咱们再商量事情。

李太太对丫鬟小六使了个眼色，说道："快扶老爷屋里歇息。"

小六上前拉着牟宗升的胳膊，眼泪汪汪地说："老爷别哭伤了身子……"

牟宗升就在小六的搀扶下进了自己的屋子。小六想尽了办法想使他快乐起来，但他就是一副呆相。到后来，因为心中的郁闷无处排遣，十几天的时间牟宗升就病倒了，每天都要由老中医在身边服侍，全没有了当年的霸气。

到了冬季，病了半年多的北来福少爷牟宝，在一个寒冷的晚上走了，撇下了不到三岁的儿子牟衍生和少太太秦氏。他的伯伯牟宗腾很久没有唱京戏了，这天却站在牟宝的灵柩前，突然扯开嗓子唱了几句。但不等唱完，泪水已经模糊了他的双眼，喉咙哽咽着发不出声音。一边的老爷太太见了，想到过去牟宝跟着牟宗腾唱戏的快乐样子，就都伤心地哭了。

从这以后，喜欢京剧的牟宗腾再也没唱一句京剧。有时丫鬟春桃想逗他开心，说老爷你咋不唱京剧了？他叹气道："唱京剧，要的是一份好心情，可这哪里是唱京剧的世道呀！"

牟氏庄园似乎一夜之间露出了败象，就像一棵突然遭到了暴风雪的树木，叶子虽然还青青的，却一片又一片坠落了。

刚刚送走了牟宝，月新堂老爷牟宗升的病情就严重起来。李太太很焦急，跟自家大少爷牟昌商议，要把牟宗升送到烟台医院去诊治。一切收拾停当，准备上路的时候，一个名叫"无极道"的民间武装队伍却突然打进了栖霞城，把出城的大路口都封锁了。

队伍的成员都是栖霞无路可走的穷苦百姓，信奉"无极道"。过去他们都租种牟家的土地，还能维持生活，但这两年因为刘珍年和县衙门的敲诈，庄园各家已经顾不上他们的佃户了，把一些土地变卖或是抵押给了官府，很多佃户失去了租赁的土地，于是揭竿而起，要跟官府拼出一条活路。

这一天是腊月十一上午，天空飘着大雪，路上少有行人，一千多名"无极道"会众从正西、西南、西北三个方向如潮水般向县城涌来。他们一个个头缠红布，胸前戴着一个红兜兜作为护身符，手里拿着红缨枪，看起来势不可当。守城的官兵急忙关闭了大门，不敢与"无极道"的会众交战。

"无极道"的会众就在城外扎了营，四处寻找梯子和木板，做攻城的准备。

庄园内的老爷太太很惊慌，担心"无极道"会众抢劫庄园。当天晚上，他们又像躲避土匪张福财的队伍一样，月色中逃到了乡下佃户家中躲藏。重病在身的牟宗升也只好跟着转移到了乡下。

"无极道"的会众却没有打搅庄园，他们的目标是官府衙门，对周围的百姓秋毫无犯，只是派出了代表去庄园内求援，希望庄园能够为他们提供食宿。牟家本来就恨县衙门，巴不得"无极道"会众能把郁县长打跑了，于是在很短的时间内给官兵腾出了房间，做好了饭菜。那股热情劲儿，感动了"无极道"的会众，他们的斗志就更旺盛了。

会众们在百姓的帮助下准备了攻城的梯子和炸药，在两天后发动了总攻。"无极道"会众攻城前都吃下了用朱砂写的豪言壮语，口中喊着"刀枪不入"的口号，端着红缨枪朝城墙冲去。会众们并不知道，就在昨天夜里，县衙门已经从邻县莱阳搬来了援兵，在城墙内居高临下地架好了枪炮。他们刚登上了城墙外的梯子，就被墙内的一阵乱枪打倒了一片，慌慌地退下去。再次组织进攻，一片枪声响过，又倒下一片。他们吃了的那些写着豪言壮语的朱砂符根本抵挡不住官府士兵的枪弹；胸前的护身符也没有像他们想象的那么灵验。

官府的士兵估计"无极道"的会众伤亡得差不多了，就突然打开城门反击，"无极道"会众被追得四处逃散，大多被枪杀了。

庄园内因为驻扎了"无极道"的会众，官府就趁着追击"无极道"逃散会众的时机，给庄园的几座油坊点上了火。油坊内的豆油、豆饼、大豆一起燃烧起来，火势凶猛，根本无法扑灭。庄园内的老爷太太们，眼睁睁地看着大火烧了三天三夜，烧掉了三十多间房屋，一万多斤豆油，一万多斤豆饼，还有几百石的大豆。

"无极道"的会众轰轰烈烈了几天就消失了，只在栖霞城留下了一首民谣：

> 民国十八年，腊月雪满天，
> 来了无极道，道徒有两千。
> 头缠红布巾，手持红缨枪，
> 大炮架南山，城里冒火烟。
> 官府害了怕，城门闩得严，
> 请求莱阳府，派兵来支援。
> 十三开了战，拼杀西门外，
> 道徒连连败，血流一大片。

牟宗升在乡下担惊受怕地躲藏了几天，回到庄园看到自家的油坊化成了一堆灰烬，气恨交加，病情急剧加重。大少爷牟昌不敢耽搁，急忙把牟宗升送到了烟台医院诊疗。这年的春节，月新堂的老爷太太和丫鬟都是在烟台度过的，家里只留下几个佣人，还有十几个长工，门庭冷落。祖宗祭坛上的香炉交给了奴才们去照看，香火也就时明时暗。其他几家的情形也大致相似。东来福的少奶奶栾燕，孤儿寡母。北来福的牟宝刚刚去世，少太太秦氏搂抱着不满三岁的儿子，把除夕夜晚的大部分时间都耗在牟宝的灵牌前。老爷牟宗天和刘太太，本想过去劝劝秦氏，没想到走进了秦氏屋内，面对跪着的秦氏，却一句话也说不出来，默默地流了一些泪水，又悄悄退出来。

这个新年，庄园的各门户几乎都是在叹息和泪水中度过的。

牟宗升的病，治疗了小半年，似乎有了好转，一家人就回到了月新堂。

庄园遭受了官府士兵的焚烧之后，各家的老爷和少爷都灰心丧气了，破罐子破摔地打发日子，于是许多丑闻不断传入姜振帼耳朵里，她心里很焦急，知道这样下去，庄园很快就稀里哗啦地垮掉了。夜里，她坐在屋内的土炕上，瞅着对面老爷爷牟墨林的画像暗自垂泪。想来想去，也只有动用家法整顿庄园秩序了。以前的事情可以既往不咎，但从今往后，凡是发现有违祖训的，不管是哪一位老爷，一律家法处置，该清除出家族的，就一定清理出去。

她想好之后，就召集了家族议事会。

几位老爷接到了议事的消息，虽然都来到了日新堂的祖宗画像前，但一个个却漫不经心，议事之前给祖宗烧香磕头，也显得草草了事。

姜振帼一脸的严肃，坐到了掌门人的位置上，把庄园内发生的违规行为一条条列举出来，说道："不管多大的事情，日子还得过，庄稼还得种，哪能散了心，破罐子破摔了？"牟宗腾就说："我看呀，这日子真是艰难，倒不如把房子和地都卖了，跑烟台去住。"

他的话引来一阵叹息。姜振帼说，"听起来是个好办法，可祖宗留给我们的土地就这样败在咱们手里？"牟宗昊翻了翻眼皮，说道："我们有啥法子？匪兵一拨接一拨来，还咋种地？"

"不管哪拨队伍来了，都要吃粮，没有粮食他们就得饿死。粮食从哪里来？从地里长出来的，土地就是咱们手里的王牌，谁来了都得巴结我们。"姜振帼的话让几位老爷都沉默了，他们承认她说的话是对的，谁离开了土地能过活？看到大家不说话了，姜振帼又说："各位叔叔都知道，我们祖宗的规矩，凡是抽大烟和嫖赌的，都要开除出家族。我今儿想问问各位叔叔，咱们牟家的家规还要不要了？"

好半天，牟宗昊瞟了姜振帼一眼，不软不硬地说："少奶奶你就省点儿心吧，别把你累着了。我花自己家的钱，想怎么花就怎么花。过些日子，我还要讨个小老婆，你爱怎么样就怎么样，把我开除出家族都行。我看咱们牟家也挣扎不了多久了！"姜振帼没想到牟宗昊能说出这种话来，于是气愤地问其他老爷："你们看，成什么样子了？哪还像个老爷？！再这样胡闹下去，我们牟家真的就要败落了！"

牟宗升叹了口气，说道："世道变了，我看随大家便吧，谁愿意怎么样就怎么样。"

人心涣散，已经不可收拾了。姜振帼愣了半天说不出话，目光盯住老爷们的脸一个个看去，发现四位老爷漠然着，一脸的平静，这实在出乎她的预料。她有些恐惧地问："你们怎么啦？这些可都是真心话？难道你们连祖宗都不认了？"

一直没开口说话的牟宗天口气温和地说："少奶奶，这些年你做掌门人，为咱们费了不少心血，大家都看得见。可现如今，再用祖宗的家规管束着大家，恐怕不行了。"他说得很真诚，却知道说这种话很不应该，眼睛里就流露出了内疚和无奈。姜振帼木然地点点头，说道："我明白了。从今往后，咱们牟家就各奔前程了，我也不用再操这些闲心了。"说完她就呜呜地哭了，没想到自己费尽心思筹划的议事会竟然是这个结局。

她跪倒在祖宗牟国珑的画像前，磕了三个头，站起来独自离去了。

几位老爷面面相觑，他们都不敢去看祖宗的画像，沉默了片刻，也各自离去。

庄园内六大家的联盟就这样解体了。

姜振帼病倒了几天，几位太太到日新堂看望了她。虽都知道她的病根儿，却谁也不点破，仍旧问她哪里不舒服。她只说有些伤风了，"春夏交错，最容易伤风的。"她说着，还咳嗽了几声。东来福的少太太栾燕向来跟姜振帼的交往密切，因此来看望姜振帼的时候就说了真话，说大嫂你也不用太伤心，你该做的都做了，牟家就是败落了，一切都是天意。说着，自己先哭了起来。姜振帼知道栾燕心里有很多苦水，说道："你有什么难事要我帮忙，就直接说，咱们都是苦命女人。"

栾燕擦拭了泪水，说道："其实赵太太和我家少爷活着的时候，也没有给我帮上什么忙，但他们在的时候，我心里总算有个底儿，现在我的心却漏了，空空的什么也没有了。"

姜振帼明白她心里"漏了"的感觉。虽然牟银活着是个废人，但毕竟也还能跟栾燕生出孩子，黑夜里可以滋润她的身体，而现在却不能了，栾燕要一个人沉在黑暗里。姜振帼就安慰她说："好好把小少爷拉扯大吧，其他的，啥也别想了。"

姜振帼对栾燕说的话其实是说给她自己的。病倒的这几天，她躺在炕上一直在想今后的路该怎么走。她内心宽慰的是，儿子牟衍堃一天天长成男人了，再过两年，这棵独苗参天而起，荫蔽日新堂。那时候，日新堂又该是一番欣欣向荣的景象了。

她的目光就过多地停留在儿子身上了。

第九章

二十五

小少爷牟衍堃已经十七岁了，模样越来越像姜振帼，确实招人喜爱。私塾的牟先生对他的管教不像从前那样严厉了，两个人开始一起在庄园内散步，一起谈天说地，看起来像一对好朋友。

岁月真的不经混，牟先生在日新堂一晃就过了十年，鬓角开始花白了。他为了小少爷的成长耗费了很多心血，赢得了姜振帼的尊敬。

这个星期天的午后，牟先生来到少爷楼的大堂内，说要找少奶奶商量事情。丫鬟梨花告诉牟先生，少奶奶今天身体不舒服，午饭后吃了药，刚刚躺下。牟先生正要离开，姜振帼在屋内已经听到了，就喊道："梨花，让牟先生在大堂内等我。"姜振帼起身收拾了自己的穿戴，走出屋子见牟先生，说道："牟先生找我一定有重要事情，说吧。"

牟先生犹豫了一下，说道："嗯。没有大事情，想跟少奶奶说一说小少爷的学业。"

姜振帼疑惑地看了看牟先生。

牟先生说："小少爷该学的都学了，我也没有什么可以教授给小少爷的了，想跟少奶奶商量，过些日子离开小少爷。少奶奶要是还想让小少爷深造，我还是那句老话，应该送他到外面闯荡了。"

姜振帼瞅了瞅牟先生，吃惊地问道："你要去哪里？"

牟先生说："我也想出去走走。"

姜振帼问："你不是厌倦东跑西颠的，喜欢静静地老死在家里吗？"

"我突然觉得自己这辈子挺吃亏的，就想出去走走。"牟先生微笑了一下，难得能看到他这样的笑容。想了想他又说："如果少奶奶放心，我可以带着小少爷一起出去，看看外面的世界。"

姜振帼突然很生气地说："腿长在你身上，你要是想走，现在就可以走，我马上让管家给你结算薪水。至于小少爷，我另请先生来教授他！"

牟先生不知道该说什么好了，沉默下来。

过了一会儿，姜振帼平息了自己的不满，缓和了语气挽留牟先生了，说，"小少爷还有一年就十八岁了，满十八岁后就结束他的学业，那时候牟先生再走也不迟。"她看看牟先生没有反应，以为他的心有些松动了，就又说，"当然，如果牟先生是因为别的什么特殊原因，日新堂也就不勉强你了。"

"也没有太大的事情，就是……"

"我是从心里感激牟先生的，还希望牟先生能留下来，有什么困难需要帮忙就说出来，我们日新堂愿意倾其所有来帮助牟先生。"

姜振帼的话说得很慷慨，很动情，牟先生也不好立即离去，所以也就点了头，答应再留两年。姜振帼舒了一口气，这时候她才知道自己的心原来一直悬吊着，很担心牟先生离开日新堂。舒了一口气之后，她的心情就像外面的春色那样明媚了，可以轻松地跟牟先生逗趣了，于是就问牟先生，是不是在烟台住了些日子，让那花哨的世界把心弄散了？

牟先生抬眼看了看少奶奶，想说什么，但看到了少奶奶那双生了情的眼睛，似乎一切都不必说了，于是又垂下了头，却把一副慌乱的模样呈现在少奶奶眼中了。

两个人就是这样静默地熬着，没有一句话。到后来，门外吹进来一股温暖的风，阴凉的堂屋内就有了一些花香的气味，还有一团团的柳絮在地面上打着旋儿。姜振帼一声叹息，打破了静默的气氛，说道："你在日新堂快满十年了，十年啊。"

牟先生不知道该如何应答，于是重复了一句："是啊，真快……"

"你看着小少爷长大了，也看着我变老了。"

姜振帼动了真情，说话的声音就有些颤颤的。牟先生抬眼仔细看了看姜振帼的面孔，也确实发现了她眼角上爬满的皱纹，这才想起眼前的少奶奶已经奔四十岁的人了。想到时光的无情处，想到这个女人独自打发走的那些金黄色的好日子，牟先生心中就觉得一阵凄凉，把平时放在心里的话说了出来，说道："少奶奶是女中豪杰，令人敬佩，只是也不要太要强了，其实人这一生没有什么东西是必须要得到的。得到即是失去，失去也是得到。"

姜振帼已经明白了牟先生的意思，却装出完全糊涂的样子说："我不懂这些大道理，就知道活着就要喘气，喘气就需要空间，我只不过是多争取一些喘气的空间罢了。牟先生是读书人，我是弄不懂读书人心思的。"说到"弄不懂读书人心思"的时候，姜振帼的语气中突然夹杂进了一些怨恨。牟先生听了，就虚了声说，他的心思，少奶奶无须弄明白的。他不过是日新堂私塾的教书先生，跟那些下人并没有多少的区别。

姜振帼的脸色立即变了，说道："我可从来没把你当作下人。就是在日新堂多年的下人，在我心里也是一个萝卜一个坑。你要是走了，这个坑还真没有人能来填补呢。"

牟先生正不知再说什么话，楼上的小少爷牟衍塈走下来了。看到牟先生在堂屋内，小少爷就略有吃惊地瞅了一眼牟先生，然后径直地走到了母亲身边。"妈，我要出去耍一会儿，行吗？"外面正是春光流泻的日子，庄园内的其他少爷都去山林里打猎或放鹰了，大概闲在庄园里的也只有牟衍塈一个了。

姜振帼没有对小少爷的要求立即做出答复，她把脸突然拉长了说："小塈，没看到牟先生在吗？一点儿规矩都不懂了！"

牟衍塈这才想起应该问候牟先生，于是慌忙对牟先生说："先生好。"

姜振帼的脸上就露出了笑容，对牟先生说："小少爷前几天就跟我吵闹着要出去闲逛，今儿天气倒是很好，你下午就带着他出去走走。牟先生也不能总把自己关在屋内读书，到对面的山上赏花观景去。最好的地方应该是后面的白洋河了。"

牟先生就带着小少爷出了庄园，预备去白洋河边。这个季节，白洋河边应该是一个好去处。但牟衍塾却像笼子里的鸟儿，因为憋闷得太久，出了门什么都觉得好奇，看到有人扎堆的地方，总要走过去看个究竟，所以在栖霞城的大街上磨磨蹭蹭地耗费了许多时间。大街两边站着的闲人，也因为难得看到日新堂的小少爷，自然要议论半天，说"日新堂的小少爷长成了汉子了，模样随了少奶奶姜振帼，眉清目秀的"。这些话，牟衍塾听到了，心里美滋滋的，就有一种急于展示自己的欲望，哪里人多就朝哪里走。

栖霞县城的东大街上有一个叫"飘逸"的小茶馆。馆内生意清淡，老板和两个侍奉茶水的女孩子都站在门前午后的阳光里，看一街的风景。两个女孩子中，有一个叫"大水子"的，身材苗条，一条大辫子从背后绕到了胸前垂着。从这女子的相貌上可以看出，"大水子"不是她的真实名字，只是周围的人对她身体的一种认知。这女孩子的眼睛是可以让荒漠变成绿洲的。她心灵中所有的聪慧和情欲都从水汪汪的眼睛里流泻出来了。还有她走路的姿态，也像是湖水涌动的波浪，身子一起一伏地荡漾着。

牟衍塾走到茶馆门前的时候，早有人指点了他看，大水子也顺着人们的指点把目光落在了牟衍塾身上。最初牟衍塾根本没有注意到大水子，他已经走过了茶馆。茶馆门前的几个人却突然笑起来，牟衍塾知道一定是什么人在说他的笑话，就回头朝那堆笑声看去。这一看，他的两条腿就站住了，嘴唇半张着，吃惊地呆愣在那里。牟先生催他走路，催了几声仍不见他动弹，也便顺着他的目光看去，就看到茶馆门前的大水子正瞅着牟衍塾笑。牟先生明白了牟衍塾呆傻的缘故，就返回身子喊道："小少爷要喝茶吗？"

牟先生这么说，只是要提醒牟衍堃该挪动步子了，没想到牟衍堃却真的点了头。茶馆门前的老板也看出了牟衍堃是被大水子吸住了眼球，于是慌忙对大水子喊道："快招呼好小少爷！"

牟衍堃进了茶馆，牟先生却始终站在远处不动，那意思很明显，就是希望牟衍堃不要落座。茶馆老板就跑上去，请牟先生进茶馆喝茶，说："小少爷要喝茶了，牟先生怎么啦？进去吧，有小少爷付钱，你怕什么。"说完，还对牟先生一笑，把所有不便说出来的话都夹带在笑容里了。牟先生就叹了一口气，跟着老板进了茶馆。

茶馆老板招呼牟先生在外面喝茶，却把小少爷安排在里面的单间内，让大水子侍奉着。大水子走到牟衍堃面前倒茶的时候，牟衍堃傻傻地看着她，看得她心里慌张，就把茶水倒出了杯子外。到后来她似乎跟自己赌气，索性把茶壶搁在一边，站着不动了，心里说：让你看个够。两个人都那么呆傻着，两个人的心都跳得厉害。牟衍堃终于忍不住了，一只手不由自主地伸向她，扯着她的衣袖轻轻一拽，她的身子就倒向了他，一屁股坐在了他身边的长凳子上。事实上，她的心也被英俊的牟衍堃搞乱了。在牟衍堃没有拉扯她之前，身子已经开始向他身边倾斜，如果牟衍堃再晚一会儿伸手，她的身子就失去了平衡，依旧要倒在他的身上。

两个青春期的身体碰撞到了一起，自然要撞击出火花来，之后他们无论有了哪些举动，都是很自然的事情。只是牟衍堃长期被封闭在庄园内，虽然此时的身体内涌动着岩浆一样的激情，却找不到喷发的出口，结果身体内热外冷，两手紧紧抱住了大水子，浑身不停地打着冷战。这时候，大水子的身子却像刚从炉火内取出的铁器，滚热而绵软，她把牟衍堃的头抱在怀里，把他的一只手按在自己胸前的乳房上。

茶馆老板已经第四次为牟先生续茶了，牟先生就摆了摆手，做出了该走的姿态。茶馆老板却摁住了他，朝里边的小包间努了努嘴。牟先生忍不住对小包间喊道："小少爷，白洋河的风景怕是看不成了，我们该回庄园了。"

小包间的牟衍堃早就对白洋河的风景不感兴趣了，他从嘴里吐出了大水子饱满的乳头，呼哧呼哧地喘息了两声，对外面的牟先生说："我还要喝茶，我渴……"

茶馆老板笑了笑，示意牟先生喝茶。牟先生却站起来，端着茶杯坐到了小包间对面的座位上，用力咳嗽两声。"小少爷，差不多了。"小包间的门口挂了一块碎花布帘。从布帘的下面，牟先生看到小少爷的两只脚在他的咳嗽声中动了动，与大水子的两只脚拉开了一定的距离，但很快又蹭到了一起。牟先生喝着茶，眼睛就经常瞅一瞅布帘下四只脚的位置，从四只脚的动静中判断着里面所发生的事情。牟先生心里可怜封闭了多年的小少爷，却又担心小少爷跟这女子做出太出格的事情。

小少爷偎在大水子身边，说着一些情意绵绵的话，全不顾外面的牟先生如何的咳嗽。大街上的光线开始暗淡了，牟先生再次站起来喊道："小少爷，我们该回庄园了，走吧。"

牟先生一边大声说着话，一边走到布帘子前，故意站了一会儿，给里面两个人分开的时间，这才动作缓慢地把布帘子撩起。但里面的两个人直到他走进去才仓皇地分开。他看到大水子从牟衍塈身边站起来，一脸的羞红，伸手抓起了茶壶去给牟衍塈倒水，而茶壶里的水已经空了。

牟先生的突然闯入破坏了牟衍塈的兴致，他竟然对自己的先生要起了小少爷脾气，喊道："谁叫你进来的？出去！"

"太阳快落了，小少爷。"

"月亮落了我也不管，要走你先走！"

牟先生就说："那好吧，小少爷，我回去告诉少奶奶了。"

牟先生说完就走出了茶馆，沿着大街朝庄园走。街面上的一些商铺开始关闭了，商铺门前聚堆的闲人已经散尽，空荡荡的街面宽敞了许多。牟先生一边低头走路，一边琢磨回去后如何向少奶奶交差，检讨今天的事情自己应承担的责任。

茶馆内的牟衍塈看到牟先生真的走了，立即慌张起来，付给了老板一些铜子，跑出茶馆追赶牟先生，边跑边喊："先生等等我！"牟先生并不停步，牟衍塈就一直追赶到了牟先生的前面，拦住了他，带着央求的声音说："先生别生气，我给先生认错了，回去后不要告诉我妈妈，求先生了……"

牟先生拉长了脸，一声不吭地看着牟衍塾。

牟衍塾又说："我真的喜欢那个大水子。"

牟先生叹了一口气，用爱怜的口气说："你应该到外面见见世面了，不能总窝在小小的栖霞。外面的世界很大，有很多比大水子更好的姑娘。这事就到此为止，以后不要再来这个茶馆了。"

牟衍塾很规矩地点了头。

回到庄园，少奶奶问牟衍塾一个下午去了些什么地方，说，"把你放出去，就像开了缰绳的骒驹，撒着欢儿蹦，头顶了月亮才知道回来。"牟衍塾说自己哪里也没去，就在白洋河边转悠。少奶奶详细询问白洋河边的情景时，牟衍塾已经上楼去了，晚饭时都没有下来。少奶奶以为他疯累了，打发老妈子把饭菜送到了牟衍塾屋子，就再也没有过问。

第二天上午，牟先生走进私塾，看到只有牟衍淑一个人，就问她："小少爷哪里去了？"

牟衍淑摇摇头，说哥哥在她前面下楼了，应该比她早到私塾才对。牟先生心里"咯噔"了一下，知道小少爷去茶馆找大水子了。他叮嘱牟衍淑一个人温习功课，自己匆匆出门奔茶馆去了。

茶馆的老板看到牟先生急匆匆而来的样子，就笑了，说不用找了，在里面呢。小少爷吩咐，谁也不能打搅他。又说，我茶馆里还有一个漂亮嫚儿，牟先生要喝茶，让那嫚儿来陪你吧。"什么胡话！"牟先生很气愤地剜了茶馆老板一眼，径直进了茶馆。此时，牟衍塾跟大水子正在茶馆的小包厢内耳鬓厮磨，如梦如痴。牟先生挑开门帘，不说话，只用愤怒的目光看着牟衍塾。按照牟先生的想法，牟衍塾看到了他的愤怒，应当立即站起来，胆怯地垂着头，请求他的原谅。他也准备再一次原谅这个情窦初开的小少爷，在今后的日子里，再想办法让小少爷醒悟过来，明白除大水子之外，其实有许多更好的女子。

然而，牟衍塾不但没有站起来，反而凶了眼骂道："谁让你进来的？

不懂规矩的奴才！你给我出去！"

牟先生吃惊地张大嘴，看着往常在他面前唯唯诺诺的学生突然间摆出了主子的姿态。这让他感到陌生，莫名的恐惧就袭上心头。"你……好，你就待在里面吧。"他缓缓地退出了小包厢，木然地坐在茶馆大堂内，懊丧到了极点。

他进退两难了。

牟先生离开私塾的时候，神色有些慌张。牟衍淑觉得惊奇，就跑回了少爷楼，把事情告诉了母亲。"我哥哥一定出事了。"牟衍淑说。姜振帼不知道小少爷已经出了庄园，派人在庄园的几个花园内寻找，没有见到他的影子，这才想起去询问大门口的老头树根。树根说："小少爷早就出了庄园，朝城里走了。"

姜振帼心里恼怒，昨天让牟衍塾出去了一个下午，就把心玩野了，竟敢偷偷出去玩耍。于是打发了管家易同林，带了十几个下人出去寻找。因为心里的恼怒无处发泄，她就对易同林说："老狗，找不回来小少爷，我剥了你的皮！"

易同林并不在意少奶奶对他的态度，他已经习惯了少奶奶的这种语气，并且也知道她的火气并非冲他来的。他似乎比少奶奶还焦急，小少爷没有单独出去过，万一有个三长两短的，日新堂可就全毁了。他们这些做奴才的，好日子也就到头了。

栖霞城不大，两条主街道，六条胡同，找起来并不难。易同林带着奴才们刚进了城，就有街面上闲聊的人给他们指点路，告诉了小少爷的去处。他们就直奔茶馆去了。

茶馆的老板看到大管家带人来了，有些惊慌——城里人都知道易同林在日新堂的位置，于是忙在外面大声喊道："小少爷，你们管家找你来了！"这一声喊，是给小少爷牟衍塾送信的。坐在大堂内的牟先生听了，却惊慌地站起来，奔到茶馆门口，想挡住进门的易同林，给小少爷和大水子一些躲身的时间。但易同林和几个奴才已经闯进了茶馆，看到他就说："哟，牟先生？咋就你一个人？小少爷呢？"

牟先生支吾着说不出话，眼睛瞟了瞟那间垂了布帘的茶室。易同林不需要问了，走上去挑开了布帘，看到大水子偎在牟衍塈怀里，满眼的惊慌。易同林瞅了一眼牟衍塈，毫无表情地说道："回去吧小少爷。"

　　在牟先生面前都耍了脾气的牟衍塈，见到了大管家，却慌忙推开大水子，站起来整理自己凌乱的衣服，嘴里嘟嘟囔囔说着一些不满的话，声音却小得连他自己都听不清。茶馆的老板已经小心地站在易同林身后，手里端着一碗茶，讨好地说道："大管家，你喝茶。"

　　易同林回身，抬手给了茶馆老板一个嘴巴，骂道："你是开茶馆，还是开妓院？"老板手里的茶碗落在地上，发出清脆的声音。吃了嘴巴的老板捂着脸点头哈腰，请求易同林开恩："大管家别生气，是我不好，不该让小少爷在这儿逗留。"

　　茶室里的大水子看了这情景，已经想到了自己今后的日子不会太晴朗，于是恐惧地拽住牟衍塈的胳膊说："小少爷，你走了，我咋办哩……"

　　牟衍塈心里虽然虚着，嘴上却很硬朗地说："别怕大水子，我说娶你，就一定娶。"

　　牟先生看了看痴情的小少爷，叹了口气，他知道小少爷离开大水子，这辈子就别想再见到她了。牟先生心里悲哀着，一个人低头走出了茶馆。

　　易同林对缠绵的牟衍塈催促说："走吧，小少爷。"

　　易同林的口气有些严厉了，牟衍塈不敢再磨蹭下去，大管家在日新堂的位置，他心里是明白的。

　　牟衍塈很无奈地走出了茶馆，看到茶馆的门前竟然围了很多人观望，似乎自己做了贼，被人抓了，于是心里羞恼，对跟在后面的下人们喝道："跟着我干啥？都给我滚开！"

　　易同林略微一怔，朝几个下人挥手，放慢了脚步，让牟衍塈一个人走到了前面。走出县城不多远，牟先生看到那些看热闹的人群已经甩在了后面，就走近了大管家身边，说道："易管家，我有一件事情求你，不知道你肯不肯赏个面子？"

牟先生的神色让易同林感到吃惊，那完全是一种祈求的模样。易同林慌忙应道："牟先生言重了，有事你就吩咐。"

牟先生说："今儿小少爷的事情回去不要告诉东家少奶奶了，只说小少爷跑到了城内玩耍，行不？"

易同林犹豫了片刻，摇摇头，说道："对不住你了牟先生，我不能在少奶奶跟前撒谎。"

"你就说一次谎，为了小少爷，也为了我。"

"我不能，牟先生不要逼我了。我这条老命可以不要，却不能对少奶奶说谎。"易同林说得很坚决，没有商量的余地。

牟先生点点头，表示自己明白了，同时也算是对大管家忠心耿耿的一种敬慕。

姜振帼一直坐在日新堂少爷楼的大堂内等待消息。听到腿子来报，说小少爷回来了，她就站起来朝外面走。刚走到二进门，就看到儿子牟衍堃低头走来，她就喊道："站住！你不上课，跑哪里玩耍啦？"

牟衍堃站住，却垂了头不说话。后面的管家走上来，姜振帼瞟了管家一眼，管家就老实地把事情详细说了。姜振帼冷笑了两声，看了看一边站着的牟先生，说，"牟先生回去吧，你站在这儿干啥？我又没罚你的站。"牟先生动了动嘴唇，不知道应当说什么话，也不知道自己是否应当走开。姜振帼不理会牟先生的窘态，扭身朝少爷楼走去。牟衍堃和大管家也便默默地跟在她身后走，只留下牟先生站在原地呆愣着。

进了少爷楼的大堂，姜振帼脸色一变，对牟衍堃喝道："不争气的东西，给我跪下！"

又对管家说："把门闩上！"

管家犹豫了一下，还是照做了。

姜振帼抓起了藤条，去抽打儿子。一藤条抽下去，牟衍堃就惨叫一声倒在地上打滚。姜振帼手中的藤条随即加快了速度，雨点一般追打着牟衍堃翻滚的身子。易同林急忙跪下，替牟衍堃求饶，说道："少奶奶你就饶了小少爷这一次，他还小，不懂事，小少爷你快求饶呀！"没想到翻滚着身子的牟衍堃却哭喊着说道："不，我就要娶大水子，不让我娶她，我就死！"

"好好，我就让你死去，我打死你才解气！"

打人的在叫喊，被打的也叫喊，那声浪仿佛要把屋顶掀翻了。屋外的几个佣人听了屋内的喊叫，急得转来转去，胆子大的就去拍门板，说少奶奶快住手吧，别把小少爷打坏了。但这光景并不长，屋内的两个人很快都叫喊累了，只听到藤条抽打皮肉的声音。易同林一直跪在地上，知道此时的任何劝解都不能入了少奶奶耳朵，就默默地流着老泪。姜振帼打到最后，握着藤条的手臂再也举不起来了，就把藤条摔在地上，抱住了太师椅子呜呜地哭，哭声听起来是那么无奈和哀伤。易同林这才站起来，打开了闩着的门，让佣人们把小少爷抬到楼上，又派人去喊老中医上楼，给小少爷处理一身的血痕。

牟衍堃受了惊吓，还有一身的伤痕，当天夜里就发烧了。日新堂的老中医在屋内陪了一整夜，能用的方法都试过了，一直没有把牟衍堃身上的烧热减下来。烧热中的牟衍堃，一会儿神志清醒，一会儿又迷迷糊糊，总说一些痴呆话。

姜振帼因为过度悲恨，也病倒了，身子虚弱得站不起来。当天晚上她没有上楼看望牟衍堃，只是打发丫鬟梨花上去看了。梨花回来说，"少奶奶，小少爷病得不轻呢。"第二天，姜振帼才支撑着身子上了楼，看到躺在炕上的牟衍堃，也吓了一跳，一天的光景，儿子的容颜竟然变成了另一副模样，这是她完全没有想到的。

姜振帼坐到了牟衍堃身边，来不及说话，泪水就盈满了眼窝。

老爷楼里的鲁太太，多年不问日新堂的事情了，但听说了牟衍堃的病情，就在老爷楼内坐不住了，也不管姜振帼的白眼黑眼，自己跑到少爷楼看望牟衍堃。鲁太太余生唯一牵挂的就是这么一个独苗孙子了。

鲁太太走进牟衍堃屋子的时候，遇到了满眼泪水的姜振帼。婆媳两人很久没有在这么狭窄的空间里面对面地站着，各自的手脚都觉得无处存放，于是就把目光一起投向了炕上的牟衍堃身上。

看到了牟衍堃的模样，鲁太太惊叫一声，刚才的拘谨全没了，手抓脚蹬地朝炕上爬去，手脚却不利落，险些摔到地上。姜振帼就伸手扶了她的胳膊一把。鲁太太爬到了牟衍堃身边，眼泪扑簌簌地掉下来，喊道："我的小孙孙，我的心肝哎，你咋病成这副模样？"

鲁太太说着，掀开了牟衍堃的衣服，就看到了他身上纵横交错的伤痕。伤痕已经变成了紫色，鼓胀着，看起来怕人。鲁太太被吓着了，好半天不眨眼睛。姜振帼以为鲁太太脸上的表情太夸张了，做出这副夸张的表情，是想显示自己如何疼爱小孙子。

姜振帼想走开，但不等转身，鲁太太就从炕上弹跳下来，站在她面前，给了她一个嘴巴，骂道："你这个狠毒婆娘，你想断了我们牟家的后呀？！"刚才鲁太太爬上炕的时候是那么费力气，但她跳下来的样子却麻利得像一只猴子。姜振帼还没反应过来，巴掌已经掴到了她的脸上。

姜振帼捂住脸，傻傻地站在那里，似乎不明白鲁太太哪里来了这么大的胆子。照料鲁太太的老妈子满脸的恐慌，走上前拦住了鲁太太，嘴唇哆嗦着说，"太太别这样别这样，咱们回去吧，你今儿发疯了？你咋能对少奶奶动手……"不等老妈子啰嗦完，鲁太太抬手又给了老妈子一个嘴巴，骂道："贱人，你给我滚开！"

沉默了许多年的鲁太太，今儿真是发疯了。她的脸因为愤怒而走了形状，那双失去了水分的眼睛像是燃烧了一般，从混浊的眼球中透出了火焰。已经清醒过来的姜振帼，知道今天自己吃的这一巴掌无法找补回来了。这个时候，她要是跟鲁太太闹起来，鲁太太不知还要做出什么不可思议的举动，像疯狗一样咬了她的鼻子或耳朵，也是极有可能的。

姜振帼扬了扬脖子，突然嘴角露出了一丝微笑，说道："太太，你这一巴掌，打得好！"

说完这话，姜振帼看了鲁太太身边的老妈子一眼，转身下楼去了。听起来，这句话似乎暗藏着什么含义，其实没有，她只是随便寻找了一句过渡的话，让自己搭载了这话离开屋子。鲁太太的老妈子却不明白，胆战心惊地拽着鲁太太，含了哭腔请求说："太太呀，你就是打死奴才，奴才也要说，你惹祸了，快回老爷楼，再也不要出来了……"

老妈子说着，就哭起来。鲁太太怔怔地站了片刻，也呜呜地哭了，委屈的哭声，很像一个孩子。

迷迷糊糊的牟衍堃，这时候睁开了眼睛，看着鲁太太，嘴里发出了梦幻般的声音："我要大水子，大水子姐……"

二十六

日新堂的老中医折腾了几天，牟衍堃的烧热总算退了下去，但精神却不能回到从前了，看上去有些痴呆，坐在那里半天不说一句话。老中医就对姜振帼说，"少奶奶，小少爷怕是脑子出了毛病，应当去外面诊治一下。"老中医说的外面，是烟台或济南的几个大医院。

姜振帼把大管家易同林和大把头张腊八叫到眼前，安排了家内家外的事务，特别叮嘱张腊八，要照看好地里的庄稼。这些年，日新堂的开支越来越大。从栖霞过往的队伍总不间断，哪一支队伍来了，都要刮一层地皮，田地里的庄稼就是银子呀。

一切安排停当，姜振帼带着潘马夫和丫鬟梨花一起去了烟台，然后又转去了济南府，跑了三四家大医院。好话和坏话听了一大堆，似乎也都有道理，但几个月过去了，牟衍堃还是那副痴呆相。

姜振帼本想带着牟衍堃转去北平的一家精神病医院治疗。离开济南一家医院的时候，病房内的那个小女护士就偷偷把姜振帼拉到一边，说太太你就不要到处乱跑了，白费了钱财，你家少爷是心病，需要慢慢调养。姜振帼明白护士说的"心病"是什么，她掏了几块大洋答谢了女护士。

返回庄园，姜振帼每日陪在儿子身边，想尽了办法开导他，说，"儿子你咋不心疼你妈呢？咱们孤儿寡母的，走到今天容易吗？你知道有多少张嘴要把我吃掉呀？！"说到"吃掉"的时候，姜振帼哭了，多年积压在心底的酸楚都翻涌起来。

牟衍堃却听不懂母亲的话。就在母亲流泪的时候，他拽住了她的衣袖，说道："妈，求求你，让我去看看大水子吧……"

这痴情的少年，心里只有那个大水子了。那贫穷女子不能算是绝世佳人，但却在他心里成长爱情的时候，撞进了他的怀中，扎下了根。

姜振帼失望到了极点，她甩开儿子的手，站起来朝楼下走，恨恨地说道："你就死了这个心吧！"

下了楼去，她坐在大堂的椅子上闷闷地生气，突然想到了大水子，就把所有的错都归结到这个女孩子身上了。

她对身边的丫鬟梨花说："去，把管家叫来。"

易同林迈着小碎步走来，说道："少奶奶有啥事吩咐老奴？"

姜振帼说："你去，看看茶馆那个小贱人还在不在？"

"少奶奶的意思，要把那女孩子请来？"

姜振帼瞪了管家一眼，说道："请她来给你当奶奶呀？"易同林这才知道自己错解了少奶奶的意思，弯了弯驼了背的腰，不说话了。姜振帼就说："她若是还在，轰走了！"

管家易同林站在那里，没有立即走开。姜振帼知道他有话要说，于是问："咋的？"

易同林眨了眨眼，说道："老奴说一句不该说的话，小少爷的病根就在那女孩子身上。小少爷长大了，知道想女孩子了，倒不如把女孩子请来，侍奉小少爷，小少爷的病根或许就除了。"

"啥？你真让那小贱人到日新堂来当奶奶？"

"当不当奶奶，再单说，眼下是要让她待在小少爷身边。"

姜振帼挥了挥手，暴怒地说："闭上你的臭嘴！"

易同林就闭上了嘴，仍旧不走开。他想等到少奶奶的脾气过后，再好好劝劝她。没想到今天少奶奶对他很不客气，看到他站着不动，就厉声叱道："老狗，咋还不去办？你活够了吧？！"

看来少奶奶是铁了心要赶走大水子了。尽管她把儿子视为掌上明珠，但却不能容忍儿子跟一个贫贱女子相爱，她要为儿子挑选一个能给日新堂带来荣耀和财富的富贵女子。在她看来，她的一副铁石心肠是合乎情理的。

易同林去了茶馆，大水子还在。茶馆的老板说，大水子死活不肯离开茶馆，她担心自己走了，小少爷来找她，落了空。易同林就想，这女子跟小少爷一样痴情，只可惜生错了人家，若是生在有些身份的门户，就成就了一桩姻缘。

这样想着，易同林就从兜内掏出了几块大洋，交给了大水子，说道："你这嫚子，别太逞强，要快快走，走晚了，就要遭殃。"

大水子并不伸手去接他的大洋，很平静地说："我不走，打死我也不走，我就是要等小少爷来找我。"

易同林叹了一口气，对茶馆老板说："这嫚子不走，你的茶馆怕是开不成了。"

老板很焦急，跺了跺脚，说道："大管家，你说我咋办？逼急了，大水子就要寻短见，我能真把她逼上死路？"

"不走也成，就别让她出来待客了，藏在茶馆内，对外面人说，人已经走了。"

老板点了点头，苦着脸说："就算我白养着这么个祖奶奶吧。"

易同林把身上的几块光洋都交给了茶馆老板，让他用来养活大水子。老板满心感激，说大管家这样的好心人应当长寿万年。易同林笑了笑，说："长寿万年，我就成了乌龟王八了。"

走出茶馆时，易同林仍不忘叮嘱大水子，说："嫚儿，你可不要再抛头露面了，耐心等待小少爷吧。"虽然他知道这是句谎话，但他还是说得很动情。

从来不对少奶奶说谎话的易同林，这次却对少奶奶说了谎话。他去给少奶奶回话，说那个大水子已经离开了茶馆，回到了乡下。

姜振帼粗粗地喘息一声，心情并没有轻松起来。她知道这个大水子走了，并不能带走儿子的病根。易同林的话有道理，儿子长大了，知道想女人了。女人对儿子来说，或许就是最好的药。

当天夜里，丫鬟梨花给姜振帼的屋子里准备好了夜睡的一切，正要离开，却被姜振帼叫住了，说道："梨花，你过来。"

梨花看着姜振帼，问："少奶奶，有啥指派？"

"没啥，你过来，我问你。"

梨花走近姜振帼身边站住，垂头等待姜振帼问话。

姜振帼说："少奶奶待你可好？"

"好，少奶奶待下人都好。"

"小少爷的病根是想女人了，你今夜上楼去，就睡在小少爷屋内陪他吧。"

梨花瞪大眼睛看着少奶奶，好半天才明白过来，说道："少奶奶……我、我怕……"

"怕啥？你是多大的人了？快二十岁了，早到了打发人的时候了。以后小少爷成了家，你就给他当一辈子丫鬟吧。"

"少奶奶……我愿意侍奉小少爷一辈子，就是我怕……"

"啥都不要怕，有少奶奶给你撑着，我不会亏待了你，上去吧！"

梨花有些惊恐地看着少奶奶，一步一步地退出了少奶奶的屋子。姜振帼站起来，跟在梨花身后，一直目送梨花走进了小少爷的屋子。

姜振帼一个人躺在炕上，望着上方的木楼板，很仔细地听着楼上的动静。她等待楼板发出吱嘎的响声。过了今夜，儿子就不再是小孩子了，他开始吃女人了。这样想着，心情突然很糟，就恨恨地骂了一句："这个小王八崽子，也知道吃女人的奶子了！"

但情形跟她想的并不一样。梨花去了小少爷屋子，她还羞涩着，问小少爷要不要她。小少爷说他只要大水子。梨花似乎觉得完成了任务，小少爷不要她，就不是她的过错了。

梨花下楼去敲少奶奶的门，怯怯地叫："少奶奶——"

姜振帼打开了门，看到梨花穿戴整齐地站在她面前，样子不像睡过了。她就问："咋这么快就下来了？"

梨花抿着嘴说："小少爷不要我……"

姜振帼愣了片刻，突然伸手去拧梨花的身子，骂道："小奴才，你白白长了这副好身子！"

梨花躲闪着，疼得叫起来："少奶奶饶了奴才，真的不是奴才的错，小少爷不要奴才，他要大水子。"

说到大水子，姜振帼更气愤了，抄起一个鸡毛掸子抽打梨花，边抽边骂，说你连男人都伺候不好，打死你算了。梨花慌忙跪下求饶，说自己再上楼侍候小少爷去。不等少奶奶再说什么，梨花就又慌慌张张地去了小少爷的屋子。

这次走进小少爷的屋子，她闩了门，自己不声不响地脱光了身子，壮着胆子钻进小少爷的被窝里。

牟衍塑看了看她的身子，伸手摸了摸她的腿，她的身子就哆嗦成了一团。牟衍塑对她说："你走，我不要你，你的奶子不大，你的肉不光滑，我要大水子。"

梨花停止了哆嗦，她跪在了牟衍塑面前，请求说："小少爷，你要我吧。你不要我，少奶奶会打死我的。"

"你走，我要睡觉。"牟衍塑推了她一把，转个身睡去。

"小少爷，奴才会好好侍候小少爷一辈子的，你要我吧……"

梨花伸出手，轻轻去捧起牟衍塑的脸，想给他一些抚摸。牟衍塑受了这种温存的刺激，突然疯癫起来，骂道："滚，你们都来欺骗我，都来要我，你们都给我滚！"

牟衍塑跳起来追打梨花。梨花无处躲藏，就拉开了闩着的门，跑出屋去。牟衍塑还不肯放过，追到屋外叫骂，把几个老妈子和妹妹牟衍淑都惊醒了。楼上乱成了一团，谁都不知道发生了什么事情，都跑出屋子看，就看到了光着身子的丫鬟梨花，蜷缩在墙角呜呜地哭。

姜振帼走到楼上，看到了这番景象，知道自己的一片苦心又白费了，就对一个老妈子说，还愣着干啥？送梨花回屋子去！老妈子急忙用衣服围住了梨花裸着的身子，要拽她回屋子。

梨花却不走，她不知道少奶奶要如何处置她，恐惧地说道："少奶奶，奴才没用，小少爷不要我呀。少奶奶饶了奴才，奴才愿意给少奶奶当牛做马一辈子！"

姜振帼没有过分责怪梨花，只说："真是没用，只配给我捶背，跟我下去吧。"

梨花知道少奶奶饶过了自己，就跟在少奶奶身后下楼，给少奶奶捶背去了。这一夜，少奶奶屋子里的蜡烛又亮了个通宵。

入了冬，牟衍堃的病情一天天加重了，庄园各家的老爷太太都走过来看望他，对姜振帼说一些安慰的话。但每个人心里都明白，小少爷熬不太久了，日新堂真的要断子绝孙了。

如果退回几年去，月新堂的二爷牟宗升和西来福的四爷牟宗昊心里一定暗喜，但今天每个人的心情都不开朗。牟宗升也在硬撑着打熬日子，病情好一天孬一天的，说不准哪一天就挺腿了。牟宗昊的日子也很艰难，两个儿子长大了，却没娶亲，一个个都抽了大烟，父子三人三杆烟枪，每天要抽三两大烟，消耗五六十块大洋，一年就是两万块，去烟台妓院嫖娼的费用还不在内，家庭开支入不敷出，只能靠变卖土地应付局面。两个儿子又都是混账东西，合谋要夺了老子的财权，私下里跑到管家那里领取大洋，管家稍有怠慢，就要遭打。一切都没了规矩。

他们眼瞅着庄园一天比一天萧条，就是弄不明白问题出在哪里。

鲁太太每天都守候在牟衍堃身边，这个身子依然硬朗的老寡妇，送走了丈夫和儿子之后，想到又要送走自己唯一的孙子，自然悲伤到了尽头，但老眼里的泪水已经不多了，她的悲哀都深藏在眼窝里，透出的眼神就令人心碎。身边的人都不敢去看她的眼睛了。

姜振帼接纳了鲁太太的这份伤心，她觉得鲁太太的过分伤悲是有道理的。牟衍堃是日新堂的太阳，是她们两个寡妇的共同希望。鲁太太这边，对于不满四十的姜振帼也有些怜惜。青春的时候失去了男人，容颜渐去的时候又将失去儿子，挺刚强的一个女人，却拗不过命运呀。两个寡妇便在一种沉重的心情下，用眼神和动作开始心灵的沟通。夜晚起风时，姜振帼会给斜靠在墙角迷糊了眼睛的鲁太太搭上一块羊绒毯子。鲁太太呢，半夜醒来看到独自流着泪水的姜振帼，便要叹息一声，默默递上一块拭泪的方巾。

她们眼前的那个即将熄灭的生命并没有陡然地离去，而是像没添油的灯盏，光亮虽小，却依旧忽闪着火苗，一直要把那根灯芯慢慢地燃成灰烬。两个寡妇，便在极其难耐的时光中受着折磨。

冬日将尽的时候，她们眼前那盏希望的灯终于熄灭了。她们两个人也被打熬得心力交瘁，连哭泣的声音都没有了。那个黑黑的夜晚，她们看到牟衍堃的嘴里吐出了最后几个气泡泡，他的眼睛就再也没有睁开。夜晚还很长，她们相向而坐，守候着一个渐渐失去温度的身体。姜振帼的眼前恍恍惚惚的，儿子嘴里最后吐出的气泡泡让她想到了男人牟金死去的那个雨夜，院子里积水上漂浮着的那些水泡泡。

黑夜中，她的眼前就到处悬浮着水泡泡了。

天亮时分，两个女人开始哭叫起来。这哭声其实是一种告示，整个楼的人听到哭声，便知道小少爷已经归西了，于是都草草地穿戴了衣服，涌进牟衍堃的屋子内，一齐跪倒，哭天喊地。少刻，整个庄园就被这哭声惊动了，各家的老爷太太慌慌赶过来加入了哭喊的阵势中。日新堂的下人们也便在大管家易同林的安排下，默默地去尽各自的职责。

牟衍堃没有成家，按照牟家规矩是可以入土的，但姜振帼却不答应，把牟衍堃的灵枢一直摆放在楼上的屋子内。

私塾的牟先生在牟衍堃死去七七四十九天之后，卷起铺盖离开了日新堂。他本来要悄悄离去，只去跟大管家易同林打了招呼，把应当结算的都结算清楚了。易同林能够体谅此时的牟先生内疚和凄凉的心境，但他还是说："牟先生应该跟少奶奶道一声别，少奶奶并没有怪罪你呀。这样不声不响地走掉，恐怕少奶奶又要伤悲。"

牟先生想了想，就硬着头皮去了少爷楼。易同林担心牟先生跟少奶奶辞别会闹出一些尴尬，于是也就陪同牟先生去了。

少奶奶在楼上牟衍堃的屋子内烧香，丫鬟梨花上楼通报了她，回来对牟先生说："少奶奶让你稍等一刻钟。"

随即，梨花从少奶奶的房间取了梳妆的用具，又上楼去了。少奶奶多日没有梳妆了，要见牟先生，总要把面容整理一番。她就在儿子的屋内，面对着镜子，把自己上下收拾了一番。连日来的折腾，又有许多皱纹拥挤在了眼角，两个腮明显凹下去了，但整体的轮廓没有大的改变，容颜依旧生动，脸上还多了几分凄凉的美。

她下楼了，嘴角紧紧地抿着，去看牟先生。

牟先生穿着洁净的蓝布大褂，脚上穿了圆口黑布鞋，头上戴着黑色毡绒礼帽，看起来就像出远门的样子。姜振帼注意到了他的礼帽的边沿上缝了一块白布，那是一种哀丧的表示。

姜振帼坐到椅子上，说道："牟先生是要走了？"

牟先生顿了顿，回道："走了……很对不起少奶奶，我愧为人师，知道少奶奶一定恨着我。我不知道该说什么话，能说的，也就是万望少奶奶节哀，爱惜身体。"姜振帼挑了眼神，瞅了牟先生一眼，说道："牟先生咋知道我恨你？我有什么缘由恨你呢？这么多年把你委屈在日新堂，是我的错。"

"少奶奶让我无地自容，谢谢您的宽宏大量。"

"管家，给牟先生结清账目了吗？"

易同林忙说："结了一部分，这三年的薪水，牟先生却是分文不要。"

"我身上带的钱财已经足够了，再多了，走远路不安全。"牟先生补充说。

听到牟先生说走远路，姜振帼略有吃惊，又仔细看了看他的一身装束，问道："牟先生要去哪里？"

牟先生说："北平，或是上海，走得远一些最好。"

别的不能再说了，姜振帼就站起来，要把牟先生送出日新堂的大门口，而牟先生以为这个时候的少奶奶不宜出门，于是两个人你来我往，又说了一堆谦让的话。最后，姜振帼还是坚持把牟先生送到了大门外，管家已经安排潘马夫备好了马，送牟先生朝烟台的方向走一程。

牟先生要上马了，却突然转身，跪倒在少奶奶面前，磕了一个响头。牟先生在日新堂十年，始终保持着一个先生的尊严，而少奶奶也并没有把他当作奴才对待，他从来不曾在少奶奶面前弯曲了双膝。但今天，面对着这个满心哀伤的女人，牟先生深深地跪拜着，泪流满面。许多的时光中，他感受着她的温暖和爱意，却并没有给予她一些回赠，实在是一件憾事。

少奶奶也是一脸的泪水，她不等牟先生站起来，自己回了庄园，消失在长长的穿堂门内。

牟先生走后几天，外面又传来消息，茶馆的大水子跳潭自尽了。姜振帼这才知道大水子并没有离开茶馆，在那里一心一意地等待着牟衍堃。大水子一直相信牟衍堃会去找她。直到牟衍堃死去，她才明白了小少爷的处境是那么糟，小少爷失去了行动的自由，最后因为思念过度，结束了不满十八岁的生命。她就收拾了自己的行李，跟茶馆老板说要回家，走到了半路的一个深潭边，放下了早就准备好的物品，叫了一声"小少爷啊——"纵身一跃，消失在潭水中，身后只留下一串水花花。

这对年轻人的爱情刚刚开放，就凋谢了，而且凋谢得这么凄美。

在乡下，女子为男子殉情是常有的事，并没有引起多少人的叹息。大水子的家人从深潭中将尸体打捞出来，哭了一场，事情也就过去。

姜振帼听了，骂了一句大水子，说道："这小妖精，死了也好，留着又要害人。"

骂归骂，却仍旧让大管家易同林打发了下人，给大水子家中送去一些布匹，还有几块大洋。

冬天退去，天气转暖，分管照料牟衍堃灵柩的老奴去请示姜振帼，说小少爷的灵柩不能再放屋中了，尽管已经对尸体作了处理，但日子久了，还是要变质的。姜振帼终于答应，把牟衍堃的尸体入殓。入殓时，尸体作了精细的处理，棺木四周塞满了木炭和灯芯草。老奴对姜振帼说："小少爷的身子在棺木内可以保存几十年了。"

牟衍堃的棺木移到了庄园后面，依旧在那里搭起了一个"浮厝"，跟他的爷爷和父亲的棺木并排摆放着。

看起来病快快的姜振帼，过了很长的日子，才随着院子内花草的盛开，又挺了过来。如今，她脸上既无欢笑，也无伤悲，宛若一眼深井的水，平静无波。

二十七

这两年，庄园内一直被一种死亡气息笼罩着。到了夜晚，院子里几乎无人走动。那些丫鬟和佣人们夜晚到了必须出门时，总要结伴而行。老爷太太们心里也很惶恐，死神就蹲在庄园的某个角落中，或者是黑暗中的一块石头，或者是月色下映在墙上的某个影子，始终跟随在每一个人的身边。死神隔三岔五的就要从庄园内索走一条人命，谁都不知道什么时候会轮到自己的头上。

庄园内的每一声异样的响动都能让老爷太太惊出一身冷汗。

牟衍堃被死神掠走之后，月新堂的二爷牟宗升也一节节地枯萎了，只剩下一把骨头。这时候，牟宗升身边的人才发现，死神不知道何时已经隐藏在他的眼睛里了。

一天夜里，他自己突然觉得熬不到天亮了，忙差丫鬟小六去日新堂喊少奶奶，说自己有话要跟少奶奶说。

小六就去日新堂敲门，喊来了姜振帼。李太太知道老爷是要交代后事了，就把两个儿子牟昌和牟盛也叫到了老爷身边。

牟宗升看了看身边的人，对姜振帼说："侄儿媳妇、少奶奶，我想求你一件事。"

姜振帼就说："二叔，你说吧，我能办到的，一定办。"

牟宗升是被县衙的"富户捐"气病的，他心疼自己的那些现大洋，还有抵押出去的房子和土地，临死都咽不下这口气。他对姜振帼说，咱们牟家不能就这样吃了哑巴亏，要打官司告状。我想过了，咱们庄园内能出头露面的也就是你了，你要替我们牟家出了这口恶气，我在阴曹地府也就能安心了。

姜振帼想了想，点头说："我答应你，二叔。"

牟宗升急促地喘着气，看着李太太，又说："我也求你一件事。"

李太太听说要"求"她一件事，惶恐了，老爷从来没有用这种口气对她说话呀。她说道："老爷你有什么事就说吧，就是死，我也愿意。"

"我想，从今天起，小六就不要做丫鬟了，让她当姨太吧。"牟宗升喘息着说。

谁都没想到牟宗升会提出这种要求，就连姜振帼都觉得很吃惊。尽管这几年，老爷少爷们早就突破了祖上的规矩，抽大烟逛妓院，变卖土地和房产，干着偷鸡摸狗的勾当，但都是名不正、言不顺的。现在让小六做姨太太，可就是公开要坏祖上的规矩。

牟宗升的两个儿子在一边瞪大眼睛看着自己的父亲，眼睛仿佛在说，"你都要死的人了，还要什么姨太太！"李太太不知道该怎么回答，她看到牟宗升一直用请求的目光看着她，于是就去看姜振帼，问道："少奶奶，你看……"

姜振帼说："不用问我啦，如今大家都是自作主张，你答应就行。"

李太太就点点头，说："老爷我答应，小六现在就是姨太太了。牟昌牟盛，过来喊姨娘。"

两个儿子很勉强地站在小六面前，喊了一声"姨娘"，声音响在嗓子眼里，并没冒出来。

当夜，牟宗升闭上了眼睛，与日新堂的小少爷的死，前后相隔不到半年。他也被送到了庄园后的"浮厝"里，等待跟李太太在阴曹会合。

这时节，"浮厝"那块野地里的荒草，疯长得有半人高了。

做了姨太太的小六，死去活来地哭了一场，就搬到月新堂最后一排的平房里单独居住了，也享受一个老妈子的侍候。老爷临死前给了她恩惠，但也等于给她套上了枷锁，让她守寡一生，青灯孤影地打发寂寞的夜晚了。

李太太把牟宗升的后事料理完了，等不到七七四十九天的祭日结束，就去找姜振帼，商量打官司告状的事情。李太太对姜振帼说："昨夜里，我又梦见我家老爷，拽着我的手，说他死也闭不上眼睛，让我赶快状告县衙。我想呀，有我家老爷在天之灵的保佑，我们的官司一定能打赢。"

姜振帼说："打得赢打不赢，都得打了，我在二叔死前答应了他。不过，这件事，庄园家家都有份儿，咱们还要跟其他几家协商一下。"

姜振帼就把状告衙门的事跟其他几家通了气，几个老爷都表示支持这场官司。嘴上说支持，但却没有一家主动承担费用的，暗地里都觉得眼下世道混乱，跟官府打官司，很难取胜，于是都隔岸观火。官司若赢，他们当然要把属于自己的那部分土地和房屋收回去；官司输了，权当没有这回事儿。姜振帼看得明白，就对李太太说："太太不要指望别人了，咱们娘儿俩自己干吧。"

李太太眼圈红红的，六神无主地说："侄儿媳，我是没一点儿章程，全靠你了。若是官司赢了，官司的费用，咱们两家平摊；要是输了，我们月新堂自己来赔。你就出工夫和两条腿，跑去吧。"

姜振帼说："官司输赢，我日新堂都要出一半钱。"

姜振帼说的是真心话，这时候她出面来打这场官司，其实打的是保卫战。过去庄园内部你争我斗的，如今牟宗升走了，牟宗昊跑到了烟台，跟那个小玉姑娘公开居住在一起，只有到身上的钱财都花光了，才知道回庄园走一趟；而小少爷牟衍堃也早早地归西了，日新堂明天的希望变成了水泡泡。大家都是朝不保夕的落魄模样，还折腾什么？

牟衍堃活着的时候，姜振帼还不敢对县太爷有不恭的举动，担心县衙无事生非，跟日新堂过不去；现在她可是什么都没有了，一身轻松，还怕什么？日新堂的万贯家财留着何用？迟早要落到旁人手中，倒不如放开手脚，打一场官司。人活着，活的就是一口气。轰轰烈烈成就家业的抱负落空了，那就轰轰烈烈打一场官司，把过去心中的憋屈都释放出来，让栖霞的百姓，也让县衙的郁县长见识一下我少奶奶的厉害。这样想定了，姜振帼就开始在本县聘请律师。

本县有些名堂的律师也就三两个，听说要告本县郁县长，一个个都退缩了。有一个律师跟姜振帼说："少奶奶要找律师，西来福的四爷牟宗昊就是法律专家，何必舍近求远？"

姜振帼知道律师说的是推托之辞，就气愤地说："我明白你们害怕郁县长，可我少奶奶不怕，我就是撞死到南墙上，也要溅他一身血！"

她让管家易同林去了一趟烟台，把有名的律师列出一张名单，然后一个个去接触。她发现烟台天宝衡钱庄的主人盖子衡是一个很会打官司的律师，许多案子都胜诉了，就把盖子衡请到了日新堂，对他详细讲述了案情。

盖子衡就说："少奶奶，这官司证据充分，我看可以打赢！"

姜振帼当场跟盖子衡签订了协议，请他写状子打官司，每月给盖子衡支付三百块大洋的薪金。

盖子衡就成为这场官司的代理律师，经常出入庄园，向姜振帼汇报官司的进展。最初说，"省府已经收到了状子，正在展开调查。"后来说，"官司眼看就要打赢了，可栖霞县衙派人给省府办案人送了厚礼，案子又拖下来了……"如此折腾了一年，案子仍没有结局。姜振帼不耐烦了，对李太太说："我到省府走一趟，判官们不是喜欢吃礼吗？我撑死他们算了。"

于是，姜振帼揣了五千块大洋，带着管家易同林、丫鬟梨花，还有潘马夫和一个腿子大牛，一同去了济南。她几乎把日新堂最贴心的人都带到了身边，排场拉得很大。到了济南后，通过律师，给判官们送上了厚礼。姜振帼又亲自去见了两位判官，重新陈述了自己的理由。

判官们被姜振帼的胆识和言谈惊呆了，同时也被这位小脚女人千里迢迢闯省府的气魄感动了，他们还从来没有遇到过这么刚毅的女人。

此案并不曲折，道理都在姜振帼这边。判官对姜振帼表示了足够的同情，当场答应尽快了结此案。

姜振帼想，这会儿官司赢定了，就带着奴才们回到庄园，静听佳音。没想到，县衙听到了风声，慌忙跑到省府，给判官的顶头上司送了礼。顶头上司就暗示判官，此案可一拖再拖，不必了断。吃了日新堂厚礼的一位判官还算有良心，就偷偷给姜振帼捎信，说自己无能为力了，请她再想主意。

李太太得知消息，灰心丧气地哭了，说："老爷呀，家眷无能，我只能早早地去陪你了。"姜振帼就气得说道："婶子，你咋这样糊涂？要死，咱也要死个明白。县衙能找高官，我们为啥不能？少奶奶我就是要陪郁县长走到底！"

这么一说，李太太忽然不哭了，说道："啊呀，我想起一个人来，是个大官。"李太太说的这个人就是自己娘家蓬莱的于学忠。她回娘家的时候，听哥哥说，此人现任平津卫戍区司令员。姜振帼大喜，说天无绝人之路，如果这个大司令肯帮忙，官司准能打赢。

第二天，姜振帼就让李太太回娘家打探消息。

李太太的娘家距离于学忠家十里多路，两家又都是蓬莱的大财主，过去就有来往，彼此都很重义气。李太太的哥哥陪同她去了于家，见过于学忠的父亲，说明了案由，请求做司令的于学忠相助。"我可真是走投无路了，好在蓬莱一方山水还出了咱们于家这么大的官呀。"于学忠的父亲似乎有意要在李太太他们面前显示于家的豪气，爽快地答应了，说道："亲不亲，乡里人，别害怕，这官司，咱们打到底！"

李太太回到庄园，把事情经过告诉了姜振帼，说于老爷子已经给儿子写信去了。姜振帼听了虽然高兴，但心里仍不踏实，担心李太太被于家应付了事，就说，"我在家里闷得慌，就去拜望一下于老爷子吧。"她让李太太陪同，亲自去了于家，并把日新堂的传世之宝玉颈瓶送给了于老爷子。

见过于学忠的父亲，姜振帼心中有数了，知道这老爷子是真心相助。于老爷子早就听说，当今最大的土地主牟家是一位少奶奶做掌门人，而且精明过人。今天见了，果如传闻，敬佩不已，盛情挽留姜振帼和李太太住一日再走。姜振帼也不推辞，就和李太太多留了一天。就是多住的这一天，姜振帼和李太太遇到了刚从北平回来的于学英。于学英是于学忠的胞妹，在北平读书，年方十六，长得很标致，又聪明大方，跟姜振帼见面后，很快就聊得热乎。姜振国心里就很惋惜，觉得如果自己的儿子还活着，这个于学英就是最佳的儿媳了。心里惋惜着，脑子里突然一闪，想到了月新堂的二少爷牟盛正好也是十六岁，看起来两个人也很般配，于是就偷偷地跟李太太商量。

李太太根本没有想到这一点，听了姜振帼的话，吃惊了半天，才说："行吗？我们这不是临时抱佛脚，于家能答应？"

姜振帼想了想，觉得虽然现在牟家有些落魄，但毕竟名声在外，而且口碑也不坏，于是就说："这事，太太听我安排。"

第二天准备离开于家的时候，姜振帼显出很留恋的样子，对于老爷子说："老伯，古人说，百闻不如一见，这次我到于家，感觉于家真是大户人家。本来我有件事情想跟您说，现在却觉得不妥了。"

于老爷子故意拉长了脸，显得不满意似的说："你看看，自家人说外话了吧？有事情就说出来，什么妥不妥的。"姜振帼犹豫了一下，才小心地说，"我很喜欢于学英，可惜日新堂没有福分，小少爷早早地没了……"说到这里，姜振帼眼圈红了，她说的本是真话，所以心里就很酸楚。于老爷子也就不由得叹息起来，说能跟牟家成亲当然是件好事。

听了于老爷子的话，姜振帼擦了擦泪水，说道："李太太的二少爷正好跟于学英同岁。两个人看起来真是天生的一对呢。"

"噢，真的吗？"于老爷子转头去看李太太。

李太太急忙说："不知道……你家于学英能不能看好我儿子，真能成呀，咱们可是亲上加亲。"

于老爷子很慷慨地说："成不成，让他们见一面，学英回来一次也不容易，你们呀，就再待两天。"

姜振帼很高兴，立即打发潘马夫骑马返回了庄园，把少爷牟盛接到了于家。牟盛长得一表人才，性格跟于学英相反，比较内向，腼腆地见过了于学英。于学英被清秀的牟盛迷住了，两个人是一见钟情，相处了两天，就恋恋不舍了。

于老爷子很高兴，当时就和牟家定了亲事。"我正发愁这件事，害怕她从外面找一个，不知根不知底的，能行吗？这样好了，咱们都是老交情。"姜振帼也说，这事情真是缘分了，乡里乡亲的，大家相互都了解，过日子就扎实。

姜振帼觉得在于家不宜住得太久，于是就向于老爷子提出，让于学英去庄园玩两天，"让学英看看我们牟家，她可喜欢？"于学英正为即将到来的离别伤感着，听了姜振帼的话，不由得朝姜振帼投去感谢的目光。姜振帼就迎着于学英的目光笑了笑。这一笑，把于学英笑红了脸，知道姜振帼已经窥透了她的心思。

于学英来到了庄园，受到了庄园老爷太太和下人们的盛情款待。庄园的气魄远远大于她的于家。她没有想到在自己的家乡还会有这么壮观的庄园，会有这么财大气粗的大户人家。她在月新堂住两天，又去日新堂住两天，快活极了。

当然，李太太并没有把于学英当成普通的儿媳对待，许多礼节礼仪统统免去了，让活泼的于学英随意而行。姜振帼呢，也把于学英当作了自己的儿媳，对她百般疼爱，弄得于学英天天感动。姜振帼就在很不经意中把牟家被官府欺凌的事情讲给于学英听了，说道："过去咱们牟家没有靠山，现在好了，看今后谁还敢欺负咱们。"

聪明的于学英明白姜振帼的苦心，临走的时候，就对姜振帼和李太太表示，虽然自己还没有进牟家的门槛，但已经把自己当作牟家人了，回北平后就去找哥哥，尽快让哥哥过问此事。

这时候的于学忠，已经调任河北省主席。他应了胞妹于学英的请求，写信给山东省主席韩复榘，希望看在两个人的交情上过问一下牟家的案子。1933年秋天，在韩复榘的直接过问下，省府很快做出了判决，牟家的私有财产不得侵犯，栖霞县府强迫牟家捐献的两千亩土地和一千多间房屋如数退还牟家。

但此时回归的财产已经无法挽救庄园急速的败落。对于那些吃喝嫖赌的老爷和少爷来说，这些回归的财产只是为他们提供了一笔荒淫奢侈的资金。

姜振帼赢了官司，出了一口恶气，心里挺感激省府的，当时就告诉省府主席韩复榘，日新堂愿意把在古镇都最好的一处宅院"悦心亭"捐出来开办义塾。义塾所需要的所有开支由庄园的各家共同承担，让周围那些佃户的子女免费入学读书。韩复榘十分赞赏她的举动，题写了一块奖匾相送，奖匾上写着四个大字：深明大义。

庄园的几大家把官司赢回来的土地和房子收回后，对开办义塾的举动却并不热心，只有月新堂和南来福愿意出资。姜振帼也不生气，说你们都不出钱，我日新堂自个儿来办。

当年庄园的保卫团是由南来福少爷牟财管理的。现在办义塾，姜振帼又想到了牟财，觉得庄园里将来能成事的少爷也只有他了。牟财没有推辞，就挑起了义塾校长的担子，说，"这个时候，咱们庄园应该做些善事情。"不到个把月的时间，一切就准备就绪了，义塾的设备非常齐全，聘请的教书先生也是本地最有名望的。

栖霞历史上的第一所义塾就这样创建了，周围穷苦人家的子弟蜂拥而去。

那些孩子的父母就感念少奶奶姜振帼的恩德，有人还把少奶奶当作了菩萨供奉起来。

李太太收回属于月新堂的财产后，带着一家老少跪在老爷牟宗升的牌位前，告慰他的在天之灵。其实在阴曹地府的牟宗升却仍不能瞑目，他的姨太太小六在李太太忙于官司的时候，红杏出墙了。

小六当上了姨太太，掌管家业的大少爷牟昌却并没有给她应有的尊重，仍旧像对待过去的丫鬟那样，给小六一些白眼。小六不想把自己弄得很尴尬，也就极少出头露面，一个人躲在月新堂最后的一排平房里，回想着曾经跟老爷牟宗升共有的美妙夜晚。想得很苦时，就打开后门，去庄园后面的"浮厝"群内，坐在牟宗升的棺木前暗自流泪。

世道混乱，盗匪就猖獗了。一个月光暗淡的夜晚，有个彪形大汉手提了大刀，要从庄园后门翻墙而过，潜入庄园盗窃。经过那群"浮厝"，大汉走得很匆忙，抬头看到打坐在那里的小六时，距离小六只有十几步了，而小六却仍旧坐着不动。大汉的头"嗡"了一下，觉得自己的头发一根根支棱起来。面前这个一身素白，忽明忽暗的女子，是人还是鬼？他的脚步不敢挪动一下了。

大汉握紧大刀，壮着胆子喊道："前面的女人，是人是鬼？！"

小六幽幽地说："是人，也是鬼。"

小六的声音，细长而柔弱，宛若从地下升腾起来的。大汉开始绝望了，心里说：我虽然做了盗匪，却从来没有伤害人命，而且所盗人家也都是有钱的财主，盗走一些财物也并没有影响他们的生活，你就放我一条生路吧。但又一想，跟鬼魂说这些何用？做了盗匪，就准备着送命了，死在谁手里都是个死，今天倒不如跟这鬼魂死拼一场。想罢，大汉就说："是人，请给我让路；是鬼，吃我的斩妖刀！"

四下寂静无声，大汉声嘶力竭的喊叫，被柔弱的黑夜吞噬了。

大汉又说："你是哪方孤魂野鬼？报上姓名来！"

他用尽了力气喊叫，声音听起来比却棉花还柔软，他的喊叫在无边的黑夜上没有留下一丝划痕。大汉几乎要哭了。

这时候，小六说话了。她说："是人是鬼，你走进来看看，不就明白了？要是怕鬼，你就走开，以后少走夜路。"

大汉虚张声势了半天，觉得要是就这样走开，倒要被女鬼嘲笑了，将来自己去了阴曹地府也抬不起头来，于是就壮着胆子走上去。大汉看清了小六的脸，眼前的鬼魂没有狰狞丑陋的面容，是一个标致的美人。他就想，若不是鬼魂，人间哪能见到这样的风景？他看呆了，心中也就忘记了恐惧，感慨地说道："夫人真是美如仙女，可惜你是鬼魂身子，若能来人间，一定会荣华富贵。"

小六抬头看面前的大汉，好魁梧，她的心就动了动。小六说："这位大哥，凭啥一口咬定我是鬼魂？"这一问，把大汉问住了。好半天，大汉才说："夫人真不是鬼魂的话，把你的手伸出来。"

小六把手伸给了大汉，让大汉用刀尖刺了她的手指头，立即有鲜血流出来。大汉惊喜地说，"夫人真的不是鬼。"说着急忙低头，把小六的手指含在嘴里，嗫了嗫指尖上的血。小六的手指被大汉含在嘴里，她的心尖尖都酥痒起来，身子一歪伏在大汉怀里，哭泣起来。

大汉揽住了小六，说道："夫人有什么冤屈，就对我这个粗鲁之人说吧，需要我帮你，我不惜性命。"

小六哭着说了自己的身世，到后来两个人就在老爷牟宗升的"浮厝"前，在夜风的抚摸下做起了彼此渴望的事情。

小六属于那种身子欲望强烈的女人，她耐不住青灯孤影的寂寞。"浮厝"的意外收获让她心里狂喜，以为这是老天爷对她这个可怜人的特殊垂爱，让一个身强力壮的汉子从天而降，滋润她的身子。而那位盗匪汉子，遇到了小六这样的美人，几乎荒废了偷盗的行当。最初，他们还只是在庄园后面的庄稼地里，或是"浮厝"的阴影里快乐。渐渐地，小六就不满足于这样简陋的条件了，索性趁着夜深人静的时候，把大汉带回了自己的屋子，折腾一个晚上。天亮时分，再从后门送走他。

日子久了，有两个老妈子就察觉到了小六的越轨行为，报告给了大少爷牟昌，并从牟昌那里领了一块大洋的赏钱。大少爷牟昌恨不得把小六吊起来狠打一顿，但他知道小六现在是他的姨娘了，况且这种事情传出去，羞辱了他们月新堂的名声。想来想去，就想出了一个两全其美的好办法。他没有把这事告诉母亲李太太，而是私作主张，暗地里把小六卖给了偏远山村的一个老光棍。

小六却全然不知。这天清晨，牟昌来到小六屋子。他很少来这里，小六有些吃惊。牟昌故意冷着脸说，他的姑姑家里今天办喜事，母亲李太太身体不太好，让小六跟他一起去贺喜。小六心里很高兴，整日憋在屋内，心烦意乱，正想出去散散心，于是一口答应了。牟昌走出小六屋子的时候，还特意说了句："好好打扮一下，去的客人很多，别丢了咱牟家的脸面。"

这种露面的机会，不用牟昌提醒，小六也会费了心思梳妆打扮。

吃过早饭，小六坐上了轿子，跟在骑马的牟昌身后出发了。山路弯弯，两边山清水秀，小六的心情就特别好。轿子一路颠簸，抬轿子的人又故意捣乱，左右晃悠轿子，却正好高兴了小六。轿子晃悠得很厉害时，她甚至在轿子内发出了咯咯的笑声。

将近中午，轿子落下，小六受到了一群人的盛情欢迎。两个年轻的姑娘走上来，一左一右地陪着她，坐到了酒席桌前。这桌酒席上的客人都是女客，而且一个个穿戴整齐。席间，她们对小六格外热情，不停地给她夹菜。小六第一次享受到了这么高规格的待遇，心里自然高兴，以为是牟家门户显赫，她做牟家的姨太太，也就很受尊重。

乡村的喜宴，时间总是拖得很长。到了半下午，筵席还没结束，小六就对身边的一个人说："你去问问大少爷，我们什么时候回去？"

回答却是："大少爷早就回去了。"

小六吃惊地说道："回去了？！他这人，也不告诉我一声，让我一个人回去呀？"小六站起来，准备下炕去喊自己的轿子。这时候，有一个男子走进来，低了头说："你不能走了，你现在是我的婆娘了。"

"说啥！你说啥？！打你的嘴！"小六竖起了眉说道。

男子就如实相告，说牟昌把你卖给了我，他已经拿着我给的大洋回去了。小六的心里一阵咚咚乱跳，这才明白自己陷进了牟昌的圈套，于是就说："我是他的姨娘，你不想想，他怎么能把我卖了？你们赶快送我回去。"

男子说："你看，我的酒席都办完了，你怎么能走呢？再说，回去一个人孤单单地过日子，有啥滋味？你就安心跟我过吧，我虽然没有你们牟家那么大的家业，但也有几十亩土地，够你冷暖的了。"

小六想了想，知道现在脱身已经来不及了，再看眼前的男子，四十几岁，一副老实的相貌，而自己原本就是一个无爹无娘的贫女，于是就认命了，说道："我答应你，不过你要帮我一个忙。"

"什么忙？你说。"

"牟昌这个逆子，我虽然是丫鬟出身，但名正言顺是他的姨娘，他偷偷把我卖了，天理不容。再说，我也不能这么白白地被他赶出来，总得给我一些家产吧？"

男子觉得有理，对这个弱女子就有些同情了，说道："你说得对，可你没办法跟他去讲理，牟家财大气粗，你就委屈了吧。"

小六恨恨地说："不行，不能这么蔫不叽地咽下这口气，有一个人可以帮我，你快去把我的事告诉她。"

"你不是没有一个亲人吗？谁能帮你？"

"日新堂的少奶奶。你去告诉她，她肯定能帮我。"

"好，我去。"男人说完，却突然抬头盯着小六看，那目光有些狐疑，犹豫了半天，又说，"我去，要等到明天。"

小六明白了，男人担心自己落个竹篮打水一场空，是要等待今夜跟她同房之后，再去告诉少奶奶。小六就点头，说明天就明天，反正我是你的人了，你能看着我被人要弄不成？

当夜，小六把自己的身子给了这男人。

男人天不亮就起了床，告诉还在睡觉的小六，说你在家等着，我这就去日新堂。男人昨夜在小六身上得到了柔情，也得到了力量，他觉得为了这样的婆娘，就是下油锅都值得。

去了日新堂，把事情的始末告诉了姜振帼，男人补充说，"小六是我的婆娘了，请少奶奶为她做主。"姜振帼心里很惊讶，没想到月新堂的大少爷这么缺德，自己的姨娘能当丫鬟卖了？但嘴上却对男人说："人都是你的了，做主有啥用？"

男人吭哧着说不出话。姜振帼想了想，对男人说，你回去吧，告诉小六，该咋办，少奶奶心里明白。

男人离去，姜振帼笑了一声，说："这个骚小六，也真是做得出来，老爷死去不到三年，她就耐不住了。"不过，姜振帼并没有太多地责怪小六，她在自己的男人死去不久的日子里，身子也曾经欢唱过，知道这滋味有点儿难熬。再说，她也是四十岁的人了，性情平和了许多，如果是今天，她对自己丫鬟翠翠的恋爱也会默认的。

女人的心呀，随着年龄的增长，会变得越来越宽广，喜欢做一些善事了。

她起身去了月新堂。因为一场官司，李太太和姜振帼已经成了很亲近的人。虽然姜振帼比李太太晚一辈分，但李太太把姜振帼当作了妹妹看待，月新堂的许多事情经常要请姜振帼帮忙定夺。

姜振帼把事情对她说后，责怪道："太太，这事情要是传出去，县衙

第
九
章

不会袖手旁观的，他们恨我们，恨得牙根痒痒，还不抓住这事闹腾？再说，声张出去，也坏了我们的家风呀。"

李太太很气愤，说自己什么都不知道，是儿子牟昌私做主张。说着，就要差身边的老妈子去喊牟昌质问。

姜振幅忙说："太太先不要惊动大少爷，你看咋弄？"

李太太说："咋弄？把小六要回来！"

姜振幅摇头，说道："小六已经跟人同房了，能要回来？会不会来，要小六自己做主。"

"那怎么行呀？小六是老爷的心肝肉，老爷临死把她扶成了姨太太，这么一搞，咱们的官司虽然赢了，可老爷在那边还是不开心。"李太太对老爷倒很负责任，似乎小六回来了，老爷在那边还能享用。姜振幅却毫不掩饰地说："我二叔其实就不该让她做姨太。"

"这小六，也太狠心了，老爷对她那么好，她还不满足？"李太太这才想起怨恨小六了。

姜振幅叹了一口气，说李太太你咋这么糊涂呢？小六是做得太损了，可人的需要不一样呀。小六要的满足跟我们不一样，她愿意咋样，就随她吧，留在咱们庄园，也是个累赘，倒不如让大少爷把卖她的大洋还给她，再给她几亩地，也算老爷疼了她一场，今后死活由她了。

李太太觉得有道理，就让管家取了一些大洋，划拨出十亩土地，给了小六。

事情办完了，姜振幅打发潘马夫专程去看望了小六，还把自己的几块绸缎捎了去。

潘马夫对小六说："少奶奶念着你，让我来看看，说你要是不想留在这儿，还可以回去做姨太太。"

小六让潘马夫捎口信回去，感谢少奶奶的惦挂，说道："我回去还有什么味道？一个人关在屋里，人不是人，鬼不是鬼的。不如留在这里，虽然苦一些，但总归是人过的日子。"

潘马夫点了点头，说既然不想回去，那就留下来吧。说着，从兜里掏出一对翡翠耳坠交给小六，是自己的婆娘红莺让他带来的。

提起红莺，小六的眼圈红了，两个人在庄园当了十四五年丫鬟，彼此之间就有了姐妹情谊。小六就对潘马夫说："红莺妹妹的命好，跟了你，你可要待她好呀，庄园那里也不能待一辈子的。"潘马夫就说，"我早就让红莺离开西来福，可红莺可怜陈太太，说要把陈太太侍候走了再离开。"小六就叹息，说陈太太也确实可怜，被老爷牟宗昊冷落在一边，那日子不是好熬的。

潘马夫说："陈太太一身的病，看样子也没有几年了。"

"就让红莺送她走吧，陈太太过去对她不薄。我们这些当下人的，总要知恩报恩。我家老爷要是不死，我也……"小六没说完，泪水流了一脸，说不下去了。

潘马夫觉得自己应该走了，小六却拦住他，一个劲儿地说话，叮嘱他回去一定告诉红莺，抽空来看望她。又说，要是红莺有了委屈没处唠叨，就到她这里来；要是城里闹兵荒，赶快跑这儿来躲避。这儿虽然偏远，却是太平的。

小六的话说得极诚恳，一边的男人受了感动。这个老实人就叫潘马夫"兄弟"了，说道："大兄弟，你们尽管来。我虽不是大户人家，可日子也过得去。你们来住个三两年，都不会饿肚子。"

小六一直把潘马夫送到了门口，看着要上马的潘马夫，她就呜呜地哭了。小六没爹没娘，庄园就是她的娘家，潘马夫应该是她的娘家人了。但是她知道，从今往后，她跟娘家也就断了联系，不知道哪年哪月能再看到一个娘家人。

老实巴交的男人看到小六哭得伤心，他的眼里也就有大颗的泪滴，吧嗒吧嗒落下来，弄得潘马夫心里很不是滋味，那双脚一直挪动不开。

潘马夫狠了狠心，跃身上马，对着马屁股狠抽了两鞭子，头也不回地去了。

在潘马夫的身后，小六的哭声渐渐弱下去，终于像断了线的风筝，飘逝得无影无踪了。

第十章

二十八

月新堂的小六被临死的牟宗升扶成了姨太太，就在庄园内开了纳妾的先河。西来福的老爷牟宗昊撒腿跑到了烟台，跟他认识的那个小玉姑娘同居，似乎也就合法化了。

西来福的两个少爷牟永和牟恒，趁牟宗昊不在家，大肆挥霍钱财。两个人都抽大烟，需要很多的大洋，但财权掌握在父亲手里，他们就把西来福值钱的东西偷出去变卖。

牟宗昊在烟台，西来福交给了自己贴心的大管家料理，日常的开支，对外交往的费用，赶集卖粮，地里的农活……这些都由大管家来安排。大管家虽然拥有至高无上的权力，可惜老爷不在家中，他就要经常忍受两个少爷的欺辱。

庄园的各家，在距离市集较近的地方都建有粮库。卖粮的时候，可以把买主直接带到粮库取粮。这天赶集，大管家去集市找到了几个买主，带到了粮库准备卖粮，却看到两个少爷牟永和牟恒大摇大摆地走来了，身后也带了几个买主。

大少爷牟永对大管家说："今天我来卖粮，你走开吧。"大管家心里一惊，知道两个少爷是要背着老爷偷偷卖粮，于是迎上去说："老爷有吩咐，仓库的粮食只能由我一个人来卖，谁都不能插手。"

二少爷牟恒笑了笑，说道："我爹在烟台，能管得了这么多事？告诉你，我自家的粮食，想卖给谁就卖给谁！"

说着，两个少爷就强行卖粮。大管家在一边看着，也只能叹息两声，跑到烟台向牟宗昊报告了。

牟宗昊返回庄园，大骂两个儿子是败家子。大儿子牟昌却满不在乎地说："我们败家？你在烟台吃喝嫖赌，一天花费多少钱？这家不是你一个人的，你说我们败家子，那就分家！"

牟宗昊气得浑身哆嗦，却也拿两个儿子没办法。他不能答应儿子的要求，如果真的把家分开了，两个儿子用不了多久，就会把分得的土地和房子变卖了，换成大烟。他能做的，只是让管家把家中的钱财藏好，锁紧了粮库的大门。

然而，新麦子下来后，要在麦场上晾晒多日才能入库。两个少爷就把还不干爽的麦子偷了去卖。为防家贼，牟宗昊雇佣了一个彪形大汉，帮着管家看守麦场，说不经他的同意，任何人不能到麦场挖麦子，就是发现自家的少爷偷麦子，也要狠狠地打。

这个彪形大汉很忠于职守，炎热的中午，他就在麦场上用两根木棍支撑了一块破苇席，把脑袋放进苇席的阴影里打个盹。两个少爷瞅准了他打盹的时机，提着口袋跑进了麦场，一个人张了口袋，另一个拼命装麦子。好容易装满了，彪形大汉却醒了，大声喊道："把麦子倒了！"既然被发现了，两个少爷就不跑了，摆出了少爷的架子，说道："你少管我家的事情，给我滚一边去！"

彪形大汉走过去，抓住了口袋底部提起来，把麦子全倒了，说道："丢了麦子，老爷要找我算账的。"

二少爷看着眼前的彪形大汉，恨得要死，却知道自己打不赢他的，就学了小孩子的做法，抓起了一把麦粒，摔到了彪形大汉脸上，骂道："你算什么东西，敢管少爷的事情？！"彪形大汉猝不及防，眼睛被麦粒打疼了。他揉了揉眼睛，一把抓住了牟恒的脖子，说你想吃麦子，我让你吃个够，说着就把牟恒的头摁进了麦堆里。牟恒的头插进麦堆里，还在哇啦着说话。一边的大少爷看了，忙替二少爷求饶。

两位少爷被彪形大汉赶出了麦场，憋了一肚子气，就跑到了县城警察所报了案。平日里，这两个浪荡公子跟警察所的警察混得很熟，经常聚在一起吃喝，这会儿又给警察塞了几个铜钱，两个警察就跟着他们来到了麦场。

牟恒指着彪形大汉说："就是这个王八蛋，给我狠狠地打！"

一个警察上前用枪顶住了彪形大汉说，"别动，给我趴下，不听话就开枪。"彪形大汉不敢不听话，老老实实地趴在地上。两个警察就举起枪托，像捣蒜一样地轮番捣去，捣得他哇哇叫喊牟宗昊。西来福的大管家听到了，赶过来帮忙，却被两个少爷三两脚踹倒了，也痛打一顿。

倒在地上的大汉一个劲儿求饶，说自己这就打了铺盖滚蛋，两个少爷才让警察住了手，带着警察去城内的饭庄喝酒了。

彪形大汉拖着一瘸一拐的腿匆忙离开了麦场。西来福的大管家对着天空长叹一声，说："世道混乱，家道无章。老爷呀，奴才无能为力了。"

大管家回了账房，收拾了行李，把仓库的钥匙丢给了小账房先生，怅然离开了西来福。

牟宗昊知道家道败落已成定局，再过些日子，两个儿子就该逼着他交权了。想来想去，他索性卖了家中的部分土地，带着现大洋和那个小玉去了大连，再也不露面了。两个少爷找不到父亲，就把剩下的土地一点点地变卖，过着醉生梦死的生活。

西来福的局面让丫鬟红莺看了都心焦。她就把外面的事情告诉了陈太太，希望陈太太能管教两个少爷。陈太太被老爷冷在一边，平日里也只有两个儿子去屋里看望她。儿子虽恨着父亲，但对母亲却很孝顺，常常送去一些新鲜的瓜果。红莺觉得由陈太太来管教儿子，或许还有些效果。

陈太太心里惦记的是两个儿子的婚事，都是二十多岁的人了，却没有一个成家的。倒不是没有人提亲，本地几个大户人家的女儿，谁不想嫁到庄园来？瘦死的骆驼比马大，牟家的子孙们再折腾，祖宗留下的家底也够他们吃个几十年。况且，一般人是不能觉察出牟家的颓败之象的。他们看到的，依然是每年的收获季节，大批的粮食滚进了牟家粮仓。但奇怪的是，两个少爷对婚事很不热心，他们似乎有了大烟，一切就解决了。真的想女人了，他们也有办法，跑到当地妓院，随便拉一个红嘴唇、圆屁股的嫚子，扑腾两下，也挺快活。

红莺对陈太太说："太太呀，你要是不劝劝少爷，这样折腾下去，西来福的家底就漏光了。"红莺虽是丫鬟，但这几年却是寂寞的陈太太唯一的依靠，主仆之间的等级观念也就淡化了。红莺甚至在一些问题上还会责怪陈太太，说"太太你咋能这样"之类的话。

陈太太就把两个儿子叫到身边，说我这副样子恐怕熬不了几年了，你们兄弟两个不能再胡闹下去，要知道当家理财过日子了。大少爷牟永就说："家里的钱，咱们不花也就让别人花了。今天来了土匪，明天来了国军，你还能留得住？！"

陈太太说："那也不能都花光了，临死连裤子都穿不上吧。"

二少爷说："反正我们这辈子死的时候还有裤子穿。我连老婆都不要，哪还有下辈子？！"

"你们真的一辈子都不想成家了？"陈太太吃惊地看着两个儿子。

"这年头，一个人活着都很累，成啥家？"大少爷牟永说。

连说话的力气都没有了的陈太太，听了两个儿子的话，一个劲儿地咳嗽喘息。两个儿子就劝她省着点心，好好养病，多活几天就行了。

这两个少爷，平日里跟县衙的人混在一起，也还经常跑到烟台风流，对外面的时局有一些了解，已经感到牟家的好日子不会万古长存了，只是还没有想到，好日子会终结在他们这一代人身上。

南来福的老爷牟宗腾，看到牟宗昊带着小玉去了大连，自己的亲弟弟牟宗天也跑到烟台租赁了房子，很少回来了，他的心里也起了变化，就跟王太太商量，要娶丫鬟春桃做姨太太。牟宗腾的理由似乎很充分，他对王太太说："春桃做了姨太太，也还是丫鬟的身子，啥事情都要听你的。不过做了姨太太，她就不要再想走了，死心塌地侍候我们一辈子。"

王太太笑了笑，说道："还是老爷想得周到。那就依了老爷，待我选个日子，给老爷和春桃圆了房。"

当然，王太太答应老爷纳妾的要求也是有条件的，就是让老爷以后不要再操心了，家里的大小事情就交给儿子牟财料理。王太太的这个要求也很有理由，说，"老爷的岁数不小了，哪能操劳一辈子？纳了春桃做小妾，就让春桃好好照顾老爷，过几天清静的日子吧。"本来牟宗腾也不是喜欢操持家的人，当年迷恋京剧的时候，家中的事情也都是交给了王太太操劳。如今儿子早已成了家，而且在庄园的几个少爷中又是最懂事的，身上没有吃喝嫖赌的坏毛病，做事情也极认真。他把姜振帼交给他的义塾当成了自己家的一块菜园子来管理，很快就成了本地的头面人物。本地一些重大的社会活动一定有他的位子，就是县太爷见了他，也是很恭敬地迎着笑脸说话。

牟宗腾也就很愉快地答应了王太太的要求，把南来福的当家权不折不扣地交给了儿子牟财。

北来福的刘太太，听说王太太要让春桃做姨太太，就去劝王太太，说嫂子你咋糊涂了？月新堂的二爷牟宗升让小六做了姨太太，就撒手去了，小六也就成不了气候；可春桃跟小六不一样，你家老爷还好好的，春桃做了姨太太，我看你就一边晾着吧。

王太太叹了口气，说妹妹呀，不是我糊涂，是你糊涂了，我不答应能行吗？那小奴才现在一直跟老爷住在一起，我能说啥？倒不如给他们圆了房，他们也就没有了现在的黏糊劲儿。啥东西，都是偷着吃得香，让他敞开了去吃，也就会吃腻了。再说，有个小奴才拴着他的心，也省得他跟你家老爷那样，跑到烟台去吃野食。

说到老爷牟宗天去烟台吃野食的事情，刘太太的脸色变得很难看，但她还是坚持说，宁可让老爷去吃野食，也不能让他们再纳妾。刘太太觉得，老爷们到妓院，也就是破费几个钱儿。已经过了半百的老爷，那身子经不起天天折腾，一年能折腾进去几个钱？但纳了妾，不要说家产要占去一部分，闹不好自己还会失去位置，让小妾成了主子。

两位太太都坚持自己的观点，争论不出个对错。王太太依然寻了个吉日，给牟宗腾和春桃办了喜事。南来福的少爷牟财，对父亲的纳妾也没有表示出不满，事情仿佛跟他没有关系。这一点，很像他的母亲王太太。结婚的当日，牟财就按照规矩走进了春桃的屋子，在牟宗腾的目光下，恭敬地对春桃叫了一声"小娘"。春桃的脸色，自然要红得像熟透的樱桃。牟宗腾满脸笑容，催着春桃送给牟财礼物。春桃也就慌忙地从衣兜里掏出早就准备好的一个绣花香囊，递给了牟财，眼睛却一直垂着，不敢抬起来去看他。当初老爷占了她的身子，她觉得自己这辈子就只能做老爷的贴身丫鬟，侍候着老爷，并没有想到有一天会成为姨太太。那时候跟牟财快活，虽是一件极其自然的事情，但现在她端坐在这里，成了牟财的小娘，心里就有了一些羞耻。

经常在社会上出头露面的牟财，此时却仍旧一脸的平淡，仿佛什么事情都没有发生过。在伸手去接绣花香囊的时候，嘴里还说："小娘的手真巧，很好看的香包。"

牟宗腾纳春桃为妾后，真的两耳清静，啥事不管了，过了一段很快乐的日子。事实证明王太太的抉择是对的。

北来福刘太太那里却是后悔不迭了。老爷牟宗天在烟台过度淫乱，得了花柳病，瘦得脱了相。刘太太就打发下人去了烟台，把他强行抬回来，每天给他吸几口大烟，维持了几个月，也就抱憾归西了。刘太太草草地发了丧，因为心里恨着他，棺木里面一件值钱的东西也没陪送。

北来福的大少爷牟宝死去几年了，牟宝的儿子牟衍生才七岁，二少爷牟旺就掌管了大权。秦太太和小少爷牟衍生，从此就寄人篱下，生活在了牟旺的掌控之中。牟旺天生心胸狭窄，到如今还担心将来侄儿牟衍生长大了会夺走他的当家权，平日里对待她们母子两人就只用了白眼球。

这年深冬，山东的大土匪刘桂堂窜进了栖霞境内烧杀掠夺，专拣坏事做。土匪来得很突然，又是一个晚上，庄园内就乱了套，大人哭孩子叫，都忙着奔命，谁也顾不上谁了。

土匪朝庄园围过来的时候，日新堂的潘马夫心里想的是他的婆娘红莺，竟然丢下了日新堂的老少不管，跑到南来福拉着红莺逃命去了。多亏了老狗易同林遇事不慌，让下人熄灭了日新堂的所有灯火，然后让姜振帼和牟衍淑化妆成了下人，从正门不慌不忙地迎着土匪走去。匆忙的土匪只顾朝庄园里冲去，追赶那些仓皇逃走的人，根本不理会姜振帼一行人。人走脱了，易同林这才又派了驮轿，绕道去接应姜振帼，直接奔烟台去了。

去烟台的还有月新堂和南来福两家。东来福的栾燕带了儿子牟衍胜跑回了偏远的娘家。西来福和北来福的人躲避到了乡下佃户家中。

落在最后的是北来福的少太太秦氏和小少爷牟衍生。二少爷牟旺安排了马匹，早早送走了母亲刘太太，却没给嫂子和侄儿安排马匹或驮轿。秦少太太就领着小少爷牟衍生，在土匪闯进了大院后，从后门慌张逃出，步行奔走了二十多里地，逃到了一家老佃户那里。她虽然躲避过了土匪，但心中的那种悲凉和郁闷却让她无处排遣。当夜，她抚摸着七岁儿子的头，说道："我的儿呀，这世道兵荒马乱的，要是哪一天，你跟妈妈走散了，妈妈不在你身边，你要学会照顾自己。"

懂了一点事的牟衍生，看着母亲痴呆呆的样子，心里有些害怕，但他还是很乖地点了点头。

秦少太太照顾儿子睡下后，自己坐在镜子边，精心打扮了一番，然后跑到佃户村后的一眼老井旁，一头扎了下去。那口井因为深不见底，所以连个声音都没回过来。尸体是无法打捞了，村人们仍旧采用了传统的做法，用一块厚重的石板封了井口。

这个大户人家的秦少太太，从此就在这眼深井里万古长存了。

牟衍生趴在井口哭了一天，被忠实的佃户抱回了家。等到土匪离去后，把他送到北来福，交给了刘太太。

土匪刘桂堂当然不会错过洗劫庄园的机会。他的队伍在庄园内驻扎了四天，几乎把庄园的老鼠洞都翻腾了一遍。庄园到处千疮百孔，不堪入目。因为土匪来得太急，庄园各家都没有准备，那些值钱的财物就没来得及深藏起来，被土匪卷了去。最可惜的是日新堂祭祀厅那个价值二十万白银的香炉"宝和锡"，也被土匪抬走了。这次洗劫，给庄园带来毁灭性的灾难。

回到庄园的老爷太太，目睹了眼前的景象，一下子泄了气。下人们残的残，伤的伤；许多房屋冒着黑烟，桌椅板凳东倒西歪；他们喜爱的古玩碎片满地；一般下人们很难走进一步的寝室，被那些兵丁随意践踏……这个围墙高耸的庄园已经没有了安全感，似乎随便什么人都可以走进来折腾一通。

老爷太太们心里都揣着一份恐慌和无奈，他们的命运已经不在自己手中了。于是，吃喝嫖赌的少爷们依旧抱了烟枪，狠命地抽着。

到烟台躲避土匪的老爷牟宗腾，懒得回来了。王太太和春桃返回庄园半个多月了，他依然住在那里。牟财派下人去催了几次，他就说身体不好，需要在烟台疗养，坚持不回。

牟宗腾不回来，姨太太春桃也就守了空房。春桃倒是很会做事，并没有把自己放在姨太太的位置上，仍像从前当丫鬟那样，每天要去王太太屋内打扫卫生，有时老妈子来不及冲刷的尿罐，她也拿去收拾了。王太太看到了就说，"春桃你歇着，让下人们做去。"王太太似乎忘了，春桃本来也是个下人。但春桃听了并不在意，笑了笑，说道："我习惯了帮太太做事。"

春桃这样随意，王太太也就不那么讲究了，没事的时候，还会主动跑到春桃的屋子里，跟春桃闲聊。下人们经常听到屋子里发出两个人快乐的笑声，似乎老爷牟宗腾不在身边，两个女人的关系更融洽。事情也真是这样，那个老爷在的时候，隔膜了她们两个人之间的情感交流。

春桃最难处理的关系是与少爷牟财和他的少太太林氏。过去春桃见了牟财是要喊少爷的，现在却颠倒过来了，牟财和他的少太太见了这个丫鬟，要喊小娘或是姨娘。要是换了不太讲礼节的少爷，这事情很好办，见了春桃什么也不说，低头过去就可以了。但牟财和他的少太太却是极

第十章

有修养的人，每天不仅要到母亲王太太那里请安，也要去春桃那里请安。牟财已经是小三十岁的当家人了，胡子黑黑的，显得更加稳重了。因为义塾和家里的事情太多，他经常几天不能去春桃屋子里看望她，他的少太太去春桃屋子的时候，就代他请安了，说大少爷杂事太多，请小娘别责怪他。

牟财的少太太林氏跟春桃年龄相仿，是一个典型的贤惠女子。过去春桃叫她少太太的时候，她从来没有对春桃耍过少奶奶脾气；现在她要叫春桃小娘了，也没觉得有什么碍口的，张嘴就叫了，而且还有意识地拖了长音腔调，要让春桃脸红。春桃看出了少太太的淘气，也就故意脆生生地应一声，一副理所当然的样子。

南来福老爷牟宗腾应当幸福死了，家中的三个女人能保持这样愉快的关系，他应当好好地守在家里才对。人心不足蛇吞象呀，越是幸福的人，就越不容易满足。那些叫花子得到了一块热红薯，会有一整天的幸福；牟宗腾老爷得到了两个热乎乎的太太，却还在烟台的妓院里消磨时光。

白天看起来很快乐的春桃，总会有一些晚上的时光让她感到难耐的痛苦。这样的时光中，她会坐在毕剥作响的烛光前流一些泪水。

这天晚上，牟财回了家，把十块光洋丢给了自己的少太太，说道："好久没给小娘零用钱了，我刚从管家那里支取的，你明天过去的时候，别忘了带去。"

少太太林氏用责怪的口气说道："你今晚回来得早，就不能亲自过去一趟？总不露面，让人家以为你躲着走路呢。"

牟财犹豫了一下，就拿起了十块大洋去了后面的春桃屋子。刚走到院子中，看到伺候春桃的老妈子，他就问春桃睡下没有。老妈子摇摇头，小声说："在屋里，有点儿不开心。"

牟财一愣，就快步走进了屋子，看到春桃坐在炕上，慌乱中没有擦去的泪水还挂在眼角。牟财抿了抿嘴，把十块大洋放在炕上，想了想问："小娘有什么委屈的就说出来，我整天忙来忙去，一定有疏忽的地方。"

春桃忙说："没有的，咱们南来福有你这样的大少爷打理家务，凡事都安排得井井有条，我不缺吃，不缺穿，有啥委屈的？"说着，眼里的泪水又流出来。

看眼前的情景，再听春桃说话的口气，牟财大致明白了她流眼泪的缘由，不知道该说什么好了。两个人就那么静静地待了一会儿，春桃才想起应当让大少爷坐下，于是说："站着干啥？有凳子。"

牟财没有坐凳子，他一抬腿坐到了炕沿边，这样跟春桃说话近一些。他说，"过几天，我准备亲自去一趟烟台，劝说父亲回来养病。"春桃就看了一眼牟财，觉得大少爷真会体察人心，啥事情都逃不脱他的眼睛。但她却不想让大少爷感觉自己耐不住寂寞，于是就说："这么急干啥？老爷喜欢在烟台养病，你就让他在那里好了，他回来也不能帮你做事情。"

"在那里久了，也不好的。"

"不好？你是觉得花费太多了？"

"不是不是，小娘你想多了，我爹就是花费一些，也是应该的，他老人家辛苦了一辈子……只是，他在那里，冷落了你。"

牟财把话说透了，春桃的脸就红了红，眼睛看着他，虽不说话，却是一副埋怨的神态，似乎责怪他把话说得这么白。两个人又沉默了。春桃的心里就有一个个热浪打过来。如果她还是丫鬟，这时候就可以偎进少爷的怀里，让这个成年了的男人帮她对付这个难耐的夜晚。但现在不行了，她从一个丫鬟变成了小娘，活生生地断了她的念头。她甚至想，如果当初知道要做他的小娘，她就不会让他闹腾自己的身子了。

春桃看着牟财，觉得这一切似乎都是命运的安排了。想到命运，她也就为自己今后的日子担忧，不由地叹息一声，眼泪又盈出眼窝。牟财看见了，就伸手去给她抹眼泪。这本身就是一个很危险的动作。春桃有些意外，她没想到大少爷还像当初对待一个丫鬟那样，用手擦拭她的泪水。她一动不动，把头微微仰起来，尽情让他擦拭。

到后来，她就听到牟财一声低沉的"春桃……"

她应了一声，随即她的身子就被他揽过去。

按说这个时候，她应该挣扎几下，提醒她是他的小娘，但她的一只手却稀里糊涂地绕到了他的脖子上。等到她真的想说点儿什么的时候，自己的嘴已经被大少爷浓密的胡子封住了。

一切都平静下来了。

她看着自己散乱在身边的衣服，不知道该进入什么角色。牟财却像什么事情都没有发生似的，穿戴整齐了衣服，站起来依旧叫她小娘，说道："小娘，你要是觉得在家里无聊，我跟母亲说去，你跟着父亲去烟台住，行吗？"

春桃摇了摇头，说道："不要跟太太说，太太就是答应了，我也不能去，那样太太会恨我的。"

"那，你自己定吧。反正你有事情，就告诉我。"

"少爷，你以后就不要到我屋里来了。"春桃急促地说。

牟财看着春桃，一副不解的样子。

春桃就说："你来，我就想……可又害怕被太太和你家少太太觉察到。"

牟财说道："你不要多想，我有空就来看你，我也想你。"

春桃看到牟财沉稳的目光闪亮了一下。她很少看到沉稳的少爷如此从眼睛流露出情感。她躺在被窝里没动身子，看着牟财给她带上了房门。

牟财的脚步声走远了，而她的被窝里仍旧飘散着他身体的气味。

春桃开始想牟财了，想他下一次来的日子。牟财也总能找出一些空档，到她这儿来坐一会儿，有时大白天的，两个人很顺利地就把事情做完了。渐渐地，春桃把牟宗腾也就忘记了，有时还想，老爷真的回来，倒是有些不方便了。牟宗腾那里，根本没有再想回来的念头。他在烟台养病，已经乐不思蜀了。

南来福的日子似乎成了庄园儿家中最舒心的。老爷虽然不回来，但他毕竟还活着；少爷牟财知道理家，在外面又出头露面的，算个人物了。王太太和姨太太春桃，彼此谦让，相处得很安静。

不过，庄园却是很冷清了，老爷们死的死跑的跑，偌大的一个院子，竟没有一个老爷在里面了，很让那些太太们感到恐慌。人气淡了，院子里的乱草就开始疯长，有些角落，乱草快能淹没人了。起风的夜晚，乱草就借了风力发出尖叫，院子里愈加阴森可怕。

姜振帼返回日新堂后，心情就很灰暗，镇宅宝物"宝和锡"丢了，不是一个好兆头。她对自己的女儿牟衍淑说："咱们的庄园是不能待了。"

到底去哪里，她一时没有拿定主意。

潘马夫和红莺逃走后，一直没有露面。姜振帼怒火穿心，让易同林撒开人寻找，说"找到了他们，我要活剥了他们的皮"。易同林派人打探了几天，最后回应姜振帼，说潘马夫和红莺已经不在本地了。

其实潘马夫没有跑远，他们真的去了小六那里住下了。虽然小六那里偏远闭塞，但要找起来还是不难的。不知道易同林真的没有得到消息，还是有意保护了潘马夫。

北来福秦太太的死也让姜振帼觉得心寒，并由此想到该给自己的女儿牟衍淑找个归宿了，万一哪一天自己有个三长两短的，女儿也有个人照料。于是，她就把十九岁的女儿牟衍淑嫁到了自己的娘家黄县，女婿丁伏天是黄县一家大地主的儿子。

牟衍淑出嫁后，在婆家住了几个月，因为弱不禁风的身体天天闹病，大多数的日子仍住在娘家日新堂，陪着孤独的姜振帼。女婿丁伏天也就跟随着来到了日新堂，帮助姜振帼打理家务，渐渐地成了姜振帼的得力助手，这让她感到了一些宽慰。

但女儿的病，又叫她心烦。从小身子骨就单薄的牟衍淑，自从有了男人，身子像被霜打了似的蔫了，一天比一天瘦弱，而且整日里咳嗽不停，面色苍白成了一层牛水泡。她心里就敲起小鼓，担心女儿身上也落下了日新堂遗传的病根。日新堂的老爷和她的男人牟金都是这样咳嗽着走掉了。

她常常半夜被女儿的咳嗽声惊醒。

女儿咳嗽起来浑身如筛糠一样抖动，伴有长长的呻吟。为了女儿的病，姜振帼不惜倾尽财力，把当地最好的老中医都请来了。女儿几乎停止了吃饭，那一堆堆中药就足够填满她的肚子了。

吃了一个多月的中药，牟衍淑的咳嗽缓解了，但别的毛病又出现了。有一天夜里，她突然从梦中惊醒，半裸着身子跳下了大炕，要跑出屋子，被女婿丁伏天一把抱住了。丁伏天说道："咋啦？做噩梦了？"

牟衍淑喊叫："我爷爷和我爹要把我带走。"

丁伏天就说，"好了好了，真是做了噩梦，你把楼里的人都惊醒了。"正说着，姜振帼穿着兰花白底的丝绸睡衣走进来，一脸的惊慌，问道："怎么？哪儿不舒服？要不要打发人喊中医？"

女婿说："没事的，她做了个噩梦。"

女儿牟衍淑一把拉过了姜振帼的手，指着对面的墙角，说道："你看你看，我爷爷和我爹，蹲在那儿不走。"

姜振帼顺着她的手指看去，烛光中，那里只有一团黑色的影子。姜振帼心里跳了几下，责怪女儿说，"你爷爷的样子，你从来没见到，你爹死的时候，你才五岁，连他的样子都记不清了，还能梦见他们？睡吧，别大呼小叫的。"牟衍淑却说："你看那是不是？看到了吗？你们怎么看不到？他们朝我笑了，我爷爷前面的大门牙缺了一块。"

牟衍淑这么一说，姜振帼不得不重新去看墙角处，她知道老爷的门牙确实少了一块。她心里纳闷，女儿怎么能知道老爷子的门牙少了一块？莫非真的看到了老爷子？这样想着，姜振帼也就有些恐惧了，感觉有冷风从耳边飕飕地吹过。

一晚上这样折腾，姜振帼也还挺得住，可是女儿隔三岔五地半夜闹腾，她就筋疲力尽了，而且心里有了疑惑，难道真是他们的鬼魂回来了？

过了几天，日新堂的下人们也传说夜里见到了老爷和少爷。他们看到老爷带领着少爷在院子里视察，两个人指指点点的，说这儿不好，那儿也不行，满脸沮丧的样子。

姜振帼听了传说，心想是不是那个"宝和锡"丢失了，他们回来怪罪了？她就在老爷和自己男人的灵位前烧香磕头，嘴里小声说："老爷少爷原谅我，我没能耐把日新堂打理好，让你们在天之灵也不得安宁了。"

天天烧香，天天磕头，但老爷和少爷的幽灵就是不去，最后终于把她的女儿牟衍淑领走了。

牟衍淑死在当年冬天的一个晚上。这个冬天的晚上，跟她的儿子牟衍堃离去的晚上竟然完全相同，外面的风很大，但天空却是晴朗的。后来姜振帼想起这两个同样的晚上，就仿佛是一个梦。梦结束后，许多事情都模糊了。

少奶奶的神志已经麻木了。

二十九

多年来，日新堂人丁不旺成为一个解不开的谜团，牟衍淑死后，这个谜团就更迷离了。

一天，南方的一个风水先生路过栖霞城，因为路途劳顿，重病缠身，昏倒在日新堂门前。下人不知道此人的来历，以为是过路的乞丐，报告了管家易同林，说这个叫花子怕是不行了，最好不要让他死在日新堂门前，或者差人送到远处，或者让县衙的人来处理。

易同林出去看了，觉得此人不像叫花子，虽然一身污垢，但衣着和气质都不同于常人，于是让日新堂的老中医前来诊治，看有无生还的希望。老中医试过脉搏，翻看了眼皮和舌苔，说只是伤寒，如果留住在日新堂，稍加调理就能好转。无论什么人留宿日新堂，都是要经过少奶奶点头的。易同林让两个长工把昏迷的人抬到了中药房，然后去少爷楼通告了姜振帼，说道："少奶奶，我敢说这个人不是叫花子。"

姜振帼又在看《红楼梦》，边看边想牟家眼前的状况，以及将来的结局，觉得自己的一生早就被古人写在书上了，不必过分挣扎。这种心境下，对于易同林来报的事情就没有太多的在意，只是说："不是叫花子是什么？"

"过路的人。"

"叫花子也是过路人，好了，不管是猫是狗，既然倒在我们日新堂门前，就算他走运，你看着办吧。"

风水先生在老中医的治疗下，第二天就醒过来，虽然身体仍很虚弱，却能站起来走动了。易同林安排小灶的老妈子炖了母鸡和人参汤，给他滋补身子。风水先生受了感动，问易同林："这个高大的门户，是何人家？"

"牟家。"易同林说。

"牟家？就是当今最大的土地主牟氏家族？"

易同林点头，说道："老头儿，你有福气，倒在了日新堂门前。要是倒在别处，早被人拖去喂了野狗。"

一边的老中医插嘴说："没有我们大管家，你现在已经给阎王爷当差了。"

风水先生当即跪下，要给易同林磕头谢恩，易同林拦住了他，说自己只是个当差的，所做的一切都是听从东家的吩咐。风水先生就问日新堂的老爷是谁，要去拜见才对。易同林顿了顿，说日新堂没有老爷，当家的是少奶奶，少奶奶近几个月不便会见外人。

风水先生"哦"了一声，叹道："宅院不吉矣。"

易同林吃惊地看了看风水先生，问道："宅院不吉？你是说日新堂的宅院不吉利？"

风水先生点了点头，说道："我刚才出门，从前大门朝后院看去，宅院一边的走道，外窄内宽，乃棺木之形。连着走道北头的后门，正对着一座坟墓状的山丘，还有……"易同林心里一惊，瞅了身边的老中医一眼，急忙让风水先生打住，说道："你跟我来。"

易同林带着风水先生去了自己的账房，询问风水先生从何处来，做什么的，这才明白眼前的老先生是南方的风水先生。他让风水先生稍等片刻，说自己去弄一壶酒来，跟风水先生喝两杯。正要出门，风水先生喊住了他，说："看你这位老哥哥，是个大善之人。我知道你不是去取酒，是要向你们主子报告去。你先坐下，听我说，我在本地转了几天了，有一处风水极好，老哥哥想办法买下那片荒地，百年后安息在那里，你的后人之后就不用再当下人了。"

风水先生正要说出那块风水宝地的位置，易同林却急忙摆手，说道："先生不要再说了，我是来给东家当奴才的，没有我们少奶奶允许，我哪里敢收留你呀。风水宝地需要有德行的人去镇守，我要是心地不善，就是死后埋在那里，后人也不能太平。先生的好意，我心领了。"

"有你这样忠心耿耿的管家，你们东家少奶奶一定不是等闲之人。"风水先生感叹地说。

"先生说得对，你稍等片刻，我去通告少奶奶。"

姜振帼听了易同林的报告，有些慌张地丢开了手里的《红楼梦》，说道："快请他来见我。"

她把书上写的那些话又忘记了。

易同林带着风水先生到了少爷楼的会客大堂，自己就很知趣地掩上了门，走到了外面，留下姜振帼和风水先生单独说话。姜振帼看到风水先生，心里咯噔了一下，觉得面前的这个人好面熟。仔细一想，竟然吓了一跳，这个人的相貌跟日新堂第五代掌门人牟墨林太相似了。她稳住了慌乱的心绪，问道："你从哪里来？"

风水先生说："宁波。"

"宁波？"

"是。少奶奶救了我的命，我想为少奶奶做点事情，算是报答。"

"我已经听管家说了。"

"少奶奶有个好管家呀，对你没有二心。我本来要告诉他那块风水宝地，他却不听。"

"那奴才，比老狗还忠实。"

"我想去看看你们的祖坟。"

姜振帼点了头。

跟风水先生密谈之后，姜振帼的精神面貌发生了变化，她似乎又看到了日新堂的希望。第二天，她就派管家带领风水先生去了牟家的祖坟，并叮嘱管家，此事不能声张，决不能被庄园其他几家知道。

牟家的祖坟在距离庄园三十里外的崇山峻岭中的圈子茔，占地五十多亩。北边是一条龙状的山岭，蜿蜒数十里；南临清水河，水流由东向西，长年河水清清。祖坟四周修建了茔墙，茔墙高五尺，宽两尺，青砖结构。茔墙内生长着高大的松柏。风从上面走过，似有浪涛翻滚，不绝于耳。风水先生看后，叹道："的确是一块宝地。"

　　易同林便问："是风水宝地，何须另选茔地？"

　　"此地已葬入百余人，地力衰弱，全无了生气。"

　　易同林看了看面前大大小小的坟茔，几乎没有立足之地，他就点点头，明白了风水先生的意思。

　　风水先生又说："你再看，此茔地，呈葫芦状，葫芦底部在上，嘴在下，上面已经被他们的老祖宗占满了，只留下狭窄的葫芦嘴。更要命的是，连接葫芦嘴的藤已经断了。"

　　易同林茫然，风水先生就用手指点给他看。风水先生所说的藤，就是与茔地的葫芦嘴相连接的一条细长的山脉。十几年前，山洪暴发，山脉被拦腰截断，再经过年年的雨水冲刷，就形成了一道很深的山壑。

　　"这块茔地，废了。"风水先生肯定地说。

　　"先生把我们本地最好的风水告诉我们少奶奶了吗？"

　　风水先生摇头，说道："我要告诉你的那块风水，不一定是本地最好的。看牟家这块茔地的气魄，那块风水太小气了。我还要在四周仔细看看，寻找更好的风水茔地。"

　　"需要几天？"

　　"半年，或者更长的日子，说不好。"

　　易同林回去把风水先生的话转告了姜振帼。姜振帼说，"就是三年也行，咱们日新堂虽然境况不如从前，但地里的庄稼就是五十年颗粒不收，咱们也养得起十个八个的风水先生。"易同林就说，老奴才不能天天陪同风水先生走山穿岭，需要找一个可靠的奴才跟随。万一选中的不是咱们日新堂的地盘，还需要想法子，从别人那里买下风水宝地，万万不能走漏半点儿风声。

牟氏庄园

308

姜振帼有些为难，说："老狗你不能去，还有谁让我放心？"

易同林知道少奶奶被潘马夫伤了心，于是就说："让我侄子家的孩子易谷雨去伴随风水先生吧。"

姜振帼一听，也觉得合适。易谷雨给小少爷牟衍堑伴读了七八年，现在做了小账先生，跟易同林一样厚道，人也机灵，是将来可以接替大管家位置的最佳人选，于是她就说道："嗯，让这小崽子去，该给他交代什么，你心里清楚。"

易谷雨就暂时放下了账房那一摊子，跟随风水先生在四周崇山峻岭中探寻风水宝地。按照大管家的要求，风水先生换上了当地佃户人家的衣服，每天早出晚归，行踪谨慎，也就没有人注意到日新堂多了一张陌生的面孔。

风水先生只用了两个月，就给日新堂察看了一块绝好的坟茔。

风水宝地位于栖霞以北二十里的艾山脚下。风水先生告诉姜振帼，这块宝地有一个非常重要的地方，就是山根下的一条很细的山脉，它是整个风水的气穴，要好好看管，不可被人截断。易同林觉得风水先生多虑了，说那片山岚就是日新堂的，谁敢去动？再说，深山野外的地方，谁有那么大的力气和工夫，能去拦腰把一座山脉截断？

风水先生笑了笑，说道："一个雷电，就可以劈成两半的。天灾人祸是没法阻挡的，一切都是天意。"

风水先生把话说完，一刻都不停留，当天就要离去。姜振帼一再挽留他多住一些时日，他却摇摇头，说道："少奶奶若有别的地方可住，最好也离开这里。"

话里有话，姜振帼听得明白。她就问风水先生，日新堂宅院的风水，有没有可以补救的办法？风水先生不说话，只是摇头。

易同林把风水先生送出古镇都，问他下一站要到哪里去。风水先生说自己也不知道，他只是随着山脉和流水的走势而去。苍老的易同林看了看比他年岁还小的风水先生，那身子板却似乎比自己的还单薄。他就拉着风水先生的手，一再叮嘱他路上当心风寒，弄得风水先生很感动，就把那块不错的地方告诉了易同林。风水先生说道："出了栖霞城，向南十几里路，有个叫釜甑山的地方，那里有一个骆驼岭，岭下有三棵榆树。你百年之后，让后人把你葬在中间那棵榆树下。"

易同林记在心里，对风水先生拜了再拜。

风水先生又说："还有一件事，我没有说。你们日新堂的鲁太太，怕是没有多少日子了。"易同林心里一惊，鲁太太虽然快七十岁了，但看现在的气色，却是很好的，没听说身体有什么毛病，不会说走就走吧？

易同林心里有些慌张，等到他稳住神气时，风水先生已经走远了。他就把这件事装在心里，一直没敢告诉少奶奶。

风水先生走后，姜振帼琢磨了几天，以为再好的坟茔，没有后人续香火，也就浪费了，要给日新堂续后才行。

她的目光很自然地瞅准了北来福的孤儿牟衍生。

北来福当家的二少爷牟旺，听说日新堂要把侄儿过继了去续香火，不等母亲刘太太答应就点头了。他心里有算盘，侄儿牟衍生一走，北来福所有的家产就归属他一个人了，这真是天上掉馅饼的大好事。

刘太太似乎还有些犹豫，觉得把孙子过继给了日新堂，对不住死去的儿子牟宝。但后来在二少爷牟旺的劝解下，也觉得孙子过继给了日新堂，去继承日新堂的万贯家产也不是件坏事。

姜振帼办了几桌酒席，把庄园的几家人都请到了一起，算是过继儿子的仪式。酒席上，看不到一个老爷的面孔，只有几个少爷，热闹了几杯米酒，制造了一些喜气氛围，也就散去了。

当天夜里，她把过继来的儿子牟衍生接回了日新堂，就留在自己屋内，亲自料理他睡下了。她坐在烛光里，看着睡熟的新儿子，突然想起了牟宝结婚的那天晚上，跑到她怀里撒欢的情景。痴想了半天，心中一阵感叹。她这一生，除去自己的男人牟金，摸过她身子的男人就是牟宝了。现在牟宝的儿子竟然变成了她的儿子，这一切似乎都有前缘。

这样想着，她就伏下身子，凑近牟衍生的脸蛋儿亲了亲。

这个新儿子，让她的心底升腾起暖暖的东西，像袅袅的炊烟，也像早晨新升起的一缕阳光。

这一夜，她搂着牟衍生，睡得很香。

她没忘记风水先生的话，日新堂是不能再住了，去青岛或是去烟台，都是个好途径。烟台距离日新堂更近一些。她心里拿不定主意，就问丫鬟梨花，说，"小嫚子，你是喜欢去青岛还是去烟台？"梨花说："少奶奶喜欢哪里我就喜欢哪里，到青岛和烟台都行。只是少奶奶不要再让我陪你看戏去了。"

说到看戏，姜振帼就想起了在烟台的那些时光，想到了一起居住的挪威太太。挪威太太早就告诉她，靠土地经营，不是长久的事情，可她那时候还以为挪威太太小瞧了日新堂土地的财富。她有些后悔，若那时听了挪威太太的话，留在烟台发展房地产或者商贸，现在怕是已经成了气候。

她心里就说，那就再回到烟台吧。凭借日新堂的财力，不难在烟台蹭出一块地盘。

主意拿定了，她去了老爷楼的祭祀大厅，对着列祖列宗的牌位拜了又拜，把额头磕出了血汁。她说："祖宗呀，我要离开日新堂了。你们的在天之灵，保佑我们日新堂逢凶化吉，枯木逢春吧。"

嘴里念叨着，泪水流了一脸。

人要走了，财产也要跟着走。日新堂最大的财产是土地和房子。想到要把土地和房子变卖掉，姜振帼的心口就感到了憋闷和疼痛。她曾经那么迷恋土地、亲近土地，是土地最坚决的护卫者，但今天，她要抛弃它们了。

"管家，你看那些田地和房子，怎么卖合适？"她跟易同林商量说。易同林想了想，说距离庄园偏远的土地应该最先卖掉。世道不好，到偏远的地方收租也很不安全了。还有边远仓库内的粮食，也是可以全部变成大洋的。

日新堂有几万亩土地，当地的几个小土地主合起嘴来也吞不下去。姜振帼狠着心把地价降到了最低码，招来周围几个县的大财主，土地也只卖出了三分之一。但所筹集的资金已经足够姜振帼在烟台立足了。

要在烟台落脚，就要买最好风水的房子。姜振帼带着易同林去烟台选择落脚点，目光就盯住了烟台市几个著名的风景区。她对易同林说："房子要洋气，地方还要清静。"

把烟台城里城外转了几圈，姜振帼指点着烟台著名风景区的烟台北山，说："这个地方不错吧？"易同林看了看姜振帼的脸色，觉得少奶奶今天的心情还算高兴，这才说道："不错是不错，价钱可是吓死人。"

"按你的意思，一个铜子不花费最好，你以为还是在乡下呀？"

"这楼房，像是用大光洋堆起来的……"

"就是金子堆起来的，我也买下了。"

易同林没有想到，平日里很节俭的少奶奶真的买下了烟台北山的两栋小洋楼。这两栋洋楼之间有相互连接的通道；楼前是两亩的大院子，楼后有四亩地的大花园；山下就是蔚蓝的大海。远远看去，就知道这户人家非等闲之辈。

居住在烟台北山，是一种身价的标识。这里总共四户人家，姜振帼之外的其他三户，有房产资本家赖芳圃、实业资本家张延之、教育家林秋圃，都是烟台著名豪门。姜振帼在这里购房置地，不需要过分张扬，就可以让她的名字进入上层名流的行列。

烟台金融行当的名流，很快被这个乡下来的小脚女人震了一个跟头。她一次存入交通银行的大洋足可以买下整个的烟台北山，而且这只是她财产的一小部分，大量的土地还躺在栖霞境内，变不成大洋。交通银行的行长就张大了嘴巴，亲自登门拜访了她。这样的一个大客户，做行长的是万万不能失去的，从此这个行长就成为姜振帼家中的常客了。

姜振帼一夜间成了烟台的一个豪门富贵人家。

在鲁太太眼里，姜振帼已经变成日新堂最大的败家子了。祖宗们上百年省吃俭用、买房置地，好容易挣得的这份家业，快让姜振帼折腾光了。鲁太太不肯去烟台过富贵的日子，仍旧住在日新堂。留在日新堂的还有管家易同林，姜振帼把那边的家业都托付给了他。每月月底，他要把做好的账本亲自送到烟台让姜振帼过目。有这条忠实的老狗留守，日新堂的一切照样运转，播种收割，收租卖粮，烧香拜佛，迎来送往，从没耽误过一件事情。

跟着姜振帼在烟台北山居住的人，有继子牟衍生，女婿丁伏天，丫鬟梨花，还有一个老妈子。烟台这边的账目，易同林派了易谷雨去分管，单独立了账本。易同林每次去烟台，还要检查易谷雨的账目是否有漏洞。

姜振帼的女儿病死后，女婿丁伏天没有再续妻子。姜振帼劝了女婿几次，希望他再找一个太太，女婿却说："过几年再说吧，衍淑不在了，我要留在你身边照顾你。"有这样孝顺的女婿，姜振帼感到欣慰，对女婿也就格外器重，外面的事情大多交给了他去打理，到银行存款取款，陪同她出去散步，到戏院看戏。丁伏天很快就成了姜振帼的一根拐杖。

在烟台，这个丁伏天就接替了易同林的角色，成了她的管家。

到了烟台，姜振帼很快就去拜访了在烟台养病的南来福的老爷牟宗腾，那毕竟是她的叔叔。牟宗腾在烟台大马路租赁了一处房子，虽然面积不大，却也是一个好住处。见到了姜振帼，牟宗腾十分高兴，在对面的一个饭庄请她和丫鬟吃了一顿午饭。只是在吃饭的时候，他说起了庄园的事情，说起了故去的牟宗升和牟宗天，刚刚还是手舞足蹈，突然间竟呜呜地哭了。看他哭泣的样子，姜振帼在心里说，我这个五叔，真的老了。老人都如同孩子，喜怒无常，藏不住自己的情感。姜振帼试图说服他回到南来福，说王太太和春桃都希望他能早一些回去。他却摇摇头，说道："你不是也离开了日新堂吗？"姜振帼很想说，她离开是因为宅院不吉，但一想，似无必要，于是就说："那你干脆把他们一起接出来，也在这儿买所房子。"

"把他们都接来？那我倒不如回去呢！我呀，也活不几年了，你就让我清静清静吧。"牟宗腾说这些话的时候，早已不哭泣了，一副看破红尘的样子。

姜振帼就说："叔叔就随意吧，有空到我那里去坐坐。"

他摆摆手，说道："不去啦。你呀，以后也不要来看我了，大家各自保平安吧。"他真的厌倦了热热闹闹，要一个人自由自在地多活几年。他的这种生活状态，让姜振帼生出几分悲哀。离开他的时候，伤感得连一声再见都不想说。

烟台的女人们，不像乡下女人那样足不出户，几乎所有的重要场合都有女人的身影，而且都扮演着重要的角色，这就给姜振帼的外交提供了广阔的空间。她一改过去那种封闭的状态，主动去接触烟台名流，开始走上了社会活动的舞台。

跟那些名流打交道，不能还是乡下地主婆的那身打扮了，要跟那些名流女士一样，穿旗袍和洋装。姜振帼带着丫鬟梨花，去布店给自己和梨花选取了几种布料，然后找到了烟台最有名的"梦幻"衣服店，让一位六十多岁的老裁缝给她们量了身子尺寸。姜振帼对老裁缝说："你给我量仔细了，多花几个铜钱不要紧，衣服可要合身。有一点儿不舒服的地方，我可要退货。"

老裁缝是"梦幻"衣服店的招牌裁缝，给烟台无数名流做过衣服，也就不把姜振帼看在眼里，说道："到本店做衣服，无须担心。"

一个月后，老裁缝派小伙计把一身旗袍送到了烟台北山。姜振帼试过后，对小伙计说："没想到你们老牌的裁缝店也是徒有其名。告诉你们掌柜的，这旗袍我不要了。"

小伙计把旗袍拿回去了，老裁缝很生气，亲自去了姜振帼的别墅，让姜振帼穿上旗袍，他倒要看看哪个地方不合适。老裁缝说："你退货没关系，可不能糟蹋我们裁缝店的名声。"

姜振帼穿上旗袍，从房间走出来。老裁缝前后看了又看，没发现毛病。姜振帼却说："你既然是量体裁衣，我问你，我的身子有啥特别？"

老裁缝不明白，眨了眨眼，没说话。

姜振帼又说："我的腰身细长，屁股滚圆，你看看你做的旗袍，腰身这么短，被我的屁股撑起来，哪里还能看到我的腰？"

老裁缝没想到眼前这个土气的太太还能说出一些道理，就把旗袍拿回去修改了。第二次，老裁缝自己把衣服送来了。姜振帼试过，还不满意，说两个腋下有些紧了。

一件旗袍，前后改裁了四五次，这对老裁缝来说实在是一件很丢脸的事情。到最后，老裁缝没收姜振帼一分钱，还很客气地说道："太太明儿要做衣服，告诉本店，我上门去为太太量身。"

姜振帼对自己的形象设计是花了力气的。她的发型、头上的装饰品，还有使用的化妆品，都用了很大的心思。对丫鬟梨花，也是按照豪门富贵家的丫鬟模样精心打扮了。她对梨花说："往后出了门，要把眼睛给我瞪起来，说话做事都要有个分寸了。"

所谓分寸，大致是要梨花有一些涵养了。

一切包装完毕，姜振帼就去拜访老朋友挪威太太了。挪威太太看到姜振帼，都不敢认了。从姜振帼的装束和气度上看，挪威太太判断她应该是在烟台发展了，而且做得很大，于是就问："姜女士在做什么？不会是房地产吧？"

姜振帼笑了笑，说暂时还没有做事，刚到烟台北山居住不久，以后做什么，要看行情了。挪威太太是做商贸的，也就建议姜振帼从事商贸，说眼下的中国，商贸的走势很好。

之后不久，挪威太太就回访了姜振帼，两个人的来往越来越密切。姜振帼通过挪威太太又认识了许多烟台外籍商人和烟台上层名流。

这一段时光，姜振帼还是很开心的。白天，她在别墅后的大花园内给花儿浇水，坐在花园的亭子下读书。早晨和傍晚，下山到海边散步，或者坐在海边，看远处点点的海鸥。到了晚上，她就去了"丹桂"大戏院自己的包厢内，跟那些上层名流一起看戏。她喜欢照相，女婿丁伏天就买了照相机，跟随她的左右，给她拍摄了很多照片。她把自己最满意的挂在房间内，整个房间就成了她的照片展览室。

她很满意自己四十几岁时的身体和容貌。

随着眼界的开阔，姜振帼对日新堂的明天也有了新的蓝图。她把继子牟衍生送到烟台有名的小学读书，指定了一个下人负责接送。每天早晨，牟衍生上学前都要到姜振帼屋内请安。姜振帼就给他五个铜板做零花钱，总不忘叮嘱他一句："好好读书，读不好书，我剁了你的手！"

对于这个继子的教育，已经不同于对她的儿子牟衍塆了。她出席一些重要的场合，经常把牟衍生带在身边，让他出头露面，学会待人接物的本领。按照她的设想，将来他应该是一个企业资本家。

她想，从现在开始，自己所做的一切都应该是为继子这个将来的企业资本家奠定基石。

她派女婿丁伏天去青岛和大连，考察兴办什么企业最合理。丁伏天就怀揣着日新堂的大洋，四处奔波了一阵子。从青岛回来，他告诉姜振帼，在青岛开办纺纱厂应该很有前景。姜振帼就说："瞅机会，我去青岛走走。"

她还没来得及去青岛，大寡妇鲁太太就病逝了，应了风水先生的那句话。

按照牟家的规矩，鲁太太死了，停在"浮厝"里的老爷灵柩，终于可以跟鲁太太的灵柩一起合葬了。但姜振帼从烟台返回日新堂却没有给老爷和鲁太太殡葬，仍旧把鲁太太的灵柩暂放在"浮厝"内。她的想法，这几年日新堂接二连三地死人，死到鲁太太这里，该歇歇了吧？日新堂也该喘口气儿，重新呼吸了。

她心里说：干脆来一次大殡，扫除日新堂的晦气！

她说的大丧，是要在老爷和鲁太太合葬的时候，把自己的男人牟金，还有儿子牟衍塆的棺木，一起从"浮厝"里抬出来，为他们集体举行一次大殡。这样做只是委屈了男人牟金，他在"浮厝"内等待了十几年，却白费了工夫，要一个人去茔地沐浴风雨了。

当然，他的坟墓旁边会有一座空穴留给姜振帼。虽是空穴，却总有盼头，姜振帼迟早是要来的。阎王爷不会因为她的美丽和倔强而让她长久留在世上，得道成仙。只是小少爷牟衍塆那里有些麻烦，他没有家眷，就这样把他葬到坟茔里，他要一个人在阴曹地府孤独下去，日子一定很凄凉。想到这里，姜振帼心里难免有些内疚，要知道会是这个结局，当初别说他跟大水子，就是跟猫跟狗在一起，也就随了他的高兴。

大水子葬在哪里了？这个勾人魂魄的小妖精，是不是也很孤独了？在黑暗的那边，跟她喜欢的小少爷见面了吗？姜振帼的心隐隐作痛，她让丫鬟去把易同林喊到了身边。

她对易同林说道："管家，有件事，你亲自跑一趟。"

易同林就说："少奶奶吩咐老奴才就是了。"

姜振帼叹了一口气，说你还记得茶馆的小贱人吗？你打听一下她家住哪里，带上二十块大洋，其他的东西你看着准备吧，我想呀，把她和我那个不争气的儿子合葬了，让他们在阴间结为夫妻吧，也算他们两个没有白爱一场。说到这里，姜振帼的眼圈有些红了，急忙用丝绢擦拭了一下。易同林也受了感动，说这样最好，我这就去办。少奶奶放心，老奴才一定办妥。

大水子家里听说日新堂要让一对年轻人结为阴亲，自然很高兴，不仅得了二十块大洋，还跟日新堂结为亲家了。大水子的爹娘，当初就没有把大水子的死怪罪到日新堂头上，而是恨自己的女儿癞蛤蟆想吃天鹅肉。日新堂的小少爷是随便什么人都可以得到的吗？也不看看自己从哪个旮旯生出来的。他们很为女儿的行为感到丢脸，草草地把女儿埋葬在一处乱石冈中，从此不再提及这事情了。

易同林派了下人，从乱石冈中把大水子薄薄的棺木移到了庄园后的"浮厝"内，跟牟衍塑的棺木并放在一起。因为棺木简陋，又没有特意处理尸体，三两年的时间，大水子那个丰满的身体只剩下一堆白骨了。尸体存放在"浮厝"的棺木内，散出了阵阵的恶臭。

日新堂开始准备大丧了，那样子像是要大兴土木工程。雇佣了当地二十个石匠和瓦匠，在风水先生选好的坟茔地建造墓穴，雕凿坟前的石桌、石香炉和石头像。同时在方圆百里招募了纸艺匠，扎制阴宅、宝马、佣人、戏院、金山银山，凡是日新堂有的器物，都用纸扎制了，有上千件，琳琅满目地摆在庄园的后花园里，作为祭祀的陪葬用品。

大丧准备了整整一年，给阴曹地府里准备的器具要比日新堂活人使用的还要精致玲珑。仅五个石香炉，石匠们就雕琢了十个月才完工。坟前的石桌是用白玉石雕琢而成的，石桌长一米五，宽一米，厚度半尺，桌面上雕琢了联体的碗筷盘碟，与整个白玉石浑然一体。

大丧的前一个月，姜振帼从烟台返回了日新堂，亲自指挥这次大丧。她为殡丧专门设立了账房、厨房、客房、接待处、外事处等十几个机构，在庄园的门前搭设了灵棚、僧棚、道士棚、吹鼓手棚，对各项事宜都做了明确分工。姜振帼要把大丧办出一些气魄，就从烟台雇佣了五十名警察，站到了各个显要处维持秩序。

殡丧进行了四天。说是大丧，其实算是一次盛大的庆典，庄园内外变成大戏院了。

吊唁的第一天早晨，五口棺木并排摆放在灵棚内。灵棚口两边，站立着四名警察。姜振帼领着继子站在棺木前，迎接前来吊唁和敬献挽联的客人。现在的姜振帼，受了烟台社会名流的熏染，虽然穿戴了一身白色的孝服，却也能让当地的富豪乡绅看出她的与众不同来。她宁静的眼神，优雅的言谈，细致的礼仪，分寸都很得体，让乡下人敬畏和羡慕着。

灵棚前鼓乐齐鸣，和尚道士的念经声不绝于耳。站在棺木前的继子牟衍生，看着眼前的阵势，有些茫然，问身边的姜振帼："妈，别人家发丧就一口棺材，我们家咋五口？一下死了五个人呀……"

还没说完，就被姜振帼狠狠地抽了两个嘴巴。本来哭不出声音的继子，也就哇哇地放声大哭了。

前三天，都是各种的祭祀活动，各色人物纷纷登场，搞得栖霞城一片欢腾，将热闹场面推到了高潮。到了最后出殡的那天，五口棺木同时抬出了灵棚，前面老爷和鲁太太的棺木，各有六十四个壮年男子抬着，人称六十四杠；后面的少爷牟金，是三十二杠；再后面的小少爷牟衍堃和大水子的棺木，各是十六杠。五口棺木的一百二十八个壮年男子，都身穿黑色布衣，阵势颇为壮观。

走在最前面的，是"打道鬼"。用纸制品扎就的打道鬼，被绑在独轮小推车上，由人推行。打道鬼手握荆棘，一个个面目狰狞。路边看热闹的人堆里有人突然扯一嗓子："快跑啰，打道鬼来了！"胆小的孩子和女人也就吓得倒退几步，随后就发出了嬉笑声。

第二排是纸制的上千件陪葬品，每一件陪葬品至少有两个人抬着。这些东西一个个形象逼真，有房屋有树木，有车马行舟，也有长工和佣人，还有鸡鸣狗叫。远远看去，真是一座活生生的村庄。尤其是那些阴宅，一间间屋檐飞翘，灯光通明。阴宅的大门上还张贴了对联。

上联：是梁是柱全无木；
下联：有砖有瓦却无石。
横批：天地无门

陪葬品的后面有十二个旗手，举着十二面旗帜，上面写着青龙、白虎、朱雀、玄武等字样；旗帜后面是鸣锣开道的武士，还有念经的和尚道士；再后面就是五口棺木了。棺木后跟着的是少奶奶姜振帼和继子牟衍生，还有数百人的亲朋好友，他们从头到脚一身白色，格外醒目。这个白色集团的后面就是参加葬礼的人群了，有上万人排成的长队，三步一叩，五步一拜，敲锣开道，鸣炮致哀，旌旗灵幡飘扬，帐罗伞扇云集。从灵棚到茔地的二十里路变成了一条人的河流，走在最前面的人已经到了坟地，呼天喊地哭丧，后面的人却站在灵棚前说笑，还没有迈出半步。

来送葬的人，都是附近的佃户村民。他们看了热闹，顺便吃饱了肚子。日新堂这次殡丧的酒席采用的是"流水筵席"，没有固定的时间，没有固定的人员，厨房一天二十四小时开饭；每桌坐满了八个人，就可开吃。日新堂的大厨房，这几天向所有人敞开了。

易同林在大丧后把四天的开支呈送给姜振帼过目，总耗资近十万大洋。筵席开了上千桌，米酒喝了两千斤，食客上万人。姜振帼看后，只是淡淡地说："这次可以清清静静地过日子了。"

她并不知道，此时在距离他们不远的德州，日军举着闪亮的刺刀进城了。

她所盼望的清静日子是不可能有了。

三十

1937年底，日军进攻山东，进入德州、潍县，很快就把战火烧到了胶东地区。共产党的军队对付日本人去了，当地的国民党部队之间就趁机扩大自己的地盘，自己人相互开了炮。

国民党第四十四支队的司令蔡晋康，盯准了栖霞这块肥肉。此时的栖霞县长辛诚，算是国民党山东省第五战区第十六支队第五纵队的司令了，他的枪炮却抵挡不住蔡晋康的部队，只能仓皇逃走。蔡晋康占领栖霞，并没有住进县城，而是坐着敞篷吉普车直接去了牟氏庄园。

庄园内的太太和少爷都慌忙走出来迎接蔡司令。蔡晋康走下敞篷车，在四个警卫的护卫下，站在庄园大门口，挺直了腰板打量面前的庄园。牟财迎了上去，说道："蔡司令一路风尘，辛苦了。"

蔡晋康故意高声说道："名不虚传呀，真是个好地方。我蔡某就把指挥所设在这里了，你们意下如何？"牟财最担心的就是部队在庄园内驻扎，但蔡晋康既然说出来了，他也不敢不点头，于是就忙热情地说："好好，蔡司令住在这儿，我们牟家就安全了。"

上百个士兵和几十匹战马就开进了庄园。庄园的几大家，把能腾出来的房间都腾空了，让给了蔡晋康的部队。每天，各家的丫鬟和老妈子要去给那些官兵们烧炕，管家们还要随时供给分派下来的物品。官兵们白吃白住，那几十匹战马也要让庄园的马夫照料。几个月下来，庄园各家都被折腾得有气无力了，巴望着他们早一些离去。

蔡晋康的部队在庄园度过了一个温暖的冬天。第二年春上，驻扎在莱阳一带的五百多名日军和一千多名伪军，赶来栖霞收拾蔡晋康。隐藏在庄园的蔡晋康部下官兵，用庄园的高墙作掩护，跟日伪军对抗了小半天，知道不是日伪军的对手，仓皇向烟台方向逃窜了。庄园遭到日伪军枪炮的轰炸，看上去很苍老，似乎一场大风就可以把它推平了。

日本鬼子不管走到哪里，都喜欢建造炮楼，修筑公路。栖霞北边的艾山一带，被日本人看作是战略要地，就在那里建造了很多炮楼，还修筑了一条通往烟台的公路。日新堂茔地就在公路旁，被风水先生称作是龙脉的那条山岭，被日本人从当中穿了一个大洞，每天都有卡车从大洞里轰隆隆地开过去。

易同林跑到烟台，把这个很坏的消息告诉了姜振帼。因为这消息来得太突然，一下子把姜振帼的心理承重击垮了。她"啊"了一声，仰面倒在了地上，眼睛睁大着，却不转动了，嘴里冒出了一堆白泡沫。女婿丁伏天忙给医院打电话，请来了名医诊治，总算让她缓过气来，能说话了，但身子却像霜打的茄子，一下子失去了水分，眼睛显得干涩无神了。医生说她的昏厥是肝火上升、心气郁闷造成的，只要心静气平，好好休养，便可以慢慢恢复过来。

如今姜振帼却不能平静下来了，她的希望再次变成了泡沫，一切的一切，完全失去了支撑点，身体也必然要垮下去。她害了心口病，常常疼痛得呻吟不止。丁伏天想解脱她的痛苦，就建议她吸大烟。这个想法刚说出来，就被她打了一个嘴巴，说道："我就是疼死，也不吸那玩意。告诉你，我要是知道你沾上了大烟，我饶不过你！"

女婿无奈，又建议她去北平治病，也算是出去散散心。这回她同意了。她自己心里想，活了这么多年，还没有去过北平，死了挺遗憾。

在女婿丁伏天和丫鬟梨花的搀扶下，她上路了。第一站先去了济南，在济南游览了秀美的大明湖，去戏院看了马连良主演的《借东风》；然后从济南乘火车到了北平，住进了一个豪华的大饭店。

在北平，她在医院找了一位俄罗斯的大胡子医生，隔三岔五到饭店给她看病。大胡子到饭店的时候，身边总跟着一个翻译，把大胡子医生叽里呱啦的话翻译给她听。大胡子医生给她开了很多洋药片，她不太喜欢那些药片。约莫过了月余，她的病没有一丝好转的迹象，干脆辞了那个大胡子医生，把剩下的洋药片都丢到了垃圾桶里。

到北平看病就变成了旅游。他们包了一辆小轿车，把北平著名的风景区都逛了一遍。有一天去中山公园，姜振帼走累了，就在公园的石凳上歇息。丫鬟梨花体力还好，一个人在周围赏花赏木。有一个戴礼帽的男人走到梨花面前，指了前面坐着的姜振帼，问道："你们是从哪里来的？那位夫人，是你的什么人？"

梨花说："我们从山东栖霞来，那是我们的少奶奶。"

戴礼帽的男人略微吃惊，说道："栖霞来的？可是姓牟？我没猜错的话，应该是栖霞牟家大地主了？"

丫鬟点头，说就是的，少奶奶就是当家的。戴礼帽的男人就告诉了身边几个人，并指点了前面的姜振帼给他们看。一个人就说，看起来不像土地主，很像资本家的姨太太。说着，几个人竟然走上去，围住了姜振帼看，并跟她搭上了话。

戴礼帽的男人说："太太，能见到你，我们很高兴。"

姜振帼站起来，看了看前面的几个人，说道："乡下的土包子，到了大城市，晕头转向了。"

另一个男人说："我们听说，牟家大门口的石凳子都是翡翠的，可是真的？"

姜振帼笑了笑，说道："真的假的都一样，就是黄金打制的，也是搁置屁股的。"几个人听了，频频点头，觉得眼前的这位太太真是魅力无穷，他们也就带着一脸的敬佩离去了。

在北平，姜振帼光顾最多的地方是几家大珠宝行。只要她看顺了眼的首饰，不论价钱多少，必定要买。她在北平住了两个月，竟然让烟台银行给她汇了五次款。

北平的街头很不平静，几乎天天都有人喊口号游行，骂日本人占领了华北，也骂国民党是缩头乌龟，不敢抵抗。每次在街头遇到了游行队伍，姜振帼都要凑上去，跟在人群后面走一段路，举着拳头骂日本人："让日本鬼子都断子绝孙！"丁伏天忙把她拽回来，说，"快点儿绕开，别在这儿惹事儿！"有一次在街头，遇到了为抗日设立的募捐箱，她就把衣兜里装的大洋都给了梨花，让梨花丢进了募捐箱内。她恨日本人，恨得牙根肿疼，日本人掘了日新堂茔地的龙脉，掘了日新堂的前程。

丁伏天看到姜振帼在北平浪费了钱财，还有可能卷进是非旋涡，觉得不能再待下去了，就找了个理由，劝她早些回到烟台。

从北平返回烟台，她的情绪越来越坏了，一个人待着的时候，总是长一声短一声地叹气，脸色阴郁着，一点小事情，就会让她对女婿和丫鬟大发脾气，谁都不知道问题出在哪里。

这天早晨，女婿丁伏天照往常一样叫了一辆小轿车，要陪她去医院打针，她却躺在床上不动。女婿就说："妈，快点呀，司机都等急了。"她气呼呼地白了丁伏天一眼，说："天天打针，腻烦死了，有啥用呀？让我活活挨了千针扎！"

"不扎针，还有什么好办法？你不治病了？"

"不治了，死在家里拉倒！"

丁伏天想了想，就没有勉强她。平时医生给她扎针的时候，丁伏天都在身边，如何扎针，如何推注药液，整套程序已经很熟悉。他就去了医院，拿了药剂和针管，自己回去给她试着扎针了。

在平时，她的卧室只有丫鬟可以出入；自从有了病，女婿丁伏天也就常常在卧室里陪着她。人有了病，平日里的那些斯文也就没有了，常有敞胸露怀的时候。现在女婿丁伏天要扒了她的裤子，亲自给她扎针，她也就允许了，这样就省去了天天到医院的麻烦。再说，医院来打针的医生也是个男人，也一样扒了她的裤子，在屁股上摸来摸去的。

但她很快就感觉到，女婿给她打针，跟那个医生还是不同的。虽然都是男人，医生的手却不带任何温度，麻利地扎了针，麻利地移开了。女婿的手就不同，触及她的皮肤时，总是麻麻的热热的，而且拖泥带水。后来，她的两个屁股蛋子扎针太多了，就生出一个个硬块，女婿的那只手就经常在上面搓揉，缓慢而缠绵。她也就不说话，静静地让他伺候自己。有时候，她病得厉害，女婿还要端了碗给她喂饭，就是对他自己的亲生母亲也不过如此孝敬了。

其实这个女婿的孝敬下面却是藏掩了阴谋的，他的眼睛一直盯住了日新堂的万贯家产。姜振帼似乎没有觉察，随着自己身体的变坏，很多事情都交给了女婿去办，到后来，管账目的小账先生易谷雨就成了聋子的耳朵——配头，大量的现大洋流进了他的兜里。丁伏天很快就代替了姜振帼，成为烟台的社会名流，穿着时髦的西服，手上戴着钻石金戒指，抽着上等的卷烟，跟那些富豪饮酒搓麻，一掷千金。

姜振帼的病到了晚期，他就利用去青岛办事的机会，把大量的现大洋和珠宝携带到了青岛，在那里买下一栋小楼，开办了青岛最大的一家棉布进出口公司，成为青岛商界的上层人物。这个时候，他似乎不需要伪装了，在青岛找了一个年轻靓丽的女子，养在那栋小洋楼内。青岛那边的事情也就交给了这个小女子管理。他暂时还不能离开姜振帼，日新堂那边的残局还等着他去收拾，那边还有万亩土地和上千间房屋。姜振帼一旦闭上眼睛，这些东西就可以变成现大洋了。

想到日新堂，他就想到了大管家易同林，心里说：少奶奶见了阎王，就要把这条老狗赶出去，免得他碍手碍脚的。

尽管姜振帼病得厉害，已经不能查看账目了，但易同林每个月底依旧把整理好的账目送到烟台北山，呈给她看一眼。易同林走路的腿脚不灵便了，他每次都是咬着牙赶到烟台的。

1940年的8月底，易同林离开日新堂去烟台报账的时候，想到自己应该是最后一次去见少奶奶了，因此做了精心的准备，把日新堂该做的一切都安排妥当，穿了一身新衣服，算是去跟少奶奶作最后的告别了。

到了烟台，易同林让少奶奶看过日新堂的账目，又去检查了孙子易谷雨的账本。过去他到烟台，最多住一个晚上，这次他却待了三天。姜振帼并没有感到奇怪，以为这几天她的病有些重了，这条老狗放心不下，就多待了一两天。

易同林要走的时候，告诉丫鬟梨花，他要上楼看一眼少奶奶。

姜振帼躺在床上，女婿丁伏天刚刚给她打过针。丫鬟梨花上楼说了管家的要求，姜振帼就说："让他上来吧。"

易同林上了楼，看着病重的少奶奶，站在那里沉默无语。姜振帼就说，"你要回去了？看你吭吭哧哧的样子，就知道肚子里有屁要放，说吧，啥事情？"易同林点点头，看了看身边的丁伏天和梨花，说道："少奶奶，老奴才想单独跟你说说话。"

姜振帼愣了一下，仔细看易同林的神色，看出了他严肃的神色下面，有几分焦灼，就对女婿说："你们都下楼吧。梨花，没我的话，谁也不能上楼。"梨花答应着，把丁伏天送下了楼，给少奶奶带上了房门，自己远远地站在门外守候着。

姜振帼在自己的腋下塞了一个枕头，抬起头看着易同林，意思是让他说话。易同林就慢慢地跪下了，混浊的泪水流了一脸，让姜振帼感到有些惶惑，骂他道："老狗呀，我还没死，你一副哭丧脸，做啥？"

易同林就说："少奶奶，老奴才这次来，是最后一次了，老奴才实在走不动了，怕耽误了少奶奶的事情。"

这会儿姜振帼总算明白了他的意思，问道："这么说，你要离开日新堂了？"

"总要有这么一天的。这当口，早早地把账目给少奶奶交代清楚，少奶奶也好早作准备。"

"谁来接替你呀？让易谷雨从我这儿回日新堂那边？"

"少奶奶觉得他可用，就让他回去。一些大事，我已经给他交代清楚了。"

"庄园的太太们都好？"

"还好，只有陈太太，一天不如一天了，看样子……"易同林想到眼前少奶奶的样子，忙打住话头，转了话题说："太太们和几个少爷要来看望少奶奶，我说等我来看看少奶奶啥样了，让他们回头再来。"

姜振帼摇头，幽幽地说："省去了吧，我这副模样，还能看吗？"喘息了一会儿，突然想起了几句话，就忙说："哦，别忘了回去告诉几位太太，不能恋着庄园不挪窝，该出来就出来。那些房子和地呀，都成了累赘了。"

易同林点了点头说道："回去一定告诉几位太太。少奶奶还有什么吩咐？"

"还吩咐什么？你撒手不管了，回家过清闲日子了，是吧？"

易同林苦笑了一下，说道："恐怕没几天清闲日子了。老奴才要是还有过清闲日子的力气，就不会离开日新堂。这次回去，恐怕再也看不到少奶奶了。在这儿，老奴才给少奶奶磕几个头，祈求老天爷爷保佑少奶奶大安大吉，长命百岁。"

说罢，易同林的脑袋就重重地磕在红木地板上，发出咚咚的响声。

姜振帼鼻子一酸，骂道："老不死的奴才，你好好的身子骨，今儿却说糊涂话，想死你就在这儿撞死好了！"骂着，她的泪水就流出来了。

易同林哀叹了一声，又说："有一件事情，我要告诉少奶奶。易谷雨的账目有很大的漏洞呀。你知道这个漏洞有多大吗？百万大洋的亏空呀，你知道是谁掏空了……"

不等易同林说完，姜振帼突然喊道："闭上你的臭嘴！"

易同林身子一颤，赶忙闭上嘴。少奶奶眼角的泪水还在，却是一脸怒色了。易同林把头深深地垂下去，跪在地上不说话了。他不知道自己什么地方惹恼了少奶奶。

好半天，他听到一阵唏嘘声，这才慢慢地抬起头。少奶奶在那里哭泣，她把脸埋在枕头下，只看到她的身子抽搐着。

"少奶奶，老狗惹您生气了……"他一脸内疚地看着少奶奶。

姜振帼擦拭了泪水，对易同林招了招手，说道："老狗，你到这边来。"

易同林跪着，向前挪动了几下。姜振帼却仍旧招手，一直把他招到了床边。她说："老狗呀，你活了一辈子，还是这么聪明呀？你多大岁数才能糊涂啊？"

易同林扬着不明白的脸，看着她。

"我不痴不傻，能不知道身边的账本被掏空了？那些铜板算什么东西呀，我死了能带走吗？留给谁都一样，他服侍了我几年，也难为他了，我知道他等待的就是这些东西，让他早早地拿走算了，免得他做梦都惦着，伤了身体。"

"这么说，少奶奶已经知道了……不过我想，小少爷牟衍生才十几岁，将来他……"

姜振帼叹了口气，说道："他这里，把我的家底刮一刮，也够他一辈子用的了。"她挑眼看了看木讷的易同林，想了想又说："你呀，回去后，想要什么，就从日新堂那边随便拿吧。你管账目，抠索了一辈子，也该拿走一些了。"

"少奶奶不要丧气，日新堂还会兴旺的。"易同林听了少奶奶万念俱灰的话，心里有些恐惧，这不像他心目中的少奶奶呀。

"兴旺？兴旺个鬼！"

"都是老奴才无能，没有帮助少奶奶好好持家理财，奴才死不瞑目呀。"

姜振帼摇摇头。她看着这个在日新堂忙碌了四十年的老管家，对他竟然有些留恋了。他真的老了，驼背歪嘴，那双很严肃的眼睛，已经被一层又一层的眼角纹深深地埋藏起来，只看到浮肿了的眼泡泡。

"老狗，把你的头伸过来。"

易同林怔了怔，缓慢地把头伸向了床边。姜振帼伸出手，一把抓住了他的腮，揪起了一层绵软的老皮。她抖了抖手里的老皮，易同林的整个面孔也就抖擞起来。姜振帼像对一个孩子那样，用无限爱怜的口气骂道："你这条老狗……"

"少奶奶——"易同林感受到了少奶奶特别的温暖和爱意，他就捂住脸，呜呜地哭起来。

姜振帼脸上的表情已经冷却了，她仰头看着屋顶说："不是我草包，也不是你无能，天要塌下来，你我扛不住呀！"

　

易同林走后一个多月，姜振帼突然犯病，躺在床上说不出一句话了，每天只能喝一点儿汤汤水水的稀粥，而且经常昏迷过去，半天才能醒过来。丁伏天觉得这一次她是撑不住几天了，就把本该每天给她注射的针停下来，静候她慢慢地闭上眼睛。

一天傍晚，天空飘落起了小雨。雨不大，却细细密密的，迷漫了天地间。姜振帼躺在床上昏迷着，身边只有丫鬟梨花守着她。梨花在想自己的心思，并不知道外面下着雨。突然间，梨花听到有人问："下雨啦？"梨花吓了一跳，忙四下张望，她不敢相信声音是少奶奶发出来的，但屋里却没有别人了，她就仔细去看少奶奶的脸。慢慢地，少奶奶睁开了眼睛，又问了一句："梨花，下雨了吗？"

这次梨花听清了，确实是少奶奶发出的声音，她忙说："下雨了少奶奶。"说完，梨花就哭了，她没想到少奶奶还能再叫她的名字。

少奶奶看到她的泪水，眼神儿亮了一下。"小嫚子，咋不点蜡烛？"少奶奶的目光投向了窗外。天色暗下来了，远处已经有了点点灯火。

梨花"嗯"了一声，这才想起现在用的是电灯，屋里没有蜡烛。她慌忙站起来，到屋子外喊叫丁伏天，说道："少姑爷，快快去买蜡烛，少奶奶要点蜡烛呢。"丁伏天吃惊地问："她说要蜡烛？她说话了？"

"快去买回来再说！"梨花说完，转身上楼了。

丁伏天跑到外面买回了蜡烛，去了姜振帼屋子，把蜡烛点燃了，屋内就有了蜡烛橘黄色的光，跳跃着。于是，姜振帼的男人牟金离去的那个傍晚就回到了她的眼前。

"小嫚子，外面雨地里又起水泡泡了。"姜振帼轻声说。

梨花就趴到窗口朝外看，果然楼下的积水上漂浮着一个个水泡泡。梨花觉得奇怪，少奶奶怎么知道起水泡泡了呢？

丁伏天看到姜振帼又说话了，虽然几天没进食，看起来却很有精神，他就有些惶恐，急忙拿来了针管，配了药剂，给她注射。针管里的药剂推完了，他抬头看她，又像巴儿狗似的，小心地问："妈，你舒服一点了没有？"问了半天，没有声音，再仔细看，她已经闭上了眼睛。

牟家少奶奶的生命，在第四十七个夏末的黄昏结束了。

屋外的风，吹开一扇窗户，吹灭了跳跃的烛光。雨雾从窗口吹进来，屋里和屋外连成了一片，晕晕乎乎的小楼完全被雨雾笼罩了。黄昏越来越厚重，眼前的雨也越下越欢畅了，没准儿什么时候才会停下来。

黄昏的雨，总是这样细密连绵。

2004 年 7 月 28 日完稿于天通苑西三区犁月斋